Ang Hulagway sa Gray Nga Dorian

Ang Pasiuna

Ang artist mao ang magbubuhat sa mga nindot nga mga butang. Sa pagpadayag sa art ug pagtago sa arte mao ang tumong sa arte. Ang kritiko mao ang makahimo sa paghubad ngadto sa laing paagi o sa usa ka bag-o nga materyal nga iyang impresyon sa mga maanindot nga mga butang.

Ang kinatas-an ingon nga labing ubos nga porma sa pagsaway usa ka pamaagi sa autobiography. Kadtong nakakita sa mangil-ad nga mga kahulogan sa matahum nga mga butang mahugaw nga dili madanihon. Kini usa ka sayop.

Kadtong nakakitag nindot nga mga kahulogan sa matahum nga mga butang ang gitikad. Kay kini adunay paglaum. Sila ang mga pinili nga ang mga maanindot nga mga butang nagpasabot lamang sa katahum.

Walay butang nga morag moral o imoral nga basahon. Ang mga libro gisulat, o nasulat nga dili maayo. Kanang tanan.

Ang ika-19 nga siglo nga dili gusto sa realismo mao ang kasuko sa mga caliban nga nakakita sa iyang kaugalingong nawong sa usa ka baso.

Ang ika-19 nga siglo nga dili gusto sa romantikismo mao ang kasuko sa mga caliban nga wala makakita sa iyang kaugalingong nawong sa usa ka baso. Ang moral nga kinabuhi sa tawo kabahin sa subject-matter sa artist, apan angang moralidad sa art naglangkob sa hingpit nga paggamit sa usa ka dili hingpit nga medium. Walay artist nga gustong mopamatuod bisan unsa. Bisan ang mga butang nga tinuod mahimo nga mapamatud-an. Walay artist nga adunay mga simpatiya nga adunay pamatasan. Ang usa ka simpatiya nga adunay pamatasan sa usa ka artist usa ka dili mapasaylo nga paagi sa estilo. Walay artista nga walay katapusan. Ang pintor makapahayag sa tanan. Ang hunahuna ug pinulongan mao ang mga instrumento sa arte sa arte. Ang bisyo ug ang hiyas mao ang mga artista alang sa art. Gikan sa pagtan-aw sa porma, ang matang sa tanang mga arte mao ang arte sa musikero. Gikan sa punto sa panglantaw sa pagbati, ang buhat sa artista mao ang tipo. Ang tanan nga mga arte mao ang usa ka nawong ug simbolo. Kadtong moadto sa ilalom sa nawong mogawas sa ilang katalagman. Kadtong nagbasa sa simbolo naghimo niini sa ilang katalagman. Kini ang tumatan-aw, ug dili kinabuhi, nga mao gayud ang mga salamin. Ang nagkalainlain nga opinyon mahitungod sa usa ka buhat sa art nagpakita nga ang trabaho bag-o, komplikado, ug mahinungdanon. Kon ang mga kritiko dili magkauyon, ang artist nahisubay sa iyang kaugalingon. Kita makapasaylo sa usa ka tawo tungod sa paghimo sa usa ka mapuslanon nga butang basta wala niya kini ginadayeg. Ang bugtong pasangil sa paghimo sa usa ka walay pulos nga butang mao ang usa nga nagadayeg niini sa hilabihan.

Ang tanan nga arte wala'y kapuslanan.

Oscar Wilde

Kapitulo 1

Ang studio napuno sa baho sa mga rosas, ug sa dihang ang init nga hangin sa ting-init nga gipukaw taliwala sa mga punoan sa tanaman, miabut ang agianan sa abli nga pultahan sa bug-at nga kahumot sa lilac, o sa labi ka mahumot nga pahumot sa tunok nga bulak nga rosas.

Gikan sa eskina sa divan sa persian saddle-bag diin siya namakak, pagpanigarilyo, ingon sa iyang nabatasan, dili maihap nga mga sigarilyo, ang lord henry wotton makadakop lamang sa sinagol nga dugos-matam-is ug madanihon nga mga bulak sa usa ka laburnum, kansang ang mga sangubang nga daw mga sanga daw dili makahimo sa pagpas-an sa palas-anon sa usa ka katahum nga ingon sa usa ka glamelike ingon sa ila; ug karon ug dayon ang makalilisang nga mga landong sa mga langgam nga naglupad nakalabay sa taas nga mga kurtina sa tussore nga siko nga gibukhad sa atubangan sa dako nga bintana, nga naghimo og usa ka matang sa epekto sa japan, ug naghunahuna kaniya sa mga malili nga mga pintor tokyo kinsa, pinaagi sa medium nga usa ka art nga kinahanglan nga dili molihok, nagtinguha nga ipaabot ang kahilig ug paglihok. Ang mabagulbol nga pagbagulbol sa mga putyukan nga nagbabag sa dugay nga wala damha nga balili, o nagkalibut nga nagpatuyang sa pag-us-us sa mga abogon nga sungay nga mga sungay sa naghaguros nga kahoy, daw naghimo sa kalinaw nga mas mapig-oton. Ang gamay nga kasing-kasing sa london nahisama sa bourdon note sa usa ka layo nga organ.

Diha sa tunga sa lawak, gitapik sa usa ka tul-id nga easel, nagbarug ang kinatibuk-an nga hulagway sa usa ka batan-ong lalaki nga talagsaon nga personal nga katahum, ug sa atubangan niini, pipila ka layo nga gilay-on, naglingkod sa artist mismo, basil hallward, kansang kalit tungod sa pagkahanaw pipila ka tuig na ang milabay, nianang panahona, ang maong kahinam sa publiko ug nagpatungha sa daghang mga katingad-an nga mga panaghap.

Samtang ang pintor mitan-aw sa maloloy-on ug matahum nga porma nga iyang gipanindot sa iyang arte, usa ka pahiyom sa kalipayan nga miagi sa iyang nawong, ug ingon og nagpabilin didto. Apan siya sa kalit mitindog, ug gitak-opan ang iyang mga mata, gibutang ang iyang mga tudlo sa ibabaw sa mga hapin, ingon nga siya nagtinguha sa pagbilanggo sulod sa iyang utok ang usa ka talagsaon nga damgo gikan diin siya nahadlok nga siya mahigmata.

"kini ang imong labing maayo nga trabaho, basil, ang pinakamaayo nga butang nga imong nahimo," miingon ang lord henry languidly. "kinahanglan gayud nga ipadala mo kini sa sunod nga tuig ngadto sa grosvenor. Ang academy dako ra kaayo ug bastos kaayo bisan kanus-a ako miadto didto, adunay daghang mga tawo nga wala nako makita ang mga litrato, nga makalilisang, o daghan kaayo nga mga litrato nga wala nako makita ang mga tawo, nga mas grabe pa. Ang grosvenor mao gayud ang bugtong dapit. "

"wala ko maghunahuna nga akong ipadala kini bisan asa," mitubag siya, nga gibalik ang iyang ulo sa ingon nga paagi nga gigamit sa iyang mga higala nga mokatawa kaniya sa oxford. "dili, dili ko kini ipadala bisan asa."

Gituboy ni ginoo henry ang iyang mga kilay ug mitan-aw kaniya sa kahibulong pinaagi sa nipis nga asul nga mga bulak nga us aka aso nga naghaguros sa makahahadlok nga mga whorls gikan sa iyang bug-at, sigarilyo nga duga sa opyo. "dili ko ipadala sa bisan asa? Akong minahal nga kapareha, ngano man? Adunay bisan unsang katarungan?

Unsa ang mga katingad-an nga mga kaparehas sa imong mga pintor! Gibuhat nimo ang bisan unsang butang sa kalibutan aron makaangkon og dungog. Kay kini usa ka butang nga mas daotan sa kalibutan kay sa gihisgutan, ug kana wala gihisgutan. Usa ka hulagway nga sama niini nga nagpahimutang kanimo labaw sa tanan nga mga batan-ong lalaki sa england, ug naghimo sa daang ang mga tawo nahingawa gayud, kung ang tigulang nga mga lalaki makahimo sa bisan unsang emosyon. "

"nahibal-an ko nga mokatawa ka nako," mitubag siya, "pero dili nako kini mapasundayag.

Ginoo henry gituy-od ang iyang kaugalingon sa sa divan ug mikatawa.

"huo, nahibal-an ko nga gusto mo, apang matuod gid ini tanan."

"daghan ka sa imong kaugalingon niini! Sa akong pulong, basil, wala ako'y nahibal-an nga ikaw walay kapuslanan; ug dili ko makita ang bisan unsa nga kaatbang nimo, sa imong gansangon nga nawong ug buhok nga itom, ug kini ang batan-on nga adonis, nga morag siya gihimo gikan sa garing ug rosas nga mga dahon kung ngano, ang akong minahal nga basil, siya usa ka narcissus, ug ikaw-maayo, siyempre ikaw adunay usa ka intelektwal nga pagpadayag ug sa tanan niana. , diin ang usa ka intelektwal nga ekspresyon nagsugod, ang kahibalo sa kaugalingon usa ka pamaagi sa pagpasobra, ug makaguba sa panag-uyon sa bisan unsang nawong, sa higayon nga ang usa molingkod sa paghunahuna, ang usa mahimong tibuok ilong, o ang tanan nga agtang, o usa ka butang nga makalilisang. Ang mga tawo sa bisan unsang mga edukado nga mga propesyon, unsa ka hingpit ang pagkasilag kanila! Gawas, siyempre, diha sa simbahan, apan sa simbahan wala sila maghunahuna. Sa dihang siya usa ka batang lalaki nga napulog walo, ug isip usa ka kinaiyanhon nga sangputanan siya sa kanunay matan-aw nga hingpit nga maanindot. Ang imong misteryoso nga batan-on nga frie nd, kansang ngalan wala nimo gisulti kanako, apan kansang hulagway nakapaikag gayod kanako, wala maghunahuna. Gibati ko nga sigurado kana. Siya usa ka brainless maanindot nga linalang kinsa kinahanglan nga kanunay nga ania dinhi sa panahon sa tingtugnaw sa panahon nga kita walay mga bulak nga tan-awon, ug kanunay dinhi sa ting-init sa panahon nga gusto nato ang usa ka butang aron sa pagpahayahay sa atong salabutan. Dili ka magpakaulaw sa imong kaugalingon, ni magmaluya ka: ikaw dili magapulos kaniya.

"wala ka makasabot nako, harry," mitubag ang artista. "siyempre, dili ako sama kaniya, nahibal-an ko nga hingpit gayud nga maayo, sa pagkatinuod, kinahanglan kong mag-sorry sama sa iya. Usa ka matang sa pagkamatay nga ingon sa usa ka iro pinaagi sa kasaysayan ang mga gubot nga mga lakang sa mga hari, mas maayo nga dili managlahi sa mga kauban sa usa, ang mga mangil-ad ug ang mga hungog adunay labing maayo niini nga kalibutan. Kon wala sila'y nahibal-an mahitungod sa kadaugan, wala sila makalingkawas sa kahibalo sa kapildihan, sila nagpuyo ingon nga kaming tanan kinahanglan nga mabuhi-dili matugaw, walay pagtagad, ug walay kasamok, dili sila magdalag kadaot sa uban, ni makadawat niini gikan sa mga langyaw nga mga kamot. Ang imong ranggo ug bahandi, harry; ang akong utok, sama nila-ang akong arte, bisan unsa nga bili, ang maayo nga hitsura sa gray nga doris - kitang tanan mag-antus tungod sa mga dios nga gihatag kanato, nag-antos pag-ayo. "

"dorian gray? Mao ba ang iyang ngalan?" nangutana ang lord henry, naglakaw tabok sa studio paingon sa basil hallward.

"oo, mao kana ang iyang ngalan, wala ko tuyo nga isulti kini kanimo."

"apan nganong dili man?"

"dili ko maklaro kung kanus-a nako gusto ang mga tawo, wala ko gayud isulti ang ilang mga ngalan sa bisan kinsa, kini sama sa pagtugyan sa usa ka bahin kanila. Ang usa ka tawo nga nag-ingon nga ang usa ka tawo sa usa ka tawo nga adunay usa ka anak nga lalake, , nag-ingon ako, apan sa usa ka paagi kini daw naghatag ug dakong gugma sa kinabuhi sa usa ka tawo.

"dili man gyud," mitubag ang ginoong henry, "dili man gyud, ang akong minahal nga basil, daw nakalimot ka nga ako minyo, ug ang usa ka kaanyag sa kaminyoon mao nga kini naghimo sa usa ka kinabuhi nga panglimbong nga gikinahanglan gayud alang sa duha ka partido. Nahibal-an kung asa ang akong asawa, ug ang akong asawa wala'y nahibal-an kung unsa ang akong ginabuhat.kon magkita kita-magkita kita usahay, kung kita magkaon, o moadto sa mga duke's-nagsulti kita sa usag usa sa labing dili makatarunganon nga mga sugilanon nga labing seryoso ang akong asawa maayo gyud kaayo-mas maayo pa, sa pagkatinuod, kay sa ako, wala gyud siya malibug sa iyang mga petsa, ug kanunay ko nga ginabuhat, apan sa diha nga siya nakakaplag kanako, dili siya makahimo bisan unsa. Nanghinaut siya; apan siya mikatawa lang kanako. "

"gikasilagan nako ang imong gihisgutan mahitungod sa imong kaminyoon nga kinabuhi, harry," miingon ang basil nga hawanan, nga naglakaw padulong sa pultahan nga paingon sa tanaman. "ako nagtuo nga ikaw usa ka maayo kaayo nga bana, apan maulaw ka sa imong kaugalingon nga mga hiyas, ikaw usa ka talagsaon nga isig ka tawo, wala ka magsulti sa usa ka moral nga butang, ug wala ka magabuhat ug sayup nga butang. . "

"ang kinaiyanhon usa lang ka pose, ug ang labing makapalagot nga pose nahibal-an ko," misinggit ang lord henry, nangatawa; ug ang duha ka batan-ong mga lalaki miadto sa tanaman nga nagkahiusa ug nag-ensayo sa ilang kaugalingon sa usa ka taas nga lingkoranan sa kawayan nga nagbarug sa landong sa taas nga laurel bush. Ang kahayag sa adlaw miagas ibabaw sa pinasinaw nga mga dahon. Diha sa sagbot, ang mga puti nga mga daisy hilabihan ka ngil-ad.

Human sa usa ka pagduot, ang ginoong henry mibira sa iyang relo. "nahadlok ko nga kinahanglan kong moadto, basil," siya nagbagulbol, "ug sa wala pa ako moadto, ako moinsistir sa imong pagtubag sa usa ka pangutana nga gisulti ko kanimo kaniadto."

"unsa na?" miingon ang pintor, nga nagpunting sa iyang mga mata sa yuta.

"nahibal-an ka na."

"dili ko, harry."

"maayo, sultian ko ikaw kung unsa kini .. Gusto ko nimo ipasabut kanako nganong dili ka magpakita sa hulagway sa dorian gray, gusto nako ang tinuod nga katarungan."

"gisulti ko kanimo ang tinuod nga katarungan."

"dili, wala ka nag-ingon, tungod kay daghan ka kaayo sa imong kaugalingon niini, karon, kana nga binata."

"harry," miingon ang basil nga hawanan, nga nagtan-aw kaniya diretso sa nawong, "ang matag hulagway nga gipintalan sa pagbati usa ka hulagway sa artist, dili sa tigpangita, ang sitter mao lamang ang aksidente, ang okasyon. Gipadayag sa pintor, kini ang hawod nga pintor kinsa, sa kolor nga canvas, nagpadayag sa iyang kaugalingon. Ang rason nga dili nako ipakita kini nga hulagway mao nga ako nahadlok nga gipakita ko niini ang sekreto sa akong kalag. "

Ginoong henry mikatawa. "ug unsa kana?" siya nangutana.

"sultian ko ikaw," miingon ang hawanan; apan usa ka pagpahayag sa kalibog miabut sa iyang nawong.

"ako ang tanan nga paglaum, basil," nagpadayon ang iyang kauban, nga naglantaw kaniya.

"oh, gamay kaayo ang pagsulti, harry," mitubag ang pintor; "ug nahadlok ko nga dili nimo kini masabtan, tingali dili ka makatuo niini."

Si ginoong henry mipahiyom, ug nagsandig, nangaibot sa sagbot ug gisusi kini. "sigurado ko nga masabtan ko kini," mitubag siya, nga nagsud-ong sa gamay nga puti, puti nga balahibo nga disk, "ug alang sa mga butang nga nagtuo, ako makatuo bisan unsa, sanglit kini dili talagsaon."

Ang hangin nag-uyog sa pipila ka mga bulak gikan sa mga kahoy, ug ang mabug-at nga mga lilac-blooms, uban sa ilang mga clustering mga bituon, mibalhin ngadto-nganhi sa hangin nga langoy. Usa ka apan-apan nagsugod sa pagkagisi sa bungbong, ug sama sa usa ka asul nga hilo nga usa ka taas nga nipis nga dragon-fly nga milabay sa iyang brown nga gauze nga mga pako. Ang ginoo nga henry

mibati nga daw nakadungog siya nga nagtigbak sa kasing-
kasing, ug natingala kung unsa ang umaabot.

"ang sugilanon mao lamang kini," miingon ang pintor
human sa pipila ka panahon. "duha ka bulan na ang
milabay nahulog ako sa crush sa lady brandon, nahibal-an
namon nga ang mga kabus nga mga artist kinahanglan nga
magpakita sa atong kaugalingon sa katilingban matag karon
ug unya, aron mapahinumduman ang publiko nga dili kita
mga luya. Ikaw misulti kanako sa makausa, bisan kinsa,
bisan sa usa ka tuod sa kahoy-broker, mahimong
makaangkon og usa ka dungog alang sa nga sibilisado.
Man, human ko diha sa lawak sa mga napulo ka minutos,
nakigsulti sa dakong overdressed dowagers ug makuti
magtutudlo, ako sa kalit nakamatngon nga usa gipangita
nako ang usa ka tawo nga nag-atubang sa tunga nga dalan
ug nakita ang dorian gray sa una nga higayon, sa dihang
ang among mga mata nahimamat, gibati ko nga naglisud
ako. Atubang sa usa ka tawo nga ang personal nga personal
kaayo nga makalingaw nga, kon tugutan ko kini sa
pagbuhat niini, kini makahupot sa akong kinatibuk-ang
kinaiya, ang akong tibuok kalag, ang akong kaugalingon
mismo nga arte mismo dili ko gusto nga adunay bisan
unsang impluwensya sa akong kinabuhi. , harry, kung unsa
ako gawasnon nga ako usa ka kinaiya mga paagi nga ingon,
hangtud nga nahimamat ko ang dorian gray. Unya-apan
wala ako masayud kon unsaon ipatin-aw kini kanimo. Usa
ka butang nga daw nagsulti kanako nga ako anaa sa tumoy
sa usa ka makalilisang nga krisis sa akong kinabuhi. Ako
adunay usa ka talagsaon nga pagbati nga ang kapalaran
nagbaton alang kanako sa tumang kalipay ug tumang
kasubo. Nahadlok ko ug mibalik aron mogawas sa kwarto.
Dili kini konsyensya nga nakahimo kanako sa pagbuhat sa
ingon: kini usa ka matang sa katalaw. Dili ko dawaton ang
akong kaugalingon sa pagsulay nga makalingkawas. "

"ang konsyensya ug katalawan mao ang parehas nga mga butang, basil, ang konsensya mao ang ngalan sa negosyo."

"dili ko motuo niana, harry, ug dili ko motuo nga imo usab gibuhat, bisan unsa pa man ang motibo ko-ug kini tingali mao ang garbo, tungod kay ako kaniadto mapasigarbohon-ako nakigbisog gayud sa pultahan. , siyempre, napandol ako sa lady brandon. 'Dili ka modagan dayon, mr hallward?' siya misinggit, nahibal-an nimo ang iyang mausikon nga tingog? "

"oo, siya usa ka paboreyal sa tanang butang apan katahum," miingon ang lord henry, gibira ang daisy sa mga tipak uban sa iyang taas nga nervous fingers.

"ako wala makalingkawas kaniya .. Iyang gidala ako ngadto sa royalties, ug ang mga tawo nga adunay mga bitoon ug garters, ug mga tigulang nga mga babaye nga may gigantic nga tiaras ug parrot noses.naghisgot siya kanako ingon nga iyang pinalanggang higala.ako nakigkita lamang kaniya kaniadto, apan iyang gikuha kini sa iyang ulo aron himoong lionize kanako.ako nagtuo nga ang usa ka hulagway sa ako nakahimo sa usa ka dako nga kalampusan nianang panahona, labing menos nga nakigsulti sa mga pahayagan sa senada, nga mao ang ika-19 nga siglo nga sumbanan sa imortalidad. Ang akong kaugalingon nag-atubang sa batan-ong lalaki kansang personalidad nakapahiyom kaayo kanako, kami nahiduol, hapit matandog, ang among mga mata nahimamat pag-usab, wala'y kahadlok kanako, apan gipangutana ko ang lady brandon sa pagpaila kanako ngadto kaniya. Ang usa ka tawo nga nag-ingon nga ang usa ka tawo nga adunay usa ka tawo nga adunay usa ka butang nga mahimo sa usa ka tawo nga adunay usa ka butang.

"ug giunsa paghulagway sa lady brandon kining talagsaon nga batan-ong lalaki?" nangutana sa iyang kauban. "ako nahibal-an nga siya miadto alang sa paspas nga pagkasunod sa tanan niyang mga bisita. Akong nahinumduman nga siya nagdala kanako ngadto sa usa ka truculent ug pula nga nawong nga tigulang nga lalaki nga gitabunan sa tanan nga adunay mga mando ug mga laso, ug gisitsit sa akong dalunggan, sa usa ka masulub-ong paghunghong nga nakita ko ang mga tawo alang sa akong kaugalingon apan ang lady brandon nagtratar sa iyang mga bisita sama sa usa ka tigsubasta nga nagtagad sa iyang mga butang, o nagsulti sa usa ka butang mahitungod kanila gawas kon unsay buot mahibaloan sa usa ka tawo. "

"hugaw nga babaye brandon! Ikaw ang hugot sa iyang, harry!" nag-ingon nga walay hinungdan.

"ang akong minahal nga kapareha, misulay siya sa pagpangita sa usa ka salon , ug milampos lamang sa pag-abli sa usa ka restawran, unsaon nako siya makadayeg? Apan sultihi ako, unsa ang iyang gisulti mahitungod sa mr dorian gray?"

"oh, usa ka butang nga sama," usa ka maanyag nga batang lalaki-pobre nga inahan nga inahan ug ako hingpit nga dili mabulag, nakalimot sa iyang gibuhat-nahadlok siya-wala'y bisan unsa-oh, oo, gipatugtog ang piano-o kini ba nga biolin, minahal nga lalaki. Abohon? ' Walay usa kanato nga makatabang sa pagkatawa, ug kami nahimong managhigala sa makausa. "

"ang pagkatawa dili usa ka sayup nga sinugdanan alang sa usa ka panaghigalaay, ug kini mao ang labing maayo nga katapusan alang sa usa," miingon ang batan-ong ginoo, nangawat og laing daisy.

Nag-uyog ang iyang ulo. "wala nimo masabti kon unsa ang panaghigalaay, harry," siya nagbagulbol- "o unsa nga pagdumot, alang sa butang nga imong gusto sa matag usa; buot ipasabut, ikaw walay pagtagad sa matag usa."

"unsa ka makalilisang kanimo!" misinggit ang ginoo henry, tilting sa iyang kalo ug sa pagtan-aw sa sa mga gagmay nga mga panganod nga, sama sa malawos nga skeins sa glossy puti nga seda, nga naglakaw tabok sa hollowed turquoise sa ting-init langit. Gipili nako ang akong mga higala alang sa ilang maayong hitsura, mga kaila sa ilang maayong mga karakter, ug ang akong mga kaaway alang sa ilang maayong mga salabutan. Ang usa ka tawo dili mahimong maampingon sa pagpili ang iyang mga kaaway, wala ako'y usa nga buang, sila tanan mga tawo nga may gahum sa intelektwal, ug busa sila tanan nakadayeg nako.

"kinahanglan kong maghuna-huna, harry, apan sumala sa imong kategoriya ako kinahanglan usa lamang ka kaila."

"ang akong minahal nga daan nga basil, ikaw labaw pa sa usa ka kaila."

"ug labaw pa sa usa ka higala. Usa ka matang sa igsoon, sa akong pagtuo?"

"oh, igsoon, wala ako mahigugma sa mga igsoon, ang akong magulang nga lalaki dili mamatay, ug ang akong mga manghod nga lalaki daw wala'y mahimo."

"harry!" mipatugbaw sa kahiladman, nahadlok.

"ang akong minahal nga kapareha, dili seryoso ko, apan dili ko makatabang sa pagdumot sa akong mga relasyon.ako nagtuo nga kini gikan sa kamatuoran nga walay usa kanato ang makabarug sa uban nga mga tawo nga adunay susama nga mga sayop sama sa atong kaugalingon. Ang english democracy batok sa ilang gitawag nga mga bisyo sa taas nga mga mando. Ang mga masa mibati nga ang paghuboghubog, kabuang, ug imoralidad kinahanglan nga ilang kaugalingon nga espesyal nga kabtangan, ug kung adunay usa kanato nga maghimo sa usa ka asno sa iyang kaugalingon, "sa diha nga ang kabus nga habagatan midawat sa korte sa diborsyo, ang ilang kasuko talagsaon kaayo, ug bisan pa niana wala ako magtuo nga ang napulo ka porsyento sa proletaryado nagpuyo nga husto."

"dili ko mouyon sa usa ka pulong nga imong gisulti, ug, unsa pa, harry, gibati ko nga wala ka usab."

Gitumbok sa ginoo nga henry ang iyang puti nga bungot ug gipikpik ang tudlo sa iyang patent-leather nga boot nga may usa ka tasselled ebony cane. "unsa ang english imong basil! Nga mao ang ikaduha nga higayon nga imong gihimo kana nga obserbasyon, kung ang usa magahatag sa usa ka ideya ngadto sa usa ka tinuod nga taga-inglaterra-kanunay nga usa ka butang nga dali nga buhaton-wala gayud siya magdamgo sa paghunahuna kung ang husto o sayup nga ideya. Ang usa ka butang nga iyang giisip nga labing mahinungdanon mao ang usa ka tawo nga nagtuo niini sa iyang kaugalingon karon, ang bili sa usa ka ideya walay bisan unsa nga buhaton sa pagkasinsero sa tawo nga nagpahayag niini, sa pagkatinuod, ang mga kalagmitan mao nga ang labaw nga dili matinud-anon sa tawo mao ang ang mga ideya nga mahimo nga labi ka hinay nga intelektwal, nga ingon nianang kahimtang dili kini mabulokon pinaagi sa bisan unsa nga gusto, sa iyang mga tinguha, o sa iyang mga pagpihig, apan dili ko mosugyot sa paghisgot sa politika, sosyolohiya, o mga metapisika uban kanimo. Mas maayo kay sa mga prinsipyo, ug gusto nako ang mga tawo nga walay mga prinsipyo nga mas maayo kay sa bisan unsang butang sa kalibutan.

"matag adlaw, dili ako malipayon kung dili ko makakita kaniya matag adlaw. Siya gikinahanglan kaayo kanako."

"unsa ka talagsaon! Nagtuo ko nga dili ka mag-atiman sa bisan unsa gawas sa imong arte."

"siya ang tanan nakong arte kanako karon," matud pa sa pintor. "ako usahay maghunahuna, harry, nga adunay duha lamang ka panahon sa bisan unsang importansya sa kasaysayan sa kalibutan, ang una mao ang pagpakita sa usa ka bag-ong medium alang sa art, ug ang ikaduha mao ang dagway sa usa ka bag-ong personalidad alang sa art usab. Sa pagpahumot sa lana ngadto sa mga venenian, ang nawong sa antinous mao ang pagkahuman sa pag-eskultura sa gresya, ug ang nawong sa dorian gray usa ka adlaw alang nako. Dili lang kini akong gipintal gikan kaniya, gikan kaniya, gikan sa sketch. Ang usa ka butang nga akong nahimo mao ang paghimo sa tanan nga mga butang apan labaw pa kanako kay sa usa ka modelo o usa ka tigpangita.ni ako dili mosulti kanimo nga ako dili kontento sa akong nahimo kaniya, o nga ang iyang katahum mao nga dili mahimo wala'y bisan unsa nga butang nga dili mapahayag, ug nahibal-an ko nga ang trabaho nga akong nahimo, tungod kay nahimamat ko ang dorian gray, maayo nga buhat, mao ang pinakamaayo nga buhat sa akong kinabuhi apan sa usa ka talagsaon nga paagi-ako naghunahuna nga ikaw makasabut ako? -sa iyang personalidad nagsugyot kanako usa ka bag-o nga paagi sa art, usa ka bag-o nga estilo sa estilo. Lahi kini. Ako karon makahimo pag-usab sa kinabuhi sa paagi nga natago gikan kanako kaniadto. 'Usa ka damgo sa porma sa mga adlaw sa panghunahuna'-kinsa ang nagsulti niana? Nahikalimtan ko; apan kini mao ang gibati sa dorian kanako. Ang makita lamang nga presensya niining bata-tungod kay siya ingon og gamay pa kay sa usa ka batan-on, bisan siya sa tinuud sobra sa kawhaan-ang iyang makita lamang nga presensya-ah! Nahibulong ka ba nga maamgohan nimo ang tanan nga gipasabut niana? Sa walay pagtan-aw iyang gihulagway alang kanako ang mga linya sa usa ka presko nga eskwelahan, usa ka eskwelahan nga anaa niini ang tanan nga gugma sa romantikong espiritu, ang tanan nga pagkahingpit sa espiritu nga griyego. Ang panag-uyon sa kalag ug lawas-unsa ka dako kana! Kami sa among pagkabuang nagbulag sa duha, ug nakaimbento sa usa ka tinuod nga usa ka bulgar, usa ka dili maayo nga ideyalidad. Harry! Kung nahibal-an mo lang kung unsa ang gray nga dorian para nako! Nahinumdom ka nga ang talan-awon sa akoa, nga gipaaghat sa akong agalon sa ingon ka dako nga bili apan wala ko kabahin? Kini usa sa labing maayo nga mga butang nga akong nahimo. Ug nganong ingon niana? Tungod kay, samtang ako nagpintal niini, ang dorian nga abohon milingkod tupad kanako. Ang pipila ka maliputon nga impluwensya nga gipasa kaniya gikan kanako, ug sa unang higayon sa akong kinabuhi nakita ko sa yutang kapatagan ang kahibulongan nga kanunay nakong gipangita ug kanunay nga gimingaw. "

"basil, talagsaon kini! Kinahanglan nakong makita ang gray nga dorian."

Nagtindog gikan sa lingkuranan ang lingkuranan ug milakaw paingon sa tanaman. Human sa pipila ka panahon siya mibalik. "harry," siya miingon, "ang dorian nga abohon alang kanako usa lamang ka motibo sa arte, dili nimo makita ang bisan unsa diha kaniya, makita nako ang tanan nga anaa kaniya, dili na siya labaw sa akong trabaho kay sa walay hulagway kaniya. Usa ka sugyot, sumala sa akong giingon, sa usa ka bag-ong pamaagi, makita nako siya sa mga kurbada sa pila ka mga linya, sa nindot nga mga hiyas ug mga subtleties sa pipila ka mga kolor.

"nan nganong dili nimo ipakita ang iyang hulagway?" nangutana sa ginoo henry.

"tungod kay, sa walay paghunahuna niini, akong gibutang diha niini ang usa ka pagpahayag sa tanan niining talagsaon nga pagsimba sa diosdios, nga, nga, siyempre, wala gayud ako maatiman nga makigsulti kaniya wala siya'y nahibal-an mahitungod niini. Apan ang kalibutan tingali makatag-an niini, ug dili ko ibutang ang akong kalag sa ilang mabaw nga mga mata nga dili matukib. Ang akong kasingkasing dili gayud ibutang ubos sa ilang mikroskopyo. Adunay daghan kaayo sa akong kaugalingon sa butang, harry-sobra ra sa akong kaugalingon! "

"ang mga magbabalak dili kaayo matinud-anon sama kanimo, nahibal-an nila kung unsa ka mapuslanon ang gugma alang sa pagmantala. Karon usa ka masulub-on nga kasingkasing ang modagan ngadto sa daghang mga edisyon."

"gidumtan ko sila tungod niini," misinggit sa hawanan. "ang usa ka artist kinahanglan nga maghimo og mga nindot nga mga butang, apan dili kinahanglan nga ibutang ang bisan unsa sa iyang kaugalingon nga kinabuhi ngadto kanila.kita nagpuyo sa usa ka panahon diin ang mga tawo nagtagad sa art nga daw kini usa ka matang sa autobiography. Adlaw nga ipakita ko ang kalibutan kung unsa kini, ug tungod niana ang kalibutan dili makakita sa akong hulagway sa gray nga dorian. "

"sa akong hunahuna sayop ka, basil, apan dili ko makiglalis nimo." mao lang ang nawala sa intelektwal nga nakiglalis.

Ang pintor gihunahuna sulod sa pipila ka mga gutlo. "gusto niya ako," mitubag siya human sa paghunong; "ako nahibal-an nga gusto niya ako, siyempre ako mag-ulog-

ulog kaniya sa makalilisang nga paagi, nakit-an ko ang usa ka katingalahan nga kalipay sa pagsulti sa mga butang ngadto kaniya nga ako nasayud nga ako maguol tungod sa pag-ingon. Apan ang usa ka tawo nga nag-ingon nga ang usa ka libo nga mga butang, karon ug dayon, bisan pa niana, siya dili makahunahuna, ug daw adunay tinuod nga kahimuot sa paghatag kanako og kasakit. Kini ingon og kini usa ka bulak nga gibutang sa iyang coat, usa ka piraso sa dekorasyon aron sa pagdani sa iyang pagkawalay bili, usa ka dayandayan alang sa adlaw sa ting-init. "

"ang mga adlaw sa ting-init, basil, ang mahimo nga magpabilin," nagbagulbol ang lord henry. "tingali maglagot kamo sa dali kay sa iyang kabubut-on, kini usa ka masulub-on nga butang nga hunahunaon, apan walay pagduhaduha nga ang pagkamahigugmaon mas dugay pa kay sa katahum. Ang mapintas nga pakigbisog alang sa paglungtad, buot kita nga makabaton sa usa ka butang nga nagaantos, ug mao nga pun-on nato ang atong mga hunahuna sa mga basura ug mga kamatuoran, sa walay paglaum nga paglaum nga magpabilin ang atong dapit. Ang usa ka tawo nga adunay maayo nga nahibal-an usa ka makalilisang nga butang sama kini sa usa ka bric-a-brac shop, tanan nga mga mananap ug abug, uban ang tanan nga presyo nga labaw sa husto nga bili. Tan-awa ang imong higala, ug siya moingon kanimo nga usa ka diyutay nga drowing, o dili nimo gusto ang iyang tono nga kolor, o usa ka butang. Imo gayud nga pakaulawan siya sa imong kaugalingong kasingkasing, ug seryoso nga maghunahuna nga siya naggawi sa sunod higayon nga siya motawag, ikaw mahimong hingpit nga bugnaw ug walay pagtagad ity, kay kini makapausab kanimo. Ang imong gisulti kanako usa ka romansa, usa ka romansa sa arte nga mahimong tawagon sa usa ka tawo, ug ang pinakagrabe nga pagbati sa usa ka panaghigalaay mao nga kini usa ka dili mahimayaon. "

"harry, ayaw pagsulti nga ingon niana basta buhi ko, ang personalidad sa gray nga dorian ang mogahom nako, dili nimo mabati kung unsay akong gibati.

"ah, ang akong minahal nga basil, mao gyud kana ang akong mabati. Ang mga matinud-anon nahibal-an lamang ang walay hinungdan nga bahin sa gugma: ang walay pagtuo nga nahibalo sa mga trahedya sa gugma." ug ang ginoong henry mihulbot og usa ka kahayag sa usa ka limpyo nga pilak nga kaso ug nagsugod sa pagpanigarilyo sa usa ka sigarilyo nga adunay usa ka mahunahunaon ug natagbaw nga hangin, ingon nga iyang gihugpong ang kalibutan sa usa ka hugpong sa mga pulong. Dihay nagdagan nga mga gilis sa mga langgam sa lacquer nga mga dahon sa ivy, ug ang asul nga mga panganod-mga landong milukop sa mga sagbut sama sa mga swallow. Pagkalipay sa tanaman! Ug pagkalipay sa mga pagbati sa uban nga mga tawo! -mahalayo pa kaayo kay sa ilang mga ideya, kini daw kaniya. Ang kaugalingon nga kalag, ug ang mga kahinam sa mga higala-kini mao ang makalingaw nga mga butang sa kinabuhi. Iyang gihulagway sa iyang kaugalingon nga hilom nga kalingawan ang makaon nga paniudto nga wala niya makit-an pinaagi sa pagpabilin nga dugay sa basil nga hawanan. Kon siya miadto sa iyang iyaan, sigurado nga siya nakahibalag sa ginoo nga maayo nga tawo didto, ug ang tibuok nga pag-istoryahanay mao ang mahitungod sa pagpakaon sa mga kabus ug ang panginahanglan alang sa mga modelo nga mga balay nga kapuy-an. Ang matag klase unta magwali sa kahinungdanon sa maong mga hiyas, alang kang kinsang ehersisyo walay kinahanglan sa ilang kaugalingong mga kinabuhi. Ang mga dato unta makapanulti mahitungod sa bili sa pagdaginot, ug ang mga walay pulos nga madanihon sa ibabaw sa dignidad sa paghago. Nindot nga nakaikyas ang tanan! Sama sa iyang paghunahuna sa iyang iyaan, daw usa ka ideya ang mihampak kaniya. Siya milingi sa hawanan ug miingon, "akong minahal nga kaubanan, nahinumduman na ko."

"nahinumduman kung unsa, harry?"

"diin nakadungog ko sa ngalan sa gray nga dorian."

"hain man kini?" nangutana sa hawanan, uban ang gamay nga pagsaway.

"ayaw nasuko pag-ayo, basil sa akong iyaan, lady agatha, miingon siya nga nakit-an niya ang usa ka talagsaon nga batan-ong lalaki nga motabang kaniya sa sidlakan nga katapusan, ug ang iyang ngalan mao ang dorian gray. Ang mga babaye wala'y pag-apresyar sa maayo nga pagtan-aw; labing menos, maayo nga mga kababayen-an wala, miingon siya nga siya matinud-anon kaayo ug adunay usa ka matahum nga kinaiya. Ang linalang nga adunay mga talan-awon ug mga buhok nga lank, hilabihan nga hiwi, ug naglibut sa dagko nga mga tiil. Ako nanghinaut nga ako nakaila nga kini imong higala. "

"nalipay kaayo ko nga wala ka, harry."

"ngano?"

"dili ko gusto nga makigkita ka niya."

"dili nimo gusto nga makigkita ko niya?"

"dili."

"si mr gray dorian sa studio, sir," miingon ang butler, nga miadto sa tanaman.

"kinahanglan mo akong ipailaila karon," misinggit ang ginoong henry, nga nagkatawa.

Ang pintor mibalik ngadto sa iyang sulugoon, nga nagbarog nga nagpangidlap sa kahayag sa adlaw. "pangutan-a si mr grey sa paghulat, parker: ako naa sa pipila ka mga higayon." ang tawo miyukbo ug mitungas.

Unya siya mitan-aw sa lord henry. "dorian gray ang akong pinangga nga higala," siya miingon. "siya adunay usa ka yano ug usa ka matahum nga kinaiya, ang imong tiya husto sa unsay iyang gisulti kaniya, ayaw pagkadaot kaniya, ayaw pagsulay kaniya sa pag-impluwensya, ang imong impluwensya mahimong dili maayo, ang kalibutan lapad, ug daghan dili ka kuhaon gikan kanako ang usa ka tawo nga naghatag sa akong arte sa bisan unsa nga kaanyag nga anaa niini: ang akong kinabuhi ingon nga usa ka pintor nagdepende kaniya. Hunahuna, harry, nagasalig ako kanimo. " hinay siya nga misulti, ug ang mga pulong ingon og naputol gikan kaniya hapit batok sa iyang kabubut-on.

"unsa ang imong binuang!" miingon ang lord henry, nga nagpahiyom, ug gigunitan ang bukton, hapit na siyang gidala sa balay.

Kapitulo 2
Samtang sila misulod ilang nakita ang dorian gray. Siya naglingkod sa piano, uban sa iyang likod ngadto kanila, nga milingi sa mga pahina sa usa ka tomo sa "mga talan-awon sa kalasangan" sa schumann. "kinahanglan nimo kini

pahulamon, basil," siya mihilak. "gusto ko nga makat-on sila.

"nga hingpit nga nag-agad kung giunsa nimo paglingkod karon, dorian."

"oh, gikapoy ko sa paglingkod, ug dili ko gusto ang usa ka hulagway sa kinabuhi sa akong kaugalingon," mitubag ang batan-ong lalaki, nga nagliyok sa hagdanan sa musika diha sa tinuyo nga paagi. Sa dihang nakita niya ang ginoo nga henry, usa ka nipis nga blush ang nagpatik sa iyang mga aping sa makadiyut, ug siya nagsugod. "pasayloa ko, basil, apan wala ko'y nahibal-an nga may usa ka kauban nimo."

"kini ang ginoong henry wotton, dorian, usa ka higala sa akong amiga nga oxford, ako lang nagsulti kaniya kung unsa ang imong kapitan, ug karon imong gitulis ang tanan."

"wala nimo guba ang akong kalipay sa pakigtagbo kanimo, mr grey," miingon ang lord henry, milakaw sa unahan ug gitunol ang iyang kamot. "ang akong iyaan kanunay nga nakigsulti kanako bahin kanimo, ikaw usa sa iyang paborito, ug, nahadlok ko, usa sa iyang mga biktima usab."

"sa amu ako sa mga itom nga libro sa lady agatha sa pagkakaron," mitubag ang dorian nga may nindot nga hitsura sa paghinulsol. "nagsaad ko nga moadto sa usa ka club sa whitechapel uban sa iyang katapusang miyerkules, ug ako nakalimot sa tanan bahin niini.kita mag-dula nga duol-tulo ka duets, ako nagtuo .. Wala ko masayud unsay iyang isulti kanako. Nahadlok kaayo ko nga motawag. "

"oh, makigdulog ko sa akong iyaan, nga siya hinalad alang kanimo, ug wala ko maghuna-hunaon nga ang imong gipaabot mao ang usa ka duet, kung ang iyaan nga agatha molingkod sa piano, naghimo siya og igo nga kasaba alang sa duha ka tawo. "

"hilabihan ka makalilisang kini alang kaniya, ug dili kaayo maayo alang kanako," mitubag ang dorian, nga nagkatawa.

Ginoo henry mitan-aw kaniya. Oo, siya sa pagkatinuod gwapo nga guwapo, uban sa iyang matahum nga mga kurbata nga pula nga mga ngabil, ang iyang prangka nga asul nga mga mata, ang iyang lunhaw nga buhok nga bulawan. Adunay usa ka butang sa iyang nawong nga nakapahimo kaniya nga usa ka pagsalig kaniya sa makausa. Ang tanan nga kaprangka sa pagkabatan-on didto, ingon man ang tanang kadasig sa pagkabatan-on. Ang usa mibati nga iyang gitago ang iyang kaugalingon nga walay buling gikan sa kalibutan. Wala'y katingala nga basil sa hilit nga pagsimba kaniya.

"ikaw maanindot nga mosulod alang sa philantropy, mr grey-kaayo ka maanindot." ug ang ginoo nga henry miyukbo sa iyang kaugalingon sa divan ug giablihan ang iyang sigarilyo.

Ang pintor puliki nga nagsagol sa iyang mga kolor ug giandam ang iyang mga brush. Siya nagtan-aw nga nabalaka, ug sa diha nga nakadungog siya sa katapusang pahayag ni genry henry, siya mitan-aw kaniya, nagduha-duha sa makadiyut, ug dayon miingon, "harry, gusto ko nga mahuman kini nga litrato karon. Gihangyo ko ikaw nga molakaw? "

Si ginoong henry mipahiyom ug mitan-aw sa gray nga dorian. "ako ba moadto, mr gray?" siya nangutana.

"dili ko gusto, ginoo, henry, nakita ko nga kana nga basil naa sa usa sa iyang malipayong panagway, ug dili ko makaantus kaniya kon siya masulub-on, gawas pa, gusto ko nga sultihan ka nako nganong dili ako moadto sa philanthropy . "

"wala ko masayud nga akong sultihan ka nga, mr grey kaayo ang usa ka hilisgutan nga ang usa ka tawo kinahanglan nga maghisgot nga seryoso mahitungod niini apan ako dili gayod molayas, karon nga ikaw nangayo kanako nga mohunong. Dili ka na mahunahuna, basil, dili ba? Kanunay ka nga nagsulti kanako nga ganahan ka sa imong mga sitwasyon nga adunay usa nga makig-chat. "

Hinay-hinay ang iyang ngabil. "kung gusto ni dorian, siyempre kinahanglan ka magpabilin. Ang mga kapritso ni dorian mao ang balaod sa tanan, gawas sa iyang kaugalingon."

Ginoo henry mikuha sa iyang kalo ug mga guwantis. "ikaw ang nag-aghat, basil, apan nahadlok ko nga kinahanglan ko nga moadto, ako nagsaad nga makigkita sa usa ka lalaki sa mga orleans. Pag-abot sa alas singko sa buntag, isulat kanako kung moabot ka.

"basil," misinggit ang dorian nga abuhon, "kung ang ginoo henry wotton moadto, ako moadto usab, dili nimo buksan ang imong mga ngabil samtang ikaw nagpintal, ug kini makalilisang nga dunggoanan sa usa ka plataporma ug naningkamot nga tan-awon nga kahimut-an. Gipugos ko kini. "

"padayon, harry, sa pag-obligar dorian, ug sa pag-obligar kanako," miingon sa hawanan, nagtan-aw pag-ayo sa iyang hulagway. "tinuod kini, wala ako mag-ingon nga ako nagtrabaho, ug dili gayud maminaw, ug kini kinahanglan nga makalagot kaayo alang sa akong mga alaot nga mga tigpangita. Magpangayo ako kanimo nga magpabilin."

"apan unsa man ang bahin sa akong lalaki sa mga orleans?"

Ang pintor mikatawa. "dili ko maghunahuna nga adunay kalisud niana, lingkod pag-usab, harry, ug karon, dorian, bangon sa plataporma, ug ayaw paglihok-hilom, o pagtagad sa gisulti sa lord henry. Siya adunay usa ka dili maayo nga impluwensya sa tanan niyang mga higala, sa usa ka eksepsiyon sa akong kaugalingon. "

Ang dorian nga abuhon mitubo sa mga dais sa hangin sa usa ka batan-on nga martir nga martir, ug naghimo sa usa ka gamay nga moue sa pagkadiskontento sa ginoo nga henry, nga labi pa niyang gipangandoy. Dili kaayo siya sama sa basil. Naghimo sila og talagsaong kalainan. Ug siya adunay ingon ka nindot nga tingog. Human sa pipila ka mga gutlo siya miingon kaniya, "ikaw ba gayud usa ka dautan kaayo nga impluwensya, ginoong henry? Sama sa dili maayo ingon sa basil?"

"walay ingon nga usa ka maayo nga impluwensya, mr grey. Ang tanan nga impluwensya imoral-imoral gikan sa siyentipiko nga panglantaw."

"ngano?"

"tungod kay sa pag-impluwensya sa usa ka tawo mao ang paghatag kaniya sa kaugalingong kalag, wala siya maghunahuna sa iyang natural nga mga hunahuna, o pagsunog sa iyang kinaiyanhong mga pagbati, ang iyang mga hiyas dili tinuod ngadto kaniya, ang iyang mga sala, kon adunay mga butang sama sa mga sala, nga ang usa ka tawo nga adunay musika nga usa ka tawo, ang usa ka aktor sa usa ka bahin nga wala gisulat alang kaniya ang katuyoan sa kinabuhi mao ang paglambo sa kaugalingon aron hingpit nga maamgohan ang kinaiya sa usa'g usa-nga mao ang matag usa kanato dinhi. Nahadlok sila sa ilang kaugalingon, karon nahikalimtan nila ang pinakataas sa tanan nga mga katungdanan, ang katungdanan nga ang usa ka utang sa usa ka tawo sa kaugalingon, siyempre, sila mga manggiluy-on, sila nagpakaon sa mga gigutom ug nagsul-ob sa makililimos, apan ang ilang mga kalag gipanggutom ug hubo nga ang kaisug wala na sa atong lumba, tingali wala gayud kita niini, ang kahadlok sa katilingban, nga mao ang basehan sa moral, ang kahadlok sa dios, nga mao ang sekreto sa relihiyon-kini ang duha ka butang nga nagdumala kanato. Apan- "

"palihug lang ang imong ulo sa tuo, dorian, sama sa usa ka maayo nga bata," miingon ang pintor, sa kahiladman sa iyang trabaho ug nahibal-an nga ang usa ka hitsura miabut sa nawong sa batang lalaki nga wala pa niya makita didto kaniadto.

"ug bisan pa niana," nagpadayon ang ginoo nga henry, sa iyang ubos nga tingog sa musika, ug uban nianang nindot nga balod sa kamot nga kanunay nga iya sa kinaiya, ug nga bisan pa sa iyang mga panahon sa eton, "ako nagtuo nga kung usa ka tawo aron mabuhi sa bug-os ug hingpit ang iyang kinabuhi, maghatag sa porma sa matag pagbati, pagpahayag sa matag hunahuna, katinuod sa matag damgo-ako nagtuo nga ang kalibutan makabaton sa ingon nga bag-ong paglaum sa kalipay nga atong malimtan ang tanan nga mga balatian sa pagka-medikal, ug mobalik sa hellenic ideal-sa usa ka butang nga mas maayo, mas adunahan kay sa hellenic nga sulundon, tingali kini apan ang labing bravest nga tawo sa taliwala kanato nahadlok sa iyang kaugalingon. Ang mutilation sa savage adunay kalisud nga survival sa pagdumili sa kaugalingon nga mars sa atong mga kinabuhi nga ang usa ka tawo nga nagpakasala sa makausa, ug nakabuhat sa iyang sala, kay ang aksyon usa ka pamaagi sa paglinis. Wala nay nahibilin kondili ang panumduman sa usa ka kalipay, o ang kaluho sa pagmahay. Ang bugtong paagi ang pagsalikway sa usa ka tintasyon mao ang pagtugyan niini. Puguti kini, ug ang imong kalag mag-antos sa pangandoy alang sa mga butang nga gidili alang sa iyang kaugalingon, uban ang tinguha alang sa unsa nga mga daotan nga mga balaod nga gihimo nga kusog ug supak sa balaod. Gikaingon nga ang dagkong mga panghitabo sa kalibutan nahitabo sa utok. Kini anaa sa utok, ug ang utok lamang, nga ang dagkong mga sala sa kalibutan mahitabo usab. Ikaw, mr. Uban nimo, uban sa imong rosas nga kabatan-onan ug sa imong kabatan-on nga rosas , ikaw adunay mga pagbati nga nakapahadlok kanimo, mga hunahuna nga nakapuno kanimo sa kahadlok, mga pangandoy sa adlaw ug mga damgo nga natulog nga ang panumduman mahimong mopahid sa imong aping kaulaw- "

"hunong!" gipangutana nako ang usa ka butang nga dili nako masabtan, apan wala ko masayod kon unsay akong isulti. Sa paghunahuna. "

Sulod sa hapit napulo ka mga minutos siya mibarug didto, walay paglihok, uban ang mga ngabil ug mga mata nga hanap nga kahayag. Nakahunahuna siya nga ang mga bag-ong mga impluwensya anaa sa sulod niya. Apan sila daw kaniya nga naggikan gayud sa iyang kaugalingon. Ang pipila ka mga pulong nga gisulti kaniya sa higala sa basil-mga pulong nga walay kahigayunan, sa walay duhaduha, ug uban ang tinuyo nga kabalaka diha kanila-nakatandog sa pipila ka tinago nga kordero nga wala pa gayud matandog kaniadto, apan nga iyang gibati nga karon nagakurog ug nagtuok sa mga katingadongan nga mga pulso .

Ang musika nakapukaw kaniya sama niana. Daghang higayon nga gisamok siya sa musika. Apan ang musika dili maayo. Dili kini usa ka bag-ong kalibutan, apan usa ka kagubot, nga kini gibuhat sa kanato. Mga pulong! Mga pulong lamang! Unsa ka makalilisang sila! Unsa ka tin-aw, ug tin-aw, ug mabangis! Ang usa dili makaikyas gikan kanila. Ug bisan pa unsa ka maliputon nga salamangka diha kanila! Sila daw makahatag sa usa ka plastik nga porma ngadto sa mga dili porma nga mga butang, ug sa pagtugtog sa usa ka musika nga ingon ka tam-is sama sa violin o sa lute. Mga pulong lamang! Aduna ba'y butang nga tinuod kaayo sama sa mga pulong?

Oo; dihay mga butang sa iyang pagkabata nga wala niya masabti. Nasabtan niya kini karon. Ang kinabuhi sa kalit nahimong daw kalayo nga kolor kaniya. Kini ingon nga siya naglakaw sa kalayo. Nganong wala siya mahibalo niini?

Uban sa iyang maliputon nga pahiyom, gitan-aw siya ni henry. Nahibal-an niya ang eksaktong sikolohikal nga gutlo sa dihang wala'y isulti. Siya interesado kaayo. Nahingangha siya sa kalit nga impresyon nga ang iyang mga pulong nga gihimo, ug, nakahinumdom sa usa ka libro nga iyang nabasa sa dihang siya napulog unom, ang usa ka libro nga nagpadayag kaniya sa daghan nga wala niya mahibal-an kaniadto, nahibulong siya kung ang gray nga dorian usa ka susama nga kasinatian. Iyang gipusil ang usa ka udyong sa hangin. Naigo ba kini sa marka? Pagkatalagsaon sa bata!

Nga gipintal nga gipanag-iyahan nianang talagsaon nga maisugon nga paghikap sa iyang, nga adunay tinuod nga pagdalisay ug hingpit nga delicacy nga sa arte, sa bisan unsa nga paagi moabut gikan sa kalig-on. Wala siya nahibal-an sa kahilum.

"basil, gikapoy ko sa pagtindog," misinggit ang dorian nga kalit nga kalit. "kinahanglan kong mogawas ug molingkod sa hardin, ang hangin nag-ali dinhi."

"akong minahal nga kapareha, pasayloa ko pag-ayo, kung ako nagpintal, dili ko makahunahuna sa bisan unsa pa, apan wala ka na maglingkod nga mas maayo. Ang usa ka hayag nga pagtan-aw sa mga mata, wala ko masayud unsa ang gisulti sa harry nimo, apan siya sa tinuud naghimo kanimo sa labing nindot nga ekspresyon, sa akong pagtoo nga siya nagbayad kanimo og mga pagdayeg. Ingon. "

"wala siya nagbayad kanako og mga pagdayeg. Tingali mao kana ang rason nga dili ko motuo sa bisan unsa nga iyang gisulti kanako."

"nahibal-an mo nga nagtuo ka sa tanan," miingon ang lord henry, nga nagtan-aw kaniya uban sa iyang damgo nga maliputon nga mga mata. "mogawas ko sa tanaman uban nimo, init kaayo sa estasyunan, baslan namo ang iced nga ilimnon, butang nga may strawberry."

"hala, hikapa lang ang kampanilya, ug kung moabot ang parker, sultihan ko siya unsa ang imong gusto, kinahanglan ko nga magtrabaho niini nga background, mao nga mouban ako nimo sa ulahi. Nahimo na nga mas maayo nga porma alang sa pagpintal kay sa ako karon nga adlaw. Kini mamahimo nga akong obra maestra, kini ang akong obra maestra nga ingon niini. "

Ginoo nga henry miadto sa tanaman ug nakit-an ang abu nga dorian nga naglubong sa iyang nawong sa mga mabugnaw nga mga bulak nga lilac, nga nag-inom sa ilang pahumot nga morag bino na. Siya miduol kaniya ug gibutang ang iyang kamot sa iyang abaga. "husto ka nga buhaton kana," siya nagbagulbol. "walay makaayo sa kalag apan ang mga igbalati, ingon nga walay makaayo sa mga igbalati apan ang kalag."

Ang bata nagsugod ug mibalik. Siya walay panagsama, ug ang mga dahon mituy-od sa iyang mga rebelyuso nga mga curl ug gihigtan ang tanan nilang mga hilo nga gilded. Adunay kahadlok sa iyang mga mata, sama sa mga tawo sa dihang sila kalit nga nahigmata. Ang iyang pinahumok nga mga sinudlan nga mga buho sa ilong mikurog, ug ang pipila ka nerbiyos nga nerve milamano sa sanag-pula nga mga ngabil sa iyang ngabil ug gibiyaan sila nga nagkurog.

"oo," nagpadayon nga ginoong henry, "usa kini sa mga dagkong sekreto sa kinabuhi-ang pag-ayo sa kalag pinaagi sa mga igbalati, ug ang mga igbalati pinaagi sa kalag. Nahibal-an mo, sama sa imong nahibal-an nga kulang sa imong gusto mahibal-an. "

Ang dorian nga abuhon nanghupong ug gipalayo ang iyang ulo. Dili siya makatabang sa pagtan-aw sa taas, madanihon nga batan-ong lalaki nga nagbarog dapig kaniya. Ang iyang romantiko, olibo nga kolor nga nawong ug dughan nga ekspresyon interesado kaniya. Adunay usa ka butang sa iyang ubos nga tingog nga makalipay kaayo. Ang iyang mabugnaw, puti, bulak nga mga kamot, bisan pa, adunay usa ka talagsaong kaanyag. Sila mibalhin, samtang siya nagsulti, sama sa musika, ug daw adunay kaugalingong pinulongan. Apan nahadlok siya kaniya, ug naulaw nga mahadlok. Nganong nahabilin man kini alang sa usa ka estranyo aron ibutyag siya sa iyang kaugalingon? Nahibal-an niya ang basil sulod sa pipila ka mga bulan, apan ang panaghigalaay tali kanila wala gayud mag-usab kaniya. Sa kalit may usa nga miabot sa usa ka tawo sa tibuok niyang kinabuhi nga daw nagpadayag kaniya sa misteryo sa kinabuhi. Ug, bisan pa, unsa man ang angay mahadlok? Dili siya usa ka estudyante o usa ka babaye. Dili kini katarungan nga mahadlok.

"mangadto kita ug maglingkod sa landong," miingon ang lord henry. "ang parker nagdala sa mga ilimnon, ug kung magpabilin ka pa niining silak, malaglag ka kaayo, ug dili ka makapaputi pag-usab, dili gayud nimo tugotan ang imong kaugalingon nga mahimong sunburn.

"unsay mahimo niini?" misinggit ang dorian nga abuhon, nga nagkatawa, samtang siya milingkod sa lingkuranan sa tumoy sa tanaman.

"kinahanglan nga importante ang tanan kanimo, mr grey."

"ngano?"

"tungod kay ikaw adunay labing kahibulongan nga kabatan-onan, ug ang kabatan-onan usa ka butang nga bililhon."

"dili ko kana gibati, lord henry."

"dili, dili ka na mobati niini karon, sa usa ka adlaw, sa diha nga ikaw tigulang na ug kulubot ug mangil-ad, sa diha nga gihunahuna nga nakapalibog sa imong agtang uban sa mga linya niini, ug ang kaisipan nagmarka sa imong mga ngabil uban ang makalilisang nga mga kalayo niini, imong mabati kini, dili ka makalibog, ug ang kaanyag usa ka matang sa kinaadman -sa mas labaw pa, sa pagkatinuod, kay sa genius, tungod kay wala kini'y katin-awan. Kini sa mga dagkong kamatuoran sa kalibutan, sama sa kahayag sa adlaw, o panahon sa tingpamulak, o ang pagpamalandong sa ngitngit nga katubigan sa bayanan nga pilak nga gitawag nato nga bulan. Ang usa ka tawo nga nag-ingon nga ang usa ka tawo nga adunay usa ka tawo nga adunay usa ka tawo nga adunay usa ka tawo nga adunay usa ka butang nga mahimo sa usa ka tawo. Apan dili kini taphaw sama sa paghunahuna, alang kanako, ang katahum mao ang kahibulongan sa mga kahibulongan, kini mao lamang ang mabaw nga mga tawo nga wala maghukom pinaagi sa pagpakita. Ang yyansa sa kalibutan mao ang makita, dili ang dili makita .... Oo, mr. Abo, ang mga dios maayo alang kanimo. Apan ang mga dios nga hatag-as, sila mingdali sa pagdali. Duna ka'y pipila ka mga tuig diin ang tinuod nga kinabuhi, hingpit, ug hingpit. Sa diha nga ang imong pagkabatan-on moadto, ang imong katahum mag-uban niini, ug unya sa kalit imong mahibaloan nga walay mga kadaugan ang nahabilin alang kanimo, o kinahanglan nga matagbaw ang imong kaugalingon uban sa mga makahuloganon nga mga kadaugan nga ang panumduman sa imong nangagi mahimong mas mapait kay sa kapildihan. Matag bulan ingon nga kini maluya nagdala kanimo nga mas duol sa usa ka butang nga makalilisang. Ang panahon maimon kanimo, ug ang mga gubat batok sa imong mga lirio ug sa imong mga rosas. Ikaw mahimo nga sow, ug hagip-ot, ug magul-anon. Ikaw mag-antos sa makalilisang .... Ah! Makaamgo sa imong kabatan-on samtang anaa ka niini. Ayaw pag-usik sa bulawan sa imong mga adlaw, pagpaminaw sa mga makalolooy, pagpaningkamot sa pagpalambo sa walay paglaum nga kapakyasan, o paghatag sa imong kinabuhi ngadto sa mga ignorante, mga komon, ug mga bulgar. Kini ang mga masakiton nga mga tumong, ang bakak nga mga mithi, sa atong panahon. Mabuhi! Pagpuyo sa maanindot nga kinabuhi nga anaa kanimo! Ayaw itugot nga may mawad-an kanimo. Kanunay nga pagpangita alang sa bag-ong mga pagbati. Ayaw kahadlok bisan unsa .... Usa ka bag-ong hedonismo-kana ang gusto sa atong siglo. Mahimo ka nga makita nga simbolo. Uban sa imong personalidad walay bisan unsa nga dili nimo mahimo. Ang kalibutan inyo sa usa ka panahon .... Sa higayon nga nakigtagbo ako kaninyo nakita ko nga wala ka nay panimuot sa kung unsa ka gayud, unsa ang tinuod nimo. Adunay daghan diha kanimo nga nakapadani kanako nga ako mibati nga kinahanglan kong isulti kanimo ang usa

ka butang mahitungod sa imong kaugalingon.
Naghunahuna ako kung unsa kini ka makalilisang kon ikaw
mausik. Kay adunay gamay nga panahon nga ang imong
kabatan-onan molungtad-sa ingon nga gamay nga panahon.
Ang kasagaran nga bulak sa kabungturan malaya, apan sila
mamulak pag-usab. Ang laburnum mahimong yellow sa
sunod nga hunyo ingon karon. Sa usa ka bulan adunay mga
purpura nga mga bitoon diha sa clematis, ug matag tuig ang
lunhaw nga gab-i sa mga dahon niini magdala sa mga
bughaw nga mga bitoon. Apan wala kami makabalik sa
among pagkabatan-on. Ang pulso sa kalipay nga
nakapahadlok kanamo sa kawhaan nahimo nga tinalok.
Mapakyas ang among mga bukton, ang among mga
panimuot madunot. Kita nagakadunot ngadto sa mga
makalibog nga mga itoy, nga gisamok sa panumduman sa
mga pagbati nga kita nahadlok pag-ayo, ug ang mga
talagsaong mga pagtintal nga wala kanato nga kaisug sa
pagtugyan ngadto. Kabatan-onan! Kabatan-onan! Walay
kinatibuk-an dinhi sa kalibutan apan batan-on! "

Dorian gray nga naminaw, bukas ang mata ug natingala.
Ang spray sa lilac nahulog gikan sa iyang kamot sa ibabaw
sa graba. Usa ka bulawang bihag nga miabut ug naghumok
kini sa makadiyut. Nan kini nagsugod sa pag-ilog sa tibuok
kalibutan sa tinagurha nga mga bulak. Gitan-aw niya kini
uban sa katingad-an nga interes sa mga gagmay nga mga
butang nga atong gipaningkamut nga maugmad kon ang
mga butang nga adunay importansya makapahadlok kanato,
o kon kita gukdon sa pipila ka bag-ong pagbati nga dili
nato makita, o sa uban nga naghunahuna nga nakapahadlok
kanato sa kalit nga pag-atake sa utok ug nanawagan kanato
sa pagtugyan. Paglabay sa usa ka panahon ang mga
putyukan milupad. Iyang nakita nga kini nagakamang
ngadto sa nasimang nga trompeta sa usa ka tyrian
convolvulus. Ang bulak daw mokurog, ug dayon nag-agay
sa hinay-hinay.

Sa wala madugay ang pintor nagpakita sa pultahan sa studio ug mihimo og mga staccato nga mga karatula aron sila makasulod. Naglisud sila sa usag usa ug mipahiyom.

"naghulat ako," siya mihilak. "makasulod ka. Ang kahayag hingpit, ug mahimo ka nga magdala sa imong mga ilimnon."

Sila mitindog ug milakaw sa paglakaw nga magkauban. Duha ka lunhaw-ug-puti nga mga alibangbang nga naglupadlupad kanila, ug sa pear-tree sa eskina sa tanaman ang usa ka thrush nagsugod sa pagkanta.

"nalipay ka nga nakigkita ka nako, mr gray," miingon ang lord henry, nagtan-aw kaniya.

"oo, nalipay ko karon. Naghunahuna ko nga ako malipay kanunay?"

"kanunay nga usa kini ka makalilisang nga pulong, kini nakapahadlok kanako sa dihang nakadungog ako niini, ang mga babaye ganahan kaayo nga gamiton kini, ilang gidaot ang matag romansa pinaagi sa pagpaningkamot nga kini molungtad sa walay katapusan. Tali sa usa ka caprice ug usa ka tibuok kinabuhi nga pangandoy mao nga ang caprice molungtad og diyutay pa. "

Samtang nagsulod sila sa studio, ang abu nga dorian mibutang sa iyang kamot sa kamot sa lord henry. "sa ingon, ang atong panaghigalaay usa ka caprice," siya nagbagulbol, nag-utaw sa iyang kaugalingong kaisug, dayon misaka sa plataporma ug nagpadayon sa iyang pose.

Ginoo henry gilabay sa iyang kaugalingon ngadto sa usa ka dako nga wicker bukton-lingkuranan ug nagtan-aw kaniya.

Ang pagsilhig ug dash sa brush sa canvas naghimo lamang sa tingog nga nakaputol sa kahilom, gawas kon, karon ug unya, ang hawanan milakang aron tan-awon ang iyang buhat gikan sa layo. Diha sa naghaguros nga mga sagbayan nga nagaagi sa bukas nga pultahan ang abug misayaw ug bulawan. Ang bug-at nga alimyon sa mga rosas ingon og nagkalainlain sa tanan.

Human sa mga ikaupat nga bahin sa usa ka oras nga hapon mihunong ang pagpintal, nangita sa dugay nga panahon sa dorian nga ubanon, ug dayon sa dugay nga panahon sa hulagway, nga nagisi sa katapusan sa usa sa iyang dako nga mga brush ug pagkalagot. "kini nahuman na," siya mihilak sa katapusan, ug miyuko nga gisulat niya ang iyang ngalan sa taas nga mga sulat sa vermilion sa wala nga bahin sa canvas.

Ang ginoong henry miabut ug gisusi ang hulagway. Kini usa ka talagsaon nga buhat sa arte, ug usa ka talagsaon nga panagway.

"akong minahal nga kaubanan, gipasalamatan ko ikaw nga mainiton," siya miingon. "kini ang pinakamaayo nga hulagway sa modernong mga panahon. Mr gray, pagtan-aw ug tan-awa ang imong kaugalingon."

Ang bata nagsugod, nga daw nahigmata gikan sa usa ka damgo.

"natapos ba gayud kini?" siya nagbagulbol, nagpaubos gikan sa plataporma.

"nahuman na," miingon ang pintor. "ug ikaw milingkod nga nindot kaayo karong adlawa. Ako ang dako nga obligasyon kanimo."

"nga sa kinatibuk-an tungod kanako," nabungkag sa lord henry. "dili ba, mr grey?"

Ang dorian wala'y tubag, apan wala'y labot sa atubangan sa iyang hulagway ug milingi padulong niini. Sa diha nga iyang nakita kini iyang gibalik, ug ang iyang mga aping nangalaya sa makadiyot nga may kalipay. Usa ka dagway sa kalipay ang miabut sa iyang mga mata, ingon nga siya nakaila sa iyang kaugalingon sa unang higayon. Nagtindog siya didto nga wala'y gilay-on ug sa kahibulongan, nahibaloan nga ang hayag nga pakigpulong ngadto kaniya, apan dili makadakop sa kahulogan sa iyang mga pulong. Ang pagbati sa iyang kaugalingon nga katahum midangat kaniya sama sa usa ka pagpadayag. Wala na niya kini gibati kaniadto. Ang mga pagdayeg sa basil sa iyang atubangan ingon og usa ka maanindot nga pagpasobra sa panaghigalaay. Siya naminaw kanila, gikataw-an sila, nakalimot sila. Wala sila mag-impluwensya sa iyang kinaiyahan. Dayon miabut ang lord henry wotton uban sa iyang katingalahan nga panegyric sa kabatan-onan, ang iyang makalilisang nga pasidaan sa pagkaliko niini. Nga nag-aghat kaniya sa panahon, ug karon, samtang siya nagtindog nga nagtan-aw sa anino sa iyang kaanyag, ang hingpit nga katinuod sa paghulagway mitabok kaniya. Oo, aduna'y usa ka adlaw nga ang iyang nawong mangadaot ug mangitngit, ang iyang mga mata mangitngit ug walay kolor, ang grasya sa iyang dagway naputol ug nahugawan. Ang sanag nga pula sa iyang ngabil ug ang bulawan mangawat gikan sa iyang buhok. Ang kinabuhi nga naghimo sa iyang kalag nga mawala ang iyang lawas. Siya mahimong makalilisang, mangilngig, ug dili tin-aw.

Samtang siya naghunahuna niini, usa ka mahait nga kasakit sa kasakit nga miabut kaniya sama sa usa ka kutsilyo ug naghimo sa matag delikado nga bahin sa iyang kinaiya sa kinaiyahan. Ang iyang mga mata nagpalawom sa amatista, ug sa tibuuk nila miabut ang usa ka gabon sa mga luha. Gibati niya nga daw usa ka kamot sa yelo nga gibutang sa iyang kasingkasing.

"dili ka ganahan?" misinggit sa kataposang bahin, nahuwasan sa gamay nga kahilom sa bata, wala makasabut unsa ang gipasabut niini.

"siyempre ganahan siya niini," miingon ang lord henry. "kinsa dili ganahan niini? Usa kini sa pinakadako nga butang sa modernong arte, ako mohatag kanimo bisan unsang butang nga gusto nimo nga pangayoon.

"dili kini akong katigayonan, harry."

"kinsay kabtangan niini?"

"siyempre, dorian," mitubag ang pintor.

"usa siya ka lucky guy."

"pagkasubo!" nagbagulbol ang dorian uban ang iyang mga mata nga nagpunting sa iyang kaugalingong hulagway. "unsa ka kaguol kini! Ako magatigulang, ug makalilisang, ug makalilisang, apan kini nga hulagway magpabilin nga kanunay nga batan-on, kini dili gayud mahimong mas tigulang kay niining partikular nga adlaw sa hunyo .... Kon kini usa lamang ka paagi! Ako ang kanunay nga batan-on, ug ang hulagway nga matigulang! Kay niana-tungod niana-akong ihatag ang tanan! Oo, wala'y bisan unsa sa tibuok kalibutan nga dili ko ihatag! Ihatag ko ang akong kalag alang niana !

"dili nimo maatiman ang ingon nga kahikayan, basil," misinggit ang lord henry, nangatawa. "kini usa ka lisud nga linya sa imong trabaho."

"kinahanglan nga ako mosupak pag-ayo, harry," miingon ang hawanan.

Dorian gray nga milingi ug mitan-aw kaniya. "nagtuo ko nga gusto ka, basil, gusto ka sa imong arte mas maayo kay sa imong mga higala, dili na ako nimo kay sa usa ka green bronze figure.

Ang pintor mitan-aw sa kahibulong. Dili kini sama sa dorian sa pagsulti sama niana. Unsay nahitabo? Daw nasuko siya. Ang iyang nawong nahubas ug ang iyang mga aping nasunog.

"oo," matud pa niya, "dili ko ikaw labi pa kay sa imong mga hermite nga hermico o sa imong pilak nga kabtangan, gusto nimo kini sa kanunay.human kanus-a nimo gusto ako? Hangtud nga ang una nakong kunot, nga sa dihang ang usa mawad-an sa usa ka maayo nga panagway, bisan unsa pa sila, ang usa mawad-an sa tanan nga butang ang imong gihulagway sa akong hulagway nga ang ginoong henry wotton hingpit nga husto. Pagpatay sa akong kaugalingon. "

Nag-atubang ang hagdanan ug nakuha ang iyang kamot. "dorian! Dorian!" siya misinggit, "ayaw pagsulti nga ingon niana, wala ako'y usa ka higala nga ingon kanimo, ug dili ako magbaton sa lain nga butang. Wala ka nasina sa materyal nga mga butang, ikaw ba? - ikaw nga labaw nga labi kay sa bisan kinsa kanila! "

"ako nangabugho sa tanan nga kinsang katahum dili mamatay, ako nasina sa hulagway nga imong gipintalan kanako, nganong kinahanglan nga kini magpabilin nga kinahanglan kong mawad-an sa matag gutlo nga moagi nga makakuha sa usa ka butang gikan kanako ug mohatag ug usa ka butang ngadto niini. Kini mao lamang ang laing paagi! Kung ang litrato mahimong mausab, ug ako mahimong kanunay nga unsa ako karon! Nganong gipintalan mo kini? Kini mobiay-biay kanako sa usa ka adlaw-mobiay-biay kanako sa makalilisang! " ang init nga mga luha gihid sa iyang mga mata; iyang gigisi ang iyang kamot ug, nga naglupadlupad sa ibabaw sa higdaanan, iyang gilubong ang iyang nawong sa mga higdaanan, nga daw nag-ampo.

"kini ang imong gibuhat, harry," miingon ang pintor sa hilabihan.

Ginoo henry ang iyang mga abaga. "kini ang tinuod nga gray nga dorian-nga mao ra."

"dili kana."

"kung dili, unsa may akong buhaton niini?"

"ikaw kinahanglan nga mawala kon ako nangutana kanimo," siya miingon.

"ako nagpabilin sa dihang ikaw nangutana kanako," mao ang tubag sa lord henry.

"harry, dili ko makig-away sa akong duha ka suod nga mga higala sa makausa, apan sa taliwala nimo nga duha ikaw naghimo kanako nga nagadumot sa pinakamaayo nga buhat nga akong nahimo, ug kini akong pagalaglagon. Dili motugot nga kini makita sa atong tulo ka mga kinabuhi ug makalibog kanila. "

Ang dorian nga abohon nga gibayaw ang iyang bulawan nga ulo gikan sa unlan, ug ang mga nawong ug luha nga mga mata, nga mitan-aw kaniya samtang siya naglakaw ngadto sa panapton nga lamesa nga gipintal ubos sa taas nga bintana. Unsay iyang gibuhat didto? Ang iyang mga tudlo nahisalaag taliwala sa mga basura sa mga lata nga tubo ug mga uga nga brush, nangita og usa ka butang. Oo, kini alang sa taas nga paleta-kutsilyo, uban sa nipis nga sulab sa lithe steel. Iyang nakaplagan kini sa katapusan. Iyang tunawon ang canvas.

Uban sa usa ka hugot nga paghilak sa bata nga milukso gikan sa lingkuranan, ug, nagdali ngadto sa hawanan, gigisi ang kutsilyo gikan sa iyang kamot, ug gilabay kini ngadto sa katapusan sa estudio. "ayaw, basil, ayaw!" ni hilak siya. "kini pagbuno!"

"nalipay ko nga imong gipasalamatan ang akong trabaho sa katapusan, dorian," matud pa sa pintor sa dihang nahibalik na siya gikan sa iyang katingala. "wala gayud ako maghunahuna nga gusto nimo."

"gipabilhan ko kini? Nahigugma ako niini, basil, kabahin kini sa akong kaugalingon."

"maayo, sa diha nga kamo mamala, kamo mahimo nga binalaan, ug gibutang, ug gipapauli, nan mahimo nimo ang imong gusto sa imong kaugalingon." ug milakaw siya tabok sa kwarto ug gibagting ang kampana alang sa tsa. "ikaw adunay tsa, siyempre, dorian? Ug mao usab ikaw, harry? O imo ba nga gisupak ang ingon nga yanong mga kalipay?"

"gidayeg nako ang yanong kalingawan," miingon ang lord henry. "kini sila ang katapusang dalangpanan sa komplikado apan dili ko gusto ang mga eksena, gawas sa entablado, kung unsa ang dili maayo nga mga kauban nimo, pareho nimo! Ang tawo nga adunay daghang mga butang, apan dili siya makatarunganon.ako nalipay nga dili siya, bisan pa, bisan kon gusto ko nga ikaw dili makiglalis sa hulagway. Ang lalaki dili gayud gusto niini, ug ako ang tinuod nga buhaton. "

"kung gitugutan nimo ang bisan kinsa nga adunay kini apan ako, basil, dili gyud ko nimo pasayloon!" misinggit ang dorian nga abuhon; "ug dili ko motugot nga tawgon ko sa mga tawo nga binuang nga bata."

"nahibal-an nimo nga ang litrato imo, dorian, gihatag ko kanimo sa wala pa kini maglungtad."

"ug nahibal-an nimo nga ikaw usa ka gamay nga binuang, mr grey, ug nga dili ka gayud mosupak nga mapahinumduman nga ikaw hilabihan ka batan-on."

"kinahanglan gyud unta kong mosupak niining buntag, lord henry."

"ah! Ganihang buntag! Nagpuyo ka sukad niadto."

Miabut ang usa ka panuktok sa pultahan, ug ang mayordomo misulod sa usa ka punoan nga tea-tray ug gibutang kini sa usa ka gamay nga lamesa sa japan. Dihay usa ka gahod nga mga tasa ug mga piraso sa piraso ug pagsaway sa usa ka girado nga georgian urn. Duha ka porma sa porma sa kalibutan nga china ang gidala sa usa ka pahina. Ang abu nga dorian miadto ug gibubo ang tsa. Ang duha ka mga lalaki nangaulaw sa lamesa ug gisusi kung unsa ang ilawom sa mga hapin.

"mangadto kita sa teyatro karong gabii," miingon ang lord henry. "sigurado nga adunay usa ka butang, sa usa ka dapit, nagsaad ako nga mokaon sa puti, apan usa lamang kini sa usa ka tigulang nga higala, aron ako makapadala kaniya og wire aron moingon nga ako nasakit, o nga ako gipugngan nga dili makasulod nga sangputanan sa usa ka kasunod nga panagsangka, sa akong hunahuna nga kini usa ka maayo nga katarungan: kini ang tanan nga katingala sa pagkaprangka. "

"kini usa ka pag-ayo nga nagsul-ob sa sinina nga sinina," nag-alirong. "ug, sa diha nga ang usa ka tawo nga anaa kanila, sila hilabihan ka makalilisang."

"oo," mitubag ang ginoo nga henry sa malipayon, "ang costume sa ika-19 nga siglo dulumtanan, kini hilabihan nga kasub-anan, hilabihan nga kasubo. Ang sala mao ang bugtong tinuod nga kolor nga elemento nga nahabilin sa modernong kinabuhi."

"dili gyud nimo angayng isulti ang mga butang nga ingon niana sa atubangan sa dorian, harry."

"sa wala pa ang dorian? Ang usa nga nagbubo sa tsa alang kanato, o ang usa diha sa hulagway?"

"sa wala pa."

"gusto kong moadto sa teatro uban nimo, lord henry," miingon ang bata.

Unya ikaw moanhi, ug ikaw moanhi, ikaw dili maimo.

"dili ko mahimo, tinuod, dili ko madugay, daghan ko'g trabaho."

"maayo, unya, ikaw ug ako mag-inusara, mr gray."

"gusto ko nga ganahan kaayo."

Ang pintor mihungaw sa iyang ngabil ug milakaw, ang kopa sa kamot, ngadto sa hulagway. "magpabilin ko uban sa tinuod nga dorian," siya miingon, ikasubo.

"kini ba tinuod nga dorian?" misinggit sa orihinal nga hulagway, nga naglakaw padulong kaniya. "ganahan ba ako niana?"

"oo, ikaw sama gayud niana."

"pagkaanindot, basil!"

"labing menos ikaw sama niini sa panagway, apan kini dili gayud mausab," nanghupaw sa hawanan. "kana usa ka butang."

"pagkadiskontento sa mga tawo mahitungod sa kamatinud-anon!" mipatugbaw ang lord henry. "ngano, bisan sa gugma kini usa lamang ka pangutana alang sa pisyolohiya, wala kini'y kalabutan sa atong kaugalingong kabubut-on.ang mga batan-ong lalaki gusto nga magmatinud-anon, ug dili; ang tigulang nga mga lalaki gusto nga mahimong walay pagtoo, ug dili makahimo: isulti. "

"ayaw pag-adto sa teatro sa kagabhion, dorian," miingon ang hawanan. "hunong ug kaon uban nako."

"dili nako mahimo, basil."

"ngano?"

"tungod kay ako nagsaad sa ginoong henry wotton aron makauban siya."

"dili siya gusto kanimo nga mas maayo alang sa pagtuman sa imong mga saad.

Ang dorian nga gray nangatawa ug milamano.

"ako nangaliyupo kanimo."

Ang batang lalaki nagduhaduha, ug nagtan-aw sa ginoo nga henry, kinsa nagtan-aw kanila gikan sa lamesa sa tsa uban sa usa ka hinay nga pahiyom.

"kinahanglan kong moadto, basil," mitubag siya.

"maayo kaayo," miingon ang hawanan, ug miadto siya ug gibutang ang iyang kopa sa tray. "hapon na kaayo, ug, samtang magsul-ob ka, kinahanglan nga dili ka mag-usik-usik sa panahon, sa pagpanamilit, sa pagpauli, dorian.

"sigurado."

"dili ka makalimot?"

"dili, dili, dili," misinggit ang dorian.

"ug ... Harry!"

"oo, basil?"

"hinumdomi unsa ang akong gipangutana kanimo, sa didto kami sa tanaman karong buntag."

"nahikalimtan ko kini."

"nagasalig ako kanimo."

"gusto kong makasalig sa akong kaugalingon," miingon ang lord henry, nga mikatawa. "umari ka, mr gray, ang akong lansia anaa sa gawas, ug mahimo kong ihulog sa imong lugar.

Samtang ang pultahan nagsirado sa likod nila, ang pintor misandig sa usa ka sofa, ug usa ka hitsura sa kasakit ang miabut sa iyang nawong.

Kapitulo 3

Sa tunga-tunga sa milabay nga alas-dose sa sunod adlaw nga ginoong henry wotton nga naglakaw gikan sa curzon nga dalan paingon sa albany aron sa pagtawag sa iyang uyoan, lord fermor, usa ka maayong tawo kung medyo kasarangan nga pamaagi nga daan nga bachelor, nga ang gawas sa kalibutan gitawag nga hinakog tungod kay wala kini nga piho nga kaayohan gikan kaniya, apan giisip nga madagayaon sa katilingban samtang nagpakaon siya sa mga tawo nga nalingaw kaniya. Ang iyang amahan mao ang among ambasador sa madrid sa dihang ang isabella bata pa ug wala pa gihunahuna, apan mibalhin gikan sa diplomatikong serbisyo sa usa ka malisud nga panahon sa kasuko nga wala gitanyag sa embahada sa paris, usa ka post nga giisip niya nga siya hingpit nga may katungod tungod sa iyang pagkahimugso, sa iyang katam-is, sa maayong english sa iyang mga gipadala, ug sa iyang sobrang pangandoy alang sa kalipay. Ang anak nga lalaki, kinsa nahimong sekretarya sa iyang amahan, miluwat uban sa iyang pangulo, nga daw binuang sama sa gihunahuna niadtong panahona, ug sa paglampos sa pipila ka mga bulan sa ulahi ngadto sa titulo, nagpunting sa iyang kaugalingon ngadto sa seryoso nga pagtuon sa dakung aristokratikong arte sa pagbuhat wala'y bisan unsa. Siya adunay duha ka dagkong mga balay sa lungsod, apan gipalabi sa pagpuyo sa mga lawak ingon nga kini dili kaayo kasamok, ug gikuha ang kadaghanan sa iyang mga pagkaon sa iyang club. Siya naghatag ug pagtagad sa pagdumala sa iyang mga hugpong sa mga lalawigan sa midland, nga nagpakamatarong sa iyang kaugalingon tungod sa kahugaw sa industriya tungod kay ang usa ka bentaha nga adunay karbon mao nga kini nakapahimo sa usa ka maayo nga tawo nga makahatag sa kaligdong sa nagdilaab nga kahoy sa iyang kaugalingon nga balay. Sa pulitika siya usa ka tory, gawas kon ang mga tori anaa sa katungdanan, nga sa maong panahon siya bug-o nga giabusohan sila tungod sa usa ka pakete sa radicals. Siya usa ka bayani sa iyang sulugoon, kinsa mibiay-biay kaniya, ug usa ka kahadlok sa kadaghanan sa iyang mga relasyon, kinsa iyang gidaugdaog usab. Ang inglatera lamang ang makapatungha kaniya, ug kanunay siyang nag-ingon nga ang nasud moadto sa mga iro. Ang iyang mga prinsipyo wala mausab, apan adunay usa ka maayo nga butang nga giingon alang sa iyang mga pagpihig.

Sa dihang misulod ang agalon nga henry sa kwarto, iyang nakita ang iyang uyoan nga naglingkod sa usa ka baga nga panapton, nga nanigarilyo ug nagbagulbol sa mga panahon . "maayo, harry," miingon ang tigulang nga gentleman, "unsa man ang naghatod kanimo sayo kaayo? Nagtuo ko nga wala ka'y gibiyaan hangtud sa duha, ug dili makita hangtud lima."

"lunsay nga pagmahal sa pamilya, sigurado ko kanimo, george nga uyoan. Gusto kong makakuha og butang gikan kanimo."

"kuwarta, sa akong hunahuna," miingon ang ginoong fermor, nga nagpangilat. "maayo, lingkod ug sultihi ako sa tanan mahitungod niini. Mga batan-on, karon, hunahunaa nga ang salapi mao ang tanan."

"oo," nagbagulbol ang lord henry, paghusay sa iyang button-hole sa iyang coat; "ug sa dihang sila nagkadako na sila nahibal-an kini, apan dili ko gusto nga kwarta, ang mga tawo lang ang mobayad sa ilang mga bayronon nga gusto niana, george nga tiyuhin, ug wala gayud ako mobayad. Gipangita ko ang mga negosyante sa dartmoor, ug busa dili nila ako gihasol. Ang akong gusto mao ang kasayuran: dili mapuslanon nga kasayuran, siyempre; walay pulos nga kasayuran. "

"maayo, ako sultian nimo bisan unsa nga anaa sa usa ka english blue nga libro, harry, bisan kadtong mga kauban karon nagsulat og daghan nga mga butang nga walay pulos, sa diha nga ako anaa sa diplomatiko, ang mga butang mas maayo. Kung ang usa ka lalaki usa ka maayo nga tawo, nahibal-an niya ang igo, ug kung dili siya usa ka lalaki, bisan unsa ang iyang nahibal-an nga dili maayo alang kaniya. "

"ang mr gray nga dorian dili iya sa asul nga mga libro, george nga uyoan," miingon ang lord henry languidly.

"mr gray dorian? Kinsa siya?" nangutana ang lord fermor, nga naggamit sa iyang mga itom nga mga kilay.

"kana ang akong gitun-an, ang george nga uyoan, o hinoon, nahibal-an ko kung kinsa siya, siya ang katapusang apo sa lalaki nga lalaki ni kelso, ang iyang inahan usa ka devereux, lady margaret devereux. Unsa man ang iyang gusto? Kinsa ang iyang gipangasawa? Nahibal-an nimo ang halos tanan sa imong panahon, aron ikaw makaila kaniya.

"apo sa kelso!" mipalanog sa tigulang nga lalaki. "kelso's apo! ... Siyempre .... Nahibal-an ko ang iyang inahan intimately.ako nagtuo nga ako sa iyang christening .. Siya mao ang usa ka talagsaon nga maanyag nga babaye, margaret devereux, ug sa paghimo sa tanan nga mga tawo nga frantic pinaagi sa paglayas sa usa ka walay bayad nga mga batan-on ang usa ka tawo nga wala'y usa, usa ka tawo, usa ka subaltern sa usa ka tiil nga rehimen, o usa ka butang nga ingon niana nga pagkatinuod, akong nahinumduman ang tibuok nga butang ingon nga kini nahitabo kagahapon ang mga kabus nga gipatay gipatay sa duel sa spa pipila ka bulan human sa kaminyoon nga adunay usa ka malaw-ay nga sugilanon bahin niini, sila miingon nga si kelso nakabaton sa usa ka rascally adventurer, sa pipila ka mga belgian brute, sa insulto sa iyang umagad sa publiko- gibayran siya, sir, sa pagbuhat niini, mibayad kaniya-ug nga ang mga kauban sa spats sa iyang ang tawo daw usa ka pigeon, ang butang nahigmata, apan, egad, kelso mikaon sa iyang chop nga nag-inusara sa club sa pipila ka panahon pagkahuman. Gidala niya ang iyang anak nga babaye balik uban kaniya, gisultihan ako, ug wala siya makigsulti kaniya ang usa ka tuig nga pagkamatay sa babaye, namatay usab sulod sa usa ka tuig, mao nga gibiyaan niya ang usa ka anak nga lalaki, wala ba siya nakalimtan? Kana nga unsang klase sa bata siya? Kung siya nahisama sa iyang inahan, kinahanglan gayud siya nga usa ka nindot nga kapitulo. "

"siya maayo kaayo," miuyon sa lord henry.

"nanghinaut ko nga mahulog siya sa husto nga mga kamot," nagpadayon ang tigulang nga lalaki. "siya kinahanglan nga adunay usa ka kolon sa salapi nga naghulat alang kaniya kon kelso ang naghimo sa husto nga butang pinaagi kaniya, ang iyang inahan adunay salapi, usab ang tanan nga selby nga kabtangan miabut kaniya, pinaagi sa iyang apohan nga lalaki. Ang usa ka babaye nga nag-ingon nga ang usa ka babaye nga usa ka babaye nga usa ka babaye, wala ako mangahas sa pagpakita sa akong nawong sa korte sulod sa usa ka bulan, apan naglaum siya nga mas maayo ang pagtratar niya sa iyang apo kay sa iyang gihimo. "

"wala ko kahibalo," mitubag ang lord henry. "maayo na lang nga ang bata mag-ayo na, wala na siya sa edad, nakahibalo na siya, ug gisultihan ko niya ... Ug ... Ang iyang inahan matahum kaayo?"

"ang margaret devereux mao ang usa sa labing nindot nga mga binuhat nga akong nakita, harry, unsa ang naa sa kalibutan nga nag-aghat kaniya sa paggawi sama sa iyang gibuhat, wala ako makasabut nga siya makaminyo bisan kinsa nga iyang gipili. Ang tanan nga mga kababayen-an sa maong pamilya, ang mga lalaki mga kabus, apan, ang mga babaye mga talagsaon kaayo, ug ang carlington miluhod ngadto kaniya. Sa london niadtong panahona nga wala magsunod kaniya, ug sa dalan, harry, naghisgot mahitungod sa mga buang nga kaminyoon, unsa kini nga humbug ang imong amahan nagsulti kanako mahitungod sa dartmoor nga gusto magminyo sa usa ka amerikano? "

"mas maayo nga magminyo ang mga amerikano karon lang, george nga uyoan."

"akong ibalik ang mga kababayen-an sa inglaterra batok sa kalibutan, harry," miingon ang lord fermor, gibunal ang lamesa sa iyang kumo.

"ang pusta naa sa amerikano."

"wala sila magdugay, giingnan ako," miingon ang iyang uyoan.

"usa ka dugay nga pakigsabot nga makahurot kanila, apan sila ang kapital sa usa ka steeplechase, sila nagalupad sa mga butang nga naglupad, wala ko maghunahuna nga dartmoor adunay usa ka higayon."

"kinsa ang iyang katawhan?" nagbagulbol sa tigulang nga lalaki. "nakuha ba niya?"

Ginoo henry naglingolingo sa iyang ulo. "ang mga amerikano nga mga batang babaye ingon ka maalamon sa pagtago sa ilang mga ginikanan, ingon nga ang mga kababayen-an sa english nagtago sa ilang kagahapon," siya miingon, mibarog nga moadto.

"sila ang mga porkers, sa akong hunahuna?"

"naglaum ko, george nga uyoan, tungod sa dartmoor's. Giingnan ko nga ang pagpangaon sa baboy mao ang labing dakung propesyon sa america, human sa politika."

"maayo ba siya?"

"nagtrabaho siya nga morag nindot siya, kadaghanan sa amerikano nga mga kababayen-an, mao ang sekreto sa ilang kaanyag."

"nganong dili kini nga amerikano nga mga babaye magpabilin sa ilang kaugalingon nga nasud? Kanunay sila nga nagsulti kanato nga kini ang paraiso alang sa kababayen-an."

"mao kana ang hinungdan nga, sama sa bisperas, sila sobra kaayo nga nabalaka nga makagawas gikan niini," miingon ang lord henry. "biyernes, tiyabaw george, ma-late ko sa paniudto, kung ako mohunong na, salamat sa paghatag kanako sa kasayuran nga akong gikinahanglan, gusto ko kanunay nga mahibal-an ang tanan bahin sa akong bag-ong mga higala, ug walay bisan unsa sa akong mga tigulang."

"asa ka nga mag-lunch, harry?"

"sa iyaan agatha, ako nangutana sa akong kaugalingon ug mr grey, siya ang iyang pinaka bag-ong protege ."

"humph! Sultihi ang imong tiya nga agatha, harry, ayaw'g kabalaka sa uban sa iyang mga hangyo sa gugma nga putli, ako nasakit kanila, nganong ang maayo nga babaye naghunahuna nga wala akoy mahimo gawas sa pagsulat alang sa iyang dili maayo nga mga uso."

"sige, george nga uyoan, sultihan ko siya, apan wala kini'y epekto. Ang mga tawo nga philanthropic nawad-an sa tanang pagbati sa katawhan.

Ang tigulang nga gentleman nagdako nga miuyon ug mibagting sa kampanilya alang sa iyang sulugoon. Ginoo henry gipasa ang ubos arcade ngadto sa burlington dalan ug sa iyang mga lakang sa direksyon sa berkeley square.

Mao nga mao ang sugilanon sa mga ginikanan sa dorian gray. Hugaw sama sa gisulti kaniya, kini nakapahagit pa kaniya pinaagi sa sugyot sa usa ka katingad-an, hapit moderno nga gugma. Usa ka matahum nga babaye nga nagbutang sa tanan alang sa usa ka buang nga gugma. Pipila ka ihalas nga mga semana sa kalipay gipamub-an tungod sa usa ka mangilngig, malimbongon nga krimen. Mga bulan sa walay tingog nga paghingutas, ug dayon usa ka bata nga natawo sa kasakit. Ang inahan nga gisakmit sa kamatayon, ang bata nga gibiyaan sa pag-inusara ug pagpanglupig sa tigulang ug walay gugma nga tawo. Oo; kini usa ka makapaikag nga background. Kini nagpakita sa bata, naghimo kaniya nga mas hingpit, ingon nga kini. Sa luyo sa tanang maayo nga butang nga naglungtad, adunay usa ka butang nga makalilisang. Ang mga kalibutan

kinahanglan nga mag-antos, nga ang pinakasubo nga bulak
tingali mohuyop .... Ug unsa ka kaanindot siya sa
panihapon sa kagabhion, sama sa nahingangha nga mga
mata ug mga ngabil nga nabahin sa nahadlok nga kalipayan
nga iyang gibutang sa atbang kaniya sa club, ang ang pula
nga mga kandila nga gidaganan sa usa ka labi ka daku nga
gibarugan ang katingala sa iyang nawong. Ang
pagpakigsulti kaniya sama sa pagdula sa usa ka nindot nga
biolin. Siya mitubag sa matag paghikap ug kahinam sa
busogan .... Adunay usa ka butang nga makadani kaayo sa
paggamit sa impluwensya. Walay laing kalihokan nga sama
niini. Aron sa pagpakita sa kalag sa usa ka tawo ngadto sa
usa ka madanihon nga porma, ug ipabilin kini didto sa
makadiyut; aron makadungog sa kaugalingon nga mga
panglantaw sa intelektwal nga gibalik sa usa uban sa tanang
gidugang nga musika sa gugma ug kabatan-onan; aron
ipaabut ang usa ka kinaiya sa usa ka tawo nga daw usa kini
ka maliputon nga likido o usa ka lahi nga pahumot: adunay
tinuod nga kalipay niana-tingali ang labing makatagbaw
nga hingpit nga kalipay nga gibilin kanato sa usa ka
panahon nga limitado ug bulgar ingon sa atong
kaugalingon, usa ka panuigon nga hilabihan nga lawasnon
ang iyang mga kalingawan, ug hilabihan ka komon sa iyang
mga tumong .... Siya usa ka kahibulongan nga matang,
usab, kini nga bata, kinsa sa talagsaon kaayo nga
kahigayunan nga iyang nahimamat sa studio sa basil, o
mahimo nga mahimong usa ka talagsaon nga tipo, sa bisan
unsang paagi. Ang grasya iya, ug ang puti nga kaputli sa
pagkabatan-on, ug ang katahum sama sa karaan nga grey
marbles nagpabilin alang kanato. Walay bisan unsa nga dili
mahimo sa usa ka tawo kaniya. Mahimo siya nga usa ka
titan o usa ka dulaan. Unsa ka kaluoy nga ang maong
kaanyag gitagana na nga molubad! ... Ug basil? Gikan sa
usa ka sikolohikal nga punto sa panglantaw, daw unsa ka
makalingaw siya! Ang bag-ong pamaagi sa arte, ang bag-
ong pamaagi sa pagtan-aw sa kinabuhi, nga gisugyot nga

katingalahan pinaagi lamang sa makita nga presensya sa usa nga walay panimuot sa tanan; ang hilom nga espiritu nga nagpuyo sa kalasangan, ug naglakaw nga wala makita sa hawan nga kapatagan, sa kalit nagpakita sa iyang kaugalingon, nahubog ug wala mahadlok, tungod kay sa iyang kalag nga nagpangita kaniya didto gipukaw kanang talagsaon nga panan-awon diin lamang ang katingalahang mga butang nga gipadayag; ang mga porma ug mga sumbanan sa mga butang nahimong, ingon nga kini, dalisay, ug nakabaton og usa ka matang sa simbolo nga bili, ingon nga sila mga sumbanan sa uban pa ug mas hingpit nga porma nga ang ilang anino ilang gihimo nga matuod: kahibulongan kini tanan! Nahinumduman niya ang usa ka butang nga sama niini sa kasaysayan. Dili ba kini plato, kana nga dibuhista sa hunahuna, kinsa unang nagsusi niini? Dili ba kini buonarotti nga gikulit kini sa kolor nga mga gagmay nga mga sonny sa sunod-sunod nga sonnet? Apan sa among kaugalingong siglo kini katingad-an .... Oo; siya maningkamot nga mahimutang sa dorian gray kung unsa, bisan wala mahibalo niini, ang batang lalaki mao ang pintor nga naghimo sa nindot nga hulagway. Siya magtinguha sa pagdominar kaniya-nga, sa pagkatinuod, sa katunga gibuhat kini. Iyang himoon kana nga talagsaon nga espiritu nga iya. Adunay usa ka makalingaw nga butang niining anak sa gugma ug kamatayon.

Sa kalit siya mihunong ug mitan-aw sa mga balay. Iyang nakit-an nga gipasa niya ang iyang tiya sa layo, ug, nga nagpahiyom sa iyang kaugalingon, mibalik. Sa diha nga siya misulod sa medyo lawak nga hawanan, ang butler miingon kaniya nga sila miadto sa paniudto. Gihatagan niya ang usa sa mga sundalo sa iyang kalo ug sa sungkod ug gipasa ngadto sa lawak-kan-anan.

"sama sa naandan, harry," misinggit ang iyang iyaan, naglingolingo sa iyang ulo kaniya.

Naimbento niya ang usa ka pasangil nga pasangil, ug iyang gikuha ang bakanteng lingkuranan tapad niya, mitan-aw sa palibot aron makita kung kinsa ang didto. Ang dorian moyukbo kaniya nga maulawon gikan sa tumoy sa lamesa, usa ka kabutangan sa kalipay nga nangawat sa iyang aping. Atbang nga ang duchess of harley, usa ka babaye nga dalayegon sa pagkamaayo ug pagkamaayo, nga gikahimut-an sa tanan nga nakaila kaniya, ug sa igo nga arkitektural nga proporsyon nga sa mga kababayen-an nga dili mga duchess gihulagway sa mga kontemporaryong mga historian nga ingon sa kabuotan. Sunod sa iyang lingkod, sa iyang tuo, si sir thomas burdon, usa ka radikal nga sakop sa parlamento, kinsa misunod sa iyang lider sa kinabuhi sa publiko ug sa pribadong kinabuhi misunod sa pinakamaayo nga mga tigluto, nga nagakaon sa mga tori ug naghunahuna sa mga liberal, sumala sa maalamon ug ilado nga lagda. Ang post sa iyang wala gi-okupar ni mr. Ang usa ka tigulang nga lalaki nga adunay igong kaanyag ug kultura, nga nahulog, hinoon, ngadto sa dili maayo nga mga batasan sa kahilum, nga, ingon sa gipasabut niya sa makausa ngadto sa agatha nga babaye, miingon ang tanan nga iyang isulti sa wala pa siya katloan. Ang iyang kaugalingong silingan mao ang mrs. Vandeleur, usa sa labing karaan nga mga higala sa iyang iyaan, usa ka hingpit nga santos taliwala sa mga babaye, apan hilabihan ka makalilisang nga gipahinumduman niya ang usa sa usa ka grabe nga gigapos nga hymn-book. Maayo na lang alang kaniya siya sa pikas nga kiliran nga lord faudel, usa ka labing intelihente nga kasarangang tunga-tunga nga pagkakaron, ingon nga kalbo ingon nga usa ka ministeryal nga pamahayag diha sa balay sa mga katilingban, nga kaniya nakigsulti siya sa matinguhaon nga paagi nga usa ka dili mapasaylo nga sayup, siya nagsulti sa makausa sa iyang kaugalingon, nga ang tanan nga mga maayo nga mga tawo nahulog, ug nga walay usa kanila nga makaikyas.

"naghisgot kami mahitungod sa mga kabus nga dartmoor, lord henry," misinggit ang duchess, nga nidding sa pagkalipay kaniya sa tabok sa lamesa. "sa banta mo bala nga magminyo gid sia sa sining makawili nga pamatan-on?"

"nagtuo ko nga naghimo siya sa iyang hunahuna sa pagsugyot ngadto kaniya, duchess."

"unsa ka makalilisang!" miingon ang babaye agatha. "tinuod, ang uban kinahanglan nga manghilabot."

"gisultihan ko, sa maayo kaayo nga awtoridad, nga ang iyang amahan nagbantay sa amerikano nga dry-goods store," miingon si sir thomas burdon, nga nagtan-aw nga supercilious.

"ang akong uyoan nagsugyot na og pagpakaon sa baboy, sir thomas."

"dry-goods! Unsa ang american dry-goods?" nangutana sa duchess, nga nagpataas sa iyang mga kamot sa katingala ug nagpadugang sa verb.

"amerikanhong mga nobela," mitubag ang lord henry, nagtabang sa iyang kaugalingon sa pipila ka mga buntog.

Natingala ang dukesa.

"ayaw hunahunaa siya, akong minahal," mihunghong nga babaye agatha. "wala gayud siya nagpasabut nga bisan unsa nga iyang gisulti."

"sa dihang nadiskobrehan ang america," miingon ang radikal nga membro-ug siya nagsugod sa paghatag ug makapikal nga mga kamatuoran. Sama sa tanan nga mga tawo nga naningkamot sa paghunong sa usa ka hilisgutan, iyang gikapoy ang iyang mga tigpaminaw. Ang duchess nanghupaw ug gigamit ang iyang pribilihiyo sa paghunong. "naghangyo ako sa pagkamaayo nga wala gayud kini nadiskobrehan!" siya mipatugbaw. "tinuod, ang among mga anak nga babaye walay kahigayonan karon.

"tingali, human sa tanan, ang america wala gayud nadiskobrehan," miingon ang mr. Erskine; "ako mismo moingon nga kini nakit-an lamang."

"oh! Apan nakita nako ang mga espesimen sa mga lumulupyo," mitubag ang duchess sa klaro. "ako kinahanglan nga mokumpisal nga ang kadaghanan kanila talagsaon kaayo ug sila nagsul-ob og maayo, usab ang ilang mga sinina sa paris, gusto ko nga makahimo sa pagbuhat sa ingon."

"sila nag-ingon nga kung maayo ang mga amerikanhon mamatay sila moadto sa paris," natawa ang sir thomas, nga adunay usa ka dako nga sinina nga sinulud sa humor.

"tinuod gayud! Ug diin ang dili maayo nga amerikano moadto sa dihang sila mamatay?" nangutana sa duchess.

"sila miadto sa america," nagbagulbol ang lord henry.

Gipakulbaan si sir thomas. "nahadlok ko nga ang imong pag-umangkon nga mapihigon batok sa maong bantog nga nasud," siya miingon sa lady agatha. "ako nakapanaw na tanan sa mga sakyanan nga gihatag sa mga direktor, kinsa, sa maong mga butang, hilabihan ka sibil. Ako nagpasalig kaninyo nga kini usa ka edukasyon sa pagbisita niini."

"apan kinahanglan ba gyud kitang makakita sa chicago aron maedukar?" nangutana si mr. Erskine plaintively. "dili ko mobati sa panaw."

Gipabayaw ni sir thomas ang iyang kamot. Ang usa ka tawo nga nag-ingon nga ang usa ka tawo nga adunay usa ka butang nga adunay usa ka butang, mr. Erskine, usa ka hingpit nga makatarunganon nga mga tawo. Gipasaligan ko ikaw nga walay kabalaka mahitungod sa amerikano. "

"unsa ka makalilisang!" misinggit ang ginoong henry. "ako makabarug nga bangis nga pwersa, apan ang matuud nga hinungdan dili na maagwanta, adunay butang nga dili makatarunganon sa paggamit niini.

"wala ko kasabot nimo," miingon si sir thomas, nga nagkadako nga pula.

"ako, lord henry," murag mr. Erskine, nga may pahiyom.

"ang mga paradoxes maayo kaayo sa ilang dalan ...." mibalik sa baronet.

"mao ba kana ang usa ka kabalaka?" nangutana si mr. Erskine. "wala ko maghunahuna nga ingon niana, tingali kini, maayo nga ang dalan sa mga paradoxes mao ang dalan sa kamatuoran aron pagsulay sa tinuod nga kinahanglan natong makita kini sa higpit nga pisi.

"mahal ko!" ani nga agatha, "giunsa nimo ang mga tawo nga makiglalis! Sigurado ko nga dili nako mahimo ang imong gihisgutan, oh, harry, ako nasuko kanimo. Sa sidlakan nga katapusan? Ako nagpasalig kaninyo nga siya mamahimong mapuslanon kaayo, sila mahigugma sa iyang pagdula. "

"gusto ko siya nga makigdula kanako," misinggit ang ginoo nga henry, nga nagpahiyom, ug mitan-aw sa lamesa ug nakakuha og usa ka masanag nga pagtan-aw sa panan-aw.

"apan dili sila malipayon sa whitechapel," padayon nga lady agatha.

"ako makasimpatiya sa tanang butang gawas sa pag-antus," miingon ang lord henry, gibiyaan ang iyang mga abaga. "dili ako makasimpatiya sa ingon, kini usab mangil-ad, makalilisang kaayo, makaguol kaayo, adunay usa ka butang nga makaluluoy kaayo sa modernong simpatiya uban sa kasakit. Hubag, mas maayo. "

"bisan pa niana, ang sidlakan nga katapusan usa ka importante nga problema," miingon si sir thomas uban ang grabeng pag-uyog sa ulo.

"mao na," mitubag ang batan-ong ginoo. "kini ang suliran sa pagkaulipon, ug gisulayan nato kini pagsulbad pinaagi sa paglingaw sa mga ulipon."

Gitan-aw siya sa politiko. "unsa man nga kausaban ang imong gisugyot, nan?" siya nangutana.

Ginoong henry mikatawa. "dili ko gusto nga mag-usab sa bisan unsa sa england gawas sa panahon," mitubag siya. "ako kontento na sa pilosopiko nga pagpamalandong, apan, sa dihang ang ika-19 nga siglo nabangkaruta pinaagi sa sobra nga paggasto sa simpatiya, akong gisugyot nga kinahanglan kita mag-apelar sa siyensya aron ipatul-id kita. Nahisalaag, ug ang kaayohan sa siyensiya mao nga kini dili emosyonal. "

"apan kami adunay ingon niining grabe nga mga responsibilidad," migawas ang mrs. Vandeleur timidly.

"hilabihan nga lubnganan," gipalanog ang lady agatha.

Ginoo henry mitan-aw sa mr. Erskine. "ang tawhanong tawo nag-isip nga seryoso kaayo, kini mao ang orihinal nga sala sa kalibutan, kung ang manggugubot nga manggugubat nahibal-an kung unsaon pagtawa, ang kasaysayan mahimong lahi."

"ikaw gayud nakapahupay," nag-alsa sa duchess. "ako kanunay nga gibati nga sad-an sa dihang ako nakigkita sa imong minahal nga iyaan, kay wala ko'y interes sa sidlakan nga katapusan. Kay sa umaabot ako makatan-aw kaniya sa nawong nga walay blush."

"ang usa ka bulag kaayo nga pagkahimong, duchess," miingon ang lord henry.

"kon ang usa bata pa," siya mitubag. "sa dihang ang usa ka tigulang nga babaye nga sama sa akong kaugalingon nagsabak, kini usa ka dili maayo nga ilhanan. Ah! Ginoo henry, nanghinaut ko nga sultihan mo ako unsaon nga mahimong batan-on pag-usab."

Naghunahuna siya sa makadiyot. "nakahinumdum ka ba sa bisan unsang dagkong sayop nga imong nahimo sa imong unang mga adlaw, duchess?" siya nangutana, nagtan-aw kaniya sa tabok sa lamesa.

"daghan kaayo, nahadlok ko," siya mihilak.

"unya itugyan sila pag-usab," siya miingon nga maisugon. "aron mabalik ang kabatan-onan, ang usa ka tawo mag-usab lamang sa mga kabuang sa usa ka tawo."

"usa ka maanindot nga teorya!" siya mipatugbaw. "kinahanglan nako kining buhaton."

"usa ka makuyaw nga teorya!" naggikan sa hugot nga ngabil ni sir thomas. Si lady agatha milamano sa iyang ulo, apan dili makatabang nga maglingaw. Mr. Namati ang erskine.

"oo," siya mipadayon, "usa kana sa mga dagkong mga sekreto sa kinabuhi. Karon ang kadaghanan sa mga tawo mamatay sa usa ka matang sa linalang nga sentido komon, ug nakadiskobre nga ulahi na nga ang mga butang nga wala gayud magbasol mao ang mga sayup sa usa ka tawo.

Usa ka tumawa ang naglibot sa lamesa.

Siya nakigdula sa ideya ug nagtubo nga tinuyo; gitambog kini ngadto sa hangin ug giusab kini; himoa nga kini makalingkawas ug makabawi niini; naghimo kini nga iridescent uban sa fancy ug pak-an kini sa paradox. Ang pagdayeg sa binuang, samtang siya nagpadayon, misulbong sa usa ka pilosopiya, ug ang iyang pilosopiya nahimong bata pa, ug nakatagamtam sa buang nga musika sa kalingawan, nagsul-ob, usa ka tinguha, ang iyang sinina nga sinina nga bino ug wreath of ivy, misayaw sama sa usa ka bacchante ang mga bungtod sa kinabuhi, ug gibugalbugalan ang hinay nga silenus tungod sa pagpugong sa kaugalingon. Ang mga kamatuoran mikalagiw sa atubangan niya sama sa nahadlok nga mga butang sa lasang. Ang iyang puti nga mga tiil mitabok sa dako nga pug-anan diin ang maalamon nga si omar naglingkod, hangtud nga ang punoan nga ubas nga ubas mituyok sa iyang mga bukton nga mga bukton sa balod nga purpura nga mga bula, o nagakamang sa pula nga bula ibabaw sa itom, nagtulo, nagtuyok nga mga kilid. Kini usa ka talagsaon nga improvisation. Iyang gibati nga ang mga mata sa gray nga dorian gitutok kaniya, ug ang panimuot nga sa taliwala sa iyang mga mamiminaw didto mao ang usa nga ang iyang kinaiya nga gusto niyang madani ingon og naghatag sa iyang kahinungdanon sa panabut ug sa paghatag og kolor sa iyang imahinasyon. Siya hayag, talagsaon, iresponsable. Iyang gihangyo ang iyang mga tigpaminaw gikan sa ilang kaugalingon, ug gisundan nila ang iyang pipe, nga nagkatawa. Ang dorian nga abuhon wala gayud mitan-aw kaniya, apan naglingkod nga sama sa usa ka ubos sa usa ka spell, mipahiyom sa usag usa sa iyang mga ngabil ug nahibulong nga nagtubo nga lubnganan sa iyang mga pangitngit nga mga mata.

Sa kataposan, nga nahiuyon sa costume sa edad, ang kamatuoran misulod sa lawak sa porma sa usa ka sulugoon sa pagsulti sa duchess nga naghulat ang iyang karwahe. Gikuniskunis niya ang iyang mga kamot sa mock despair. "unsa ka makalagot!" siya mihilak. "ako kinahanglan nga moadto, kinahanglan ko nga tawagan ang akong bana sa club, aron dad-on siya ngadto sa usa ka dili makit-an nga panagtigum sa mga kwarto sa willis, diin siya anaa sa lingkuranan, kung ako ulahi siya sigurado nga masuko, ug ako wala'y usa ka talan-awon sa kini nga bonnet, kini usa ka hilabihan ka mahuyang, usa ka mapintas nga pulong nga magun-ob niini, dili kinahanglan nga moadto, mahal nga agatha. Dili ko mahibal-an unsay isulti bahin sa imong mga panglantaw, kinahanglan nga moadto ka ug magkaon uban namo sa usa ka gabii.

"alang kanimo akong ilabay ang bisan kinsa, duchess," miingon ang lord henry nga adunay pana.

"ah! Nindot kaayo, ug sayop kaayo nimo," siya mihilak; "busa hunahunaa nga moabot ka"; ug siya mihagsa gikan sa lawak, gisundan sa agatha nga babaye ug sa ubang mga babaye.

Sa dihang ang lord henry milingkod na usab, mr. Nag-alirong ang erskine, ug nagkuha og lingkuranan nga duol kaniya, gibutang ang iyang kamot sa iyang bukton.

"nag-istorya ka sa mga libro," siya miingon; "nganong dili ka magsulat?"

"ako usab mahilig sa pagbasa sa mga libro aron sa pag-atiman sa pagsulat niini, mr. Erskine.ako gusto nga magsulat sa usa ka nobela sa pagkatinuod, usa ka nobela nga mamahimong sama ka maanindot sama sa usa ka persian nga karpet ug ingon nga dili tinuod apan walay pampubliko nga publiko sa england alang sa bisan unsang butang gawas sa mga pamantalaan, mga primer, ug ensiklopedia. Sa tanan nga mga tawo sa kalibutan ang english adunay labing gamay nga pagbati sa katahum sa literatura. "

"nahadlok ko nga husto ka," mitubag ang mr. Erskine. "ako mismo kaniadto dunay mga ambisyon sa literatura, apan gipasagdan ko kini kaniadto. Karon, akong minahal nga batan-ong higala, kung tugotan mo ako sa pagtawag kanimo, mahimo kong pangutan-on kung tinuod ba ang imong gisulti kanamo sa paniudto ? "

"nahikalimtan nako ang akong gisulti," mipahiyum ang lord henry. "kini ba dautan kaayo?"

"daotan kaayo sa pagkatinuod. Sa pagkatinuod ako imong hunahunaon peligroso kaayo, ug kon sa bisan unsa nga mahitabo sa atong maayong duchess, kita ang tanan nga motan-aw sa kaninyo ingon nga una sa responsable. Apan ko kinahanglan gusto nga makig-istorya sa imo bahin sa kinabuhi. Sa kaliwatan ngadto sa nga i ang ang usa ka adlaw nga pagkatawo, sa dihang gikapoy ka sa london, nanaug sa treadley ug gipatin-aw kanako ang imong pilosopiya sa kalipay sa usa ka dalaygon nga burgundy nga ako igo nga makatagamtam. "

"mahimo akong madanihon, usa ka pagduaw sa treadley usa ka dakong pribilehiyo, adunay usa ka hingpit nga panon, ug usa ka hingpit nga librarya."

"makompleto mo kini," mitubag ang tigulang nga lalaki nga may matinahuron nga pana. "ug karon kinahanglan kong manamilit sa imong maayo nga iyaan, ako ang naa sa athenaeum, kini ang takna sa dihang natulog kami didto."

"kamong tanan, mr. Erskine?"

"kap-atan kami, sa kap-atan ka mga lingkuranan. Kami nagpraktis alang sa usa ka academy sa mga sulat sa english."

Ang ginoong henry mikatawa ug mibangon. "moadto ko sa parke," siya mihilak.

Samtang siya migawas sa pultahan, ang abu nga dorian mihikap kaniya sa bukton. "paubana ako," siya nagbagulbol.

"apan ako naghunahuna nga ikaw misaad sa basil nga hawanan nga moadto ug motan-aw kaniya," mitubag ang lord henry.

"ako dali nga moanhi uban kanimo, oo, kinahanglan kong mouban kanimo, tugoti ako sa pag-anhi kanimo, ug magsaad ka nga makigsulti kanako sa kanunay?

"ah! Ako nakigsulti na igo alang sa karon," miingon ang lord henry, nga nagpahiyom. "ang tanan nga gusto ko karon mao ang pagtan-aw sa kinabuhi, mahimo nga moadto ka ug tan-aw kini uban kanako, kon ikaw ang nag-atiman."

Kapitulo 4
Usa ka hapon, usa ka bulan ang milabay, ang abu nga dorian naghirag sa maluho nga lingkuranan, sa gamay nga librarya sa balay sa lord henry sa mayfair. Kini usa ka nindot nga lawak, uban sa taas nga panapton nga wainscoting sa kahoy nga punoan sa olibo, sa kolor nga kolor nga frieze ug sa kisame sa gipataas nga plasterwork, ug ang tisa sa tibuuk nga kahoy mibati sa karpet nga gisabod sa sutla, dugay nga fringed nga mga hapin sa persian. Sa usa ka gamay nga satinwood nga lamesa nagbarug ang usa ka estatwa pinaagi sa clodion, ug sa tupad niini adunay usa ka kopya sa les cent nouvelles, nga gigapos alang sa margaret sa valois pinaagi sa clovis eve ug napuno sa gilt daisies nga gipili sa reina alang sa iyang device. Ang pipila ka dagkong blue nga china nga tadyaw ug mga parrot-tulip gihan-ay sa mantelshelf, ug pinaagi sa gagmay nga tingga nga mga pane sa bintana midagayday ang kolor nga apricot sa adlaw sa ting-init sa london.

Ang ginoong henry wala pa makasulod. Kanunay siya nga naulahi sa prinsipyo, ang iyang prinsipyo mao nga ang pagka-abot sa panahon mao ang kawatan sa panahon. Mao nga ang batan-ong lalaki nagtan-aw nga masulub-on, sama sa walay pagtu-on nga mga tudlo nga iyang gitunol ang mga panid sa usa ka komplikadong hulagway nga edisyon sa manon lescaut nga iyang nakit-an sa usa sa mga libro nga mga kaso. Ang pormal nga monotonous ticking sa orasan sa louis quatorze nasuko kaniya. Kausa o kaduha siya naghunahuna nga mobiya.

Sa katapusan nakadungog siya og usa ka lakang sa gawas, ug ang pultahan giablihan. "unsa ka dugay ka na, harry!" siya nagbagulbol.

"nahadlok ko nga dili kini harry, mr gray," mitubag ang usa ka tumang tingog.

Mitan-aw dayon siya ug mibarug sa iyang tiil. "naghangyo ko sa imong pasaylo. Akong gihunahuna-"

"ikaw nagtuo nga kini akong bana, ang iyang asawa lamang, kinahanglan nga tugotan ko nga ipaila ang akong kaugalingon, nahibal-an ko ikaw nga maayo sa imong mga litrato.

"dili pito, babaye nga henry?"

"maayo, alas nuybe, unya, ug nakita ko ikaw uban niya sa laing gabii sa opera." gikataw-an siya nga gikulbaan samtang siya nagsulti, ug nagtan-aw kaniya uban sa iyang dili hikalimtan nga dili nako makita nga mga mata. Siya usa ka talagsaon nga babaye, kansang mga sinina kanunay tan-awon sama nga kini gidisenyo sa usa ka kasuko ug gisulud sa unos. Kasagaran siya nahigugma sa usa ka tawo, ug, tungod kay ang iyang gugma wala mahibalik, iyang gihuptan ang tanan niyang mga ilusyon. Siya misulay sa pagtan-aw sa maanindot, apan milampos lamang nga dili limpyo. Ang iyang ngalan mao ang victoria, ug siya adunay hingpit nga mania sa pagsimba.

"nga sa lohengrin, lady henry, ako naghunahuna?"

"oo, kini sa mahal nga lohengrin, gusto ko ang musika sa wagner nga mas maayo kay sa bisan kinsa, kini kusog kaayo nga ang usa ka tawo makahimo sa pagsulti sa tibuok nga panahon nga walay mga tawo nga makadungog sa usa nga nag-ingon. Abu? "

Ang samang nervous staccato nga katawa mibuak gikan sa iyang nipis nga mga ngabil, ug ang iyang mga tudlo nagsugod sa pagdula sa usa ka taas nga tortoise-shell nga kutsilyo.

Ang dorian mipahiyom ug milamano: "nahadlok ko nga wala ko maghunahuna nga ingon niana, babaye nga henry, wala ko mag-estorya sa panahon sa musika-bisan sa maayo nga musika, kung ang usa nakadungog sa dili maayo nga musika, kini usa ka katungdanan nga malumos kini sa pag-istoryahanay. "

"ah! Mao kana ang usa sa mga panglantaw sa harry, dili ba, mr grey? Ako kanunay nga nakadungog sa mga pagtan-aw ni harry gikan sa iyang mga higala, kini mao lamang ang paagi nga akong mahibal-an bahin niini. Gipangutana nako ang usa ka lalaki nga nag-inusara, apan nahadlok ko niini, kini naghimo nako nga romantiko kaayo nga ako lang nagsimba sa mga pianista-duha sa usa ka higayon, usahay, harry nagsulti kanako. Mao nga sila mga langyaw, silang tanan, dili ba? Bisan kadtong mga natawo sa england nahimong mga langyaw human sa usa ka panahon, dili ba kini? Kini mao ang ingon ka abtik kanila, ug ingon nga usa ka pagdayeg sa art. Kung wala ka sa bisan kinsa sa akong mga partido, naa ka, gray, kinahanglan nga moabut, dili ko maabot ang mga orchid, apan wala ko'y gasto sa mga langyaw. Ang usa ka tawo nga nag-ingon nga ang usa ka tawo nga nag-ingon nga ang usa ka tawo sa usa ka tawo nga adunay usa ka butang nga wala sa usa ka butang mga ideya. No; nga ang atong mga ideya lahi ra. Apan siya ang labing nindot. Nalipay kaayo ko nga nakita ko siya. "

"ako nahingangha, ang akong gugma, nahingangha," miingon ang lord henry, nga gipataas ang iyang ngitngit, pormag-gidak-ong pormag-kilay nga mga kilay ug gitan-aw silang duha nga adunay pahiyom nga pahiyom. "maayo gani nga ulahi na ako, dorian .. Akong gitan-aw ang usa ka piraso sa karaang brokado sa dalan sa dalan ug kinahanglan nga magbaligya sulod sa daghang oras tungod niini. Karon ang mga tawo nasayud sa bili sa tanan nga butang ug sa wala'y bili."

"nahadlok ko nga kinahanglan kong moadto," miingon ang babaye nga henry, nga nabungkag ang kahilum nga kahilom uban sa iyang binuang nga kalit nga pagkakatawa. "ako nagsaad nga magdala uban ang dukesa, panamilit, mr grey, ka-abi, harry, nag-dinner ka, sa akong pag-ingon, mao nga ako tingali makakita nimo sa lady thornbury's."

"nag-ingon ako, mahal," miingon ang lord henry, nga gisirhan ang pultahan sa likod sa iyang, ingon nga usa ka langgam nga paraiso nga migawas sa tibuok gabii sa ulan, migawas siya gikan sa lawak, mibiya sa usa ka hinay nga baho sa frangipanni. Dayon iyang gidagkutan ang usa ka sigarilyo ug gilabay ang iyang kaugalingon sa sopa.

"ayaw pagminyo sa usa ka babaye nga adunay bulok nga dagami, dorian," siya miingon human sa pipila ka mga puffs.

"ngano, harry?"

"tungod kay sila mga sentimental kaayo."

"apan gusto nako ang mga tawong sentimental."

"dili gyud magminyo, dorian, mga lalaki magminyo tungod kay gikapoy sila; mga babaye, tungod kay sila nahibulong: ang duha nasagmuyo."

"dili ko maghunahuna nga magminyo ko, harry.ako sobra ra sa gugma nga usa sa imong aphorisms, ginabuhat nako kini, samtang ginahimo nako ang tanan nga imong gisulti."

"kinsa ang imong gihigugma?" nangutana ang lord henry human sa usa ka pause.

"sa usa ka artista," miingon ang dorian gray, blushing.

Ginoo henry ang iyang mga abaga. "kana usa ka kasagaran nga debut ."

"dili nimo kini isulti kung nakita nimo siya, harry."

"kinsa siya?"

"ang iyang ngalan mao ang sibyl vane."

"wala gayud nakadungog kaniya."

"walay usa nga adunay usa ka tawo, bisan usa ka adlaw, bisan pa, siya usa ka katalagsaon."

"ang akong minahal nga batang lalaki, walay babaye nga usa ka genius, ang mga babaye usa ka dekorasyon nga sekso, wala silay bisan unsa nga isulti, apan sila nagsulti nga maanindot kini nga mga babaye nagrepresentar sa kadaugan sa butang sa hunahuna, sama nga ang mga tawo nagrepresentar sa kadaugan sa hunahuna ibabaw sa moralidad. "

"harry, giunsa nimo?"

"ang akong minahal nga dorian, kini tinuod gyud.ako ang pag-analisar sa mga babaye karon, mao nga kinahanglan nakong mahibal-an .. Ang hilisgutan dili kaayo abstruse sama sa akong gihunahuna nga kini mao ang akong nakita nga, sa katapusan, adunay duha lamang ka matang sa mga babaye, ang ang mga babaye nga mga babaye nga mga babaye nga mga babaye nga mga babaye nga mga babaye sa usa ka babaye, aron sa pagsulay ug tan-awa sa batan-ong. Atong mga apohang babaye gipintalan aron sa pagsulay ug makig-istorya nga masilaw. Rouge ug esprit nga gigamit sa pag-adto sa tingub. Nga mao ang tanan sa ibabaw sa karon. Samtang nga ang usa ka babaye mahimong motan-aw sa napulo ka tuig mas batan-on kay sa iyang kaugalingon nga anak nga babaye, siya mao ang hingpit nga matagbaw nga ang lima ka mga babaye sa london nga angay nga makig-istorya, ug ang duha niini dili madawat ngadto sa desente nga katilingban, apan, sultihi ako mahitungod sa imong kinaadmanon, unsa ka dugay ikaw nakaila kaniya?"

"ah! Harry, ang imong mga panglantaw nahadlok kanako."

"dili na kana mahitabo, hangtud kanus-a ka nakaila kaniya?"

"mga tulo ka semana."

"ug diin nimo siya makita?"

"ko kaninyo, gihasol, apan dili kamo kinahanglan nga dili maluluton mahitungod niini. Human sa tanan, wala gayud kini unta mahitabo kon ako wala nahimamat kamo. Ikaw gipuno kanako uban sa usa ka ihalas nga tinguha nga masayud sa tanang mga butang mahitungod sa kinabuhi.

Alang sa mga adlaw human sa ko nakit-an ka, usa ka butang nga daw nakit-an sa akong mga ugat. Samtang ako naglingkod sa parke, o naglakaw-lakaw sa pikas, ako kaniadto nagtan-aw sa matag usa nga miagi kanako ug nahibulong, uban ang usa ka buang nga pagkamausisaon, unsa nga matang sa mga kinabuhi nga ilang gipangulohan. Ang usa ka gabii sa mga alas singko sa hapon, nakahukom ako nga mogawas sa pagpangita sa usa ka adventure. Akong gibati nga kining gray nga makalilisang nga london sa atoa, uban sa mga linaksa sa mga tawo, sa mga makasasala nga mga makasasala, ug sa mga gwapa nga mga sala, sama sa imong gihulagway niini, adunay usa ka butang nga giandam alang kanako. Usa ka pagbati nga kalipay. Akong nahinumduman kung unsa ang imong gisulti kanako nianang maanindot nga gab-i sa una namong pagpangaon, mahitungod sa pangitaa ang katahum ingon nga tinuod nga sekreto sa kinabuhi. Wala ko mahibalo kung unsa ang akong gilauman, apan ako milakaw ug naglatagaw paingon sa silangan, sa wala madugay nawala ang akong dalan sa usa ka labirint sa grabe nga mga kadalanan ug mga itom nga mga kahon nga walay balili. Mga tunga sa nanglabay nga walo ako gipasa sa gamay nga gamay nga teatro, nga adunay dagkong mga gas-jet ug mga play-bill. Usa ka mangilngig nga jew, sa labing talagsaon nga baybayon nga akong nakita sa akong kinabuhi, nagbarug sa pultahan, nanigarilyo nga usa ka mangil-ad nga tabako. Siya adunay daghang mga pulgada, ug usa ka dako nga diyamante ang nagsilaob sa sentro sa usa ka hugaw nga sinina. 'Adunay kahon, akong ginoo?' siya miingon, sa diha nga siya nakakita kanako, ug iyang gikuha ang iyang kalo sa usa ka kahinam sa pag-alagad. Adunay butang mahitungod kaniya, harry, nga nakalingaw kanako. Siya usa ka mangtas. Ikaw mokatawa kanako, nahibal-an ko, apan ako sa tinuod misulod ug mibayad sa usa ka tibuok nga guinea alang sa stage-box. Sa karon nga adlaw dili nako mahimo kung nganong gibuhat ko kini; ug bisan kon wala ako-akong pinalangga nga asawa, kung wala koy mahimo-wala untay labing hinungdan sa akong kinabuhi. Nakita ko ikaw nga nagkatawa. Makalilisang kini kanimo! "

"dili ko kataw-an, dorian, bisan dili ko kataw-an, apan dili ka kinahanglan nga isulti ang pinakalabaw nga gugma sa imong kinabuhi, kinahanglan mo nga isulti ang una nga gugma sa imong kinabuhi. Sa gugma sa usa ka higala, ang usa ka dako nga gugma mao ang pribilehiyo sa mga tawo nga walay bisan unsa nga pagabuhaton nga mao ang usa nga gigamit sa walay pulos nga mga klase sa usa ka nasud. Ang sinugdanan."

"naghunahuna ka ba nga ang akong kinaiya mabaw?" misinggit ang dorian nga uban ang kakulba.

"dili; sa akong hunahuna ang imong kinaiyahan nga lawom."

"unsa imong gipasabot?"

"ang akong minahal nga batang lalaki, ang mga tawo nga nahigugma sa makausa lamang sa ilang mga kinabuhi sa tinuud ang mabaw nga mga tawo, kung unsa ang ilang gitawag nga ilang pagkamaunongon, ug ang ilang pagkamaunongon, ginatawag ko ang kahinam sa kostumbre o ang ilang kakulang sa imahinasyon. Ang pagkahan-ay alang sa kinabuhi sa kinaadman-nga usa lamang ka pagsugid sa kapakyasan, pagkamatinud-anon, kinahanglan nga usisahon kini sa usa ka adlaw, ang gugma alang sa kabtangan naa niini. Adunay daghan nga mga butang nga atong ihulog kung wala kita mahadlok nga ang uban mahimong mopili pero dili ko gusto nga makagubot nimo. Padayon sa imong sugilanon. "

"maayo, nakita nako ang akong kaugalingon nga naglingkod sa usa ka makalilisang nga gamay nga pribado nga kahon, uban ang usa ka bulgar nga talan-awon nga nagtutok kanako sa nawong. Mitan-aw ko gikan sa luyo sa kortina ug gisurbi ang balay. Usa ka ikatulong gidaghanon nga kasal-cake, ang galeriya ug ang lungag puno sa igo, apan ang duha ka laray sa mga maanyag nga mga puy-anan wala'y sulod, ug wala'y usa nga tawo nga sa akong gituohan nga gitawag nila ang bulok sa sinina. Ginger-beer, ug adunay usa ka makalilisang nga konsumo sa mga nut nga nagpadayon. "

"kini ingon gayod sa mga adlaw nga lahi sa drama sa britanya."

"sama ra, kinahanglan kong magtrabaho, ug magul-anon kaayo." naghunahuna ko kon unsa ang kinahanglan buhaton sa kalibutan sa dihang nakita nako ang play-bill.

"angay nga hunahunaon ko nga ang bata nga buangbuang, o 'amang apan walay sala' ang atong mga amahan nga kaniadto ingon niana nga matang, nagtuo ko nga ang mas taas nga kinabuhi, dorian, mas madasigon nga akong gibati nga bisan unsa ang maayo nga igo alang sa atong mga amahan dili maayo alang kanato. Sa art, sama sa politika, les grandperes ont toujours tort . "

"kini nga dula igo na alang kanamo, harry, kini romeo ug juliet.ako kinahanglan nga moangkon nga ako nasuko sa ideya sa pagtan-aw sa shakespeare nga nahimo sa usa ka alaot nga lungag sa usa ka dapit. Sa usa ka paagi, bisan sa usa ka paagi, ako determinado nga maghulat alang sa unang buhat. Adunay usa ka makalilisang nga orkestra, nga gidumala sa usa ka batan-on nga hebrew nga naglingkod sa usa ka liki nga piano, nga hapit nakapahawa kanako, apan sa katapusan si romeo usa ka hanas nga tigulang nga ginoo, uban ang gisul-ob nga mga kilay, usa ka tingog sa trahedya, ug usa ka dagway nga sama sa beer-baril. Sa iyang kaugalingon ug sa labing mahigalaon nga mga termino sa mga gahong, sila sama sa ingon nga grotesque ingon sa talan-awon, ug nga tan-awon ingon nga kon kini gikan sa usa ka nasud-booth, apan juliet! Harry, mahanduraw usa ka babaye, halos napulo ug pito ka tuig sa edad, uban sa usa ka gamay, bulak nga nawong, usa ka gamay nga punoan sa griego nga adunay plaited coils sa itom nga brown nga buhok, mga mata nga mga uhot nga unguoso sa gugma, mga ngabil nga sama sa mga gihay sa rosas. Siya ang labing nindot nga butang nga akong nakita sukad sa akong kinabuhi. Giingnan ka nako sa makausa nga ang mga kasinatian mibiya kanimo nga wala mausab, apan kanang katahum, katahum lamang, makapuno sa imong mga mata uban sa mga luha. Gisultian ko ikaw, harry, dili nako makita kining babaye tungod sa gabon sa mga luha nga miabot kanako. Ug ang iyang tingog-wala gayud ako makadungog niini nga tingog. Gamay kaayo kini sa sinugdanan, nga adunay lawom nga mellow notes nga daw nahulog nga singot sa usa ka dalunggan. Dayon kini nahimong mas kusog, ug daw tunog sa usa ka plawta o usa ka layo nga hautboy. Diha sa talan-awon sa tanaman kini adunay hilabihan nga hilabihang kalisang nga ang usa nga nakadungog sa dili pa sa kaadlawon sa dihang ang mga nightingale nag-awit. Dihay mga gutlo, sa ulahi, sa diha nga kini adunay ihalas nga gugma sa mga bayolente. Nahibal-an mo kung unsa nga tingog makapukaw sa usa. Ang imong tingog ug ang tingog sa sibyanan mao ang duha ka butang nga dili nako makalimtan. Sa diha nga gipiyong ko ang akong mga mata, nadungog ko sila, ug ang matag usa kanila nagsulti og usa ka butang nga lahi. Wala ko masayud kung unsay sundan. Nganong dili ko higugmaon siya? Harry, gihigugma nako siya. Siya ang tanan alang kanako sa kinabuhi. Gabii nga magabii ako moadto aron makita ang iyang dula. Usa ka gabii siya rosalind, ug sa sunod nga gabii siya imogen. Nakita nako siya nga namatay sa kangitngit sa usa ka italyanong lubnganan, nagsuso sa hilo gikan sa mga ngabil sa iyang hinigugma. Gitan-aw nako siya nga naglatagaw sa lasang sa arden, nagtakuban ingon nga usa ka bata nga lalaki sa hose ug doble ug dunot nga kalo. Siya nabuang, ug miadto sa atubang sa usa ka sad-an nga hari, ug naghatag kaniya og rue nga isul-ob ug mapait nga mga tanum aron makatilaw. Siya inosente, ug ang itom nga mga kamot sa pangabugho midugmok sa iyang sama ka tambok nga tutonlan. Nakita nako siya sa matag edad ug sa matag costume. Ang ordinaryo nga mga babaye wala gayud mag-apelar sa imahinasyon sa usa ka tawo. Kini limitado sa ilang siglo. Walay garantiya nga nag-abanse kanila. Ang usa nahibalo sa ilang mga hunahuna nga sayon sama sa usa nga nakaila sa ilang mga bonnet. Ang usa mahimong kanunay nga makakita niini. Walay bisan kinsa kanila nga misteryo. Nagsakay sila sa parke sa buntag ug nagsultihanay sa mga tea-party sa hapon. Sila adunay ilang naandan nga pahiyum ug ang ilang uso nga paagi. Kini klaro. Apan usa ka aktres! Unsa ka lahi ang usa ka artista! Harry! Nganong wala nimo sultihi ako nga ang bugtong nga butang nga angay nga mahigugma usa ka aktres? "

"tungod kay ako nahigugma sa daghan kanila, dorian."

"oh, oo, mga makalilisang nga tawo nga adunay tininang buhok ug gipintalan ang mga nawong."

"ayaw pagdagan nga tinina nga buhok ug gipintalan ang mga nawong. Adunay talagsaon nga kaanyag diha kanila, usahay," miingon ang lord henry.

"gusto ko karon wala ko sultihi kanimo mahitungod sa sibyl vane."

"dili ka makatabang sa pagsulti kanako, dorian. Sa tibuok mong kinabuhi imong isulti kanako ang tanan nimo nga buhaton."

"hoy, harry, nagtuo ko nga tinuod kana, dili ko makatabang sa pagsulti nimo sa mga butang, adunay usa ka talagsaong impluwensya kanako, kung nakabuhat ako og usa ka krimen, moadto ako ug isugid kini kanimo.

"ang mga tawo nga sama kanimo-ang tinuyo nga mga sunbeam sa kinabuhi-dili makahimo sa mga krimen, dorian, apan daghan kaayo akong obligasyon alang sa pagdayeg, parehas kini ug karon sultihi ako-hapit kanako ang mga posporo, sama sa usa ka maayo nga bata-salamat-unsa ang imong tinuod nga relasyon uban sa sibyl vane? "

Ang dorian nga abuhon nga nagluksolukso sa iyang tiil, uban ang nabahong mga aping ug nagdilaab nga mga mata. "harry! Sibyl vane sagrado!"

"ang sagrado lamang nga mga butang nga kinahanglan nga makahikap, dorian," miingon ang lord henry, nga may usa ka katingalahan nga paghikap sa mga kalyasan sa iyang tingog. "ngano man nga ikaw nasuko? Nagtuo ko nga usa siya ka adlaw sa usa ka tawo, kung ang usa naa sa gugma, ang usa magsugod pinaagi sa paglimbong sa kaugalingon, ug ang usa kanunay nga magtapos sa pagpanglimbong sa uban. Kaila siya, sa bisan unsang paagi, sa akong pagtuo? "

"siyempre nahibal-an ko siya .. Sa unang gabii didto ako sa teatro, ang makalilisang nga tigulang nga jew miduol sa kahon human mahuman ang pasundayag ug mihalad sa pagdala kanako sa likod sa mga talan-awon ug gipaila ako kaniya. , ug gisultihan siya nga si juliet namatay na sa gatusan ka tuig ug nga ang iyang lawas nahimutang sa usa ka marmol nga lubnganan sa verona.ako naghunahuna, gikan sa iyang blangko nga panagway sa kahibulong, nga siya ubos sa impresyon nga ako mikuha og sobra nga champagne, o usa ka butang. "

"dili ko matingala."

"unya siya nangutana kanako kung ako nagsulat alang sa bisan unsa sa mga pamantalaan.ako misulti kaniya nga wala gani ako magbasa niini.siya ingon og nahigawad kaayo niana, ug misulti kanako nga ang tanan nga mga dramatiko nga mga kritiko nagkunsabo batok kaniya, ug nga sila ang matag usa kanila nga mapalit. "

"dili ko maghunahuna kung naa siya didto, apan, sa laing bahin, ang paghukom gikan sa ilang panagway, kadaghanan kanila dili mahal."

"maayo, daw siya naghunahuna nga sila dili niya maangkon," mikatawa ang dorian. "apan niining higayona, ang mga suga nahimutang sa teatro, ug kinahanglang moadto ako aron gusto niya nga sulayan ang pipila nga mga sigarilyo nga kusganong gisugyot kaniya. Pag-usab. Sa diha nga siya nakakita kanako, siya gibuhat niya kanako nga usa ka ubos nga pana, ug mipasalig kanako nga ako usa ka munificent patron sa arte. Siya usa ka labing opensiba mananap, bisan siya adunay usa ka talagsaon nga gugma alang sa shakespeare. Siya miingon kanako sa makausa, uban sa usa ka hangin sa garbo, nga ang iyang lima ka mga pagkabangkaruta hingpit nga tungod sa 'bard,' ingon nga siya miinsistir sa pagtawag kaniya. Daw siya naghunahuna nga kini usa ka kalainan. "

"kini usa ka kalainan, ang akong minahal nga dorian-usa ka dako nga kalainan ang kadaghanan sa mga tawo nahimong bangkrap pinaagi sa pagbutang sa hilabihan ka daghan sa prose sa kinabuhi nga ang pagkadaut sa kaugalingon sa usa ka balak usa ka dungog. ? "

"sa ikatulo nga gabii nga siya nagdula og rosalind, dili ko makatabang sa pag-adto sa palibot, gibutang ko siya sa pipila ka mga bulak, ug siya mitan-aw kanako-labing menos ako nga gituyo nga siya. Dad-a ako sa likod, mao nga miuyon ako. Katingala kini nga dili ko gusto makaila kaniya, dili ba? "

"dili; wala ko maghunahuna."

"akong mahal nga harry, ngano?"

"sultihan ko ikaw sa laing higayon, karon gusto kong mahibal-an ang babaye."

"sibyl? Oh, maulaw kaayo siya, may usa ka bata nga nag-alirong kaniya, ang iyang mga mata nag-abli sa talagsaong kahibulong sa dihang gisultihan nako siya unsa ang akong nahuna-hunaan sa iyang pasundayag, ug ingon og wala siya'y panimuot sa iyang gahum. Ang mga tigulang nga jew nagbarug sa pultahan sa abug nga greenroom, naghimo sa mga pinalabi nga mga pakigpulong bahin kanamo, samtang kami nagbarug nga nagtan-aw sa usag usa sama sa mga bata. Kinahanglan nga ipasalig sa sibyl nga dili ako usa ka matang sa matang, siya miingon nga yano alang kanako, 'ikaw labaw pa sa usa ka prinsipe, kinahanglan nga tawgon ka nga prinsipe nga makadani.' "

"sa akong pulong, dorian, miss sibyl nahibal-an unsaon sa pagbayad sa mga pagdayeg."

"wala nimo siya masabtan, harry, giisip niya ako ingon nga usa ka tawo sa usa ka dula, wala siya'y nahibaloan sa kinabuhi, siya nagpuyo uban sa iyang inahan, usa ka nawala nga gikapoy nga babaye nga nagdula sa babaye nga capulet sa usa ka matang sa magenta dressing-wrapper sa unang gabii, ug ingon og nakakita siya og mas maayo nga mga adlaw. "

"nahibal-an ko nga ang pagtan-aw, kini nakapaguol kanako," nagbagulbol ang lord henry, nagsusi sa iyang mga singsing.

"ang jew gusto nga sultian ako sa iyang kasaysayan, apan ako miingon nga kini wala makagusto kanako."

"husto ka kaayo. Kanunay adunay usa ka butang nga walay katapusan nga nagpasabut sa mga trahedya sa uban nga mga tawo."

"ang sibyl mao ang bugtong butang nga akong gikahadlokan kung unsa kini kung asa siya gikan? Gikan sa iyang gamay nga ulo ngadto sa iyang gamay nga mga tiil, siya hingpit ug bug-os nga balaan. Matag gabii sa akong kinabuhi akong makita ang iyang buhat, ug matag sa gabii siya mas katingalahan. "

"mao kana ang rason, sa akong hunahuna, nga wala gyud ka makakaon uban kanako karon. Nagtuo ko nga kinahanglan ka nga adunay usa ka talagsaon nga romansa sa kamot nga imong nabatonan; apan dili kini ang akong gilauman."

"mahal kong harry, mag-lunch man mi o mag-uban matag adlaw, ug nag-uban ko sa opera sa daghang higayon," miingon ang dorian, gibuka ang iyang asul nga mga mata sa katingala.

"kanunay ka nga ulahi na kaayo."

"maayo, dili ko makatabang sa pagtan-aw sa sibyl play," siya mihilak, "bisan kini alang lamang sa usa ka buhat. Ako gigutom alang sa iyang presensya; ug sa diha nga ako naghunahuna sa talagsaon nga kalag nga natago gamay nga lawas sa ivory, napuno ako sa kataha. "

"pwede ka mag kaon kauban nako karong gabii, dorian, dili ba?"

Siya milamano sa iyang ulo. "kana nga gabii siya imogen," siya mitubag, "ug ugma sa gabii siya mahimong juliet."

"kanus-a siya sibyl vane?"

"dili gayud."

"gipahalipayan ko ikaw."

"unsa ka makalilisang ikaw mao ang tanan nga mga bantog nga mga bayani sa kalibutan sa usa ka tawo nga labaw pa sa usa ka indibidwal.kaw kataw-an, apan ako nagasulti kanimo nga siya adunay katalagman.ako nahigugma kaniya, nga nahibal-an ang tanan nga mga sekreto sa kinabuhi, sultihi ako unsaon sa kaanyag sa sibyl vane sa paghigugma kanako! Gusto ko nga mapahiyomon si romeo gusto ko ang mga patay nga nahigugma sa kalibutan nga makadungog sa among katawa ug maguol. Pagpukaw sa abog sa ilang panimuot, aron mahigmata ang ilang mga abo sa kasakit. Dios ko, harry, giunsa nako pagsimba kaniya! " naglakaw siya sa itaas sa lawak samtang siya nagsulti. Puliki nga mga pula nga gisunog sa iyang mga aping. Siya nahinam kaayo.

Gitutokan siya ni henry uban sa maliputon nga pagbati sa kalipay. Unsa ka lahi siya karon gikan sa maulawon nga nahadlok nga batang lalaki nga iyang nahimamat sa studio sa basil! Ang iyang kinaiyahan nahimo nga sama sa usa ka bulak, nanganak og pula nga siga. Gikan sa iyang sekreto nga tagoanan nga nakapalayo sa iyang kalag, ug ang tinguha miabut aron sa pagsugat niini sa dalan.

"ug unsay gusto nimo nga buhaton?" miingon ang lord henry sa katapusan.

"ako gusto nimo ug basil nga mouban kanako sa usa ka gabii ug tan-awa ang iyang binuhatan, wala ko'y bisan gamay nga kahadlok sa resulta, kinahanglan nga imong ilhon ang iyang pagka-henyo, nan kinahanglan natong kuhaon siya gikan sa mga kamot sa jew. Kaniya sulod sa tulo ka tuig-labing menos sulod sa duha ka tuig ug walo ka bulan-gikan karon nga panahon ako kinahanglan nga mobayad kaniya og usa ka butang, siyempre, kung ang tanan nga nahusay, akong dad-on ang usa ka kasadpan nga katapusan nga teatro ug dad-on siya sa hustong paagi. Mohimo sa kalibutan nga ingon ka buang sama sa iyang gihimo kanako. "

"imposible kana, akong minahal nga batang lalaki."

"oo, iya gayud, dili siya usa ka arte, hingpit nga arte sa kinaiyahan, diha kaniya, apan adunay personalidad usab siya; ug kanunay ka nga nagsulti kanako nga kini mga personalidad, dili mga prinsipyo, nga nagpadayon sa edad."

"maayo, unsang gabii kita moadto?"

"tan-awon ko, karon nga adlaw, adlaw-adlaw.

"sige, ang bristol sa walo ka oras, ug ako makakuha og basil."

"dili walo, harry, palihug, tunga-tunga na sa unom, kinahanglan nga atua kita didto sa atubangan sa kurtina, kinahanglan nga makita niya siya sa una nga buhat, diin nahimamat niya si romeo."

"katunga-nga-miaging unom ka! Unsa sa usa ka oras! Kini mahimong sama sa may usa ka kalan-on-tsa, o sa pagbasa sa usa ka iningles nga nobela. Kini kinahanglan nga sa pito ka. Dili maayo nga dines sa atubangan pito. Makakita kamo basil tali niini ug unya? O ko mosulat kaniya? "

"mahal nga basil! Wala ako makakita kaniya sulod sa usa ka semana, labi pa ka makaluluoy kanako, ingon nga siya nagpadala kanako sa akong hulagway sa labing talagsaon nga bayanan, labi nga gidisenyo sa iyang kaugalingon, ug, bisan tuod ako adunay diyutay nga pangabugho sa gipangutana ko siya kung unsa ang iyang gisulti sa akong kaugalingon nga siya ang akong gipangayo. . "

Gipangutana ni ginoo henry. "ang mga tawo nahigugma kaayo sa paghatag sa ilang gikinahanglan sa ilang mga kaugalingon, mao kini ang akong gitawag nga lalom nga pagkamanggihatagon."

"oh, basil ang pinakamaayo nga mga kauban, apan daw siya usa lang ka philistine, sukad nga nakaila ko nimo, harry, nadiskobrehan nako kana."

"basil, akong minahal nga batang lalaki, gibutang ang tanan nga makapahimuot kaniya ngadto sa iyang buluhaton, ang sangputanan mao nga walay nahabilin alang sa kinabuhi apan ang iyang mga pagpihig, iyang mga prinsipyo, ug ang iyang panabut. Ang usa ka bantog nga magbabalak, usa ka talagsaon nga magbabalak, mao ang labing dili mahunahunaon sa tanan nga mga binuhat, apan ang mas ubos nga magbabalak hingpit nga makalingaw. Ang ilang mga rhymes, mas nindot nga tan-awon, ang kamatuoran nga nagpatik sa usa ka basahon sa second-rate nga sonnets nga naghimo sa usa ka tawo nga dili gayud mapugngan, siya nagpuyo sa balak nga dili niya masulat, ang uban nagsulat sa balak nga wala nila masabti.

"naghunahuna ako nga tinuod gayud, harry?" miingon ang dorian nga abuhon, nga gibutang ang pabango sa iyang panyo gikan sa usa ka dako nga botelyang bulawan nga botelya nga nagtindog sa lamesa. "kinahanglan gayud nga, kon imo kining isulti, ug karon ako nahimutangan." imogen naghulat alang kanako, ayaw kalimti ang ugma.

Samtang siya mibiya sa kwarto, ang kusog nga mga mata sa agtang ni henry nalumos, ug siya nagsugod sa paghunahuna. Tino nga pipila ka mga tawo ang nakapainteres kaniya sama sa gray nga dorian, ug bisan pa ang buang-buang nga pagdayeg sa usa ka laing tawo nakapahimo kaniya nga walay bisan gamay nga kaul-ol sa kahasol o kasina. Siya nahimuot niini. Kini nakapahimo niya nga mas makapaikag nga pagtuon. Siya kanunay nga nahaylo sa mga pamaagi sa natural nga siyensya, apan ang ordinaryo nga hilisgutan nga bahin sa siyensya ingon og walay hinungdan kaniya ug walay import. Ug mao nga siya nagsugod pinaagi sa pagbuhi sa iyang kaugalingon, ingon nga iyang natapos pinaagi sa pagbuhi sa uban. Ang tawhanong kinabuhi-nga nagpakita kaniya ang usa ka butang nga angayan nga imbestigahan. Kon ikumpara sa kini wala'y lain nga bisan unsa nga bili. Kini tinuod nga samtang ang usa nagtan-aw sa kinabuhi diha sa iyang talagsaon nga kaligutgut sa kasakit ug kalingawan, ang usa dili makasul-ob sa usa ka nawong sa usa ka takupis nga bildo, ni maghupot sa sulphurous nga mga aso gikan sa pagsamok sa utok ug paghimo sa imahinasyon nga napuno sa daku nga mga kahuyangan ug mga damgo nga makadaot. Adunay mga hilo nga dili kaayo maayo nga mahibal-an ang ilang mga kabtangan nga gikinahanglan sa usa kanila. Adunay mga sakit nga katingalahan kaayo nga ang usa kinahanglan nga moagi kanila kon ang usa nagtinguha sa pagsabut sa ilang kinaiyahan. Ug, bisan pa niana, pagkadakong ganti ang nadawat! Unsa ka nindot ang tibuok kalibutan nahimong usa! Aron mahibal-an ang talagsaon nga pangatarungan sa gugma, ug ang bulok sa kinabuhi sa kaisipan-ang pag-obserbar kung diin sila nagkita, ug diin sila nagbulag, sa unsa nga punto sila nagkahiusa, ug sa unsang punto sila nagkasumpaki-adunay kalipay sa niana! Unsa man ang hinungdan sa gasto? Ang usa dili makahimo sa pagbayad sa taas nga presyo sa bisan unsa nga pagbati.

Siya mahunahunaon-ug ang hunahuna naghatag sa usa ka gleam sa kahimuot ngadto sa iyang mga kolum nga agata nga mga mata-nga kini pinaagi sa pipila ka mga pulong sa iyang, musika nga mga pulong nga gisulti uban sa musika nga pamulong, nga ang dorian nga abuhon nga kalag mibalik ngadto niining puti nga babaye ug miyukbo sa pagsimba sa atubangan niya . Sa dakong bahin ang bata mao ang iyang kaugalingon nga paglalang. Siya naghimo kaniya nga ahat. Kana usa ka butang. Ang mga ordinaryong tawo nagpaabut hangtud nga ang kinabuhi nagpadayag ngadto kanila sa mga sekreto niini, apan ngadto sa pipila, sa mga pinili, ang mga misteryo sa kinabuhi gipadayag sa wala pa makuha ang tabil. Usahay kini mao ang epekto sa arte, ug labi na sa arte sa literatura, nga giladlad dayon sa mga kahinam ug kaalam. Apan karon ug unya usa ka komplikado nga personalidad ang mikuha sa dapit ug giisip nga opisina sa arte, sa pagkatinuod, sa usa ka paagi, usa ka tinuod nga buhat sa arte, ang kinabuhi nga adunay maanindot nga mga obra maestra, sama sa may balak, o pagkulit, o pagpintal.

Oo, ang bata dili pa dugay. Gipundok niya ang iyang ani samtang kini pa tingpamulak. Ang pulso ug gugma sa kabatan-onan anaa kaniya, apan siya nahimo nga mahunahunaon sa kaugalingon. Kini makalipay sa pagtan-aw kaniya. Uban sa iyang matahum nga nawong, ug sa iyang maanindot nga kalag, siya usa ka butang nga nahibulong. Bisan unsa pa kini tanan, o gitakda nga matapos. Siya nahisama sa usa ka mabinationg mga hulagway diha sa usa ka pageant o usa ka dula, nga ang iyang mga kalipay daw layo sa usa, apan kansang kasubo nagpalihok sa katahum sa usa ka tawo, ug kansang mga samad sama sa pula nga mga rosas.

Kalag ug lawas, lawas ug kalag—unsa ka misteryoso sila! Dihay mananapismo sa kalag, ug ang lawas adunay mga gutlo sa espirituwalidad. Ang mga sensya mahimo nga dalisayon, ug ang kahibalo mahimong madaut. Kinsa ang makaingon kung diin mihunong ang unod, o nagsugod ang psychical impulse? Unsa ka sayup ang mga arbitraryong paghubit sa ordinaryong mga psychologist! Ug unsa pa ka lisud ang paghukom tali sa mga pag-angkon sa nagkalain-laing mga tunghaan! Ang kalag ba usa ka anino nga naglingkod sa balay sa sala? O ang lawas ba gayud sa kalag, sumala sa gihunahuna ni giordano bruno? Ang pagkabulag sa espiritu gikan sa butang usa ka misteryo, ug ang panaghiusa sa espiritu sa butang usa ka misteryo usab.

Nagsugod siya sa paghunahuna kung mahimo ba gyud nga maghimo kita og sikolohiya nga hingpit nga usa ka siyensya nga ang matag usa ka gamay nga tuburan sa kinabuhi ipadayag kanato. Ingon nga kini mao, kita kanunay nga wala masabti sa atong mga kaugalingon ug panagsa ra nga nakasabut sa uban. Ang kasinatian walay bili sa pamatasan. Kini lang ang ngalan nga gihatag sa mga tawo sa ilang mga sayop. Ang mga moralista, isip usa ka lagda, nag-isip niini isip usa ka pamaagi sa pasidaan, nga nag-angkon nga kini usa ka moral nga pagka-epektibo sa pag-umol sa kinaiya, nagdayeg niini ingon nga usa ka butang nga nagtudlo kanato unsa ang sundon ug nagpakita kanato unsa ang likayan. Apan walay motibo nga gahum sa kasinatian. Kini ingon ka gamay sa usa ka aktibong hinungdan sama sa tanlag mismo. Ang tanan nga gipakita niini mao nga ang atong kaugmaon susama sa atong kagahapon, ug nga ang sala nga atong nahimo sa makausa, ug uban sa kasilag, makahimo kita sa daghang mga higayon, ug uban sa kalipay.

Kini tin-aw kaniya nga ang eksperimento nga pamaagi mao ang bugtong pamaagi diin ang usa makaabot sa bisan unsang pagsusi sa siyensiya sa mga pagbati; ug sa pagkatinuod ang dorian nga ubanon maoy usa ka hilisgutan nga gihimo sa iyang kamot, ug ingon og mosaad nga adunahan ug mabungahon nga mga resulta. Ang iyang kalit nga gugma sa sibyl vane usa ka sikolohikal nga panghitabo nga walay gamay nga interes. Walay duhaduha nga ang pagkamaukiton adunay kalabutan niini, pagkamaukiton ug ang tinguha alang sa bag-ong mga kasinatian, apan kini dili usa ka yano, apan usa ka komplikado kaayo nga gugma. Kon unsa ang anaa sa kinatawhan nga kinaiya sa pagkabata nga nausab pinaagi sa mga buhat sa imahinasyon, nahimong usa ka butang nga ingon sa bata sa iyang kaugalingon nga layo gikan sa pagsabut, ug tungod niana gayud nga katarungan nga ang tanan nga mas peligro. Kini ang mga kahinam mahitungod sa kang kinsang sinugdanan atong gilimbongan ang atong mga kaugalingon nga kusganon nga gidaugdaug kanato. Ang atong labing huyang nga mga motibo mao kadtong sa atong kinaiya nga kita adunay panimuot. Kini kanunay nga nahitabo nga sa diha nga kita naghunahuna nga kami nag-eksperimento sa uban kami sa tinuud nag-eksperimento sa among mga kaugalingon.

Samtang ang lord henry naglingkod nga nagdamgo niining mga butanga, usa ka panuktok miabut sa pultahan, ug ang iyang sulugoon misulod ug mipahinumdom kaniya nga panahon na nga magsinina alang sa panihapon. Siya mitindog ug mitan-aw sa dalan. Ang pagsalop sa adlaw nahugno sa sanag nga bulawan ang mga bintana sa itaas sa mga balay nga atbang. Ang mga pane nagsanag sama sa mga plato sa init nga metal. Ang kalangitan sa ibabaw sama sa usa ka nabuak nga rosas. Naghunahuna siya sa batan-ong kinabuhi nga kolor sa kalayo sa iyang higala ug nahibulong kon sa unsang paagi kini matapos.

Pag-abot niya sa balay, halos mga alas dose sa udto, nakita niya ang usa ka telegrama nga nahimutang sa lamesa. Iyang giablihan kini ug nakit-an kini gikan sa dorian gray. Kini mao ang pagsulti kaniya nga siya nalambigit nga magminyo sa sibyl vane.

Kapitulo 5

"mama, inahan, malipayon kaayo ko!" gihunghong niya ang babaye, nga naglubong sa iyang nawong diha sa sabakan sa nabuak, gikapoy nga babaye nga, nga mibalik ngadto sa mahait nga kahayag, nga naglingkod sa usa ka lingkuranan nga ang ilang malaw-ay nga lawak nga lingkuranan nga anaa. "nalipay kaayo ko!" nagsubli siya, "ug kinahanglan nga magmalipayon ka usab!"

Mrs. Ang batiis nagsabwag ug gibutang ang iyang nipis, puti nga puti nga mga kamot sa ulo sa iyang anak nga babaye. "malipayon!" gipangutana niya ang usa ka tawo, "ako lang malipayon, sibyl, sa dihang nakita ko ikaw naglihok, dili ka maghunahuna sa bisan unsa gawas sa imong buhat.

Ang dalagita nagtan-aw ug nagpatuyang. "kuwarta, inahan?" misinggit siya, "unsa man ang problema sa salapi? Ang gugma labaw pa sa kwarta."

"ang isaacs nag-abante namo og kalim-an ka libra aron sa pagbayad sa among mga utang ug aron makadawat og husto nga sangkap alang sa mga james, kinahanglan nga dili nimo kalimtan nga, singko nga kalim-an ka libra usa ka dako kaayo nga kantidad.

"dili siya usa ka gentleman, inahan, ug ako nasilag sa paagi nga siya nakigsulti kanako," miingon ang babaye, mibarug sa iyang tiil ug miadto sa bintana.

"wala ko mahibal-an kon unsaon namo pagdumala kon wala siya," mitubag ang babaye nga hingkod.

Gibiyaan sa sibyl vane ang iyang ulo ug gikataw-an. "dili na namo siya gusto, inahan. Ang prinsesa nga mga lagda naghatag sa kinabuhi alang kanamo karon." dayon siya mihunong. Ang usa ka rosas nag-uyog sa iyang dugo ug naglandong sa iyang mga aping. Diha-diha dayon ang ginhawa sa mga ngabil sa iyang mga ngabil. Sila nangurog. Ang pipila ka habagatang hangin sa kahinam midagayday kaniya ug gisugyot ang lami nga panit sa iyang sinina. "gimahal ko siya," yano siyang miingon.

"buang nga anak! Buang nga anak!" mao ang parrot-phrase nga gilabay sa tubag. Ang pag-waving sa baldado, dili tinuod nga mga tudlo naghatag og grotesqueness sa mga pulong.

Gikataw-an na usab ang babaye. Ang kalipay sa usa ka baldado nga langgam diha sa iyang tingog. Ang iyang mga mata nakuha ang huni ug gipalanog kini sa kahayag, dayon gisirado sa makadiyot, nga daw aron itago ang ilang sekreto. Sa diha nga sila giablihan, ang gabon sa usa ka damgo milabay kanila.

Ang nipis nga kaalam nga nakigsulti kaniya gikan sa nagsulud nga lingkuranan, nga gisugyot sa kahinungdanon, gikutlo gikan sa basahon sa katalgan nga ang tigsulat naggamit sa ngalan nga komon. Wala siya maminaw. Siya libre sa iyang bilanggoan sa gugma. Ang iyang prinsipe, prinsipe nga maanyag, nag-uban kaniya. Siya nakahinumdum sa paghimo kaniya pag-usab. Gipaadto niya ang iyang kalag sa pagpangita kaniya, ug kini nagdala kaniya pagbalik. Ang iyang halok gisunog pag-usab sa iyang baba. Ang iyang mga tabontabon mainit sa iyang gininhawa.

Dayon ang kaalam nakapausab sa pamaagi niini ug naghisgot sa piho ug nadiskobrehan. Kining batan-ong lalaki mahimong adunahan. Kon mao, ang kaminyoon kinahanglan nga hunahunaon. Batok sa kabhang sa iyang igdulungog nakaputol sa mga balud sa kalibutanong taktika. Ang mga pana sa craft nga gipusil kaniya. Nakita niya ang manipis nga mga ngabil nga nagalihok, ug mipahiyom.

Sa kalit iyang gibati ang panginahanglan sa pagsulti. Ang pulong nga kahilum misamok kaniya. "mother, mother," siya mihilak, "nganong nahigugma man siya nako? Nahibal-an ko kung nganong gihigugma ko siya, gimahal ko tungod kay siya nahisama sa unsa ang gugma sa iyang kaugalingon, apan unsay iyang nakita kanako? Gihigugma ko ang akong amahan samtang gihigugma nako ang prinsipe nga maanyag? "

Ang tigulang nga babaye nangluspad sa ilalum sa sapin nga pulbos nga naglublob sa iyang mga aping, ug ang iyang uga nga mga ngabil nagkubkob uban ang tumang kasakit. Si sybil nagdali sa iya, gilabay ang iyang mga bukton sa iyang liog, ug gihagkan siya. "pasayloa ko, inahan, nahibal-an ko nga naghunahuna ka nga maghisgot sa among amahan, apan nag-antos ka tungod kay gimahal mo siya pag-ayo. Ah! Malipayon ako hangtod sa hangtod! "

"anak ko, bata ka pa kaayo nga maghunahuna nga nahigugma ka, gawas pa, unsa ang imong nahibal-an bahin niining batan-ong lalaki? Wala ka makaila sa iyang ngalan. Palayo sa australia, ug ako adunay daghan nga gihunahuna, kinahanglan kong isulti nga kinahanglan nimo nga gipakita ang dugang konsiderasyon, bisan pa, ingon sa akong gisulti kaniadto, kung siya adunahan ... "

"ah, inahan, inahan, malipay ko!"

Mrs. Ang pukyanan mitan-aw kaniya, ug uban sa usa sa mga mini nga theatrical nga mga lihok nga kanunay nahimo nga usa ka pamaagi sa ikaduha nga kinaiya ngadto sa usa ka stage-player, migakos kaniya sa iyang mga bukton. Niini nga gutlo, ang pultahan giablihan ug usa ka batan-ong batan-ong lalaki nga may bagis nga brown nga buhok miabut sa kwarto. Siya usa ka baga nga dagway, ug ang iyang mga kamot ug mga tiil dagko ug medyo clumsy sa paglihok. Dili siya kaayo nga pinakatam-is sama sa iyang igsoong babaye. Ang usa dili gayud makatag-an sa suod nga relasyon nga anaa sa taliwala nila. Mrs. Ang pukot nagpunting sa iyang mga mata kaniya ug gipakusog ang iyang pahiyum. Gihunahuna niya nga gipataas ang iyang anak ngadto sa dignidad sa usa ka mamiminaw. Gibati niya nga ang makapainteres nga tableau .

"mahimo nimo nga pahinumduman ang pipila sa imong mga halok alang kanako, sibyl, sa akong hunahuna," miingon ang batan-ong lalaki sa usa ka maayo nga pagbagulbol.

"ah! Apan dili ka ganahan nga gihagkan, jim," siya mihilak. "ikaw usa ka makalilisang nga tigulang nga oso." ug midagan siya tabok sa kwarto ug migakos kaniya.

James vane mitan-aw sa nawong sa iyang igsoong babaye uban sa kalumo. "gusto ko nga makig-uban ka sa akong paglakaw, sibyl, wala ko magdahum nga makit-an nako kini nga horrid london pag-usab, sigurado ko nga dili ko gusto."

"anak ko, ayaw pagsulti sa makalilisang nga mga butang," nagbagulbol ang mrs. Ang baling, nagsul-ob sa usa ka panit sa panit sa panit, nga nanghupaw, ug nagsugod sa pag-ayo niini. Mibati siya og gamay nga kahigawad nga wala siya moapil sa grupo. Kini makadugang sa mga teyatro sa mga hulagway sa sitwasyon.

"nganong dili, inahan? Ginapasabot nako kini."

"ikaw nasakit kanako, anak ko, ako nagasalig nga ikaw mobalik gikan sa australya sa usa ka posisyon nga katigayonan. Nagtuo ako nga walay bisan unsa nga katilingban sa bisan unsang matang sa mga kolonya-walay bisan unsa nga akong tawgon nga katilingban-mao nga kung ikaw nakahimo sa imong swerte, ikaw kinahanglan gayud nga mobalik ug ipangusog ang imong kaugalingon sa london. "

"katilingban!" miingon ang bata. "dili ko gusto nga mahibal-an ang bisan unsa bahin niana. Gusto kong maghimo'g kwarta nga dad-on ka ug sibyl sa entablado, gikasilagan ko kini."

"oh, jim!" ingon si sibyl, mikatawa, "unsa ka dili maayo ang imong gisulti, apan ikaw ba gyud ang naglakaw lakaw uban kanako? Maayo kana! Nahadlok ko nga magpanamilit ka sa pipila sa imong mga higala-sa tom hardy, kinsa ikaw nga usa ka makalilisang nga tubo, o ned langton, nga nagbugal-bugal kanimo tungod sa pagpanigarilyo niini, kini matam-is kaayo kanimo nga tugotan mo ako sa imong katapusang hapon, asa man kami paingon?

"gipangulohan ko kaayo," mitubag siya, nagkurog. "ang mga tawo lang ang moadto sa parke."

"dili maayo, jim," siya mihunghong, nga nagsusapinday sa iyang sapot.

Siya nagduha-duha sa makadiyot. "maayo kaayo," miingon siya sa katapusan, "apan dili kaayo taas nga pagsinina." siya misayaw gawas sa pultahan. Ang usa makadungog sa iyang pagkanta samtang siya midagan sa ibabaw. Ang iyang gagmay nga mga tiil naputol sa ibabaw.

Naglakaw siya paubos sa lawak duha o tulo ka beses. Dayon siya mibalik sa numero nga gihunahuna sa lingkuranan. "mama, andam na ba ang akong mga butang?" siya nangutana.

"andam ka, james," mitubag siya, nagtan-aw sa iyang mga mata sa iyang trabaho. Sulod sa pipila ka mga bulan ang milabay nasakitan siya sa diha nga siya nag-inusara uban niining lisud kaayo nga anak nga lalaki niya. Ang iyang mabaw nga tinago nga kinaiya nahasol sa dihang ang ilang mga mata nahimamat. Nagtuo siya kaniadto kon dudahan ba siya. Ang kahilom, tungod kay wala siyay lain nga obserbasyon, nahimong dili maagwanta kaniya. Nagsugod siya sa pagreklamo. Ang mga kababayen-an nanalipod sa ilang kaugalingon pinaagi sa pag-atake, sama sa pag-atake kanila sa kalit ug kahibulongan nga pagsurender "manghinaut ko nga makontento ka, james, uban sa imong kinabuhi sa dagat," siya miingon. "kinahanglan nimong hinumdoman nga kini imong kaugalingon nga gipili, ikaw mahimong nakasulod sa usa ka opisina sa solicitor. Ang mga solicitor usa ka dungganon nga klase, ug sa nasud kanunay mokaon uban sa pinakamaayo nga mga pamilya."

"gikasilagan nako ang mga opisina, ug gidumtan nako ang mga klerk," mitubag siya. Gipili ko ang akong kaugalingon nga kinabuhi, ang tanan nga akong giingon mao ang pagbantay sa sibyl, ayaw itugot nga siya makadaot, inahan, kinahanglan nga bantayan mo siya.

"james, tinuod ka nga nakigsulti gyud, siyempre gitan-aw nako ang sibyl."

"nakadungog ko nga usa ka lalaki nga mag-abot kada gabii sa teatro ug moadto sa likod aron makig-istorya kaniya. Husto ba kana?

"ikaw nagsulti mahitungod sa mga butang nga wala nimo masabti, james, sa propesyon nga naanad na nga nakadawat sa usa ka dako kaayo nga pagtagbaw sa pagtagad. Kay sa sibyl, wala ko mahibal-an sa pagkakaron bisan ang seryoso niya o dili, apan wala'y pagduhaduha nga ang batan-ong lalaki nga nangutana usa ka hingpit nga gentleman, siya kanunay nga labing matinahuron kanako gawas sa iyang dagway , ug ang mga bulak nga iyang gipadala matahum. "

"apan wala ka makaila sa iyang ngalan," miingon ang batan-on nga masakiton.

"dili," mitubag ang iyang inahan uban ang malipayong panagway sa iyang nawong. "wala pa siya nagpadayag sa iyang tinuod nga ngalan, sa akong hunahuna kini usa ka romantiko nga bahin kaniya, tingali usa siya ka sakop sa aristokrasya."

James vane ang iyang ngabil. "bantayi ang sibyl, inahan," siya mihilak, "bantayi siya."

"anak ko, ginasakit mo ako sa hilabihan gayud, siyempre, kung kining tawhana usa ka adunahan, wala'y rason nganong dili siya makig-alyansa sa usa ka alyansa uban kaniya, ako nagasalig nga usa siya sa mga aristokrasya. Ang tanan nga dagway niini, ako kinahanglan gayud nga moingon, tingali usa ka labing maanindot nga kaminyuon alang sa sibyl, mahimo silang usa ka matahum nga magtiayon, ang iyang maayong hitsura talagsaon gayud, ang tanan nakamatikod niini. "

Ang batan-on nagbagulbol sa usa ka butang sa iyang kaugalingon ug gibunalan sa bintana-pane uban sa iyang mga tudlo nga wala'y pulos. Bag-o lang siya mibalik sa pagsulti sa usa ka butang sa diha nga ang pultahan giablihan ug ang sibyl midagan.

"unsa ka seryoso ang imong duha!" siya mihilak. "unsay problema?"

"wala," mitubag siya. "sa akong hunahuna ang usa ka tawo kinahanglan nga seryoso usahay, panamilit, inahan, ako adunay panihapon sa alas singko. Ang tanan puno, gawas sa akong sinina, mao nga dili ka kinahanglan nga magkagubot."

"pag-abut, anak ko," siya mitubag uban sa usa ka pana nga dili matupngan.

Siya nasuko kaayo sa tono nga iyang gisagop uban kaniya, ug adunay usa ka butang sa iyang panagway nga nakapahadlok kaniya.

"hagki ako, inahan," miingon ang babaye. Ang iyang bulak nga mga ngabil mihikap sa nalaya nga aping ug gipainit ang katugnaw niini.

"anak ko! Anak ko!" misinggit ang mrs. Baling, nagtan-aw ngadto sa kisame sa pagpangita sa usa ka hinanduraw nga gallery.

"dali, sibyl," miingon ang iyang igsoong lalaki nga dili mapailubon. Gidumtan niya ang mga pagbati sa iyang inahan.

Sila milakaw ngadto sa nagkalayo, huyuhon sa hangin nga hayag sa adlaw ug naglakaw paingon sa makalolooy nga dalan sa euston. Ang mga lumalabay nga mitan-aw sa kahibulong sa mabug-at nga mabug-at nga mga kabatan-onan kinsa, sa baliskad, dili maayo nga mga sinina, kauban sa usa ka madanihon, dalisay nga tan-awon nga babaye. Siya sama sa usa ka komon nga hardinero nga naglakaw nga adunay rosas.

Jim nanghupaw matag karon ug unya sa diha nga siya nakakuha sa inquisitive tan-aw sa pipila ka mga estranghero. Siya nga dili gusto nga nagtan-aw, nga moabut sa mga henyo sa ulahing bahin sa kinabuhi ug dili gayud mobiya sa kasagaran. Apan, ang sibyl nahibaw-an sa epekto nga iyang gipakita. Ang iyang gugma nangurog sa katawa sa iyang mga ngabil. Naghunahuna siya sa mahigugmaon nga prinsipe, ug, aron siya makahunahuna pa kaniya labaw pa, wala siya maghisgot kaniya, apan naghunahuna mahitungod sa barko diin si jim molawig, mahitungod sa bulawan nga iyang gitan-aw, mahitungod ang kahibulongang manununod nga kinsang kinabuhi iyang luwason gikan sa mga dautan, mga tanom nga pula nga sinulud sa kahoy. Kay dili siya magpabilin nga usa ka marinero, o usa ka supercargo, o bisan unsa pa siya. Oh, dili! Ang paglusad sa usa ka marinero makalilisang. Nga nagahanduraw sa usa ka makalilisang nga barko, nga ang mga balud, nga mga balod nga nag-agi sa hump-on nga naningkamot nga makasulod, ug usa ka itom nga hangin nga naghuyop sa mga palo ug gilumpag ang mga layag ngadto sa taas nga magsiyagit nga mga riband! Siya mobiya sa sudlanan sa melbourne, manamilit sa kapitan, ug moadto dayon sa bulawan nga mga umahan. Sa wala pa ang usa ka semana nahimutang siya sa usa ka dako nga tipak sa lunsay nga bulawan, ang kinadak-ang tipaka nga nadiskobrehan, ug gidala kini ngadto sa baybayon sa usa ka waggon nga gibantayan sa unom nga gibutang nga mga pulis. Ang mga mangangayam mag-atake kanila sa tulo ka higayon, ug mapildi uban sa dakong pagpamatay. O, dili. Dili siya kinahanglan nga moadto sa bulawan nga mga kaumahan. Sila mga makalilisang nga mga dapit, diin ang mga tawo nahubog, ug nagpusil sa usag usa diha sa mga lawak-lawak, ug gigamit ang dili maayo nga pinulongan. Siya usa ka maayong mag-uuma nga mag-uuma, ug usa ka gabii, samtang siya nagsakay sa balay, iyang makita ang matahum nga manununod nga gidala sa usa ka tulisan sa usa ka itom nga kabayo, ug paggukod, ug pagluwas kaniya. Siyempre, mahigugma siya kaniya, ug siya uban kaniya, ug sila magminyo, ug mopauli, ug magpuyo sa usa ka dakong balay sa london. Oo, dihay nindot nga mga butang nga giandam alang kaniya. Apan siya kinahanglan nga maayo kaayo, ug dili mawad-an sa iyang kasuko, o mogamit sa iyang salapi nga binuang. Siya usa lang ka tuig nga mas magulang kay sa kaniadto, apan mas nahibalo siya sa kinabuhi. Kinahanglan siya nga sigurado, usab, sa pagsulat kaniya pinaagi sa matag sulat, ug sa pagsulti sa iyang mga pag-ampo matag gabii sa dili pa siya matulog. Ang dios maayo kaayo, ug magbantay kaniya. Siya mag-ampo alang kaniya, usab, ug sulod sa pipila ka mga tuig siya mobalik nga adunahan ug malipayon.

Ang pamatan-on namati nga madasigon kaniya ug wala mitubag. Siya nasakit sa kasingkasing sa pagbiya sa balay.

Apan dili kini ang nag-inusara nga nakapahimo kaniya nga masulub-on ug nagkagrabe. Bisag walay kasinatian siya, aduna pa siyay lig-on nga pagbati sa katalagman sa posisyon sa sibyl. Kini nga batan-on nga dandy nga naghigugma kaniya mahimong makahuluganon kaniya. Usa siya ka gentleman, ug siya nagdumot kaniya tungod niana, nagdumot kaniya pinaagi sa usa ka talagsaon nga lumba sa kinaiya nga dili niya masaysay, ug nga alang sa maong katarungan mao ang labi ka gamhanan sa sulod niya. Siya nahibalo usab sa kabalaka ug kakawangan sa kinaiya sa iyang inahan, ug sa nakita nga walay katapusan nga katalagman alang sa sibyl ug sibyl nga kalipay. Ang mga bata magsugod pinaagi sa paghigugma sa ilang mga ginikanan; samtang sila nagkatigulang sila naghukom kanila; usahay sila mopasaylo kanila.

Iyang inahan! Siya adunay usa ka butang sa iyang hunahuna nga mangutana kaniya, usa ka butang nga iyang gikuha alang sa daghang bulan nga kahilom. Usa ka higayon nga hugpong sa mga pulong nga iyang nadungog sa teatro, usa ka paghunghong nga miabut sa iyang mga dunggan sa usa ka gabii samtang naghulat siya sa pultahan sa entablado, nagbutang sa usa ka baga nga mga makalilisang nga mga hunahuna. Iyang nahinumduman kini ingon nga kini mao ang lash sa usa ka pagpangayam sa pagtan-aw sa iyang nawong. Ang iyang mga kilay nagkahiusa sa usa ka panit-sama sa tudling, ug uban sa nagkalainlain nga kasakit siya gipaubos ang iyang panghaw.

"wala ka maminaw sa usa ka pulong nga akong gisulti, jim," misinggit si sibyl, "ug ako naghimo sa labing maanindot nga mga plano alang sa imong kaugmaon.

"unsay gusto nimo nga akong isulti?"

"oh, maayo ka nga lalaki ug dili ka makalimtan," mitubag siya, nga nagpahiyom kaniya.

Iyang gibiyaan ang iyang mga abaga. "ikaw lagmit nga malimot kanako kay ako makalimot kanimo, sibyl."

Siya nahulog. "unsay buot mong ipasabut, jim?" nangutana siya.

"ikaw adunay usa ka bag-ong higala, nga akong nadungog, kinsa siya? Nganong wala ka man mosulti kanako mahitungod kaniya?

"hunong, jim!" siya mipatugbaw. "dili ka magsulti sa bisan unsang butang batok kaniya, gihigugma ko siya."

"ngano, wala ka makaila sa iyang ngalan," mitubag ang bata. "kinsa siya? Ako adunay katungod nga masayud."

"siya gitawag nga prinsipe nga maanyag, dili nimo gusto ang ngalan, oh nga buang nga bata nga lalaki, dili nimo hikalimtan kini kung nakita nimo siya, ikaw maghunahuna kaniya nga labing kahibulongang tawo sa kalibutan. Gipangutana ko siya kung kanus-a siya mobalik gikan sa australya gusto nimo siya kaayo, ang tanan ganahan niya, ug ako ... Higugmaa siya ... Gusto ko nga moadto ka sa teatro karong gabhiona, didto siya, ug ako sa paglihok juliet, oh! Unsaon ko pagdula kini! Pagkalipay, gugma, gugma ug pagdula juliet! Sa pagpalingkod kaniya didto aron pagtugtog alang sa iyang kalipay! Nahadlok ko nga mahadlok ko sa kompaniya, mahadlok o makadani kanila. Ang gugma sa usa ka tawo dili makalabaw sa usa ka tawo, ang makalagot nga makalagot nga si mr ang isaacs magasinggit og 'kinaadmanon' sa iyang mga loafers sa bar, siya nagsangyaw kanako ingon nga usa ka dogma, kini nga gabii iyang ipahibalo kanako ingon nga usa ka pagpadayag. Ug ang tanan nga iya, ang iyang bugtong, prinsesa nga maanyag, ang akong talagsaon nga hinigugma, ang akong dios sa mga grasya, apan ako kabus sa tupad kaniya. Gh sa bintana. Gusto sang aton mga hulubaton nga magsulat liwat. Kini gihimo sa tingtugnaw, ug ting-init na karon; panahon sa tingpamulak alang kanako, sa akong hunahuna, usa ka sayaw sa mga bulak sa asul nga kalangitan. "

"usa siya ka gentleman," miingon ang bata nga masulub-on.

"usa ka prinsipe!" nagsinggit siya sa musika. "unsa pa ang imong gusto?"

"gusto niya nga maulipon ka."

"nagakurog ako sa hunahuna nga libre."

"gusto ko nga magbantay ka niya."

"aron makita siya nga magsimba kaniya; aron makaila siya nga mosalig kaniya."

"sibyl, nabuang ka sa iya."

Siya mikatawa ug gikuha ang iyang bukton. "ikaw nga dugay na nga jim, ikaw nagsulti ingon nga usa ka gatos ka mga adlaw, ikaw mahigugma sa imong kaugalingon, unya mahibal-an mo kung unsa kini. Ang usa ka tawo nga nag-ingon nga ang usa ka tawo sa usa ka tawo nga adunay usa ka butang nga sa usa ka butang nga sa pag-ingon nga ang usa ka tawo nga adunay usa ka butang nga sa pag-usab sa usa ka butang. Duha ka lingkuranan; manglingkod kita ug makita ang mga tawong maalamon. "

Sila milingkod sa usa ka panon sa mga magbalantay. Ang mga tulip sa mga higdaanan sa kilid sa dalan nagdilaab sama sa nagtulo nga mga singsing sa kalayo. Usa ka puti nga abog-abuton nga panganod sa orris-gamut kini daw-gibitay diha sa hangin. Ang hayag nga kolor nga mga parasol misayaw ug gituslob sama sa dagkong mga alibangbang.

Iyang gihisgutan ang iyang igsoong lalaki sa iyang kaugalingon, sa iyang mga paglaum, sa iyang mga paglaum. Hinay ang iyang pagsulti ug pagpaningkamot. Sila ming-agi sa mga pulong sa usag usa ingon nga mga magdudula sa usa ka game pass counters. Gibati sa sibyl ang dinaugdaug. Dili siya makasulti sa iyang kalipay. Ang usa ka maluya nga pahiyom nga nagtabon nga ang bawos nga baba mao ang tanan nga echo nga iyang madala. Paglabay sa pipila ka mga adlaw mihilum siya. Sa kalit lang nakuha niya ang usa ka sulud nga bulawan nga buhok ug nagkatawa nga mga ngabil, ug sa usa ka bukas nga karwahe nga dunay duha ka mga dorian nga gray nga mga karwahe nga nangagi.

Siya nagsugod sa iyang mga tiil. "didto siya!" siya mihilak.

"kinsa?" miingon ang jim vane.

"ang prinsipe nga maanyag," mitubag siya, nga nag-atiman sa maong kadaugan.

Siya milukso ug gidakop siya sa kamot. "ipakita kaniya siya, diin siya? Itudlo kaniya, kinahanglan ko siyang makita!" siya mipatugbaw; apan nianang higayona ang duke sa berwick nahimutang sa tunga-tunga, ug sa dihang mibiya na ang luna, ang karwahe nawala gikan sa parke.

"wala na siya," nagkasubo ang sibyl. "nanghinaut ako nga nakita nimo siya."

"gusto ko, kay sigurado nga adunay usa ka dios sa langit, kung siya makahimo kanimong sayup, patyon ko siya."

Siya mitan-aw kaniya sa kalisang. Gisubli niya ang iyang mga pulong. Giputol nila ang hangin sama sa usa ka sundang. Ang mga tawo nga nagsugod sa pagluka. Usa ka babaye nga nagbarog duol sa iyang nahulog.

"pahawa, adto, umari ka," siya mihunghong. Siya misunod kaniya sa walay pagduha-duha samtang siya milabay sa panon. Nalipay siya sa iyang gisulti.

Pag-abot nila sa estatuwa achilles, siya milingi. Adunay kaluoy sa iyang mga mata nga nahimong katawa sa iyang mga ngabil. Siya milingo sa iyang ulo kaniya. "ikaw buang, hungog, binuang nga tawo, usa ka anak nga daotan, mao kana ang tanan, unsaon nimo pagsulti ang ingon ka makalilisang nga mga butang? Wala ka mahibalo sa imong gipanulti. Mahigugma ka sa paghimo sa mga tawo nga maayo, ug ang imong gisulti daotan. "

"ako'y 16 anyos," siya mitubag, "ug nahibal-an ko kung unsa ang ako, ang inahan dili makatabang kanimo, wala siya makasabot unsaon sa pag-atiman kanimo. Adunay maayo nga hunahuna sa pagpa-abut sa tibuok nga butang. Ako, kon ang akong mga artikulo wala gipirmahan. "

"dili ka seryoso, ingon sa usa sa mga bayani sa mga buang nga melodramas nga inahan nga gusto kaayo nga mogawas. Dili ko makiglalis kanimo. Nakita ko siya, ug oh! Sa pagtan-aw kaniya nga hingpit nga kalipay, dili kita mag-away, nahibal-an ko nga dili ka makadaut sa bisan kinsa nga akong gihigugma, dili ba? "

"dili basta ikaw nahigugma kaniya, sa akong pagtuo," mao ang tubag nga maluya.

"higugmaon ko siya hangtod sa kahangtoran!" siya mihilak.

"ug siya?"

"sa gihapon, usab!"

"mas maayo siya."

Siya misibug gikan kaniya. Unya siya mikatawa ug gibutang ang iyang kamot sa iyang bukton. Usa siya ka bata.

Sa marmol nga arko sila mipasidungog sa usa ka omnibus, nga nagbilin kanila duol sa ilang mga balay sa duyan sa dalan euston. Kini human sa alas singko, ug ang sibyl kinahanglan nga mohigda sulod sa duha ka oras sa dili pa molihok. Jim miinsistir nga kinahanglan niya buhaton. Siya miingon nga siya dali nga makig-uban kaniya sa dihang wala ang ilang inahan. Siya siguradong makahimo og usa ka talan-awon, ug iyang gidumtan ang mga talan-awon sa matag matang.

Sa silid sa sybil nga nagbulag sila. Adunay kasina sa kasingkasing sa batan-on, ug usa ka mabangis nga pagpatay nga dumuloong sa estranghero kinsa, ingon sa iyang nakita, tali kanila. Apan, sa dihang ang iyang mga bukton gilabay sa iyang liog, ug ang iyang mga tudlo nahisalaag sa iyang buhok, gihumok ug gihagkan siya sa tinuod nga pagbati. Dihay mga luha sa iyang mga mata samtang siya nanaog.

Ang iyang inahan naghulat kaniya sa ubos. Nagbagulbol siya sa iyang dili maaghang panahon, sa pagsulod niya. Siya wala motubag, apan milingkod sa iyang gamay nga pagkaon. Ang mga langaw nag-alirong sa lamesa ug nagakamang sa panapton nga namansahan. Pinaagi sa dagan sa mga omnibus, ug sa pagsabwag sa mga dalan sa kadalanan, iyang madungog ang tingog sa tingog nga gigun-ob sa matag minuto nga gibilin kaniya.

Pagligad sang pila ka tion, gin-itsa niya ang iya plato kag ginbutang ang iya olo sa iya mga kamot. Gibati niya nga siya adunay katungod nga masayud. Kini kinahanglan nga gisultihan na kaniya kaniadto, kung kini ingon sa iyang gidudahang. Nangulo sa kahadlok, ang iyang inahan nagtan-aw kaniya. Ang mga pulong nga gihulog gikan sa iyang mga ngabil. Usa ka gisi nga panyo nga gisi sa iyang mga tudlo. Sa dihang ang orasan miigo sa unom, siya mibangon ug miadto sa pultahan. Dayon mibalik siya ug mitan-aw kaniya. Ang ilang mga mata nahimamat. Diha sa iyaha iyang nakita ang usa ka ihalas nga apelasyon alang sa kalooy. Kini nakapasuko kaniya.

"mama, aduna koy ipangutana kanimo," siya miingon. Ang iyang mga mata naglatagaw nga naglibutlibot sa lawak. Wala siya mitubag. "sultihi ko sa tinuod, aduna akoy katungod nga mahibal-an, naminyo ka ba sa akong amahan?"

Siya naghilak sa hilom. Kini usa ka pagpanghupong sa kahupayan. Ang makalilisang nga gutlo, sa panahon nga gabii ug adlaw, sulod sa mga semana ug mga bulan, nahadlok siya, miabut sa katapusan, ug bisan pa wala siya nahadlok. Sa pagkatinuod, sa usa ka sukod kini usa ka kasagmuyo kaniya. Ang bulgar nga direkta sa pangutana gitawag alang sa direkta nga tubag. Ang sitwasyon wala anam-anam nga nahimo. Kini krudo. Kini nagpahinumdom kaniya sa usa ka dili maayo nga rehearsal.

"dili," siya mitubag, nahibulong sa mapintas nga kasayon sa kinabuhi.

"ang akong amahan kaniadto daotan!" misinggit ang batan-on, nga nagkupot sa iyang kumo.

Siya milamano sa iyang ulo. "ako nahibal-an nga siya dili gawasnon, kami nahigugma sa usag usa, kon siya nabuhi, siya unta naghimo sa tagana alang kanamo, ayaw pagsulti batok kaniya, anak ko, siya imong amahan, ug usa ka maayong tawo. Nga konektado kaayo. "

Usa ka panumpa nga nabali gikan sa iyang mga ngabil. "wala ko'y pag-atiman sa akong kaugalingon," siya mipatugbaw, "apan ayaw tugoti ang sibyl .... Usa kini ka gentleman, dili ba, kinsa ang nahigugma kaniya, o miingon nga siya? , nagtuo ko. "

Sa makadiyut ang usa ka makahahadlok nga pagbati sa pagpaubos miabut sa babaye. Ang iyang ulo nalumos. Iyang gipahiran ang iyang mga mata sa pag-uyog sa mga kamot. "ang sibyl adunay usa ka inahan," siya nagbagulbol; "wala ako."

Ang batang lalaki natandog. Siya miadto padulong kaniya, ug miyuko, mihalok kaniya. "pasayloa ko kon nasakitan ka nako pinaagi sa pagpangutana mahitungod sa akong amahan," siya miingon, "apan dili ko makatabang niini. Kinahanglan ko nga moadto karon nga panamilit, ayaw kalimti nga ikaw adunay usa lamang ka anak karon aron tan-awon human, ug tuohi ako nga kon kining tawhana makasala sa akong igsoong babaye, akong mahibal-an kung kinsa siya, tun-i siya, ug patyon siya sama sa usa ka iro, nanumpa ako niini. "

Ang gipasobrahan nga kabuang sa hulga, ang madasigon nga lihok nga mikuyog niini, ang mad melodramatic nga mga pulong, naghimo sa kinabuhi nga daw mas matinud ngadto kaniya. Pamilyar siya sa atmospera. Siya mihawa nga mas gawasnon, ug sa unang higayon sulod sa daghang mga bulan nakadayeg gayud siya sa iyang anak nga lalaki. Gusto niya nga ipadayon ang talan-awon sa samang emosyonal nga sukdanan, apan giputol niya ang mubo. Ang mga punoan kinahanglan dad-on ug ang mga muffler nangita. Ang drudge sa lodging-house bustled in ug out. Didto ang pakigsabot sa cabman. Ang panahon nawala sa bulgar nga mga detalye. Kini tungod sa usa ka nabag-o nga pagbati sa kahigawad nga siya gitabyog ang gisi nga panyo nga panapton gikan sa bintana, samtang nagpalayo ang iyang anak nga lalaki. Nahibal-an niya nga ang usa ka dakung oportunidad nawala. Iyang gihupay ang iyang kaugalingon pinaagi sa pagsulti sa sibyl kung unsa ang biniyaan iyang gibati ang iyang kinabuhi, karon nga siya adunay usa lamang ka anak nga pagaatimanon. Siya nahinumdom sa hugpong sa mga pulong. Kini nakapahimuot kaniya. Sa hulga nga wala niya gisulti. Kini klaro ug mahinuklugong gipahayag. Gibati niya nga silang tanan mokatawa niini sa usa ka adlaw.

Kapitulo 6

"sa akong pagtuo nadungog na nimo ang balita, basil?" miingon ang lord henry niana nga gabii ingon nga hallward gipakita ngadto sa usa ka gamay nga pribado nga lawak sa bristol diin ang panihapon nga gibutang alang sa tulo ka.

"dili, harry," mitubag ang pintor, nga naghatag sa iyang kalo ug sinina sa bowing waiter. "unsa man kini? Wala'y bisan unsa mahitungod sa politika, naglaum ako! Wala sila interesado kanako, wala'y bisan usa ka tawo diha sa balay sa mga komon nga nagkantidad sa pagpintal, bisan daghan kanila ang mas maayo alang sa usa ka gamay nga pagpamuta."

"ang dorian nga abohon giminyoan," miingon ang lord henry, nagtan-aw kaniya samtang siya nagsulti.

Paspas nga nagsugod ug dayon nangisi. "dorian nagminyo!" ni hilak siya. "imposible!"

"kini hingpit nga tinuod."

"para kang kinsa?"

"ngadto sa pipila ka gamay nga aktres o uban pa."

"dili ako makatuo niini. Dorian kaayo nga makatarunganon."

"ang dorian maalamon kaayo nga dili magbuhat sa binuang nga mga butang karon ug unya, ang akong minahal nga basil."

"ang kaminyoon dili usa ka butang nga mahimo sa usa karon ug unya, harry."

"gawas sa america," miuyon pag-usab ang lord henry. "apan ako wala mag-ingon nga siya naminyo.ako miingon nga siya nalambigit nga magminyo.ay adunay usa ka dako nga kalainan.ko adunay usa ka lahi nga handumanan sa pagminyo, apan ako walay recollection sa tanan nga nga nakigbahin. Naghunahuna nga wala ako magtrabaho. "

"apan hunahunaa ang pagkahimugso, ug posisyon, ug bahandi ni doris, dili makatarunganon nga magminyo siya ilabi na sa ubos."

"kon gusto nimo nga ipangasawa niya kining babaye, sultihi siya nga, basil, sigurado nga buhaton kini, kung kanus-a ang usa ka tawo magbuhat sa usa ka butang nga bug-os nga binuang, kini kanunay gikan sa labing halangdong mga motibo."

"naglaum ko nga maayo ang babaye, harry, dili ko gusto makakita sa dorian nga gihigot sa usa ka mangil-ad nga binuhat, nga makapaubos sa iyang kinaiya ug makaguba sa iyang kaalam."

"oh, siya mas maayo pa kay sa maayo-siya matahum," nagbagulbol ang lord henry, nga naghugas sa usa ka baso sa vermouth ug mga orange-bitters. "ang dorian miingon nga siya matahum, ug dili siya kanunay nga sayup sa mga butang nga ingon niana. Ang imong hulagway kaniya nagpadako sa iyang pagdayeg sa personal nga dagway sa ubang mga tawo. Sa-gabii, kon kana nga bata dili makalimot sa iyang pagkatudlo. "

"seryoso ka ba?"

"seryoso, basil. Kinahanglan kong masulub-on kon ako naghunahuna nga ako kinahanglan nga mas seryoso kaysa ako sa karon nga panahon."

"apang ginusto mo bala ini, harry?" nangutana ang pintor, naglakaw paingon sa ubos sa kwarto ug gigisi ang iyang ngabil. "dili nimo maaprubahan, tingali, kini usa ka binuang nga infatuation."

"dili ko aprubahan, o dili, sa bisan unsa nga butang karon, usa kini ka binuang nga kinaiya nga pagahatagan sa kinabuhi, wala kita gipadala ngadto sa kalibutan aron ipaabot ang atong moral nga mga pagpihig, wala gayud ako makamatikod kon unsay giingon sa mga tawo, ug wala gayud ako manghilabot sa usa ka tawo nga nag-ingon nga ang usa ka tawo nga adunay usa ka butang nga sa usa ka butang nga ang usa ka tawo nga adunay usa ka butang nga sa pagbuhat sa usa ka butang. Kung ang usa ka tawo dili makagusto sa usa ka tawo, ang usa ka tawo nga adunay usa ka anak nga lalake, ang mga tawo nga nag-ingon nga ang usa ka tawo usa ka tawo nga adunay usa ka tawo nga adunay usa ka tawo nga adunay usa ka tawo sa usa ka tawo nga adunay usa ka tawo nga adunay usa ka butang. Gawas sa s, ang matag kasinatian usa ka bili, ug bisan unsa nga isulti sa usa batok sa kaminyoon, usa kini ka kasinatian. Nanghinaut ko nga ang abuhon nga dorian maghimo niining babaye nga iyang asawa, nga masimbahon nga gisimba siya sulod sa unom ka bulan, ug dayon kalit nga nahingangha sa uban. Siya mahimo nga usa ka talagsaon nga pagtuon. "

"wala ka magpasabut sa usa ka pulong sa tanan nga, harry, nahibal-an nimo nga wala ka kung ang kinabuhi sa gray nga dorian nadaut, walay usa nga masakit kay sa imong kaugalingon, mas maayo ka kay sa imong pagpakaaron-ingnon."

Ginoong henry mikatawa. "ang rason nga gusto natong hunahunaon sa uban mao nga kitang tanan nahadlok alang sa atong kaugalingon, ang sukaranan sa pagkamalaumon mao ang bug-at nga kalisang.kita naghunahuna nga kita manggihatagon tungod kay atong gipasidunggan ang atong silingan nga nanag-iya sa mga hiyas nga lagmit nga usa ka benepisyo alang kanato, atong gidayeg ang banker nga mahimo natong ibalhin ang atong account, ug makakaplag og maayo nga mga hiyas sa highwayman sa paglaum nga mapugngan niya ang atong mga bulsa. Sa usa ka kinabuhi nga gitagoan, walay kinabuhi nga nadaut apan usa nga ang pagtubo gidakop.kung gusto nimo nga magminyo sa usa ka kinaiya, ikaw lamang ang magreporma niini.ingon sa kaminyoon, siyempre nga mahimong buangbuang, apan adunay lain ug labaw pa nga makapaikag ang mga ulipon sa mga lalaki ug babaye, ako makadasig gayud kanila, sila adunay kaanyag nga uso apan kini ang dorian mismo, siya mosulti kanimo labaw pa sa akong mahimo. "

"akong mahal nga harry, akong minahal nga basil, kinahanglang pahalipayan ko nimo!" miingon ang batan-on, nga gibiyaan ang iyang kapa sa gabii uban ang mga pako nga gisul-ob sa satin ug gipakurog ang matag usa sa iyang mga higala. "wala gayud ako malipayon kaayo, siyempre, kini kalit lang-ang tanan nga talagsaon nga mga butang mao ang, apan kini alang kanako mao ang usa ka butang nga gipangita ko sa tibuok kong kinabuhi." siya nahugno uban sa kahinam ug kalipayan, ug mitan-aw nga talagsaon nga gwapo.

"manghinaut ko nga malipay ka kanunay, dorian," miingon ang hapona, "apan dili ko nimo pasayloon kay wala nimo ipahibalo kanako ang imong engagement.

"ug dili ko mopasaylo kanimo tungod kay hapon na alang sa panihapon," nabali ang ginoong henry, gibutang ang iyang kamot sa abaga sa bata ug nagpahiyum samtang siya nagsulti. "umari ka, palingkuron kami ug sulayan kon unsa ang bag-ong chef dinhi, ug dayon sultihan mo kami kung giunsa kini tanan nahitabo."

"wala gyud'y daghan nga masulti," misinggit ang dorian samtang sila milingkod sa lamesa. "kung unsa ang nahitabo sa yano lang, human sa akong pagbiya kanimo kagabii, harry, ako nagsul-ob, adunay usa ka panihapon sa gamay nga italian nga restawran sa dalan sa rupert nga imong gipaila kanako, ug miadto sa alas singko sa teatro. Ang usa ka pananglitan sa usa ka maanyag nga kolor sa usa ka moss-colored velvet jerkin nga adunay cinnamon sleeves, slim , brown, gitaud nga hose, usa ka dainty nga gamay nga berde nga kalo nga may balhibo sa hawk nga nasakpan sa usa ka mutya, ug usa ka balhiboon nga panapton nga gihaklapan ug pula nga pula, wala gayud siya morag labaw ka talagsaon.gibati niya ang tanang delikado nga grasya sa tanagra figurine nga ikaw diha sa imong studio, basil. Iyang buhok clustered nagalibut sa iyang nawong sama sa mangitngit nga mga dahon nga naglibut sa usa ka maluspad mitindog. Ingon alang sa iyang acting-pag-ayo, ikaw makakita siya sa-gabii. Siya lamang sa usa ka natawo artist. Ko milingkod sa ngiob kahon nga hingpit nga nahingawa. Nahikalimtan ko nga sa london ug sa ninete anyos sig nga siglo. Nahilayo ako sa akong gugma sa usa ka lasang nga walay tawo nga nakakita sukad. Human sa nahuman nga pasundayag, miadto ako ug misulti kaniya. Samtang naglingkod kami, sa kalit miabut sa iyang mga mata ang usa ka pagtan-aw nga wala pa nako makita didto kaniadto. Ang akong mga ngabil nagalihok ngadto sa iyaha. Kami naghalok sa usag usa. Dili ko makahulagway kanimo unsay akong gibati nianang higayuna. Kini alang kanako nga ang tanan nakong kinabuhi napuntirya ngadto sa usa ka hingpit nga punto sa gibugwak nga kalipay. Siya mikurog sa tibuok ug miuyog sama sa usa ka puti nga narcissus. Dayon siya miluhod sa iyang mga tuhod ug gihagkan ang akong mga kamot. Ako mibati nga dili ko kinahanglan nga isulti kanimo kining tanan, apan dili ako makatabang niini. Siyempre, ang among engagement usa ka patay nga sekreto. Wala gani niya sultihi ang iyang kaugalingong inahan. Wala ko kahibalo kung unsa ang isulti sa akong mga guardian. Ang ginoo nga radley sigurado nga masuko. Wala ko kabantay. Ako adunay edad nga wala'y usa ka tuig, ug dayon mahimo nako ang akong gusto. Ako husto, wala, wala ako, sa pagkuha sa akong gugma gikan sa balak ug sa pagpangita sa akong asawa sa dula sa shakespeare? Ang mga ngabil nga gitudlo sa shakespeare nga namulong naghunghong sa ilang sekreto sa akong dunggan. Ako adunay mga bukton sa rosalind sa akong palibot, ug gihagkan ang juliet sa baba. "

"oo, dorian, ako nagtuo nga husto ka," hinay nga misulti sa hagdanan.

"nakita na nimo siya karon?" nangutana sa ginoo henry.

Ang dorian nga abo milingo sa iyang ulo. "gibiyaan nako siya sa lasang sa arden; akong makita siya diha sa prutasan sa verona."

Ginoo henry sipped sa iyang champagne sa usa ka meditative nga paagi. "sa unsang partikular nga punto nga imong gihisgutan ang pulong nga kaminyoon, dorian? Ug unsay iyang gisulti agig tubag? Tingali nalimtan nimo ang tanan mahitungod niini."

"ang akong mahal nga harry, wala ko kini giisip isip usa ka transaksyon sa negosyo, ug wala ako mohimo sa bisan unsa nga pormal nga sugyot, giingnan ko siya nga gihigugma nako siya, ug siya miingon nga dili siya takus nga mahimo nga akong asawa dili takus! Ang tibook nga kalibutan walay bisan unsa nga ikomparar kanako. "

"ang mga babaye talagsaon praktikal," nagbagulbol ang lord henry, "labi ka praktikal kay sa atong kahimtang sa mga kahimtang nga kanunay natong kalimtan ang pagsulti bahin sa kaminyoon, ug kanunay sila nga nagpahinumdom kanato."

Gibutang niya ang iyang kamot sa iyang bukton. "dili, harry, ikaw nasuko dorian, dili siya sama sa ubang mga tawo, dili gyud siya magdala ug kasub-anan sa bisan kinsa, ang iyang kinaiya maayo kaayo alang niana."

Ang ginoong henry mitan-aw sa lamesa. "ang dorian wala gyud makalagot nako," mitubag siya. "gipangutana ko ang pangutana alang sa labing maayo nga hinungdan nga posible, tungod kay ang bugtong rason, sa pagkatinuod, nga ang pasangil sa usa alang sa pagpangutana sa bisan unsang pangutana-simple nga pagkamausisaon. Adunay teoriya nga kini kanunay nga mga babaye nga nagpropose kanato, ug dili ang mga kababayen-an, gawas, siyempre, sa tunga-tunga sa kinabuhi nga kinabuhi apan ang mga tunga-tunga nga mga klase dili moderno. "

Ang dorian nga ubanon nangatawa, ug gituy-od ang iyang ulo. "ikaw dili na mabalda, tig-aga, apan dili ko hunahunaon nga imposible ka nga masuko kanimo kung makita nimo ang sibyl vane, imong mabati nga ang tawo nga makasala kaniya mahimong mananap, mananap nga walay kasingkasing dili nako masabtan kon giunsa ni bisan kinsa ang makahimo sa pagpakaulaw sa butang nga iyang gihigugma.i love sibyl vane.ako gusto nga ibutang siya sa usa ka pedestal nga bulawan ug aron makita ang kalibutan sa pagsimba sa babaye nga akoa.sa unsa ang kaminyoon? Usa ka irrevocable nga panaad ang akong pagtoo nga naghimo kanako nga matinud-anon, ang iyang tinuohan naghimo kanako nga maayo.kon ako uban kaniya, ako nagbasol sa tanan nga imong nabatonan nagtudlo kanako, nahimo akong lahi gikan sa imong nahibal-an nga ako nausab, ug ang paghikap sa kamot sa sibyl vane naghimo kanako nga malimot kanimo ug sa tanan nimong sayop, makaiikag, makahilo, makalipay nga mga teorya. "

"ug ang mga ...?" nangutana ang lord henry, nagtabang sa iyang kaugalingon sa pipila ka salad.

"oh, ang imong mga teoriya bahin sa kinabuhi, ang imong mga teoriya bahin sa gugma, ang imong mga teorya bahin sa kalingawan. Ang tanan mong mga teorya, sa pagkatinuod, harry."

"ang kalipay mao ang bugtong nga butang nga angayan nga adunay usa ka teorya mahitungod," mitubag siya sa iyang hinay nga mananoy nga tingog. "apan nahadlok ko nga dili nako maangkon ang akong teoriya isip akong kaugalingon, iya sa kinaiya, dili kanako." ang kalipay mao ang pagsulay sa kinaiyahan, ang iyang pag-uyon sa pag-uyon. Dili kanunay malipayon. "

"ah! Apan unsay imong gipasabut sa maayo?" misinggit ang hagdanan.

"oo," gipalanog ang dorian, nga nagsandig balik sa iyang lingkuranan ug nagtan-aw sa lord henry sa mga bug-at nga mga pungpong sa mga purple-lipped irises nga nagbarug sa tunga sa lamesa, "unsay buot ipasabut nimo sa maayo, harry?"

"ang maayo mao nga mahiuyon sa kaugalingon," siya mitubag, nga naghikap sa manipis nga sanga sa iyang baso sa iyang mga luspad, pinatuyong-tudlo nga mga tudlo. "ang panagbingkil kinahanglan mapugos nga mahiuyon sa uban, usa ka kaugalingong kinabuhi-nga mao ang importante nga butang. Sama sa kinabuhi sa usa ka silingan, kung ang usa gusto nga mahimong usa ka prig o usa ka puritan, ang usa ka tawo mahimong magpasidungog sa moral nga panglantaw sa usa ka tawo mahitungod niini , nga ang usa ka tawo sa kultura sa pagdawat sa sumbanan sa iyang edad usa ka porma sa hilabihang imoralidad . "

"apan, sa pagkatinuod, kung ang usa ka kinabuhi alang lamang sa kaugalingon, harry, ang usa nga nagabayad sa usa ka makalilisang nga bili sa pagbuhat sa ingon?" nagsugyot ang pintor.

"oo, sobra ra kaayo ang atong gipaabot sa tanan nga mga butang sa karon, kinahanglan ko nga mahunahuna nga ang tinuod nga trahedya sa mga kabus mao nga sila walay mahimo gawas sa paghikaw sa kaugalingon." ang mga matahum nga mga sala, sama sa matahum nga mga butang, mao ang pribilihiyo sa mga adunahan.

"ang usa kinahanglan nga mobayad sa laing mga paagi apan salapi."

"unsang matang sa mga paagi, basil?"

"oh, kinahanglan ko nga mag-antus sa pagbasol, sa pag-antus, sa ... Maayo, diha sa panimuot sa pagkaalaot."

Ginoo henry ang iyang mga abaga. "ang akong minahal nga kapareha, arte sa media kaniadto maanyag, apan ang mga emosyon sa media dili pa dugay. Siyempre, ang mga butang nga mahimo nga gamiton sa fiction mao ang mga butang nga wala na gamita sa katinuod tuo kanako, walay sibilisado nga tawo nga nagbasol sa usa ka kalipay, ug walay tawo nga dili sibilisado nga nahibalo kung unsa ang kalipay. "

"nahibal-an ko kung unsa ang kahimuot," misinggit ang dorian gray. "kini ang pagsimba sa usa ka tawo."

"nga mas maayo pa kay sa pagsimba," siya mitubag, nga naghatag sa pipila ka mga prutas. "ang pagtratar sa mga kababayen-an sama sa pagtratar sa katawhan sa mga diyos niini, nagasimba sila kanato, ug kanunay nga nag-aghat kanato sa pagbuhat alang kanila."

"kinahanglan nga miingon ako nga bisan unsa ang ilang gipangayo nga una nilang gihatag kanamo," nagbagulbol ang batan-on nga puno. "naghimo sila og gugma sa atong kinaiya. Sila adunay katungod sa pagdawat niini."

"tinuod kana, dorian," misinggit sa hawanan.

"walay bisan unsa nga matuod," miingon ang lord henry.

"kini mao," giputol ang dorian. "kinahanglan imong dawaton, harry, nga ang mga babaye naghatag sa mga lalaki sa bulawan sa ilang mga kinabuhi."

"tingali," siya nanghupaw, "apan sila kanunay nga gusto niini balik sa gamay kaayo nga pagbag-o mao kana ang kabalaka nga mga kababayen-an, sama sa gibutang sa usa ka malipayon nga frenchman, nagdasig kanato sa tinguha sa paghimo sa mga obra maestra ug kanunay magpugong kanato sa pagdala kanila gawas. "

"harry, ikaw makalilisang! Wala ko kahibalo kung nganong ganahan kaayo ko nimo."

"gusto nimo kanunay ako, dorian," mitubag siya. "aduna ka'y kape, mga kauban nimo, waiter, nagdala og kape, ug maayo nga champagne , ug pipila ka sigarilyo, dili, ayaw hunahunaa ang mga sigarilyo-may mga basil, dili ko makatugot kanimo nga manigarilyo. Kinahanglan nga adunay usa ka sigarilyo, usa ka sigarilyo mao ang hingpit nga matang sa usa ka hingpit nga kalipay, kini usa ka talagsaon, ug kini dunay usa nga wala matagbaw, unsa pa man ang gusto sa usa ka tawo, oo, dorian, mahilom ka sa kanunay. Mga sala nga wala nimo maangkon nga kaisug sa pagbuhat. "

"unsa man nga binuang ang imong gihisgutan, harry!" misinggit ang bata, mikuha sa usa ka kahayag gikan sa usa ka dragon nga naga pahawa sa kalayo nga gibutang sa waiter sa lamesa. "mangadto kita sa teatro, kung ang sibyl moabut sa entablado makaangkon ka og usa ka bag-o nga sulud sa kinabuhi, usa ka butang nga iyang girepresentar kanimo nga wala nimo mahibal-i."

"nahibal-an ko ang tanan," miingon ang lord henry, uban ang gikapoy nga pagtan-aw sa iyang mga mata, "apan kanunay ko andam alang sa usa ka bag-ong emosyon, apan ako nahadlok, bisan pa niana, alang kanako sa bisan unsa nga paagi, walay ingon niana nga butang. Apan, ang imong talagsaon nga babaye tingali makadasig kanako, nahigugma ko sa paglihok, labi ka tinuod kay sa kinabuhi, us aka dorian, mouban ka nako. Kinahanglan nga mosunod ka kanamo sa usa ka lansia. "

Sila mibangon ug nagsul-ob sa ilang mga kupo, nagsagol sa ilang kape nga nagbarug. Ang pintor hilom ug nabalaka. Dihay kasubo kaniya. Dili niya madala kini nga kaminyoon, ug bisan pa niana siya ingon nga mas maayo pa kay sa daghang ubang mga butang nga tingali nahitabo. Human sa pipila ka mga minuto, silang tanan miabut sa silong. Siya nagmaneho nga nag-inusara, ingon sa gihan-ay, ug nagtan-aw sa nagsiga nga mga suga sa gamay nga agianan sa atubangan niya. Usa ka talagsaon nga pagbati ang nawala kaniya. Iyang gibati nga ang gray nga dorian dili na gayud mahitabo kaniya sa tanan nga kaniadto. Ang kinabuhi miabut sa taliwala kanila .... Ang iyang mga mata ngitngit, ug ang mga tawo nga nagdaguok sa kadalanan nahibulong sa iyang mga mata. Sa diha nga ang taksi gibutang sa teatro, kini ingon nga siya mas magulang na sa mga tuig.

Kapitulo 7

Tungod sa usa ka rason o sa uban pa, ang balay nagkaguliyang nianang gabhiona, ug ang tambok nga jew manager nga nakigkita kanila sa pultahan nagduka gikan sa dalunggan ngadto sa dalunggan uban sa usa ka makahahadlok nga pahiyum. Iyang gidala sila sa ilang kahon nga usa ka matang sa mapainubsanon nga pagkamapainubsanon, nga nagwarawara sa iyang tambok nga mga kamot nga mga kamot ug nakigsulti sa tumoy sa iyang tingog. Ang dorian nga abuhon mibiay-biay kaniya labaw pa kay sa kaniadto. Gibati niya nga daw mianhi siya sa pagpangita kang miranda ug nahimamat sa mga caliban. Ang ginoo nga henry, sa laing bahin, nakagusto kaniya. Labing menos iyang gipahayag nga iyang gihimo, ug miinsistir sa pag-uyog kaniya ug sa pagsiguro kaniya nga siya mapasigarbuhon nga makahimamat sa usa ka tawo kinsa nakadiskobre sa usa ka tinuod nga kahilayan ug nabangkrap sa usa ka magbabalak. Ang hapon naglingaw sa iyang kaugalingon sa pagtan-aw sa mga nawong sa lungag. Ang kainit hilabihan ka mapig-oton, ug ang dako nga kahayag sa adlaw misilaob sama sa usa ka daku nga dahlia nga adunay mga gihay nga dalag nga kalayo. Ang mga batan-on sa galerya mikuha sa ilang mga sinina ug mga pisi sa hawak ug gibitay sila sa kilid. Nagistoryahanay sila sa tupad sa teatro ug gipaambit ang ilang mga kahel sa mga batang babaye nga naglingkod tapad nila. Ang ubang mga babaye nangatawa sa lungag. Ang ilang mga tingog horribly shrill ug discordant. Ang tingog sa pagtuybo sa mga corks gikan sa bar.

"unsa nga dapit sa pagpangita sa pagkabalaan sa usa!" miingon ang lord henry.

"oo!" mitubag mitubag dorian gray. "nakita nako siya, ug siya balaan sa tanan nga buhi nga mga butang, kung siya molihok, malimtan nimo ang tanan nga butang, kining mga sagad nga mga tawo, uban sa ilang mga baga nga mga nawong ug mga bangis nga mga lihok, nga lahi sa diha nga siya anaa sa entablado. Nga nag- ingon nga sila sama sa usa ka biyolin, siya nag-espiritismo kanila, ug ang usa ka tawo mibati nga sila managsama nga unod ug dugo ingon sa kaugalingon. "

"ang sama nga unod ug dugo nga ingon sa usa kaugalingon nga kaugalingon! Oh, dili ko paglaum!" mipatugbaw ang lord henry, kinsa nag-scan sa mga nagpuyo sa gallery pinaagi sa iyang opera-glass.

"ayaw paghatag ug pagtagad kaniya, dorian," miingon ang pintor. "nakasabot ko unsay imong buot ipasabut, ug ako nagtuo niining babaye, bisan kinsa nga imong gimahal kinahanglan nga kahibulongan, ug ang bisan kinsa nga babaye nga adunay epekto nga imong gihulagway kinahanglan nga maayo ug dungganon. Ang babaye makahatag sa usa ka kalag niadtong kinsa nagpuyo nga walay usa, kung siya makahimo sa pagbati sa katahum diha sa mga tawo kansang mga kinabuhi nahigawad ug mangil- ad, kon siya makahukas kanila sa ilang kahakog ug pahulayan sila tungod sa mga kagul-anan nga dili sa ilang kaugalingon , siya takus sa tanan nimo nga pagdayeg, nga takus sa pagdayeg sa kalibutan.kini nga kaminyoon husto gayud.ako wala maghunahuna sa sinugdan, apan akong giangkon kini karon ang mga dios nga naghimo sa sibyl vane alang kanimo. Dili kompleto. "

"salamat, basil," mitubag ang dorian gray, nga nagpadayon sa iyang kamot. "nahibal-an ko nga imo akong masabtan, ang harry hilabihan ka mapintas, iya kong gikulbaan, apan ania ang orkestra, kini makalilisang, apan kini molungtad sulod lamang sa mga lima ka minutos. Nga akong ihatag sa tibuok kong kinabuhi, kang kinsa nakahatag ako sa tanan nga maayo kanako. "

Usa ka kwarter sa usa ka oras pagkahuman, taliwala sa usa ka talagsaong kasamok sa palakpakan, ang sibyl vane mitunob sa entablado. Oo, nindot kaayo siya nga tan-awon- usa sa labing nindot nga mga binuhat, gituohan ni lord henry, nga iyang nakita. Adunay usa ka butang sa usa ka lasang sa iyang maulawon nga grasya ug nakugang nga mga mata. Usa ka hinay nga kaputi, sama sa anino sa usa ka rosas sa salamin nga pilak, miduol sa iyang mga aping samtang siya mitan-aw sa punoan nga madasigon nga balay. Siya mipauli sa pipila ka mga lakang ug ang iyang mga ngabil daw nangurog. Ang basil nga hawanan milukso sa iyang tiil ug misugod sa pagpamakpak. Wala'y gilay-on, ug ingon sa usa sa usa ka damgo, milingkod ang dorian nga abuhon, nagtan-aw kaniya. Ang ginoong henry mitan-aw sa iyang mga baso, nagbagulbol, "maanyag! Maanindot!"

Ang talan-awon mao ang hall sa capulet's house, ug si romeo sa iyang sinina sa pilgrim misulod uban sa mercutio ug sa iyang uban nga mga higala. Ang banda, sama kaniadto, miigo sa pipila ka mga bar sa musika, ug nagsugod ang pagsayaw. Pinaagi sa daghang mga tawo nga nagsul-ob og mga artista, ang sibyl vane mibalhin sama sa usa ka linalang gikan sa mas maayo nga kalibutan. Ang iyang lawas naglihok, samtang siya misayaw, sama sa usa ka tanum nga nag-agay sa tubig. Ang mga kurba sa iyang tutonlan mao ang mga kurba sa puti nga lirio. Ang iyang mga kamot ingon og hinimo sa cool nga garing.

Apan siya katingad-an. Wala siya nagpakita sa kalipay sa dihang nakita niya ang romeo. Ang pipila ka mga pulong nga kinahanglan niyang isulti-

Maayo nga pilgrim, ginabuhat nimo ang sayup sa imong kamot, nga ang paagi sa pagsimba nagpakita niini; kay ang mga santos adunay mga kamot nga makahikap sa mga kamot sa mga pilgrim, ug ang palad sa palad mao ang halok sa balaan nga tigpamasa-

Uban sa mubo nga dialogue nga mosunod, gipamulong sa usa ka artipisyal nga pamaagi. Ang tingog nindot kaayo, apan gikan sa panan-aw sa tono kini hingpit nga bakak. Kini sayop sa kolor. Kini mikuha sa tanan nga kinabuhi gikan sa bersikulo. Kini naghimo sa gugma nga dili tinuod.

Ang dorian nga abuhon nangluspad samtang nagtan-aw kaniya. Siya nahibulong ug nabalaka. Ni bisan kinsa sa iyang mga higala nangahas sa pagsulti bisan unsa ngadto kaniya. Siya ingon kanila nga hingpit nga walay katakus. Sila nasuko pag-ayo.

Apan ilang gibati nga ang tinuod nga pagsulay sa bisan unsang juliet mao ang talan-awon sa balkonahe sa ikaduha nga buhat. Naghulat sila niana. Kon siya napakyas didto, walay bisan unsa diha kaniya.

Siya maanyag nga tan-awon samtang siya migawas sa kahayag sa bulan. Nga dili ikalimod. Apan ang kakapoy sa iyang paglihok dili maagwanta, ug nagkagrabe samtang siya nagpadayon. Ang iyang mga lihok nahimong dili tinuod nga artipisyal. Iyang gipasulabi ang tanan nga iyang gisulti. Ang matahum nga tudling-

Nahibal-an mo nga ang maskara sa kagabhion ania sa akong nawong,
Kung dili pa ang usa ka dalaga nga nagpa-bibi sa akong aping
Alang sa butang nga imong nadunggan nga akong gipamulong sa gabii-

Gipakunhod sa masakit nga katukma sa usa ka estudyante nga gitudloan sa pag-recite sa usa ka propesor sa elocution nga ikaduha. Sa dihang siya misandig sa balkonahe ug miabut sa talagsaon nga mga linya-

   bisan tuod ako malipayon diha kanimo,
Dili ako malipayon niini nga kontrata sa kagabhion:
Kini hilabihan ka madunuton, usab nga wala mahimutang, sa kalit kaayo;
Usab sama sa kilat, nga mohunong nga sa dili
Pa ang usa ka tawo makaingon, "kini nagpagaan." matam-is, maayo nga gabii!
Kini nga us aka gugma sa ting-init nga ting-ani
Tingali mapamatud-an nga usa ka puti nga bulak sa dihang magkita ta unya-

Gisulti niya ang mga pulong nga daw wala'y gipasabot kaniya. Dili kini gikulbaan. Sa pagkatinuod, sa ingon nga layo nga gikulbaan, siya hingpit nga nag-inusara. Kini dili maayo nga art. Siya usa ka hingpit nga kapakyasan.

Bisan ang kasagaran nga dili edukado nga tumatan-aw sa gahong ug gallery nawad-an sa ilang interes sa dula. Sila dili mahimutang, ug nagsugod sa pagsulti nga kusog ug sa pagtaghoy. Ang jew manager, kinsa nagbarug sa luyo sa dress-circle, giyatakan ug nanumpa sa kasuko. Ang bugtong tawo nga dili mahigugma mao ang babaye mismo.

Sa nahuman na ang ikaduhang akto, miabut ang usa ka unos sa kabangis, ug ang agalon nga si henry mitindog gikan sa iyang lingkuranan ug nagsul-ob sa iyang kupo. "siya maanyag, dorian," siya miingon, "apan dili siya molihok, mangadto ta."

"akong makita ang dula," mitubag ang batan-on, sa mapait nga mapait nga tingog. "gikulbaan gyud ko nga naghimo ko nimong us aka gabii, harry. Nangayo ko og pasaylo nimo."

"ang akong minahal nga dorian, kinahanglan kong maghunahuna nga masakit ang puyopuyo," nabalda sa hawanan. "kami moabot sa laing gabii."

"gusto kong masakit siya," miuban siya pag-usab. "apan siya daw kanako nga wala'y katarungan ug bugnaw, siya nausab sa hingpit, kagabii nga siya usa ka talagsaon nga artist, karong gabhiona siya usa lamang ka ordinaryong artista."

"ayaw pagsulti sama niana mahitungod sa bisan kinsa nga imong gihigugma, dorian. Ang gugma usa ka labaw nga kahibulongan nga butang kay sa art."

"sila parehas nga matang sa pagsundog," miingon ang lord henry. "apan, palihug palihug, dorian, kinahanglan nga dili ka magpabilin dinhi, dili maayo nga ang moralidad sa usa makita ang dili maayo nga paglihok, gawas nga dili ko gusto nga ang imong asawa molihok, unsa man ang hinungdan kung gipakita niya ang juliet sama sa monyeka nga kahoy, nindot kaayo siya, ug kung siya nahibal-an og gamay sa kinabuhi sama sa gibuhat niya, mahimo siyang usa ka nindot nga kasinatian. Adunay duha lamang ka matang sa mga tawo nga makalingaw kaayo-mga tawo nga hingpit nga nakahibalo ang tanan nga mga butang, ug ang mga tawo nga wala'y nahibal-an nga bisan unsa nga maayo nga mga kalangitan, ang akong minahal nga batang lalaki, dili ingon ka makalilisang! Ang sekreto sa nagpabilin nga batan-on dili gayud makabaton og emosyon nga dili angay. Sigarilyo ug pag-inom sa kaanyag sa sibyl vane, matahum siya, unsa pa man ang imong gusto? "

"lakaw, harry," misinggit ang bata. "gusto ko nga mag-inusara. Basil, kinahanglan ka pa, ah! Dili ka ba nakit-an nga nabungkag ang akong kasingkasing?" ang init nga mga luha miabut sa iyang mga mata. Ang iyang mga ngabil mikurog, ug midali sa likod sa kahon, siya misandig sa paril, nagtago sa iyang nawong diha sa iyang mga kamot.

"mangadto ta, basil," miingon ang ginoo nga henry uban sa usa ka katingalahan nga kalumo diha sa iyang tingog, ug ang duha ka batan-ong mga lalaki migawas nga magkauban.

Pipila ka mga gutlo pagkahuman ang mga footlights misulbong ug ang kurtina mitubo sa ikatulong akto. Ang gray nga dorian mibalik sa iyang lingkuranan. Mitan-aw siya, mapahitas-on, ug walay pagtagad. Ang dula nagdala, ug ingon og walay katapusan. Ang katunga sa mga mamiminaw nanggawas, nga naglakaw sa mabug-at nga sapatos ug nagkatawa. Ang bug-os nga butang usa ka kabangisan . Ang katapusan nga buhat gipatokar ngadto sa haw-ang nga mga bangko. Ang kurtina mikusokuso ug ang uban nanag-agulo.

Sa diha nga kini natapos na, ang dorian gray mibulhot sa mga talan-awon ngadto sa greenroom. Ang babaye nagbarug didto nga nag-inusara, uban ang usa ka panagway sa kadaugan sa iyang nawong. Ang iyang mga mata gidagkutan uban sa usa ka maanindot nga kalayo. Dihay kahayag bahin kaniya. Ang iyang mga ngabil nga gipahiyum nagpahiyum sa pipila ka mga sekreto sa ilang kaugalingon.

Sa diha nga siya misulod, siya mitan-aw kaniya, ug usa ka pagpahayag sa walay kinutuban nga kalipay ang miabut kaniya. "unsa ka dautan ang akong gibuhat karon, dorian!" siya mihilak.

"horribly!" siya mitubag, mitan-aw kaniya sa kahibulong. "horribly! Kini makalilisang, masakiton ka? Wala ka masayod kung unsa kini, wala ka kahibalo unsa ang akong giantos."

Ang babaye mipahiyom. "dorian," siya mitubag, nga nagpadayon sa iyang ngalan sa dugay nga musika sa iyang tingog, nga daw mas tam-is kay sa dugos sa pula nga mga gihay sa iyang baba. "dorian, kinahanglan nga imong nasabtan, apan nakasabut ka na karon, dili ba?"

"makasabut ka unsa?" siya nangutana, kasuko.

"ngano man nga dili ko maayo ang akong kinabuhi karon, nganong dili man ko magbuhat og maayo."

Iyang gibiyaan ang iyang mga abaga. "ikaw nasakit, sa akong pagtoo nga sa dihang ikaw nasakit dili ka angay nga molihok, gibugalbugalan mo ang imong kaugalingon.

Siya daw dili mamati kaniya. Siya nahimaya sa panagway. Usa ka hilabihang kalipayan sa kalipay midominar kaniya.

"dorian, dorian," siya mihilak, "sa wala pa ako nakaila nimo, ang acting mao ang usa ka kamatuoran sa akong kinabuhi. Ug ang mga kagul-anan sa cordelia, ako usab nga nagtuo sa tanan nga mga butang: ang mga tawo nga kadaghanan nga nakig-uban kanako ingon og ako usa nga sama sa dios, ang gipintalan nga mga talan-awon mao ang akong kalibutan. , ug ako naghunahuna nga sila tinuod.ug ikaw miabut-oh, ang akong maanindot nga gugma! -ug imong gibuhian ang akong kalag gikan sa bilanggoan, gitudloan mo ako kung unsa ang tinuod nga tinuod gayud kini nga gabii, sa unang higayon sa akong kinabuhi, ako nakakita sa hollowness , ang kahinam, ang kahilayan sa walay sulod nga pageant diin ako kanunay nga nagpatugtog. Sa gabii, sa unang higayon, ako nahibalo nga ang romeo kahigwaos, ug tigulang, ug gipintalan, nga ang kahayag sa bulan diha sa prutasan dili tinuod, nga ang talan-awon mao ang bulgar, ug nga ang mga pulong nga akong gikasulti dili tinuod, dili akong mga pulong, dili ang gusto nakong isulti. T ako usa ka butang nga mas taas, usa ka butang diin ang tanan nga art usa lamang ka pagpamalandong. Gipasabut mo kanako kung unsa ang gugma gayud. Akong gugma! Akong gugma! Nindot nga prinsipe! Prinsipe sa kinabuhi! Nagtulo ako sa mga landong. Ikaw labaw pa kanako kay sa tanang arte. Unsay akong buhaton sa mga puppets sa usa ka dula? Sa diha nga mianhi ako sa kagabhion, wala ko masabtan kon giunsa nga ang tanan nawala gikan kanako. Naghunahuna ko nga mahimo kong kahibulongan. Nakita nako nga wala koy mahimo. Sa kalit mitungha kini sa akong kalag kung unsay gipasabut sa tanan. Ang kahibalo nindot kaayo kanako. Nabatian ko sila nga nagasiling, kag nagpahiyum ako. Unsa ang ilang mahibal-an sa gugma sama sa atoa? Kuhaa ako, dorian-kuhaa ako uban kanimo, diin kami mag-inusara. Gidumtan nako ang entablado. Mahimo ko nga sundon ang usa ka gugma nga wala nako mabati, apan dili nako mahimo ang pagsundog sa usa nga nagdilaab kanako sama sa kalayo. Oh, dorian, dorian, nasabtan mo na kung unsay gipasabot niini? Bisan kung mahimo ko kini, kini mahimong pagpasipala alang kanako nga magdula nga anaa sa gugma. Imo kong gipakita kana. "

Iyang gilabay ang iyang kaugalingon sa sofa ug gipahilayo ang iyang nawong. "gipatay mo ang akong gugma," siya miingon.

Siya mitan-aw kaniya sa katingala ug mikatawa. Wala siya motubag. Nakaduol siya kaniya, ug uban sa iyang gagmay nga mga tudlo mipatong sa iyang buhok. Siya miluhod ug napugos sa iyang mga kamot ngadto sa iyang mga ngabil. Iyang gikuha sila, ug usa ka kahadlok midagan agi kaniya.

Unya siya milukso ug miadto sa pultahan. "oo," siya mihilak, "gipatay mo ang akong gugma, imong gipukaw ang akong imahinasyon, karon wala ka magpugong sa akong pagkamausisaon, wala ka'y epekto. Ang kaalam, tungod kay imong nahibal-an ang mga damgo sa mga bantog nga magbabalak ug naghatag ug porma ug kabtangan sa mga landong sa arte, imong gilabay kini tanan. Gipangutana ko ikaw kung unsa ang imong gusto, kung wala ka, wala ka na mahibal-an , dili ko maantigo nga hunahunaon kini! Ako nangandoy nga wala ako makakita kanimo! Nabuntog nimo ang gugma sa akong kinabuhi, unsa ka gamay ang imong nahibal-an sa gugma, kung imong giingon nga mars ang imong arte nga wala ang imong arte, ikaw ang wala'y mahimo, himuon ko ikaw nga bantugan, maanindot, halangdon, ang kalibutan magasimba kanimo, ug ikaw magadala sa akong ngalan. . "

Ang batang babaye nahimong puti, ug mikurog. Gikuptan niya ang iyang mga kamot, ug ang iyang tingog ingon og nakuha sa iyang tutunlan. "ikaw dili seryoso, dorian?" siya nagbagulbol. "gibuhat nimo."

"nagbuhat ako! Gibilin ko kana kanimo, ginabuhat nimo kini pag-ayo," mitubag siya sa kapait.

Siya mibangon gikan sa iyang mga tuhod ug, uban sa usa ka mabuot nga pagpadayag sa kasakit sa iyang nawong, nakit-an ang lawak ngadto kaniya. Gibutang niya ang iyang kamot sa iyang bukton ug gitan-aw ang iyang mga mata. Iyang gipapahawa siya. "ayaw ko paghikap!" ni hilak siya.

Ug ang usa ka mabangis nga sinalibay nagpalayo kaniya, ug misul-ob siya sa sako, ug milingkod sa ibabaw sa usa ka kahoy. "dorian, dorian, ayaw biyai ako!" siya mihunghong. Gipangutana ko ang tanan nga mga butang nga akong nahibal-an sa tanan nga panahon, apan akong sulayan-sa tinuud, akong sulayan. Nahibal-an kini kung wala nimo gihagkan ako-kung wala pa kami naghalok sa usag usa, hagita ako pag-usab, gugma ko, ayaw pagpahilayo kanako, dili ako makaantos niini. Dili na ang iyang hunahuna, dili siya ang gipasabut niini.sa iyang panumduman .... Apan ikaw, oh! Dili nimo mapasaylo kanako sa kagabhion? Magtrabaho ako pag ayo ug maningkamot nga molambo. Ayaw pagduhaduha kanako, tungod kay gihigugma ko ikaw labaw pa kay sa bisan unsa nga butang sa kalibutan, bisan pa, usa ka higayon nga wala ako nahimuot kanimo apan ikaw husto, dorian. Gipakulbaan ako, apan wala ako makatabang niini. Oh, ayaw ako pagbiyai, ayaw ako pagbiyai. " usa ka hugot nga paghilak nga nakapukaw kaniya. Nagluhod siya sa salog sama sa nasamdan nga butang, ug ang abuhon ni dorian, uban sa iyang matahum nga mga mata, nagtan-aw kaniya, ug ang iyang gipangputol nga mga ngabil milukop sa tumang kahadlok. Adunay kanunay nga usa ka kataw-anan nga butang mahitungod sa mga emosyon sa mga tawo kinsa nahunong na sa paghigugma. Ang sibyl vane ingon niya nga wala'y gibati nga melodramatic. Ang iyang mga luha ug mga kataw-anan nagsamok kaniya.

"moadto ako," miingon siya sa kataposan sa iyang kalinaw nga tin-aw nga tingog. "dili ko gusto nga mahimong dili mabination, apan dili ko makakita nimo pag-usab. Nahigawad ka nako."

Siya mihilak sa hilom, ug wala mitubag, apan nagkaduol. Ang iyang gagmay nga mga kamot nagbuy-od nga binuta, ug nagpakita nga nangita kaniya. Gibalik niya ang iyang tikod ug mibiya sa kwarto. Sa pipila ka mga gutlo siya gikan sa teatro.

Diin siya miadto sa wala kaayo niya makaila. Siya nahinumdom nga nahisalaag sa mga gagmay nga mga dalan, sa nangagi nga mga lungag, sa mga itom nga mga agianan sa mga itlog ug sa mga balay nga dautan. Ang kababayen-an nga adunay daghang mga tingog ug mapintas nga katawa misunod kaniya. Ang mga palahubog mibagting, nanghimaraut ug naghambin sa ilang kaugalingon sama sa mga dagkong unggoy. Nakakita siya og grabe nga mga bata nga nagtapok sa mga lakang sa pultahan, ug nakadungog sa mga singgit ug mga panumpa gikan sa masulub-on nga mga korte.

Sa dihang nabuntag na ang kaadlawon, nakit-an niya ang iyang kaugalingon duol sa lawak sa tanaman. Ang kangitngit gibayaw, ug, gihugnaw uban sa hinay nga mga kalayo, ang langit milukop ngadto sa usa ka hingpit nga perlas. Dako nga mga karomata nga napuno sa nodding nga mga lirio nga hinayhinay nga nagpaubos sa gipasinaw nga walay sulod nga dalan. Ang hangin nabug-atan sa pahumot sa mga bulak, ug ang ilang katahum daw naghatag kaniya og usa ka anodyne alang sa iyang kasakit. Siya misunod sa merkado ug nagtan-aw sa mga lalaki nga nagdiskarga sa ilang mga karwahe. Usa ka puti nga smocked charter mitanyag kaniya og pipila nga mga cherry. Siya nagpasalamat kaniya, nahibulong nganong wala siya magdawat og salapi alang kanila, ug nagsugod sila sa pagpakaon kanila sa walay paglubad. Sila gipamutol sa tungang gabii, ug ang kabugnaw sa bulan misulod ngadto kanila. Usa ka taas nga linya sa mga lalaki nga nagdala sa mga crates nga may mga guluhanan nga mga tulip, ug mga dalag ug pula nga mga rosas, nga nahugawan sa atubangan kaniya, nga nagpadulong sa agianan sa dako, jade-green nga mga piles sa mga utanon. Ilalom sa portiko, uban sa mga kolor nga abohon, sinulud sa adlaw niini, gibuhian ang usa ka pundok sa mga batang bareheaded nga mga batang babaye, naghulat nga matapus ang subasta. Ang uban nagpalibot sa mga pultahan sa kape sa balay sa piazza. Ang mabug-at nga karwahe-mga kabayo nga mahulog sa ibabaw sa mga sagalsalon nga mga bato, nga nagakurog sa mga kampanilya ug mga panit. Ang pipila sa mga drayber nahikatulog sa usa ka pundok sa mga sako. Ang iris-liog ug rosas nga tiil, ang mga salampati nagdagan mahitungod sa pagkuha sa mga binhi.

Human sa makadiyut nga panahon, gipasidunggan niya ang usa ka hansom ug mipauli. Sulod sa pipila ka mga gutlo siya naglakaw diha sa pultahan, nagtan-aw sa hagdan sa hilom nga kwadrado, uban sa blangko, suga nga mga bintana nga nagsirado ug ang nagbarog nga mga bulag. Ang langit lunsay nga opal karon, ug ang mga atop sa mga balay misanag sama sa salapi batok niini. Gikan sa pipila ka panghaw sa atbang sa usa ka manipis nga wreath sa aso nga misaka. Naglapak kini, usa ka bayolente nga bayolet, pinaagi sa nacre-colored nga hangin.

Diha sa dako nga lumbay nga lumbay sa venetian, mga inagaw sa usa ka barge sa doge, nga gibitay gikan sa kisame sa dako, punoan sa kahoy nga bulwagan sa entrada, ang mga suga nagsunog gihapon gikan sa tulo ka mga flickering jet: nipis nga asul nga mga gihay nga siga nga ilang nakita, gisunog sa puti nga kalayo . Iyang gibalik sila ug, gibutang ang iyang kalo ug kapa sa lamesa, miagi sa librarya paingon sa pultahan sa iyang kwarto, usa ka dako nga octagonal nga lawak sa salog nga sa iyang kamagulangang pagbati alang sa kaluho, siya bag-o lang gidekorasyonan alang sa iyang kaugalingon ug gibitay uban sa usa ka talagsaon nga mga tapinganan nga nadiskobrehan nga nadiskobrehan nga gitipigan sa usa ka gibaligya nga attic sa selby royal. Samtang ginabuksan niya ang kuptanan sa pultahan, ang iyang mata nahulog sa hulagway sa hulagway sa hulagway nga gipintalan niya. Nagsugod siya sa pagbalik ingon og sa katingala. Dayon miadto siya sa iyang kaugalingong kwarto, nga naglibog. Human niya kuhaon ang butones-lungag gikan sa iyang kupo, ingon og nagduhaduha siya. Sa katapusan, siya mibalik, miadto sa litrato, ug gisusi kini. Sa nawala nga gidakop nga kahayag nga nanlimbasug sa bulok nga kolor nga sutla, ang nawong nagpakita kaniya nga usa ka gamay nga kausaban. Lahi ang panagway. Ang usa unta moingon nga adunay usa ka paghikap sa kabangis diha sa baba. Talagsaon kini.

Siya miliso ug, naglakaw paingon sa bintana, mikuha sa mga buta. Ang masanag nga kaadlawon mibaha sa lawak ug gibanlas ang hinay nga mga landong ngadto sa dusky nga mga kanto, diin sila naghulma. Apan ang katingad-an nga ekspresyon nga iyang namatikdan sa nawong sa hulagway daw nagpabilin didto, nga labi pa nga labi ka labi pa. Ang nagpangurog nga kahayag sa adlaw nagpakita kaniya sa mga linya sa kabangis nga naglibot sa baba ingon ka klaro sama nga siya nagtan-aw sa salamin human siya nakahimo og makalilisang nga butang.

Siya milaksi ug, gikan sa lamesa ang usa ka oval nga bildo nga nabuak sa garing nga mga cupid, usa sa daghang ginoo nga henry nga gasa kaniya, mitan-aw nga nagdali ngadto sa gipasinaw nga mga kahiladman. Wala nay linya nga sama niana nga nakapausab sa iyang pula nga mga ngabil. Unsay gipasabut niini?

Gitusok niya ang iyang mga mata, ug miduol sa hulagway, ug gisusi pag-usab kini. Walay mga timailhan sa bisan unsang pagbag-o sa dihang iyang gipangita ang aktwal nga painting, apan wala'y pagduhaduha nga ang tibuok nga pamahayag nausab. Dili kadto usa lamang ka nindot sa iyang kaugalingon. Ang butang hilabihan ka klaro.

Siya milingkod sa usa ka lingkuranan ug nagsugod sa paghunahuna. Sa kalit mitungha sa iyang hunahuna ang iyang gisulti sa studio sa basil sa adlaw nga nahuman ang hulagway. Oo, nahinumduman niya kini sa hingpit. Iyang gibungat ang usa ka buang nga tinguha nga siya sa iyang kaugalingon magpabilin nga batan-on, ug ang hulagway natigulang; nga ang iyang kaanyag mahimo untang dili matupngan, ug ang nawong sa tabon magpas-an sa palas-anon sa iyang mga pagbati ug sa iyang mga sala; nga ang gipintalan nga hulagway mahimo nga mapalibutan sa mga linya sa pag-antos ug hunahuna, ug nga unta iyang mahuptan ang tanan nga delicate bloom ug kaanyag sa iyang dayon nga mahunahunaon nga pagkabata. Sigurado nga ang iyang pangandoy wala matuman? Imposible kining mga butanga. Kini ingon og makahahadlok bisan sa paghunahuna kanila. Ug, bisan pa, dihay hulagway sa iyang atubangan, nga adunay paghikap sa kabangis sa baba.

Kabangis! Kung siya mapintas? Kini ang sayop sa babaye, dili iya. Siya nagdamgo kaniya ingon nga usa ka bantugan nga pintor, naghatag sa iyang gugma kaniya tungod kay siya naghunahuna nga siya daku. Nian nahigawad sia sa iya. Siya mabaw ug dili takus. Ug, bisan pa, usa ka pagbati sa walay kinutuban nga paghinulsol miabut kaniya, ingon nga siya naghunahuna kaniya nga naghigda nga naghilak sama sa usa ka gamay nga bata. Siya nahinumduman uban sa unsa nga pagkabungol nga siya nagbantay kaniya. Nganong gihimo man siya nga ingon niana? Nganong gihatagan man siya sa maong kalag ? Apan siya nag-antus usab. Sa panahon sa tulo ka makalilisang nga mga oras nga ang dula miabut, siya nabuhi sa mga siglo nga kasakit, wala'y labot sa labihang pag-antus. Ang iyang kinabuhi bililhon kaayo sa iyaha. Gikasamaran siya sa makadiyut, kung gisamaran siya sa iyang edad. Gawas pa, ang mga babaye mas maayo nga magdala og kagul-anan kay sa mga tawo. Sila nagpuyo sa ilang mga pagbati. Naghunahuna lamang sila sa ilang mga emosyon. Sa dihang gikuha nila ang mga hinigugma, mao lamang ang adunay usa nga adunay ilang mga eksena. Ginoo henry nga misulti kaniya nga, ug ginoo henry nahibalo unsa ang mga babaye. Nganong maglisud man siya sa sibyl vane? Wala na siya karon.

Apan ang hulagway? Unsay iyang isulti bahin niana? Kini naghupot sa sekreto sa iyang kinabuhi, ug gisugilon ang iyang istorya. Kini nagtudlo kaniya sa paghigugma sa iyang kaugalingon nga katahum. Motudlo ba kini kaniya sa pagdumot sa iyang kaugalingong kalag? Mahimo ba nga iyang tan-awon kini pag-usab?

Dili; kini usa lamang ka ilusyon nga gipahinabo sa gubot nga mga pagbati. Ang makalilisang nga gabii nga iyang gipasa mibiya sa mga phantoms sa likod niini. Sa kalit mitungha sa iyang utok ang gamay'ng pula nga puntik nga nakapabuang sa mga tawo. Ang litrato wala mausab. Kini kabuangan sa paghunahuna sa ingon.

Apan kini nagtan-aw kaniya, uban sa maanindot nga nawong sa nawong ug sa mapintas nga pahiyom. Ang mahayag nga buhok niini gleamed sa sayo sa adlaw. Ang iyang asul nga mga mata nahimutang sa iyang kaugalingon. Usa ka pagbati sa walay kinutuban nga kaluoy, dili alang sa iyang kaugalingon, apan alang sa gipintalan nga larawan sa iyang kaugalingon, miabot kaniya. Kini nausab na, ug makausab pa. Ang bulawan niini malaya nga abohon. Ang pula ug puti nga rosas niini mamatay. Alang sa matag sala nga iyang nahimo, ang usa ka mansa magpalayo ug maguba ang iyang pagkamatarong. Apan siya wala magpakasala. Ang hulagway, nga giusab o wala mausab, mahimong alang kaniya ang makita nga simbolo sa konsensya. Siya mosukol sa tintasyon. Dili na siya makakita sa henry sa ginoo-dili, bisan unsa pa man, mamati sa mga maliputon nga mga teoryang makahilo nga diha sa hardin sa basil nga dapit nga una nga nagpukaw sa iyang kahinam alang sa imposible nga mga butang. Siya mobalik ngadto sa sibyl vane, himuon siya nga magbayad, magminyo kaniya, maningkamot nga higugmaon siya pag-usab. Oo, katungdanan niya nga buhaton kini. Siya tingali mas nag-antos kay sa iya. Kabus nga bata! Siya nahimo nga hakog ug mabangis ngadto kaniya. Ang kaikag nga iyang gipakita kaniya mobalik. Sila magmalipayon. Ang iyang kinabuhi uban kaniya mahimong matahum ug putli.

Mibangon siya gikan sa iyang lingkuranan ug gibitad ang usa ka dako nga hulagway sa atubangan sa hulagway, nagkurog samtang siya mitan-aw niini. "unsa ka makalilisang!" siya nagbagulbol sa iyang kaugalingon, ug siya milakaw tabok sa bintana ug giablihan kini. Sa dihang mitunob siya ngadto sa sagbut, nakaginhawa siya. Ang lab-as nga hangin sa buntag ingon og mipapahawa sa tanan niyang malaw-ay nga mga kahinam. Siya naghunahuna lamang sa sibyl. Usa ka mahinay nga lanog sa iyang gugma mibalik kaniya. Gisubli niya ang iyang ngalan balik-balik.

Ang mga langgam nga nag-awit sa yamog nga yamog sa
yamog daw nagsulti sa mga bulak sa iyang palibot.

Kapitulo 8
Dugay na kadto nga udto sa dihang siya nahigmata. Ang
iyang balsa mikamang sa makadaghan nga higayon sa
pagsulod sa lawak aron tan-awon kung siya nakagubot, ug
nahibulong kon unsay nakapahimo sa iyang batan-ong
agalon nga ulahi nga natulog. Sa kataposan ang iyang
kampana nagkanta, ug ang mananaog miabut nga hinay sa
usa ka tasa nga tsa, ug usa ka pundok sa mga letra, sa usa
ka gamay nga bandeha sa karaang sevres china, ug
gipabalik ang mga kurtina sa oliva nga satin, nga ang ilang
nagkalayo nga asul nga panapton, nga gibitay sa atubangan
sa tulo ka taas nga bintana.

"maayong pagkatulog ang ginoo niining buntaga," miingon
siya, nga nagpahiyom.

"unsa man kadto nga oras, mananaog?" gihangyo sa dorian
nga uban ang kakulba.

"usa ka oras ug usa ka quarter, monsieur."

Unsa kadugay kadto! Siya milingkod, ug nagkuha ug tsa,
mitunol sa iyang mga sulat. Usa kanila gikan sa lord henry,
ug gidala sa kamot niadtong buntag. Siya nagduha-duha sa
makadiyot, ug dayon gibutang kini sa gawas. Ang uban
iyang giablihan sa walay pagtagad. Kini adunay sagad nga
koleksyon sa mga kard, mga pagdapit sa panihapon, mga
tiket alang sa mga pribado nga panglantaw, mga programa

sa mga konsyumer sa gugma, ug ang susama nga gisul-ob
sa uso nga mga batan-ong lalaki matag buntag sa panahon
sa panahon. Adunay usa ka hagkot nga kuwarta alang sa
usa ka gipangputol nga pilak nga louis-quinze nga kasilyas
nga gipakita nga wala pa siya makabaton og kaisug nga
ipadala ngadto sa iyang mga tigbalantay, kinsa hilabihan na
kaayong mga tawo ug wala makaamgo nga kita nagpuyo sa
usa ka panahon nga wala kinahanglana ang mga butang
mao lamang ang atong mga kinahanglanon; ug dihay ubay-
ubay nga matinahuron nga nagsulti nga mga komunikasyon
gikan sa jermyn nga kaduhaduhanan sa kuwarta sa
kadalanan aron sa pagpauswag sa bisan unsa nga kantidad
sa salapi sa usa ka higayon nga pahibalo ug sa labing
makatarunganon nga mga interes.

Human sa mga napulo ka mga minuto siya mibangon, ug
nagsul-ob sa usa ka nindot nga sinina nga sinina sa sutla
nga giborda nga sutla, nga gipasa ngadto sa onyx-
sementadong kaligoanan. Ang bugnaw nga tubig nakapa-
refresh kaniya human sa iyang taas nga pagkatulog. Daw
siya nakalimot sa tanan nga iyang naagian. Ang usa ka dili
maayo nga pagbati nga nakasinati sa usa ka katingalahan
nga trahedya miabut kaniya sa makausa o kaduha, apan
adunay dili tinuod nga damgo mahitungod niini.

Sa diha nga siya nagsinina, miadto siya sa librarya ug
milingkod sa usa ka kahayag nga breakfast nga giandam
alang kaniya sa usa ka gamay nga lamesa duol sa bukas nga
bintana. Kadto usa ka maanindot nga adlaw. Ang init nga
hangin daw puno sa mga panakot. Usa ka putyukan ang
milupad ug mihiyok libut sa asul-dragon nga panaksan nga,
nga puno sa asupre-dalag nga mga rosas, mibarug sa iyang
atubangan. Mibati siya nga hingpit nga malipayon.

Sa kalit ang iyang mata nahulog sa screen nga iyang
gibutang sa atubangan sa hulagway, ug nagsugod siya.

"bugnaw kaayo alang sa ginoo?" nangutana sa iyang valet, nga nagbutang sa usa ka omelette sa lamesa. "gisirhan nako ang bintana?"

Ang dorian naglingolingo. "dili ko kabugnaw," siya nagbagulbol.

Kini ba tinuod? Nausab na ba ang litrato? O kini ba lamang ang iyang kaugalingon nga imahinasyon nga nakapahimo kaniya nga makakita sa usa ka panagway sa dautan diin adunay usa ka panagway sa kalipay? Sigurado nga usa ka gipintalan nga canvas dili mausab? Ang butang dili tinuod. Kini magsilbi nga usa ka sugilanon sa pagsulti sa basil sa pipila ka adlaw. Kini makapahiyom kaniya.

Ug, bisan pa, unsa ka matin-aw ang iyang panumduman sa tibuok nga butang! Una sa hapon, ug dayon sa hayag nga kaadlawon, nakita niya ang paghikap sa kabangis nga naglibot sa nabakakon nga mga ngabil. Hapit siya nahadlok sa iyang valet nga mibiya sa kwarto. Nahibal-an niya nga kon siya mag-inusara kinahanglan niya nga susihon ang hulagway. Nahadlok siya sa kasigurohan. Sa diha nga ang kape ug sigarilyo gidala ug ang tawo milakaw, siya mibati nga usa ka ihalas nga tinguha sa pagsulti kaniya nga magpabilin. Samtang ang pultahan nagtapos sa iyang likod, siya mitawag kaniya balik. Ang tawo mibarug nga naghulat sa iyang mga mando. Dorian mitan-aw kaniya sa makadiyot. "wala ako sa balay sa bisan kinsa, mananaog," siya miingon nga nanghupaw. Ang tawo miyukbo ug mipahulay.

Dayon mibangon siya gikan sa lamesa, gidagkutan ang usa ka sigarilyo, ug gilabay ang iyang kaugalingon sa usa ka maluho nga higdaan nga higdaan nga nag-atubang sa tabil. Ang tabil usa ka karaan, sa gintong panit nga espanyol, nga giyatak ug gihimo sa usa ka hulagway nga louis-quatorze nga hulagway. Gipangita niya kini nga mausabon, nahibulong kon nahibal-an na sa wala pa kini gitago ang sekreto sa kinabuhi sa usa ka tawo.

Kinahanglan ba nga siya molihok, human sa tanan? Nganong dili kini magpabilin didto? Unsa ang gamit sa pagkahibalo? Kung ang butang tinuod, kini makalilisang. Kung kini dili tinuod, nganong kasamok niini? Apan unsa kaha kung, pinaagi sa usa ka kapalaran o makamatay nga kahigayonan, ang mga mata gawas sa iyang nakita sa likod ug nakita ang makalilisang nga kausaban? Unsa man ang iyang buhaton kon ang basil nga dapit moabut ug gihangyo nga tan-awon ang iyang kaugalingong hulagway? Basil makasiguro nga buhaton kana. Dili; ang butang kinahanglang susihon, ug sa makausa. Bisan unsa nga butang mas maayo pa kay niining makalilisang nga kahimtang sa pagduhaduha.

Siya mibangon ug gitrangkahan ang duha ka mga pultahan. Labing menos siya mag-inusara sa dihang iyang gitan-aw ang maskara sa iyang kaulaw. Dayon gibira niya ang tabil ug nakita ang iyang kaugalingon nawong sa nawong. Kini tinuod gayud. Ang hulagway nausab.

Ingon sa kanunay niyang nahinumduman human niana, ug kanunay nga dili katingad-an, nakita niya ang iyang kaugalingon sa sinugdanan sa pagtan-aw sa hulagway uban sa usa ka pagbati nga hapit sa siyentipikong interes. Nga ang maong kausaban nga nahitabo unta dili talagsaon kaniya. Ug kini usa ka kamatuoran. Aduna ba'y pipila ka mga mahilayon nga relasyon tali sa mga kemikal nga mga atomo nga nag-umol sa ilang mga kaugalingon ngadto sa porma ug kolor sa canvas ug ang kalag nga anaa kaniya? Mahimo ba nga ang gihunahuna sa maong kalag, ilang naamgohan? -nga unsa ang ilang gipangandoy, gihimo nila nga tinuod? O aduna bay uban pa, labaw nga makalilisang nga hinungdan? Siya nahadlok, ug nahadlok, ug, mibalik sa higdaanan, mihigda didto, nagtan-aw sa hulagway sa masakit nga kahadlok.

Apan, usa ka butang ang iyang gibati nga kini nahimo alang kaniya. Kini nagpahibalo kaniya kon unsa ka dili makatarunganon, unsa ka mapintason, siya nahimong sibyl vane. Dili kini ulahi aron mahimo ang pagbayad alang niana. Mahimo gihapon siyang asawa. Ang iyang dili tinuod ug hakog nga gugma mohatag ngadto sa usa ka mas taas nga impluwensya, mahimong mausab ngadto sa usa ka dungganon nga gugma, ug ang hulagway nga gibutang sa hulagway nga hulagway kaniya mahimong usa ka giya kaniya sa tibuok kinabuhi, alang kaniya kung unsa ang pagkabalaan alang sa uban, ug konsensya sa uban, ug kahadlok sa dios alang kanatong tanan. Adunay mga opiates alang sa pagbasol, mga droga nga makapakunhod sa moral nga pagbati aron matulog. Apan ania ang usa ka makita nga simbolo sa pagkadaot sa sala. Ania ang usa ka walay katapusan nga ilhanan sa kalaglagan nga gidala sa mga tawo sa ilang mga kalag.

Tulo ka oras ang nahagpat, ug upat, ug ang tunga sa oras mibagting sa dobleng kalingawan, apan ang dorian nga abohon wala mokutaw. Siya naningkamot sa pagtigum sa pula nga mga hilo sa kinabuhi ug paghimo kanila nga usa ka sumbanan; aron sa pagpangita sa iyang agianan pinaagi sa sanguine labyrinth sa gugma diin siya nahisalaag. Wala siya masayud unsa ang buhaton, o unsa ang hunahunaon. Sa katapusan, miadto siya sa lamesa ug misulat sa usa ka mabination nga sulat ngadto sa batang babaye nga iyang gihigugma, nangayo sa iyang pagpasaylo ug nag-akusar sa iyang kaugalingon nga kabuang. Iyang gitabunan ang panid sunod sa pahina uban sa mga pulong nga masulub-on nga kasubo ug mga masakit nga mga pulong. Adunay usa ka kaluho sa pagpakaulaw sa kaugalingon. Kung atong basolon ang atong mga kaugalingon, atong gibati nga walay lain nga adunay katungod sa pagbasol kanato. Kini ang pagsugid, dili ang pari, nga naghatag kanato sa pagpahigawas. Sa dihang nahuman na ang dorian sa sulat, gibati niya nga napasaylo na siya.

Sa kalit usa miabot ang usa ka panuktok sa pultahan, ug iyang nadungog ang tingog ni genry henry sa gawas. "akong minahal nga batang lalaki, kinahanglan nakong tan-awon ka dayon, pasagdan ko dayon, dili ko maantos ang imong kaugalingon nga ingon niini."

Siya wala motubag sa sinugdan, apan nagpabilin gihapon. Ang pagpanuktok nagpadayon gihapon ug nagkakusog. Oo, mas maayo nga tugotan ang henry sa ginoo, ug ipasabut kaniya ang bag-ong kinabuhi nga iyang dad-on, aron makig-away kaniya kung gikinahanglan nga mag-away, aron kabahin kung ang panagbulag dili kalikayan. Siya milukso, mihulbot dayon sa hulagway, ug gibuksan ang pultahan.

"naghinulsol ko sa tanan, dorian," miingon ang lord henry sa iyang pagsulod. "apan dili ka kinahanglan nga maghunahuna pag-ayo bahin niini."

"nagpasabut ka ba mahitungod sa sibyl vane?" nangutana ang bata.

"oo, siyempre," mitubag ang lord henry, nga nahulog sa usa ka lingkuranan ug hinay-hinay nga gibira ang iyang yellow nga gwantis. "kini makalilisang, gikan sa usa ka punto nga panglantaw, apan dili kini imong kasaypanan, sultihi ako, wala ka ba sa likod ug nakita siya, human sa dula?"

"oo."

"mibati ka nga sigurado ka ba, nahimo ba nimo ang usa ka eksena uban kaniya?"

"ako bangis, harry-hingpit nga mabangis apan karon lang, wala ko kasubo sa bisan unsa nga nahitabo, kini nagtudlo kanako nga mas makaila sa akong kaugalingon."

"ah, dorian, nalipay kaayo ko nga gikuha nimo kana nga paagi! Nahadlok ko nga makit-an ka nga nahulog sa pagbasol ug gigisi ang nindot nga kulot nga buhok nimo."

"nakuha nako ang tanan niana," miingon ang dorian, naglingolingo sa iyang ulo ug nagpahiyom. "ako hingpit nga malipayon karon, nahibal-an ko kung unsa ang konsensya, sa pagsugod, dili kini ang imong gisulti kanako mao kini ang labing balaan nga butang nga ania kanato. Sa akong atubangan, gusto ko nga mahimong maayo, dili ako makaagwanta sa ideya sa akong kalag nga kahilayan. "

"usa ka maanindot nga artistikong basehanan alang sa pamatasan, dorian! Gipahalipay ko ikaw niini apan unsaon nimo pagsugod?"

"pinaagi sa pagminyo sa sibyl vane."

"magminyo sa sibyl vane!" misinggit ang ginoo nga henry, nagtindog ug nagtan-aw kaniya nga nahibulong sa kahibulong. "apan, ang akong minahal nga dorian-"

"hoy, harry, nahibal-an ko kung unsa ang imong isulti, usa ka butang nga makalilisang bahin sa kaminyoon, dili kini moingon. Ug dili ko bakyawon ang akong pulong kaniya; siya mahimong akong asawa. "

"ang imong asawa! Dorian! ... Wala nimo makuha ang akong sulat? Gisulatan ko ikaw karong buntag, ug gipadala ang mubo nga sulat sa akong kaugalingong tawo."

"ang imong sulat? Oh, oo, ako nahinumduman, wala pa nako mabasa kini, harry, nahadlok ko nga adunay usa ka butang nga dili nako gusto, imong giputol ang kinabuhi sa imong epigrams."

"wala ka nay nahibal-an?"

"unsay imong gipasabut?"

Ang ginoong henry naglakaw tabok sa kwarto, ug milingkod sa dorian nga abuhon, gikuha ang iyang mga kamot sa iyang kaugalingon ug gihawanan sila. "dorian," siya miingon, "ang akong sulat-dili mahadlok-mao ang pagsulti kanimo nga patay na ang sibyl vane."

Usa ka singgit sa kasakit nga naputol gikan sa mga ngabil sa bata, ug siya milukso sa iyang mga tiil, gigisi ang iyang mga kamot gikan sa ginoong henry. "patay! Sibyl patay! Dili tinuod! Usa kini ka makalilisang nga bakak!

"tinuod na, dorian," miingon ang lord henry, nga grabe. "kini sa tanan nga mga papel sa buntag, gisulatan ko ikaw aron dili ka makakita ug bisan usa hangtud nga ako moanhi, kinahanglan nga adunay usa ka pagsulay, siyempre, ug dili ka kinahanglan nga magsagol niini. Sa paghimo sa usa ka tawo nga uso sa paris. Apan sa london mga tawo sa ingon mapihigon. Dinhi, nga dili gayud usa ka kinahanglan sa paghimo sa usa ka debut uban sa usa ka eskandalo. Usa ka kinahanglan andam nga sa paghatag sa usa ka interes sa usa ka sa pagkatigulang. Nagdahum ko nga wala sila mahibalo sa imong ngalan sa ang teatro? Kung dili, dili kini maayo, wala'y bisan usa nga nakakita kanimo nga moadto sa iyang lawak? Kana usa ka importante nga punto. "

Ang dorian wala mitubag sulod sa pipila ka mga gutlo. Siya nahingangha sa kalisang. Sa kataposan, siya nasuko, sa usa ka nasakitan nga tingog, "harry, nag-ingon ka ba nga usa ka inquest? Unsay imong gipasabot niana? "

"ako walay pagduha-duha nga dili aksidente, dorian, bisan kini kinahanglan nga ibutang sa ingon nga paagi ngadto sa publiko. Ingon nga samtang siya mibiya sa teatro uban sa iyang inahan, mga tunga sa nangaging dose o kapin pa, siya miingon nga siya adunay nakalimot sa usa ka butang sa ibabaw, sila naghulat sa usa ka panahon alang kaniya, apan wala siya mobalik pag-usab, ug sa katapusan nakita nila siya nga naghigda nga patay sa salog sa iyang lawak sa pagsinina. Wala kini nahibal-an kung unsa kini, apan kini adunay prussic acid o puti nga tingga sa sulod niini. Kinahanglan nako nga kini usa ka prussic acid, ingon nga kini daw namatay dayon. "

"harry, harry, kini makalilisang!" misinggit ang bata.

"oo, sigurado kaayo kini, siyempre, apan dili nimo kinahanglan nga masagol ang imong kaugalingon niini.ako nakit-an pinaagi sa sumbanan nga siya napulog pito. Nga daw wala'y nahibal-an nga gamay mahitungod sa paglihok.dorian, kinahanglan nga dili nimo tugutan kining butanga sa imong mga nerbiyos.unsa ka kinahanglan nga moadto ug magkaon uban kanako, ug pagkahuman kami mangita sa opera, kini usa ka patti nga kagabhion, ug ang tanan mamahimong didto moadto sa kahon sa akong igsoong babaye, siya adunay pipila ka maalamon nga mga babaye uban kaniya. "

"mao nga gipatay ko ang sibyl vane," miingon ang dorian nga ubanon, katunga sa iyang kaugalingon, "gipatay siya ingon ka siguro nga giputol ang iyang gamay nga tutunlan sa usa ka kutsilyo, apan ang mga rosas dili kaayo nindot sa tanan. Ug sa kagabhion ako sa pagkaon uban kanimo, ug dayon moadto sa opera, ug manghambog sa usa ka dapit, sa akong hunahuna, pagkahuman, unsa ka talagsaon nga kinabuhi! Kung nabasa ko kining tanan sa usa ka libro, harry gipanghimakak nako ang akong mga pangutana nga dili ko gusto nga mag-atubang sa usa ka butang, ang akong unang gugma-sulat kinahanglan nga mahatag ngadto sa usa ka patay nga babaye. Mahimo ba nga sila mobati, nahibulong, kadtong mga puti nga hilom nga mga tawo nga gitawag nato nga mga patay? Sibyl! Mahimo ba siyang mobati, o masayud, o maminaw? Gikuha niya ang usa ka butang nga gipangayo sa usa ka tawo nga iyang gipangayo. Hapit ang akong kasing-kasing hapit madaut. Gisaysay niya kining tanan kanako. Kini makalolooy kaayo. Apan wala ako gibalhin sa usa ka gamay. Akong gihunahuna ang iyang mabaw. Sa kalit usa ka butang ang nahitabo nga nakapahadlok kanako. Dili nako masulti kung unsa kini, apan kini makalilisang. Ako miingon nga ako mobalik ngadto kaniya. Ako mibati nga nakabuhat ako og sayop. Ug karon siya patay na. Akong dios! Akong dios! Hoy, unsay akong buhaton? Wala ka mahibal-an sa kapeligrohan nga ania kanako, ug wala'y bisan unsa nga magpahilayo kanako. Mahimo unta niya kana alang kanako. Siya walay katungod sa pagpatay sa iyang kaugalingon. Kini hakog kaniya. "

"akong minahal nga dorian," mitubag ang lord henry, pagkuha og sigarilyo gikan sa iyang kaso ug pagpatunghag usa ka gold-latten matchbox, "ang bugtong paagi nga ang usa ka babaye mahimo nga magreporma sa usa ka tawo mao ang pag-ayo kaniya sa bug-os nga siya mawad-an sa tanang posibleng interes sa kinabuhi. Kon ikaw nakigminyo niini nga babaye, ikaw unta mahisalaag, siyempre, maagwanta nimo ang iyang mabination nga paagi, ang usa mahimong kanunay nga mabination ngadto sa mga tawo nga walay usa nga nahingawa kaniya apan sa wala madugay iyang nahibal-an nga ikaw hingpit nga walay pagtagad kaniya ug sa dihang ang usa ka babaye nakakaplag nianang mahitungod sa iyang bana, siya mahimo nga daku kaayo nga dowdy, o nagsul-ob sa maalamon nga mga bonnet nga gikinahanglan nga ibayad sa laing bana sa usa ka babaye. Wala ko'y gisulti mahitungod sa sosyal nga sayop, nga tingali daotan-nga siyempre, wala ko tugoti-apan gipaniguro ko kanimo nga sa bisan unsa nga kahimtang ang bug-os nga butang usa unta ka hingpit nga kapakyasan. "

"nagtuo ko nga kini," miingon ang batan-ong lalaki, naglakaw paingon sa ubos sa kwarto ug nagtan-aw nga hilabihan ka luspad. "apan ako nagtuo nga kini ang akong katungdanan, dili kini ang akong sala nga kining makalilisang nga trahedya nakapugong sa akong pagbuhat kung unsa ang husto.nahinumduman ko ang imong giingon nga adunay usa ka kamatayon sa maayo nga mga resolusyon-nga sila kanunay nga ulahi. Maoy. "

"ang maayo nga resolusyon mao ang walay pulos nga mga paningkamot sa pagpanghilabot sa mga balaod sa siyensya, ang ilang gigikanan maoy lunsay nga kakawangan, ang ilang resulta mao ang hingpit nga wala'y gihatag kanato, karon ug unya, pipila sa mga maluho nga mga sterile nga emosyon nga adunay usa ka kaanyag alang sa mga huyang. Nga mahimo'g sulti alang kanila. Sila lang ang nagsusi nga ang mga lalaki nag-drawing sa usa ka bangko nga wala sila'y gi-account. "

"harry," misinggit ang dorian nga abuhon, miduol ug milingkod tapad kaniya, "nganong dili man nako mabati kining trahedya nga gusto nako? Dili ko maghunahuna nga ako walay kasingkasing."

"daghan ka kaayo nga binuang nga butang sa milabay nga duha ka semana nga adunay katungod sa paghatag sa imong kaugalingon nianang ngalana, dorian," mitubag ang lord henry sa iyang matam-is nga pahiyom.

Ang bata nagakurog. "dili ko ganahan sa maong katin-awan, harry," miuban siya pag-usab, "apan nalipay ko nga wala ka maghunahuna nga ako walay kasingkasing. Ang nahitabo nga wala makaapekto kanako ingon nga kini kinahanglan nga kini usa ka talagsaon nga katapusan sa usa ka talagsaon nga pagdula. Kini adunay tanang makalilisang nga katahum sa usa ka trahedya sa usa ka nasud, usa ka trahedya diin ako gikuha usa ka dakong bahin, apan nga wala ako masamad. "

"usa kini ka makapaikag nga pangutana," miingon ang lord henry, kinsa nakakaplag sa usa ka tumang kalipay sa pagdula sa walay panimuot nga egotismo sa bata, "usa ka makapaikag kaayo nga pangutana. Ako nahunahuna nga ang tinuod nga katin-awan mao kini: kanunay nga mahitabo nga ang tinuod nga mga trahedya sa kinabuhi mahitabo sa ingon nga paagi sa pagsupak nga sila nakapasakit kanato tungod sa ilang kapintas nga krimen, sa ilang hingpit nga pagsabut, sa ilang pagkawalay kahulogan nga kahulogan, sa ilang bug-os nga kakulang sa estilo, kini makaapektar kanato sama sa pagkabastos makaapektar kanato. Apan bisan pa, ang usa ka trahedya nga adunay mga artistikong elemento sa katahum nagatabok sa atong mga kinabuhi kung kini nga mga elemento sa katahum tinuod, ang tanan nga butang nag-awhag lamang sa atong pagbati sa talagsaong epekto. Ang mga aktor, apan ang mga tigtan-aw sa dula, o hinuon kaming duha, nagtan-aw kita sa atong kaugalingon, ug ang katingala sa talan-awon nakapukaw kanato sa karon nga kaso, unsa man gyud ang nahitabo? Gugma nimo. Ako nanghinaut nga ako adunay ingon nga usa ka kasinatian. Kini nakapahimo kanako nga nahigugma sa gugma alang sa nahibilin sa akong kinabuhi. Ang mga tawo nga nagsimba kanako-wala'y daghan kaayo, apan adunay pipila-kanunay nga nagpugos nga magpakabuhi, dugay na kong nahunong sa pag-atiman kanila, o sila nag-atiman kanako. Sila nahimo nga mabug-at ug nagkapuliki, ug sa dihang akong nahimamat sila, misulod dayon sila alang sa mga reminiscences. Nga makaluluoy nga paghinumdom sa babaye! Unsang makahahadlok nga butang kini! Ug unsa ang gipadayag sa usa ka utok nga kausaban sa intelektwal! Ang usa kinahanglan nga mosuhop sa kolor sa kinabuhi, apan ang usa kinahanglan dili gayud mahinumdom sa mga detalye niini. Ang mga detalye kanunay nga bulgar. "

"kinahanglan kong magpugas og mga poppy sa akong tanaman," nanghupaw ang dorian.

"walay kinahanglan," miuban siya pagbalik. "ang kinabuhi kanunay nga poppies sa iyang mga kamot, siyempre, karon ug unya mga butang nga nagpabilin nga wala ko kaniadto nga walay bisan unsa kondili mga bayolente sa usa ka panahon, isip usa ka matang sa artistikong pagbangotan alang sa usa ka romantikong dili mamatay apan sa katapusan kini namatay gipangutana ko siya kung unsa ang gipatay niya, sa akong hunahuna nga siya ang nagsugyot nga isakripisyo ang tibuok kalibutan alang kanako. Ang babaye nga hampshire, nakit-an ko nga naglingkod sa panihapon sunod sa babaye nga nangutana, ug siya miinsister sa pag-abut sa tanan nga butang pag-usab, ug pagkalot sa kagahapon, ug pag-uswag sa umaabot. Gikuha kini pag-usab ug gipasaligan nga ako nakaguba sa iyang kinabuhi.kini ako nagpahayag nga siya mikaon og usa ka dako nga panihapon, mao nga wala ako mobati sa bisan unsa nga kabalaka.bisan unsa nga kakulang sa lami iyang gipakita! Nga kini ang nangagi apan ang kababayen-an dili mahibal-an kung ang kurtina nahulog na, gusto nila ang ikaunom nga buhat, ug ingon sa diha nga ang interes sa dula hingpit nga nahuman, sila naghangyo sa pagpadayon niini. Kung gitugutan sila sa ilang kaugalingong paagi, ang matag komedya adunay makalilisang nga kataposan, ug ang matag trahedya mosangko sa usa ka sayup. Kini artipisyal nga maanyag, apan wala sila'y kahulogan sa arte. Ikaw mas bulahan kay kanako. Ako nagpasalig kanimo, dorian, nga dili usa sa mga kababayen-an nga akong nahibal-an ang nakabuhat alang kanako unsa ang gibuhat sa sibyanan alang kanimo. Ang mga ordinaryong babaye kanunay nga naghupay sa ilang kaugalingon. Ang uban kanila nagbuhat niini pinaagi sa pagsulod alang sa mga sentimental nga kolor. Ayaw gayud pagsalig sa usa ka babaye nga nagsul-ob sa mauve, bisan unsa ang iyang edad, o usa ka babaye nga labaw sa traynta y singko nga ganahan sa mga laso nga pula. Kini kanunay nagpasabut nga sila adunay kasaysayan. Ang uban nakakaplag og dakong kalipay sa kalit nga pagdiskobre sa maayong mga hiyas sa ilang mga bana. Gipasidunggan nila ang ilang panaghigalaay sa nawong sa usa, ingon nga kini ang labing makalingaw sa mga sala. Ang relihiyon naglipay sa uban. Ang iyang mga misteryo adunay tanan nga kaanyag sa usa ka paglihok, usa ka babaye nga kanhi nagsulti kanako, ug ako nakasabut gayud niini. Dugang pa, walay bisan unsa nga makapahimo sa usa nga walay kapuslanan ingon nga gisulti nga ang usa usa ka makasasala. Ang konsyensya naghimo kanato nga mga mahunahunaon. Oo; walay katapusan ang mga paghupay nga nakita sa mga babaye sa modernong kinabuhi. Sa pagkatinuod, wala nako hisgoti ang labing importante. "

"unsa man kana, harry?" miingon ang bata nga walay paglubad.

"o, ang tataw nga kahupayan nga nag-ingon nga ang usa ka tawo admirer sa usa nga mawad-an sa usa ka kaugalingon nga sa usa ka maayo nga katilingban nga sa kanunay whitewashes sa usa ka babaye, apan sa pagkatinuod, dorian, sa unsang paagi nga lain-laing sibyl vane gikan sa tanan nga mga babaye nga usa nga magtigum! Nindot kaayo ko bahin sa iyang kamatayon, nalipay ko nga nagpuyo ko sa usa ka siglo nga ang maong mga kahibulongan mahitabo, nga ang usa ka tawo nagtuo sa katinuud sa mga butang nga atong gidula, sama sa romansa, gugma, ug gugma.

"gikasakit ko kaayo siya. Nakalimot ka niana."

"nahadlok ko nga ang mga kababayen-an makadayeg sa kabangis, sa bug-at nga kabangis, labaw pa kay sa bisan unsa nga butang, sila adunay talagsaon nga mga kinaiya nga kinaiya, gibiyaan nato sila, apan sila nagpabilin mga ulipon nga nangita sa ilang mga agalon, ug ang tanan nakong gisulti sa usa ka adlaw sa wala pa ang kagabhion nga daw sa ako sa panahon nga ako lang nahigugma, apan nga akong makita karon hingpit nga tinuod, ug kini naghupot sa yawi sa tanan. "

"unsa man kana, harry?"

"ikaw miingon kanako nga ang sibyl vane nagrepresentar kanimo sa tanan nga mga bayani sa romansa-nga siya usa ka desdemona sa usa ka gabii, ug ophelia sa lain; nga kung siya namatay ingon juliet, siya nabuhi ingon imogen."

"siya dili na gayud mabuhi pag-usab karon," gihagit sa bata, gilubong ang iyang nawong sa iyang mga kamot.

"dili, dili gyud siya mabuhi, siya ang nagpatokar sa iyang katapusang bahin, apan kinahanglan ka maghunahuna nga ang mamingaw nga kamatayon sa tawdry nga dressing room ingon lamang sa usa ka katingad-an nga tipik sa usa ka trahedya sa jacobean, usa ka talagsaong talan-awon gikan sa webster, o ang usa ka babaye nga dili gayud tinuod nga nabuhi, ug mao nga siya wala gayud gayud nga namatay. Kanimo sa labing menos siya sa kanunay usa ka damgo, usa ka phantom nga flitted pinaagi sa shakespeare ni pasundayag ug mibiya kanila lovelier alang sa atubangan niini, usa ka tangbo nga diin shakespeare's ang musika nahimo nga labi ka madanihon ug labaw nga puno sa kalipay, sa higayon nga iyang gihikap ang aktwal nga kinabuhi, gipanamastamasan kini niya, ug kini nakadaot kaniya, ug busa siya namatay. Nagbangotan tungod sa ophelia, kon gusto nimo. Batok sa langit tungod kay ang anak nga babaye sa brabantio namatay, apan ayaw usiki ang imong mga luha sa sibyl vane. Dili siya tinuod kay kanila. "

Dihay kahilom. Ngitngit sa kagabhion. Walay kahadlok, ug uban sa pilak nga mga tiil, ang mga anino milukop gikan sa tanaman. Ang mga kolor nawala sa mga butang.

Human sa pipila ka panahon ang abu nga dorian nangita. "gipatin-aw mo ako sa akong kaugalingon, harry," siya nagbagulbol uban sa usa ka pagpanghupaw sa kahupayan. "akong gibati ang tanan nga imong gisulti, apan daw nahadlok ko niini, ug dili nako mapadayag kini sa akong kaugalingon.hinuon nga nakaila ka nako! Apan dili na namo masulti kung unsa ang nahitabo. Nga mao ang tanan. Naghunahuna ko kon ang kinabuhi nagpaabut pa ba alang kanako bisan unsa nga kahibulongan. "

"ang kinabuhi adunay tanan nga giandam alang kanimo, dorian. Walay bisan unsa nga ikaw, uban sa imong talagsaon nga maayo nga panagway, dili makahimo."

"apan pananglitan, harry, ako nahimong hagawhaw, ug tigulang, ug nagkunot? Unsa man?"

"ah, unya," miingon ang ginoong henry, nga mibarog aron moadto, "nan, ang akong minahal nga dorian, kinahanglan mo nga makig-away alang sa imong mga kadaugan, sa ingon, kini gidala kanimo. Nga nagpuyo sa usa ka edad nga daghan kaayo nga mahimong maalamon, ug naghunahuna nga sobra ra kaayo nga matahum, dili kita makaluwas kanimo ug karon ikaw mas maayo nga sinina ug magdala ngadto sa club.

"nagtuo ko nga mouban ko nimo sa opera, harry. ako mobati nga gikapoy aron makakaon bisan unsang butang. Unsa ang gidaghanon sa kahon sa imong igsoong babaye?"

"26, nagtuo ko nga naa sa grand tier, imong makita ang iyang ngalan sa pultahan, apan pasayloa ko nga dili ka moadto ug magkaon."

"dili ko mobati niini," miingon ang dorian nga walay pagtagad. "apan ako sa dako nga obligasyon kanimo alang sa tanan nga imong gisulti kanako, ikaw sa pagkatinuod akong suod nga higala, walay usa nga nakasabut kanako sama kanimo."

"kami sa sinugdanan lamang sa among panaghigala, dorian," mitubag ang lord henry, nga nag-uyog sa kamot. "biyernes, makita ko ikaw sa wala pa ang nuebe-tres, ako naglaum, hinumdumi, patti ang pagkanta."

Samtang iyang gisirhan ang pultahan sa luyo niya, ang gray nga dorian mihikap sa kampanilya, ug sa pipila ka mga minuto ang mananaog mipakita sa mga lampara ug gibira ang mga buta. Siya naghulat nga dili mapailubon nga siya moadto. Ang lalaki daw naghimo sa dili mausab nga panahon sa tanan.

Sa diha nga siya mibiya, siya nagdali ngadto sa tabil ug gibalik kini. Dili; wala nay dugang pagbag-o sa hulagway. Kini nakadawat sa balita sa kamatayon sa siby sa wala pa siya nakaila niini mismo. Kini mahunahunaon sa mga panghitabo sa kinabuhi ingon nga kini nahitabo. Ang mapintas nga kabangis nga nakadaut sa maayo nga mga linya sa baba, sa walay duhaduha, mitungha sa takna nga ang babaye nakainom sa hilo, bisan unsa kini. O wala kini magpakabana sa mga resulta? Nahibal-an ba lamang kung unsa ang milabay sa kalag? Siya naghunahuna, ug naglaum nga sa pipila ka adlaw siya makakita sa kausaban nga nahitabo sa atubangan sa iyang mga mata, nagakurog samtang siya naglaum niini.

Kabus nga sibyl! Daw unsa kini nga gugma! Kanunay siyang nagsunod sa kamatayon sa entablado. Dayon ang kamatayon mismo mihikap kaniya ug gidala siya uban kaniya. Giunsa niya pagpatugtug ang makalilisang nga katapusan nga talan-awon? Gipanghimaraut ba niya siya, samtang siya namatay? Dili; siya namatay tungod sa iyang paghigugma kaniya, ug ang gugma kanunay nga usa ka sakramento alang kaniya karon. Siya mitubos sa tanan pinaagi sa sakripisyo nga iyang gihimo sa iyang kinabuhi. Dili na siya maghunahuna kung unsa ang iyang gipaagi kaniya, nianang makalilisang nga gabii sa teatro. Sa diha nga siya naghunahuna kaniya, mamahimo kini ingon usa ka talagsaon nga makalilisang nga tawo nga gipadala ngadto sa entablado sa kalibutan aron ipakita ang kinalabwang kamatuoran sa gugma. Usa ka talagsaon nga makalilisang nga tawo? Nanglugmaw ang mga luha sa iyang mga mata samtang nahinumdom siya sa iyang bata nga panagway, ug dalaygon nga mga paagi, ug maulaw nga grasya. Siya midali pagdali kanila ug mitan-aw pag-usab sa hulagway.

Iyang gibati nga ang panahon miabut gayud sa pagpili. O nahimo na ang iyang pagpili? Oo, ang kinabuhi nakahukom nga alang kaniya-kinabuhi, ug ang iyang walay katapusan nga pagkamausisaon mahitungod sa kinabuhi. Mahangturong kabatan-on, walay katapusan nga gugma, malipayon ug tinago nga mga kalipayan, mga ihalas nga kalipay ug mga ligaw nga mga sala-iyang maangkon kining tanan nga mga butang. Ang hulagway mao ang pagpas-an sa palas-anon sa iyang kaulaw: kanang tanan.

Usa ka pagbati sa kasakit milukop kaniya ingon nga siya naghunahuna sa kahugawan nga gitagana alang sa matahum nga nawong sa hulagway. Sa makausa, sa pagbiay-biay sa batang lalaki nga narcissus, siya naghalok, o nagpakaaron-ingnon sa paghalok, kadtong gipintalan nga mga ngabil nga karon mipahiyom nga hilabihan ka mapintas diha kaniya. Sa matag buntag siya naglingkod sa atubangan sa hulagway nga naghunahuna sa katahum niini, nga nahigmata niini, ingon sa iyang paghunahuna usahay. Mao ba kini ang pagbag-o karon sa matag pagbati nga iyang gihatag? Kini ba nga usa ka dalaygon ug makalagot nga butang, nga gitagoan sa usa ka gi-lock nga lawak, nga pagasirhan gikan sa kahayag sa adlaw nga kanunay nga natandog ngadto sa labi ka mas labaw nga bulawan ang nagpangitngit nga buhok sa iyang buhok? Ang kaluoy niini! Ang kaluoy niini!

Sa makadiyot, naghunahuna siya sa pag-ampo nga ang makalilisang nga simpatiya nga anaa sa taliwala niya ug sa hulagway mahimo nga mohunong. Kini nausab agig tubag sa usa ka pag-ampo; tingali agig tubag sa usa ka pag-ampo kini magpabilin nga dili mausab. Ug bisan pa, kinsay nasayud sa bisan unsang butang mahitungod sa kinabuhi, mosurender sa kahigayunan nga magpabiling kanunay nga batan-on, bisan unsa pa ka talagsaon nga higayon, o uban sa unsa nga mga kalaglagan nga kini mahimong puno? Dugang pa, kini ba gayod ang iyang gikontrolar? Kon kini ba ang pag-ampo nga nagpatunghag substitution? Tingali dili usa ka katingad-an nga siyentipikong katarungan alang niining tanan? Kung ang hunahuna nga makahimo sa iyang impluwensya sa usa ka buhing organismo, dili makahunahuna nga adunay impluwensya sa patay ug dili organikong mga butang? Dili, walay hunahuna o mahunahunaon nga tinguha, tingali dili ang mga butang sa gawas sa atong kaugalingon nga magkurog sa dungan sa atong mga pagbati ug mga pagbati, ang atomo nga nagtawag sa atomo sa tinagong gugma o katingad-an nga panaghigalaay? Apan ang hinungdan dili hinungdanon. Dili na siya matental pag-usab pinaagi sa usa ka pag-ampo sa bisan unsang makalilisang nga gahum. Kung ang hulagway mag-usab, kini maoy pag-usab. Kanang tanan. Nganong mangutana man kamo pag-ayo niini?

Kay adunay usa ka tinuod nga kalipay sa pagtan-aw niini. Siya makasunod sa iyang hunahuna ngadto sa iyang tinago nga mga dapit. Kini nga hulagway mahimo nga kaniya ang labing kahibud sa mga salamin. Ingon nga kini nagpadayag ngadto kaniya sa iyang kaugalingong lawas, aron kini magpadayag ngadto kaniya sa iyang kaugalingon nga kalag. Ug sa panahon nga tingtugnaw miabot kini, nagpadayon gihapon siya sa pagbarog diin ang tingpamulak nagakurog sa tibuuk nga ting-init. Sa diha nga ang dugo nag-ulan gikan sa nawong, ug gibiyaan ang usa ka gamay nga maskara sa chalk nga may mga mata nga tingga, siya magpabilin sa garbo sa pagkabata. Walay usa nga mamulak sa iyang kaanyag nga molubad. Walay usa ka pulso sa iyang kinabuhi nga makapahuyang. Sama sa mga dios sa mga griyego, siya mahimong lig-on, ug panon, ug malipayon. Unsa may hinungdan kon unsa ang nahitabo sa kolor nga larawan sa canvas? Siya luwas. Nga mao ang tanan.

Gidrowing niya ang screen ngadto sa kanhi nga dapit sa atubangan sa hulagway, nga nagpahiyum samtang iya kining gibuhat, ug gipasa ngadto sa iyang kwarto, diin ang iyang valet naghulat na kaniya. Usa ka oras ang milabay siya didto sa opera, ug ang lord henry nagsandig sa iyang lingkuranan.

Kapitulo 9
Samtang siya naglingkod sa pamahaw sa sunod buntag, ang basil nga hawanan gipakita sa kwarto.

"nalipay kaayo ko nga nakit-an ka, dorian," siya miingon nga grabe. "ako mitawag sa miaging gabii, ug gisultihan ko nimo nga naa ka sa opera, siyempre, nahibal-an ko nga imposible kini apan gusto ko nga ikaw mibiya sa pulong nga imong gipangita. Mahimo nga sundan sa usa ka laing tawo .. Ako naghunahuna nga mahimo ka nga nagsulat alang kanako sa diha nga ikaw nakadungog niini sa unang higayon nga ako sa pagbasa niini sa usa ka higayon sa usa ka ulahing bahin sa kalibutan nga akong gipunit sa club. Gipangutana ko nimo kung unsa ang kinasingkasing nga gibati ko sa tanan nga butang.nahibal-an ko kung unsa ang kinahanglan mong antuson apan apan diin ka man? Lakaw ka ug tan-awa ang inahan sa babaye? Sa pagsunod nimo didto, ilang gihatag ang address sa papel sa usa ka dapit sa dalan sa euston, dili ba kini? Apan nahadlok ko nga makalusot sa kasubo nga dili nako mapagaan ang kabus nga babaye! Ug ang iyang bugtong nga anak, unsa man ang iyang gisulti mahitungod niining tanan? "

"akong mahal nga basil, unsaon nako pagkahibalo?" nagbagulbol sa dorian nga abuhon, nagsabwag sa usa ka lusok-dalag nga alak gikan sa usa ka delikado, bula nga sinulud nga bulawan sa venetian nga bildo ug nagtan-aw pag-ayo. "ako didto sa opera, kinahanglan nga moadto ka didto, ako nakigkita sa babaye nga gwendolen, igsoong babaye ni harry, sa una nga higayon, anaa kami sa iyang kahon, nindot kaayo siya, ug patty sang dios. Ang usa ka anak nga lalaki, nga usa ka maanyag nga babaye, ang akong isigkatawo, nagtuo ko, apan wala siya sa entablado, usa siya ka marinero, o usa ka butang, ug karon sultihi ako bahin sa imong kaugalingon ug kung unsa ang imong gipintal. "

"ikaw miadto sa opera?" miingon sa hawanan, nagsulti sa hinay kaayo ug uban sa usa ka tinuis nga paghikap sa kasakit sa iyang tingog. "ikaw miadto sa opera samtang ang sibyl vane naghigda nga patay sa pipila ka mga dul-an nga karsada? Mahimo ka makigsulti kanako sa uban nga mga babaye nga maanyag, ug sa patti nga nagaawit sa dios, sa atubangan sa babaye nga imong gihigugma bisan ang hilum sa usa ka lubnganan nga matulog? Ngano, tawo, adunay mga kalisang nga gitagana alang nianang gamay nga puti nga lawas niya! "

"hunong, basil! Dili ko kini madungog!" misinggit ang dorian, nga nagluksolukso sa iyang tiil. "dili ka magsugilon kanako sa mga butang, kay ang nahimo na; kay kini wala na man.

"gitawag nimo kagahapon ang kagahapon?"

"unsa ang aktwal nga paglabay sa panahon sa pagbuhat sa niini? Kini mao lamang mabaw nga mga tawo nga nagkinahanglan sa mga tuig sa pagkuha sa usa ka emosyon. Usa ka tawo nga mao ang master sa iyang kaugalingon mahimo sa pagtapos sa usa ka kasubo ingon nga dali nga siya makamugna sa usa ka kalipay. Dili ko gusto nga magmaloloy-on sa akong mga emosyon. Gusto ko nga gamiton kini, malingaw kanila, ug maghari kanila. "

"dorian, kini makalilisang! Usa ka butang nga nakapausab kanimo sa hingpit nga imong nakita ang sama nga talagsaon nga batang lalaki nga, matag adlaw, nga gigamit sa pag-adto sa akong studio aron molingkod alang sa iyang hulagway, apan ikaw yano, natural, ug mahigugmaon kaniadto. Ikaw ang labing wala matandog nga linalang sa tibuok kalibotan karon, wala ko masayod kung unsa ang miabot nimo, nagsulti ka nga daw wala ka nay kasingkasing, wala nay kaluoy kanimo, kini ang tanan nga impluwensya ni harry.

Ang bata nagdali ug, sa pag-adto sa bintana, mitan-aw sa pipila ka mga gutlo sa lunhaw, nagkidlap, lashed nga tanaman. "akong utang kabubut-on nga mag-harry, basil," miingon siya sa katapusan, "labaw pa sa utang nako kanimo. Gitudloan mo lang ako nga walay kapuslanan."

"maayo, ako gisilotan tungod niana, dorian-o mahimo nga usa ka adlaw."

"wala ko kahibalo unsay imong buot ipasabut, basil," siya mipatugbaw, milingi. "wala ko masayud unsay imong gusto. Unsa man ang imong gusto?"

"gusto ko ang gray nga dorian nga akong gigamit sa pagpintal," miingon ang artist sadton.

"basil," miingon ang batan-on, miduol kaniya ug gibutang ang iyang kamot sa iyang abaga, "ulahi na kaayo ka kagahapon, sa dihang nadungog nako nga gipatay sa sibilyan ang iyang kaugalingon-"

"gipatay ang iyang kaugalingon! Maayo nga mga langit! Walay pagduha-duha mahitungod niana?" misinggit sa hawanan, nagtan-aw kaniya uban ang usa ka pahayag sa kalisang.

"ang akong minahal nga basil! Siguro dili ka maghunahuna nga kini usa ka bulgar nga aksidente? Siyempre gipatay niya ang iyang kaugalingon."

Ang tigulang nga lalaki naglubong sa iyang nawong diha sa iyang mga kamot. "unsa kahadlok," miingon siya, ug usa ka kahadlok midagan agi kaniya.

"dili," miingon ang dorian gray, "wala'y kahadlokan niini, usa kini sa mga romantikong mga trahedya sa edad, sama sa usa ka lagda, ang mga tawo nga naglihok maoy nanguna sa labing kasagaran nga mga kinabuhi, maayo nga mga bana, o matinud-anon nga mga asawa, o sa usa ka butang nga mabudlay, nahibal-an mo kung unsa ang akong buot ipasabot-sa tunga-tunga nga hiyas ug sa tanan nga matang sa butang, unsa ang kalainan sa sibyl mao ang iyang kinabuhi nga labing maayo nga trahedya siya nahimo nga masakit tungod kay siya nahibal-an sa katinuod sa gugma, sa diha nga siya nasayud sa dili tinuod, namatay siya, ingon nga juliet unta namatay na siya milabay pag-usab ngadto sa natad sa arte adunay usa ka butang sa martir bahin kaniya. Nga wala'y kapuslanan sa pagka-martir, ang tanan nga wala'y katahum niini nga kaanyag, apan, sumala sa akong gisulti, dili ka maghunahuna nga wala ako mag-antos.kon ikaw miabut kagahapon sa usa ka partikular nga gutlo-mga tunga-tunga sa milabay nga lima, tingali, -makakita unta nimo ako nga naghilak, bisan ang harry, kinsa ania dinhi, nga nagdala kanako sa balita, sa pagkatinuod, adunay n o ideya kung unsa ang akong giagian. Nag-antos ako pag-ayo. Dayon kini namatay. Dili nako mabalik ang emosyon.

Walay usa, gawas sa mga sentimentalista. Ug ikaw dili gayud makatarunganon, basil. Ikaw mianhi dinhi aron paghupay kanako. Kana nga pagkahimuot kanimo. Nahupay mo ako, ug nasuko ka. Unsa kaha ang usa ka mabination nga tawo! Imong gipahinumduman ako sa usa ka sugilanon nga si harry nagsulti kanako mahitungod sa usa ka pilantropo nga gigugol sa baynte ka tuig sa iyang kinabuhi sa pagpaningkamot nga makuha ang usa ka reklamo nga gipasaylo, o ang usa ka dili makiangayon nga balaod nabag-o-hikalimtan ko gayud kung unsa kini. Sa katapusan siya milampos, ug walay bisan unsa nga makapalabaw sa iyang kahigawad. Wala gyud siya'y bisan unsa nga buhaton, hapit namatay sa ennui , ug nahimong kumpirmadong misanthrope. Ug gawas pa, ang akong minahal nga daan nga basil, kung gusto nimo nga hupayon ako, tudloi ako sa pagkalimot sa nahitabo, o sa pagtan-aw niini gikan sa husto nga punto nga panglantaw. Dili ba kini gautier nga gigamit sa pagsulat mahitungod sa la consolation des arts ? Nahinumduman nako ang pagkuha sa usa ka gamay nga basahon nga gisulud sa vellum sa imong studio sa usa ka adlaw ug naglingaw nianang makapahimuot nga hugpong sa mga pulong. Maayo, dili ako sama sa batan-ong lalaki nga imong gisulti kanako sa dihang kami nagkasamok, ang batan-ong lalaki nga nag-ingon nga ang dalag nga satin ang makalipay sa usa tungod sa tanang mga kagul-anan sa kinabuhi. Ganahan ko sa nindot nga mga butang nga mahikap ug mahikap sa usa. Daan nga mga brocades, berde nga mga bronzes, lacquer-work, kinulit nga mga ivories, nindot nga mga palibot, kaluho, kahibulong-daghan ang makuha gikan sa tanan niini. Apan ang artistikong kinaiya nga ilang gimugna, o bisan unsa pa ang gibutyag, labaw pa kanako. Aron mahimong talan-awon sa kinabuhi sa usa ka tawo, sama sa giingon ni harry, mao ang paglikay sa pag-antus sa kinabuhi. Nahibal-an ko nga natingala ka sa akong pagpakigsulti kanimo sama niini. Wala ka nakaamgo kon giunsa nako naugmad. Usa ako ka eskuylahan sa dihang nakaila ka nako. Ako usa ka lalaki karon. Ako adunay bag-ong mga pagbati, bag-ong mga hunahuna, bag-ong mga ideya. Ako lahi, apan dili nimo gusto nga gamay ang akong gusto. Ako nausab, apan kinahanglan ka kanunay nga akong higala. Siyempre, ganahan kaayo ko sa harry. Apan nahibal-an ko nga mas maayo ka kay kaniya. Dili ka mas lig-on-nahadlok ka kaayo sa kinabuhi-apan mas maayo ka. Ug daw unsa ka malipayon kami kaniadto! Ayaw biyai ako, basil, ug ayaw pakig-away kanako. Ako mao kung unsa ako. Wala nay masulti pa. "

Ang pintor mibati nga talagsaon nga nabalhin. Ang bata nga minahal kaayo kaniya, ug ang iyang personalidad nahimong dakong kausaban sa iyang arte. Dili na niya madala ang ideya sa pagsaway kaniya. Human sa tanan, ang iyang walay pagtagad tingali usa lamang ka pagbati nga mawala. Adunay daghan kaayo kaniya nga maayo, daghan kaayo kaniya nga halangdon.

"maayo, dorian," dugay siya miingon, uban sa usa ka makapasubo nga pahiyom, "dili na ako makigsulti kanimo pag-usab mahitungod niining makalilisang nga butang, human niining adlawa. Ako lamang nagasalig nga ang imong ngalan dili mahisgutan nga may kalabutan niini. Ang pagpanghilabot nga mahitabo karong hapon, gipatawag ka ba nimo? "

Ang dorian naglingolingo sa iyang ulo, ug usa ka panagway sa kahub-anan milabay sa iyang nawong sa paghisgot sa pulong nga "inquest." adunay usa ka butang nga hilabihan ka bastos ug bulgar mahitungod sa tanan nga matang sa matang. "wala sila makaila sa akong ngalan," siya mitubag.

"apan sa pagkatinuod iya kining gibuhat?"

"mao lang ang akong christian nga ngalan, ug nga ako sigurado nga wala gayud siya gihisgutan sa bisan kinsa .. Siya miingon kanako sa makausa nga sila ang tanan nga gusto nga mahibal-an kong kinsa ako, ug nga siya kanunay nga nagsulti kanila nga ang akong ngalan mao ang prinsipe nga maanyag. Gikuha niya kanako ang usa ka drowing sa sibyl, basil. Gusto ko nga adunay usa ka butang nga mas labaw pa kaniya kay sa panumduman sa pipila ka mga halok ug pipila ka masulub-on nga mga pulong. "

"ako maningkamot ug buhaton ang usa ka butang, dorian, kung kini makapahimuot kanimo, apan kinahanglan ka nga moanhi ug molingkod sa imong kaugalingon pag-usab, dili ako makapadayon kon wala ka."

"dili na ako makatupong kanimo, basil, imposible!" siya mipatugbaw, sugod balik.

Ang pintor mitan-aw kaniya. "akong minahal nga batang lalaki, kanang walay pulos!" ni hilak siya. "buot ipasabut ninyo sa pag-ingon nga dili ka gusto kon unsa ang akong gibuhat sa kaninyo? Diin ba kini? Nganong ang imong gibira ang screen sa atubangan niini? Tugoti ako sa pagtan-aw sa niini. Kini mao ang labing maayo nga butang nga ako sukad gibuhat. Man nga kuhaon ang hulagway sa layo, dorian nga makauulaw sa imong sulugoon nga nagtago sa akong trabaho sama niana.

"ang akong sulugoon wala'y labot niini, basil, wala ka maghunahuna nga ako ang naghatag kaniya sa akong lawak alang sa akong kaugalingon, nga iyang gipahimutang ang akong mga bulak alang kanako usahay-nga mao ang tanan; sa hulagway. "

"lig-on kaayo! Siguro dili, akong minahal nga kauban? Usa kini ka nindot nga dapit alang niini, tan-awon ko kini." ug naglakaw paingon sa eskina sa kwarto.

Ang usa ka singgit sa kahadlok naputol gikan sa dorian nga mga ngabil sa abuhon, ug nagdali siya sa taliwala sa pintor ug sa screen. "basil," siya miingon, nga naglagot kaayo, "dili nimo kini tan-awon, dili ko gusto."

"dili ang pagtan-aw sa akong kaugalingon nga trabaho! Dili ka seryoso, nganong dili ko kini tan-awon?" mipatugbaw sa hagdanan, mikatawa.

"kung ikaw maningkamot sa pagtan-aw niini, basil, sa akong pulong sa pasidungog dili na ako makig-istorya kanimo pag-usab kung buhi pa ko, seryoso kaayo ko, wala ko'y katin-awan, ug dili ka mangayo . Apan, hinumdumi, kon magtandog screen niini, ang tanang mga butang mao ang sa ibabaw sa taliwala kanato. "

Ang hagdan sa dalugdog. Siya mitan-aw sa dorian nga abu sa hingpit nga kahibulong. Wala pa siya makakita kaniya sama niini kaniadto. Ang batang lalaki sa pagkatinuod puno sa kasuko. Ang iyang mga kamot nagkaguliyang, ug ang mga tinun-an sa iyang mga mata sama sa mga disk sa asul nga kalayo. Siya nagkurog sa tanan.

"dorian!"

"ayaw pagsulti!"

"apan unsa man ang nahitabo? Siyempre dili ko motan-aw kung dili nimo gusto nga ako," siya miingon, dili kaayo mabugnaw, maglikay sa iyang tikod ug moadto sa bintana. "apan, sa pagkatinuod, morag dili katuohan nga dili nako makita ang akong kaugalingon nga trabaho, ilabi na nga akong ipasundayag kini sa paris sa tingtugnaw.ako tingali kinahanglan nga mohatag niini og lain nga coat of varnish sa dili pa kana, mao nga kinahanglan ko tan-awa kini sa pipila ka adlaw, ug nganong dili karon? "

"ipasundayag kini! Gusto nimo nga ipakita kini?" mipatugbaw sa dorian nga abuhon, usa ka talagsaong pagbati sa terorismo nga naglihok ibabaw kaniya. Ang kalibutan ba gipakita sa iyang sekreto? Ang mga tawo ba nga gape sa misteryo sa iyang kinabuhi? Kana dili mahimo. Usa ka butang-wala siya mahibalo kung unsa-kinahanglang himoon dayon.

"oo, wala ko magdahum nga ikaw mosupak niana, ang georges petit mangolekta sa tanan kong pinakamaayo nga mga litrato alang sa espesyal nga eksibisyon sa rue de seze, nga magbukas sa unang semana sa oktubre. Sa usa ka bulan, kinahanglan kong maghunahuna nga dali ka nga makaluwas nianang panahona, sa pagkatinuod, sigurado ka nga dili ka gikan sa lungsod ug kung imo kini kanunay nga anaa sa luyo sa usa ka tabil, dili nimo kini mahunahuna. "

Dorian gray nga gipasa ang iyang kamot sa ibabaw sa iyang agtang. Dihay mga bitiis sa singot didto. Iyang gibati nga siya anaa sa ngilit sa usa ka makalilisang nga kakuyaw. "gisultihan mo ako usa ka bulan ang milabay nga dili nimo kini ipasundayag," siya mihilak. "nganong nausab man nimo ang imong hunahuna? Kamong mga tawo nga nagpadayon sa pagpaangay nga sama sa daghang mga pagbati sama sa uban.ang bugtong nga kalainan mao nga ang imong mga pagbati wala'y kapuslanan. Sa kalibutan mag-aghat kanimo sa pagpadala niini sa bisan unsang eksibisyon, imong gisultihan ang harry sa tukma nga butang. " siya mihunong sa hinanali, ug usa ka kahayag sa kahayag misulod sa iyang mga mata. Siya nahinumdom nga ang ginoo nga henry nagsulti kaniya sa makausa, tunga sa seryoso ug katunga sa panumduman, "kung gusto ka nga makabaton sa usa ka lain nga bahin sa usa ka oras, pagkuha basil sa pagsulti kanimo nganong dili siya magpakita sa imong hulagway. Dili, ug kini usa ka pagpadayag ngari kanako. " oo, tingali basil, usab, adunay iyang sekreto. Siya mangutana kaniya ug mosulay.

"basil," siya miingon, sa pag-adto sa duol ug sa pagtan-aw kaniya diretso sa nawong, "kami adunay matag usa kanato sa usa ka sekreto, pahibal-on ako sa inyo, ug ako mosulti kaninyo ako. ? "

Ang pintor nahadlok bisan pa sa iyang kaugalingon. "dorian, kung giingnan ko nimo, mahimo nimo nga mas gusto ko nimo, ug sigurado nga mokatawa ka nako, dili ko maantos ang imong pagbuhat sa duha ka butang. Ug ang tanan nga mga butang nga imong gipangandoy nga mahitabo sa imong kinabuhi ug sa imong mga higala nga imong gipangita.

"dili, basil, kinahanglan mo akong sultihan," miinsistir ang dorian nga ubanon. "nagtuo ko nga adunay katungod nga mahibal-an." ang iyang pagbati sa kalisang namatay na, ug ang pagkamaukiton nagpuli na. Determinado siya nga mahibal-an ang misteryo sa basil.

"manglingkod kita, dorian," miingon ang pintor, nga naglisud. "palihog lingkod kita, ug tubag lang ko usa ka pangutana. Nakamatikod ka ba diha sa hulagway nga usa ka katingad-an nga butang-usa ka butang nga tingali sa sinugdan wala maghampak kanimo, apan kini gipadayag sa imong kaugalingon sa kalit?"

"basil!" misinggit ang batan-ong lalaki, nga nagkupot sa mga bukton sa iyang lingkuranan uban sa nagkurog nga mga kamot ug nagtan-aw kaniya uban sa ihalas nga nakugang nga mga mata.

Dorian, gikan sa higayon nga nakigkita ako kanimo, ang imong kinaiya adunay labing talagsaong impluwensya sa ako. Ang akong dominasyon, kalag, utok, ug gahum , ikaw nahimo ngari kanako ang makita nga pagpakatawo sa dili makita nga sumbanan nga ang huna-huna nakapahimo kanatong mga artista sama sa usa ka maanindot nga damgo.ako nagsimba kanimo.ug nahasol ako sa matag usa nga imong gisulti. Mao lang ang kalipay sa dihang ako uban nimo, sa diha nga ikaw nahilayo gikan kanako, ikaw sa gihapon anaa sa akong arte .... Siyempre, wala gyud ko'y pahibalo kanimo mahitungod niini. Ang akong nahibal-an nga ako nakakita sa kahingpitan nga nawong sa nawong, ug nga ang kalibutan nahimong kahibulongan sa akong mga mata-katingalahan kaayo, tingali, kay sa ingon nga buang nga pagsimba adunay katalagman, ang kapeligro sa pagkawala kanila , walay kapuslanan sa katalagman sa pagtipig kanila .... Mga semana ug mga semana nagpadayon, ug ako nagkadako nga mas labi ka masuhid diha kanimo. Ako usa ka bag-ong kalamboan. Gikuha ko ikaw ingon nga paris sa limpyo nga panalipod, ug ingon nga nagsul-ob sa kupo sa huntsman ug gipasinaw nga bangkaw sa baboy. Nga gipurongpurongan og daghang mga lotus-blossoms nga imong gipalingkod sa dulong sa barge sa adrian, nagtan-aw tabok sa berdeng kolor nga turbante. Ikaw nagsandig sa linaw nga lasang sa usa ka kahoy nga griego ug nakita sa hilom nga pilak sa tubig ang kahibulong sa imong kaugalingong nawong. Ug kini ang tanan nga kinahanglan sa art-wala'y panimuot, sulundon, ug hilit. Usa ka adlaw, usa ka makamatay nga adlaw nga ako usahay maghunahuna, nakahukom ako sa pagpintal sa usa ka talagsaon nga hulagway kanimo ingon nga ikaw tinuod, dili sa costume sa mga patay nga edad, apan sa imong kaugalingong sinina ug sa imong kaugalingong panahon.

Kung kini ba ang tinuod nga pamaagi, o ang katingalahan sa imong kaugalingong personalidad, sa ingon direkta nga gipresentar kanako nga walay gabon o tabil, wala ako makasulti. Apan nahibal-an ko nga samtang ako nagtrabaho niini, ang matag flake ug ang hulagway sa kolor daw kanako aron ibutyag ang akong sekreto. Nahadlok ko nga ang uban mahibal-an sa akong idolatriya. Akong gibati, dorian, nga gisultihan ko og daghan, nga akong gibutang ang sobra sa akong kaugalingon ngadto niini. Nan kini mao nga ako nakahukom nga dili gayud tugutan ang hulagway ipakita. Ikaw nasamok; apan wala ka makahibalo sa tanan nga kini alang kanako. Si harry, nga akong gihisgutan bahin niini, mikatawa kanako. Apan wala ako maghunahuna niana. Sa dihang nahuman na ang hulagway, ug ako nag-inusara nga nag-inusara niini, gibati ko nga husto ko .... Maayo, paglabay sa pipila ka mga adlaw ang butang mibiya sa akong studio, ug sa dihang nakuha na nako ang dili matugot nga kaikag sa presensya niini , daw alang kanako nga ako buangbuang sa paghunahuna nga ako nakakita sa bisan unsang butang niini, labaw pa kay sa imong kaayo kaayo ug nga ako makapintal. Bisan karon dili ko makatabang nga mabati nga usa ka sayop ang paghunahuna nga ang pagbati nga gibati sa usa ka binuhat gipakita gayud sa buhat nga gimugna. Ang art kanunay nga mas abstrakt kaysa sa atong gusto. Porma ug kolor nga nagsulti kanato sa porma ug kolor-nga mao ra. Kini sa kanunay daw kanako nga nagtago sa arte nga labaw pa sa hingpit kay kini nagpadayag kaniya. Ug mao nga sa dihang nakuha ko kini nga tanyag gikan sa paris, ako nakahukom sa paghimo sa imong hulagway nga labing mahinungdanon nga butang sa akong pasundayag. Wala kini mahitabo kanako nga magdumili ka. Nakita nako karon nga husto ka. Ang hulagway dili makita. Dili ka unta masuko kanako, dorian, tungod sa akong gisulti kanimo. Ingon sa akong gisulti nga harry, sa makausa, ikaw gihimo nga simbahon. "

Ang gray nga dorian naghulma og taas nga gininhawa. Ang kolor mibalik sa iyang mga aping, ug usa ka pahiyom nga gipatugtog sa iyang mga ngabil. Natapos na ang katalagman. Siya luwas alang sa panahon. Apan wala siya makatabang nga mobati sa walay kinutuban nga kaluoy alang sa pintor kinsa bag-o lang naghimo niining katingad-an nga pagsugid ngadto kaniya, ug nahibulong kon siya ba mismo nga gidominahan sa personalidad sa usa ka higala. Ang ginoong henry adunay kaanyag nga delikado kaayo. Apan mao ra kana. Siya hilabihan ka maalamon ug hilabihan nga mapahitas-on nga nahigugma gayud. Aduna bay usa nga mopuno kaniya sa usa ka katingad-an nga idolatriya? Mao ba kana ang usa sa mga butang nga giandam sa kinabuhi?

"kini talagsaon alang kanako, dorian," miingon ang hawanan, "nga unta imong nakita kini sa hulagway. Nakita ba gayud nimo kini?"

"nakita nako ang usa ka butang niini," siya mitubag, "usa ka butang nga daw gusto nakong pangitaon."

"maayo, wala ka na mahunahuna sa akong pagtan-aw sa butang karon?"

Ang dorian naglingolingo. "dili gyud nimo ako pangutan-on kana, basil, dili nako mahimo nga tugotan ka sa atubangan sa hulagway."

"sa usa ka adlaw, sigurado ka ba?"

"dili gayud."

"maayo, tingali ikaw husto ug karon nga panamilit, dorian ikaw usa ka tawo sa akong kinabuhi nga nakaimpluwensya gayud sa akong arte bisan unsa ang akong nahimo nga maayo, utang ko kanimo ah! Wala ako mahibal-an unsa ang bili sa akong pagsulti kanimo sa tanan nga akong gisulti kanimo. "

"ang akong minahal nga basil," miingon ang dorian, "unsa ang imong gisulti kanako? Yano nga imong gibati nga imong gidayeg ako pag-ayo, dili kana usa ka pagdayeg."

"kini dili usa ka pagdayeg, usa kini ka pagsugid, karon nga nahimo ko kini, usa ka butang nga daw nahilayo kanako, tingali ang usa ka tawo kinahanglan dili magsulti sa pagsimba sa usa ka pulong."

"usa kini ka makapahiubos nga pagsugid."

"ngano, unsa ang imong gipaabut, dorian? Wala ka makakita sa bisan unsang butang sa hulagway, wala ba? Wala'y laing nakita?"

"dili, wala nay laing makita, nganong nangutana ka, apan dili ka mag-istorya mahitungod sa pagsimba, buangbuang, ikaw ug ako mga higala, basil, ug kinahanglan kami magpabilin sa ingon."

"ikaw adunay harry," miingon ang pintor sadya.

"oh, harry!" misinggit ang batang lalaki, nga adunay usa ka ripple sa katawa. "harry naggugol sa iyang mga adlaw sa pagsulti unsa ang talagsaon ug ang iyang mga gabii sa paghimo unsa ang dili mahimo, ang matang sa kinabuhi nga gusto nakong ipangulo, apan sa gihapon wala ko maghunahuna nga ako moadto sa harry kon ako anaa sa kasamok. Dali nga moadto kanimo, basil. "

"molingkod ka nako pag-usab?"

"imposible!"

"imong giusik ang akong kinabuhi isip usa ka artist pinaagi sa pagdumili, dorian, walay tawo nga makatagbo sa duha ka sulundon nga mga butang.

"ako dili makapatin-aw niini kanimo, basil, apan dili ako kinahanglan nga molingkod kanimo pag-usab. Adunay usa ka butang nga makamatay sa usa ka hulagway, kini adunay kinabuhi nga iyang kaugalingon, ako moanhi ug magpainum uban kanimo. Ingon nga makapahimuot. "

"mas kahimut-anan alang kanimo, ako nahadlok," nagbagulbol sa hilabihan nga pagbasol. "ug karon panamilit nga pasayloa nga dili nimo ako tugotan nga makita ang hulagway pag-usab, apan dili kana matabang.

Samtang siya mibiya sa kwarto, ang gray nga dorian mipahiyom sa iyang kaugalingon. Kabus nga basil! Unsa ka gamay ang iyang nahibalo sa tinuod nga katarungan! Ug pagkatalagsaon nga, imbis nga napugos sa pagpadayag sa iyang kaugalingon nga sekreto, siya milampos, hapit sa sulagma, sa pagkutkut sa usa ka sekreto gikan sa iyang higala! Kon unsa ang gipasabut sa usa ka katingad-an nga pagsugid kaniya! Ang dili maayo nga pintor sa pangabugho, ang iyang liog nga debosyon, ang iyang mahalon nga paneguling, ang iyang mga pagkagusto sa pagkasinalikway-nasabtan niya kini tanan karon, ug siya nasubo. Ingon og siya usa ka butang nga makalilisang sa usa ka panaghigalaay nga naputos sa romansa.

Siya nanghupaw ug mihikap sa kampana. Ang hulagway kinahanglan nga gitagoan sa tanan nga mga gasto. Siya dili makadagan sa ingon nga risgo sa pagdiskobre pag-usab. Kini nasuko kaniya nga gitugutan ang butang nga magpabilin, bisan sulod sa usa ka oras, sa usa ka lawak diin ang bisan kinsa sa iyang mga higala adunay access.

Kapitulo 10

Sa diha nga ang iyang sulugoon misulod, siya mitan-aw kaniya sa malig-on ug naghunahuna kon siya naghunahuna ba nga mag-irog sa likod sa tabil. Ang lalaki wala'y kalainan ug naghulat sa iyang mando. Ang dorian gidagkutan og usa ka sigarilyo ug milakaw ngadto sa baso ug mitan-aw niini. Iyang nakita ang hingpit nga panagway sa nawong sa mananaog. Kini sama sa usa ka taphaw nga mask sa pag-alagad. Wala'y kahadlok, didto. Apan naghunahuna siya nga labing maayo nga magbantay siya.

Hinay nga nagsulti, giingnan niya siya nga sultihan ang magbalantay sa balay nga gusto niya nga makita siya, ug dayon moadto sa tigbuhat sa kuwelyo ug hangyoon siya nga ipadala ang duha sa iyang mga lalaki sa usa ka higayon. Kini ingon kaniya nga samtang ang tawo mibiya sa lawak ang iyang mga mata nahisalaag sa direksyon sa tabil. O kadto lang ba ang iyang gusto?

Human sa pipila ka mga gutlo, sa iyang itom nga sutla nga sinina, uban sa daan nga mga gunting nga hilo sa iyang mga kamot nga nagkunot, mrs. Dahon nagkalibang sa librarya. Siya nangutana kaniya alang sa yawe sa schoolroom.

"ang daan nga schoolroom, mr dorian?" siya mipatugbaw. "ngano man, napuno kini sa abug, gikinahanglan ko kini nga gihan-ay ug gibutang sa diretso sa imong pagsulod niini, dili angay nimo makita, sir, dili gayud."

"dili ko gusto nga ibutang kini nga tul-id, dahon. Gusto lang nako ang yawi."

"maayo, sir, makit-an ka sa mga dauton kon moadto ka niini, nganong wala kini buksi sulod sa dul-an sa lima ka tuig-wala sukad namatay ang iyang pagkaginoo."

Siya naghunahuna sa paghisgot sa iyang lolo. Siya adunay dulumtanan nga mga handumanan kaniya. "dili kana igsapayan," siya mitubag. "gusto lang nakong makita ang lugar-mao ra kana. Ihatag kanako ang yawi."

"ug ania ang yawe, sir," miingon ang tigulang nga babaye, nga nag-abut sa mga sulod sa iyang hugpong nga adunay dili-sigurado nga mga kamot. "ania na ang yawi, iuli ko ang hugpong sa usa ka gutlo, apan wala ka maghunahuna sa pagpuyo didto, sir, ug ikaw komportable dinhi?"

"dili, dili," siya mihilak. "salamat, dahon, kana buhaton."

Siya nagpabilin sulod sa pipila ka mga gutlo, ug puno sa detalye sa panimalay. Siya nanghupaw ug giingnan siya sa pagdumala sa mga butang nga gihunahuna niya nga labing maayo. Siya mibiya sa kwarto, mihuyop sa pahiyom.

Samtang sirado ang pultahan, gibutang sa dorian ang yawi sa iyang bulsa ug mitan-aw libut sa kwarto. Ang iyang mga mata nahulog sa usa ka dako nga panapton nga usa ka panaptong satin, nga gibordahan og bulawan, usa ka maanindot nga piraso sa buhat sa ika-dise-pito nga siglo nga buhat sa venetian nga nakita sa iyang lolo sa kombento duol sa bologna. Oo, nga mag-andam sa pagputos sa makalilisang nga butang sa sulod niini nga tingali nag-alagad sa kanunay ingon nga usa ka pall alang sa mga patay. Karon kini aron sa pagtago sa usa ka butang nga adunay usa ka pagkadautan sa iyang kaugalingon, mas grabe pa kay sa pagkadunot sa kamatayon mismo-usa ka butang nga makahatag og mga kalisang ug dili gayud mamatay. Kon unsa ang ulod sa patay, ang iyang mga sala mao ang gipintalan nga larawan sa canvas. Sila madaut sa katahum niini ug mokaon sa grasya niini. Sila makahugaw niini ug makahimo niini nga makauulaw. Ug bisan pa niana ang butang magpadayon pa. Kini sa kanunay buhi.

Siya nangurog, ug sa makadiyut siya nagbasol nga wala niya gisulti ang basil sa tinuod nga katarungan ngano nga siya nangandoy sa pagtago sa larawan. Basil makatabang kaniya sa pagsukol sa impluwensya sa lord henry, ug sa mga labi pa nga makahilo nga mga impluwensya nga nagagikan sa iyang kaugalingon nga kinaiya. Ang gugma nga iyang nanganak kaniya-tungod kay kini gayud ang gugma-wala'y bisan unsa niini nga dili halangdon ug intelektwal. Dili kini ang pisikal nga pagdayeg sa katahum nga natawo sa mga igbalati ug nga mamatay kon ang mga igpasiya nga lakang. Kini mao ang gugma sama sa nahibal-an ni michelangelo, ug montaigne, ug winckelmann, ug nag-awhag sa iyang kaugalingon. Oo, ang basil makaluwas kaniya. Apan ulahi na kaayo karon. Ang nangagi mahimo nga malaglag kanunay. Paghinulsol, pagdumili, o pagkalimot makahimo niana. Apan ang umaabot dili kalikayan. Adunay mga kahilayan kaniya nga makakaplag sa ilang makalilisang nga agianan, mga damgo nga makahimo sa landong sa ilang dautan nga tinuod.

Iyang gikuha gikan sa higdaan ang dagko nga purpura-ug-bulawan nga pagkulit nga nagtabon niini, ug, naggunit niini sa iyang mga kamot, gipasa ang luyo sa tabil. Ang nawong ba sa canvas canvas kay kaniadto? Kini daw kaniya nga kini wala mausab, ug bisan pa niana ang iyang pagkasilag niini gipakusog. Bulawan nga buhok, asul nga mga mata, ug rosas nga mga ngabil-silang tanan didto. Kini yanong ekspresyon nga nausab. Nga makalilisang sa iyang kabangis. Kon itandi sa iyang nakita sa pagbasol o pagbadlong, kung unsa ang mga pagbasol sa basil mahitungod sa sibyl nga pana! -unsa ang kamabaw, ug unsa ka gamay nga asoy! Ang iyang kaugalingon nga kalag nagtan-aw kaniya gikan sa canvas ug nagtawag kaniya sa paghukom. Usa ka dagway sa kasakit ang mitabok kaniya, ug iyang gilabay ang dato sa ibabaw sa hulagway. Samtang gibuhat niya kini, usa ka panuktok miabut sa pultahan. Siya milabay nga misulod ang iyang sulugoon.

"ang mga tawo ania dinhi, ginoo."

Iyang gibati nga ang tawo kinahanglan nga mahatag dayon. Dili siya tugotan nga mahibalo kung asa gidala ang hulagway. Adunay usa ka butang nga malimbungon mahitungod kaniya, ug siya naghunahuna, malimbongon nga mga mata. Nga naglingkod sa lamesa sa pagsulat, iyang gisulat ang usa ka sulat ngadto sa ginoo nga henry, nga naghangyo kaniya sa pagpadala kaniya og usa ka butang nga pagbasa ug pagpahinumdom kaniya nga sila magkita sa alas otso-napulog lima nianang gabhiona.

"hulati ang usa ka tubag," siya miingon, ihatag kini kaniya, "ug ipakita ang mga lalaki dinhi."

Sa duha o tulo ka mga minuto adunay lain nga pagtuktok, ug mr. Hubbard sa iyang kaugalingon, ang bantog nga tigbuhat sa frame sa dalan sa habagatan sa audley, miabut uban sa usa ka medyo kasarangan nga tan-awon nga batan-ong katabang. Mr. Ang hubbard usa ka florid, pula nga gipanguyab nga gamay nga tawo, kansang pagdayeg alang sa artanay gipaubos sa dili makatarunganon nga pagdumot sa kadaghanan sa mga artista nga nakiglambigit kaniya.

Ingon sa usa ka lagda, wala gayud siya mibiya sa iyang shop. Siya nagpaabut sa mga tawo nga moduol kaniya. Apan siya kanunay nga naghimo sa usa ka eksepsiyon pabor sa dorian gray. Adunay usa ka butang mahitungod sa dorian nga nakadani sa tanan. Kini makalipay bisan sa pagtan-aw kaniya.

"unsa man ang akong mahimo alang kanimo, mr grey?" siya miingon, nga naghaplas sa iyang tambok nga mga bukton nga mga kamot. "ako naghunahuna nga buhaton nako ang akong kaugalingon nga dungog sa pag-abut sa personal nga tawo nga ako adunay usa ka katahum sa usa ka frame, sir gipili kini sa usa ka pagbaligya, old florentine nga gikan sa fonthill, ako nagtuo nga admirably haum alang sa usa ka relihiyoso nga hilisgutan , mr gray. "

"pasayloa ko nga naghatag ka sa imong kaugalingon sa kasamok sa pag-abut, mr hubbard. Ako sa tinud-anay mo-drop ug tan-awon ang hulagway-bisan og dili ako daghan sa kasamtangan alang sa relihiyoso nga art-apan karon ako lamang gusto sa usa ka hulagway nga dad-on sa ibabaw sa balay alang kanako, kini mao ang mas bug-at, mao nga ako naghunahuna nga ako mohangyo kanimo sa pahulam ako sa usa ka magtiayon sa imong mga tawo. "

"wala nay kasamok, mr grey, nalipay ako nga mahimo kang bisan unsang pag-alagad kanimo, nga mao ang buhat sa arte, sir?"

"kini," mitubag ang dorian, nagbalhin sa screen balik. "pwede ba nimo kining usbon, nga nagatabon ug tanan, sama ra kini? Dili ko gusto nga magkuha kini og scratched."

"wala nay kalisud, sir," miingon ang maisug nga frame-maker, nagsugod, uban sa tabang sa iyang assistant, aron mapugngan ang hulagway gikan sa taas nga mga kadena sa tumbaga diin kini gisuspenso. "ug, karon, asa nato dad-on kini, mr gray?"

"ipakita ko kanimo ang dalan, mr hubbard, kung ikaw malumo nga mosunod kanako o tingali mas maayo nga moadto ka sa atubangan, nahadlok ako nga anaa kini sa ibabaw sa balay, moadto kami sa atubangan nga hagdanan, ingon nga mas lapad. "

Siya miabli sa pultahan alang kanila, ug sila milabay ngadto sa tigumanan ug nagsugod sa pagsaka. Ang nindot nga kinaiya sa frame naghimo sa hulagway nga hilabihan ka dako, ug karon ug dayon, bisan pa sa mga pagsupak sa mr. Si hubbard, kinsa adunay tinuod nga negosyante nga dili gusto nga makakita sa usa ka maayo nga tawo nga nagbuhat sa bisan unsa nga mapuslanon, gibutang sa dorian ang iyang kamot aron kini makatabang kanila.

"usa ka luwan nga dad-on, sir," nasuko ang gamay nga lalaki sa dihang nakaabot sila sa ibabaw nga tumoy. Ug iyang gipahiran ang iyang sinaw nga agtang.

"nahadlok ko nga kini sobra ka bug-at," murag dorian samtang iyang giablihan ang pultahan nga giablihan ngadto sa kwarto nga maghimo alang kaniya sa talagsaong sekreto sa iyang kinabuhi ug itago ang iyang kalag gikan sa mga mata sa mga tawo.

Wala pa siya makasulod sa dapit sulod sa sobra sa upat ka tuig-wala gayud, sukad nga una niyang gigamit kini isip play-room sa bata pa siya, ug dayon usa ka pagtuon sa dihang siya nagkadako na. Kini usa ka dako, maayong pagkabaton nga lawak, nga gitukod sa katapusan nga ginoo nga kelso alang sa paggamit sa gamay nga apo kinsa, alang sa iyang katingad-an nga panagway sa iyang inahan, ug

usab alang sa ubang mga hinungdan, kanunay siya nga
nasilag ug nagtinguha sa padayon sa layo. Kini nagpakita
sa dorian nga adunay gamay apan nausab. Didto ang dako
nga cassone nga italy , uban ang nindot nga mga drowing
nga mga panapton niini ug ang mga tarnished gilt moldings
niini, diin siya kanunay nga nagtago sa iyang kaugalingon
isip usa ka bata. Didto ang libro nga libro sa satinwood nga
puno sa iyang mga libro sa mga libro sa iro. Diha sa kuta sa
likod niini nagbitay sa samang gisi nga flemish tapestry
diin ang usa ka namula nga hari ug rayna nagdula sa chess
sa usa ka tanaman, samtang ang usa ka pundok sa mga
hawkers nagsakay, nga nagdala sa mga langgam nga
gipangit-ngit sa ilang mga pulseras. Unsa ka maayo ang
iyang nahinumduman sa tanan! Matag higayon sa iyang
nag-inusara nga pagkabata mibalik ngadto kaniya samtang
siya mitan-aw sa palibut. Iyang nahinumduman ang walay
kapuslanang kaputli sa iyang kabatan-on nga kinabuhi, ug
ingon og makalilisang kaniya nga dinhi kini ang
makalilisang nga hulagway nga itago. Unsa ka gamay ang
iyang gihunahuna, sa mga patay nga mga adlaw, sa tanan
nga giandam alang kaniya!

Apan wala nay lain nga dapit sa balay nga hilwas gikan sa
pagpamusil sama niini. Siya adunay yawi, ug walay lain
nga makasulod niini. Sa ilalom sa purpura nga kolor niini,
ang nawong nga gipintal sa canvas mahimong motubo nga
bestial, sodden, ug dili limpyo. Unsay hinungdan niini?
Walay usa nga makakita niini. Siya mismo dili makakita
niini. Nganong bantayan niya ang makahahadlok nga
kadautan sa iyang kalag? Siya nagbantay sa iyang
pagkabatan-on-kana igo na. Ug, labut pa, dili ba ang iyang
kinaiya mas maayo pa, human sa tanan? May walay rason
nga ang umaabot nga kinahanglan nga sa ingon nga puno sa
kaulaw. Ang pipila ka gugma mahimong moabut sa iyang
kinabuhi, ug limpyohan siya, ug panalipdan siya gikan sa
mga sala nga daw nagpukaw na sa espiritu ug sa unod-

kadtong mga katingad-anon nga wala'y mga sala nga ang mismong misteryo nagpahulam kanila sa ilang pagkadautan ug sa ilang kaanyag. Tingali, sa usa ka adlaw, ang mabangis nga pagtan-aw milabay gikan sa pula nga sensitibo nga baba, ug mahimo niyang ipakita sa obra maestra sa basil sa kalibutan.

Dili; kana dili mahimo. Oras kada oras, ug matag semana, ang butang nga anaa sa ibabaw sa canvas nagtubo na. Kini makaikyas sa pagkasilsil sa sala, apan ang pagkangilngig sa panuigon gitagana alang niini. Ang mga aping mamahimong lungag o luya. Ang mga tiil sa yellow nga uwak makalibut sa nagkalayo nga mga mata ug makahimo niini nga makalilisang. Ang buhok mawad-an sa kahayag niini, ang baba magnganga o maluya, mahimong buangbuang o mahait, sama sa mga baba sa mga tigulang nga tawo. Adunay nagkagumon nga tutunlan, ang bugnaw, asul nga mga kamot, ang tiko nga lawas, nga nahinumduman niya sa apohan nga hugot kaayo kaniya sa iyang pagkabatan-on. Ang hulagway kinahanglang tagoan. Walay tabang alang niini.

"dad-a kini, mr hubbard, palihug," siya miingon, nga magul-anon, milingi. "pasayloa ko nga dugay ka nga naghunahuna ko."

"kanunay nga malipayon nga adunay pahulay, mr grey," mitubag ang tigbuhat sa frame, nga nagpahulay gihapon. "asa nato ibutang kini, sir?"

"oh, bisan asa, dinhi: kini buhaton, dili ko gusto nga kini gibitay, itugyan lang kini sa bungbong, salamat."

"tingali ang usa magatan-aw sa buhat sa arte, sir?"

Nagsugod ang dorian. "dili kini ka interes nimo, mr hubbard," miingon siya, nga nagtan-aw sa iyang mata sa lalaki. Siya mibati nga andam sa paglukso sa ibabaw kaniya ug sa paglabay kaniya ngadto sa yuta kon siya nangahas sa pagbayaw sa matahum nga pagbitay nga nagtago sa sekreto sa iyang kinabuhi. "dili na ako magul-anon karon. Gipasaligan ko kaayo ang imong kaayo sa pag-abut."

"dili man, dili man, mr grey nga andam nga mohimo sa bisan unsa alang kanimo, sir." ug mr. Si hubbard misilaob sa ubos, nga gisundan sa assistant, kinsa mitan-aw balik sa dorian uban ang usa ka panagway sa maulawon nga katingala sa iyang bagis nga nawong. Wala pa siya makakita sa bisan kinsa nga kahibulongan.

Sa diha nga ang tingog sa ilang mga tunob nahanaw na, ang dorian nagkandado sa pultahan ug gibutang ang yawe sa iyang bulsa. Mibati siya nga luwas karon. Walay usa nga makatan-aw sa makalilisang nga butang. Walay mata apan iyang makita ang iyang kaulaw.

Sa pag-abot sa librarya, iyang nahibal-an nga kadto human sa alas singko ug nga ang tsa gipaatubang na. Sa usa ka gamay nga lamesa sa mangitngit nga mahumot nga kahoy nga naporma nga nacre, usa ka regalo gikan sa babaye nga radley, ang asawa sa iyang magbalantay, usa ka propesyonal nga walay balidong tawo nga migahin sa nag-una nga tingtugnaw sa cairo, naghigda sa usa ka sulat gikan sa lord henry, ug sa daplin niini usa ka basahon gigapos sa yellow nga papel, ang hapin gamay nga gisi ug ang mga sulud nangahugaw. Usa ka kopya sa ikatulong edisyon sa st. Ang gazette ni james gibutang sa tea-tray. Kini dayag nga ang mananaog mibalik. Nahibulong siya kon nakahibalag ba siya sa mga tawo diha sa tigumanan samtang sila nanggawas sa balay ug nahurot gikan kanila unsa ang ilang gibuhat. Siya segurado nga dili makalimtan ang hulagway-sa walay duhaduha nahikalimtan na kini, samtang iyang gipahiluna ang tsa-nga mga butang. Ang tabil wala pa ibalik, ug usa ka blangko nga luna makita sa bongbong. Tingali sa usa ka gabii nga makita niya siya nga nagakamang sa ibabaw ug naningkamot sa pagpugos sa pultahan sa lawak. Usa ka makalilisang nga butang nga adunay usa ka espiya sa usa ka balay. Nakadungog siya sa mga dato nga mga tawo nga gipangitngit sa ilang kinabuhi pinaagi sa usa ka sulugoon nga nakabasa sa usa ka sulat, o nakadungog sa usa ka panagsultihanay, o mikuha sa usa ka kard nga may usa ka adres, o nakit-an sa usa ka unlan nga usa ka laya nga bulak o usa ka ginunting nga piraso .

Siya nanghupaw, ug gibubo ang iyang kaugalingon sa usa ka tsa, gibuksan ang mubo nga sulat ni henry. Kini mao lamang ang pag-ingon nga iyang gipadala siya libot sa papel sa kagabhion, ug usa ka basahon nga makapainteres kaniya, ug nga siya anaa sa club nga otso-napulog lima. Gibuksan niya ang st. James ni languidly, ug nakita kini. Usa ka pula nga lapis nga marka sa ikalimang panid nakuha sa iyang mata. Kini naghatag og pagtagad sa mosunod nga parapo:

Ang pagpanghilabot sa usa ka aktres.-usa ka inquest ang gipahigayon karong buntag sa bell tavern, hoxton road, ni mr. Danby, ang coroner sa distrito, sa lawas sa sibyl vane, usa ka batan-ong aktres nga bag-o lang miapil sa royal theater, holborn. Usa ka hukom sa kamatayon pinaagi sa sayup nga pagbalik gibalik. Dako nga simpatiya ang gipahayag alang sa inahan sa namatay, kinsa naapektuhan pag-ayo sa paghatag sa iyang kaugalingon nga ebidensya, ug nga ang dr. Birrell, nga naghimo sa post-mortem examination sa namatay.

Siya nagsumbag, ug gigisi ang papel sa duha, mitabok sa kwarto ug gilabay ang mga piraso. Unsa ka ngil-ad ang tanan! Ug unsa ka makalilisang ang tinuod nga kabalaka! Siya mibati og gamay nga kasamok sa ginoong henry tungod sa pagpadala kaniya sa taho. Ug tino nga hungog siya nga nagtimaan niini nga pula nga lapis. Mahimo unta kini mabasa sa mananaog. Ang tawo nahibal-an labaw pa sa igo nga english alang niana.

Tingali iyang nabasa kini ug nagsugod sa pagduda sa usa ka butang. Ug, unsa pa may hinungdan? Unsa ang aborsiyon sa dorian sa kamatayon sa sibyl vane? Wala'y kahadlokan. Ang gray nga dorian wala mopatay kaniya.

Ang iyang mata nahulog sa dalag nga basahon nga gipadala kaniya ni henry. Unsa kini, nahibulong siya. Siya miadto padulong sa gamay, bulok nga perlas nga dunay octagonal nga baruganan nga kanunayng nagtan-aw kaniya sama sa buhat sa pipila nga mga putyukan nga mga egiptohanon nga nagbuhat sa pilak, ug gikuha ang gidaghanon, gilabay ang iyang kaugalingon ngadto sa usa ka lingkuranan nga sandalyas ug misugod sa pagpabalik sa mga dahon . Human sa pipila ka mga minuto nahimo siya nga masuhop. Kini ang labing katingad-an nga libro nga iyang nabasa sukad. Kini alang kaniya nga sa tumang panapton, ug sa malumo nga tunog sa mga plawta, ang mga sala sa kalibutan nagpakita nga ang mga amang gipakita sa iyang atubangan. Ang mga butang nga iyang gipangandoy sa kalit nahimong tinuod ngadto kaniya. Ang mga butang nga wala niya damha anam-anam nga gipadayag.

Kini usa ka nobela nga walay plano ug adunay usa lamang ka karakter, nga, sa pagkatinuod, usa lamang ka sikolohikal nga pagtuon sa usa ka batan-ong parisian nga migahin sa iyang kinabuhi nga naningkamot nga maamguhan sa ikanapulog-siyam nga siglo ang tanan nga mga pagbati ug mga pamaagi sa hunahuna nga iya sa matag siglo gawas lamang sa iyang kaugalingon, ug sa pagsabut, ingon nga kini, sa iyang kaugalingon sa nagkalainlain nga mga pagbati diin ang kalibutan-espiritu nga milabay, nga nahigugma tungod sa ilang pagka-artipisyal lamang sa mga pagsalikway nga ang mga tawo dili maalamon nga nagtawag sa kaligdong, sama sa natural nga mga pagrebelde nga ang maalamon nga mga tawo gitawag gihapon ang sala. Ang estilo diin kini nahisulat mao ang talagsaon nga estilo sa jeweled, matin-aw ug dili mailhan, puno sa argot ug sa archaisms, sa mga teknikal nga ekspresyon ug sa mga komplikadong mga paraphrases, nga naghulagway sa buhat sa pipila sa pinakamaayong mga artist sa french school of symbolistes . Dihay mga metapora nga ingon ka makalilisang sama sa mga orkid ug ingon ka maliputon sa kolor. Ang kinabuhi sa mga sensya gihulagway sa mga termino sa misteryosong pilosopiya. Ang usa ka tawo nga halos dili mahibal-an kon ang usa ba nagbasa sa espirituhanong ecstasies sa pipila ka mga katigulangan sa kaliboan o sa dili maayo nga pagkumpisal sa usa ka modernong makasasala. Kini usa ka makahilo nga basahon. Ang bug-at nga kahumot sa insenso ingon og nagkupot sa mga panid niini ug sa pagsamok sa utok. Ang bugtong ritmo sa mga tudling-pulong, ang maliputon nga monotony sa ilang musika, nga puno kaayo tungod sa komplikado nga mga pag-usik ug mga lihok nga gisubli nga gisubli, nga gimugna sa hunahuna sa bata, samtang siya milabay gikan sa kapitulo ngadto sa kapitulo, usa ka dagway sa pagpugong, usa ka balatian sa pagdamgo, nga naghimo kaniya nga wala'y panumbalinga sa adlaw sa pagkapukan ug sa nagakamang nga mga anino.

Walay panganod, ug natusok sa usa ka nag-inusarang bitoon, usa ka langit-lunhaw nga kalangitan nga gleamed sa mga bintana. Gibasa niya ang kahayag niini hangtud nga wala na siya makabasa. Unya, human sa pahinumdom kaniya sa iyang valet daghang mga higayon sa pagkahublas sa oras, mibarug siya, ug miadto sa sunod nga kwarto, gibutang ang libro sa gamay nga lamesa sa florentine nga kanunay nagbarug sa iyang higdaanan ug misugod sa pagsinina alang sa panihapon.

Hapit na ang alas nuybe sa wala pa siya makaabot sa club, diin iyang nakita ang lord henry nga nag-inusara nga nag-inusara, sa lawak sa buntag, nagtan-aw kaayo.

"gikasubo ko, harry," siya mihilak, "apan tinuod gyud kini ang imong sayop. Ang libro nga imong gipadala nako nakapaikag kanako nga nakalimtan nako kung unsa ang oras."

"oo, abi ko gusto nimo," mitubag ang iyang tagbalay, nga mibarug gikan sa iyang lingkuranan.

"wala ko moingon nga ganahan ko niini, harry." miingon ko nga kini nakapaikag kanako. Adunay dakong kalainan. "

"ah, nadiskobrehan nimo kana?" nagbagulbol nga lord henry. Ug sila miadto sa lawak-kan-anan.

Kapitulo 11

Sulod sa mga katuigan, ang abu nga dorian dili makalingkawas gikan sa impluwensya niini nga basahon. O tingali mas tukma ang pag-ingon nga wala gayud siya nagtinguha nga malikayan ang iyang kaugalingon gikan niini. Siya mipagawas gikan sa paris nga dili mokubos sa siyam ka dagkong papel nga mga kopya sa unang edisyon, ug gibugkos kini sa nagkalainlain nga mga kolor, aron sila mahimong mohaum sa iyang nagkalainlain nga mga pagbati ug ang kausaban sa mga kinaiya sa usa ka kinaiyahan nga iyang gihunahuna, usahay, adunay halos wala nay kontrol. Ang bayani, ang talagsaon nga batan-on nga parisian diin ang romantikong ug siyentipiko nga mga temperatura hilabihan ka komplikado, nahimong usa ka matang sa prefiguring nga iyang kaugalingon. Ug, sa pagkatinuod, ang tibuok nga basahon nga iyang gihunahuna nga naglangkob sa istorya sa iyang kaugalingong kinabuhi, gisulat sa wala pa siya nagpuyo niini.

Sa usa ka punto siya mas bulahan kay sa talagsaon nga bayani sa nobela. Wala gayud siya nasayud-wala gayud, sa pagkatinuod, may bisan unsang hinungdan nga nahibalo-nga ingon ka makalibog nga kahadlok sa mga salamin, ug ang pinasinaw nga metal ibabaw, ug sa gihapon tubig nga miabut sa batan-ong parisian sayo sa iyang kinabuhi, ug nahitabo tungod sa kalit nga pagkagun-ob sa usa ka ang beau nga kaniadto, klaro, talagsaon kaayo. Kini sa malipayon nga kalipay- ug tingali sa hapit tanan nga kalipay, sa tinuud sa matag kalipay, ang kabangis adunay dapit-nga iyang gigamit sa pagbasa sa ulahing bahin sa basahon, uban sa tinuud nga makalilisang, kung ingon og sobra nga gibug-atan, ang asoy sa kasubo ug kawalay paglaum sa usa kinsa nawala sa unsay anaa sa uban, ug sa kalibutan, gipabilhan gayud niya.

Tungod sa maanindot nga katahum nga nahingangha kaayo sa basil, ug daghan pa gawas kaniya, ingon og dili gayud mobiya kaniya. Bisan kadtong nakadungog sa labing dautan nga mga butang batok kaniya-ug sa matag karon ug unya ang mga katingad-an nga mga hulungihong bahin sa iyang pamaagi sa kinabuhi mikaylap sa london ug nahimo nga panagsulti sa mga klab-dili makatuo sa bisan unsa sa iyang kaulawan sa dihang ilang nakita siya. Siya sa kanunay ang pagtan-aw sa usa nga nagbantay sa iyang kaugalingon nga walay buling gikan sa kalibutan. Ang mga tawo nga hilom nga naghisgot nga hilom nga naghilom sa dihang ang dorian nga abuhon misulod sa lawak. Adunay usa ka butang sa kaputli sa iyang nawong nga nagbadlong kanila. Ang iyang presensya ingon og nahinumduman kanila ang handumanan sa pagkawalay sala nga ilang gihugawan. Nahibulong sila kung unsa ka nindot ug matahum ang usa ka tawo nga makalingkawas siya sa mansa sa usa ka panahon nga sa kakuyaw ug pagkamahilayon.

Sa kasagaran, sa pagpauli gikan sa usa sa mga misteryoso ug dugay nga pagpalta nga maoy hinungdan sa ingon nga katingad-an nga panaghap sa iyang mga higala, o naghunahuna nga kini sila, siya mismo nga nagakamang sa ibabaw sa gi-lock nga lawak, ablihi ang pultahan sa yawe nga wala gayud niya gibiyaan karon, ug nagbarug, nga may usa ka salamin, sa atubangan sa hulagway nga gibutang sa hawanan nga hulagway kaniya, nga nagatan-aw karon sa dautan ug nagka-edad nga nawong sa hulagway, ug karon sa matahum nga batan-on nga nawong nga mikatawa balik kaniya gikan sa pinasinaw nga baso. Ang kahayag sa kalainan nga gigamit aron mapadali ang iyang pagbati sa kalipay. Siya nagkadako ug nagkalainlain sa iyang kaugalingon nga katahum, labi ka interesado sa pagkadunot sa iyang kaugalingon nga kalag. Siya mag-usisa uban sa gamay nga pag-atiman, ug usahay uban sa usa ka makalilisang ug makalilisang nga kalipay, ang mga makalilisang nga mga linya nga naglubog sa pagkunot sa agtang o nagakamang palibot sa mabug-at nga sensual nga baba, nga nahibulong usahay nga mas makalilisang, mga ilhanan sa sala o mga timailhan sa edad. Iyang ibutang ang iyang mga puti nga mga kamot sa kilid sa baga nga nagpandong nga mga kamot sa hulagway, ug pahiyum. Iyang gibugalbugalan ang nahugawan nga lawas ug ang nagkulang nga mga bukton.

Adunay mga panahon, sa tinuud, sa gabii, sa diha nga, naghigda nga walay tulog sa iyang kaugalingon nga nindot nga kahumot nga lawak, o sa law-ay nga lawak sa gamay nga ilado nga tavern duol sa dunggoanan nga, ubos sa gituohan nga ngalan ug nagtakuban, kini mao ang kinaiya sa kanunay, maghunahuna siya sa kalaglagan nga iyang nadala sa iyang kalag uban sa usa ka kalooy nga labaw ka makahuluganon tungod kay kini usa lamang ka hinakog. Apan ang mga higayon nga sama niini talagsa ra. Nga ang pagkamausisaon mahitungod sa kinabuhi diin ang agianan sa henry nga una nga gipukaw kaniya, samtang sila naglingkod nga magkauban sa tanaman sa ilang higala, daw nagdugang uban ang pagtagbaw. Sa labi nga nahibal-an niya, labi pa ang iyang gitinguha nga masayran. Siya nabuang nga mga kagutom nga mitubo nga mas gutom samtang siya nagpakaon kanila.

Apan wala siya sa walay pagduha-duha, sa bisan unsa nga paagi sa iyang relasyon sa katilingban. Makausa o kaduha sa matag bulan atol sa tingtugnaw, ug sa matag gabii sa gabii sa panahon sa tingpamulak, siya moabli sa kalibutan sa iyang maanindot nga balay ug adunay labing bantugan nga mga musikero sa maong adlaw aron sa pagdani sa iyang mga bisita sa mga katingalahan sa ilang arte. Ang iyang gagmay nga mga panihapon, sa paghusay diin kini nga henry kanunay nga mitabang kaniya, gihatagan og maayo alang sa mabinantayon nga pagpili ug pagbutang sa mga gidapit, ingon sa talagsaon nga lami nga gipakita diha sa dekorasyon sa lamesa, uban sa maliputon nga simponya nga mga kahikayan sa mga exotic nga mga bulak , ug binordahan nga mga panapton, ug antique plate nga bulawan ug pilak. Sa pagkatinuod, adunay daghan, ilabi na sa mga batan-ong mga lalaki, kinsa nakakita, o nakapangangkon nga ilang nakita, sa dorian nga abuhon ang tinuod nga katumanan sa usa ka matang nga ilang gipangandoy sa mga panahon sa eton o oxford, usa ka tipo nga maghiusa sa usa ka butang sa tinuod nga kultura sa eskolar sa tanan nga grasya ug kalainan ug hingpit nga paagi sa usa ka lungsuranon sa kalibutan. Kanila daw siya nga kauban sa mga gihulagway ni dante ingon nga nagtinguha sa "paghimo sa ilang kaugalingon nga hingpit pinaagi sa pagsimba sa katahum." sama sa gautier, siya ang usa nga alang kang kinsa "ang makitang kalibutan naglungtad."

Ug, sa pagkatinuod, alang kaniya ang kinabuhi mismo mao ang una, ang kinadak-an, sa mga arte, ug alang niini ang tanan nga mga arte daw usa lamang ka pagpangandam. Nga paagi sa kung unsa ang talagsaon nga mahitabo mahimong alang sa usa ka gutlo nga panahon, ug dandyism, diin, sa iyang kaugalingong paagi, usa ka paningkamot nga ihingusog ang hingpit nga modernidad sa katahum, siyempre, ang ilang kaanyag alang kaniya. Ang iyang pamaagi sa pagsinina, ug ang partikular nga mga estilo nga sa matag higayon nga siya naapektuhan, adunay timailhan nga impluwensya sa mga batan-on nga mga exquisites sa mayfair balls ug pall mall club windows, nga mikopya kaniya sa tanan nga iyang gibuhat, ug misulay sa paghuwad sa aksidente nga kaanyag sa iyang madanihon, bisan ngadto lamang kaniya ang tunga-tunga nga seryoso, fopperies.

Kay, bisan pa siya andam na kaayo sa pagdawat sa posisyon nga hapit gitanyag dayon kaniya sa iyang pag-abot, ug nakaplagan, sa pagkatinuod, usa ka maliputon nga kalipay sa hunahuna nga siya mahimo gayud nga mahimong sa london sa iyang kaugalingon nga adlaw unsa ang ang imperyal nga neronian rome ang tagsulat sa satyricon kaniadto, bisan pa sa iyang kinasuloran nga kasingkasing siya nagtinguha nga mahimong usa ka butang nga labaw pa sa usa lamang nga arbiter elegantiarum , nga konsultahon sa pagsul-ob sa usa ka mutya, o sa pagtukod sa usa ka kurbata, o sa paggawi usa ka sungkod. Siya nagtinguha sa pagsaysay sa usa ka bag-ong plano sa kinabuhi nga kini adunay rason nga pilosopiya ug sa iyang gimando nga mga prinsipyo, ug makita sa espirituhanon nga mga panimuot ang pinakataas nga katumanan niini.

Ang pagsimba sa mga igbalati sa kanunay, ug uban ang daghang hustisya, gisaway, ang mga tawo nga mibati sa usa ka kinaiyanhon nga kinaiyanhon nga kalisang bahin sa mga pagbati ug mga pagbati nga daw mas kusgan kay sa ilang kaugalingon, ug nga sila nahibalo nga nakig-ambit sa wala kaayo organisado nga matang sa pagkaanaa. Apan kini nagpakita sa dorian nga gray nga ang tinuod nga kinaiya sa mga sensya wala pa masabti, ug nga sila nagpadayon nga linuog ug mananap tungod lamang kay ang kalibutan nagtinguha sa pagkagutom kanila sa pagpasakop o pagpatay kanila pinaagi sa kasakit, sa baylo nga magtinguha sa paghimo kanila ang mga elemento sa usa ka bag-ong espiritwalidad, diin ang usa ka maayo nga kinaiya alang sa katahum mao ang panguna nga kinaiya. Samtang siya mitan-aw balik sa tawo nga naglihok sa kasaysayan, nahadlok siya tungod sa usa ka pagbati sa kapildihan. Daghan na nga gisurender! Ug sa ingon nga gamay nga katuyoan! Dihay mga binuang nga mga pagsalikway, hilabihang mga matang sa pagsakit sa kaugalingon ug pagsalikway sa kaugalingon, kansang sinugdanan mao ang kahadlok ug kansang sangputanan usa ka degradasyon nga labi ka makalilisang kay sa dulom nga degradasyon diin, sa ilang pagkawalay alamag, sila nagtinguha sa pag-ikyas;

kinaiya, sa iyang maanindot nga kabalaka, nagpapahawa sa anchorite aron pakan-on uban sa ihalas nga mga hayop sa disyerto ug naghatag sa ermitanyo sa mga mananap sa kapatagan ingon nga iyang mga kauban.

Oo: kinahanglan nga, sumala sa gipanagna nga ginoo nga henry, usa ka bag-ong hedonismo nga mao ang paghimo pag-usab sa kinabuhi ug pagluwas niini gikan sa mapig-oton nga dili putli nga pagkaputli nga anaa, sa atong panahon, sa talagsaon nga kapukawan. Nga kini adunay pag-alagad sa kinaadman, sa pagkatinuod, bisan pa dili kini modawat sa bisan unsang teorya o sistema nga maglakip sa pagsakripisyo sa bisan unsang paagi nga madasigon nga kasinatian. Ang tumong niini, sa tinuud, mao nga mahimong kasinatian mismo, ug dili ang mga bunga sa kasinatian, matam-is o mapait sama niini. Sa pagpakaaron-ingnon nga nakapatay sa mga igbalatyag, sama sa bulgar nga pagpanghilabot nga nakapahabol kanila, wala kini'y nahibal-an. Apan kini mao ang pagtudlo sa tawo nga magkonsentrar sa iyang kaugalingon sa mga gutlo sa usa ka kinabuhi nga sa iyang kaugalingon apan usa ka higayon.

Adunay diyutay kanato nga wala usahay nahigmata sa wala pa ang kaadlawon, bisan human sa usa sa mga gabii nga wala'y damgo nga naghimo kanato nga hapit nga nabalaka sa kamatayon, o usa niadtong gabhion nga mga kalisang ug kalipay nga makalipay, sa diha nga ang mga lawak sa utok nagsilip nga mga talagsaon nga makalilisang kay sa kamatuoran mismo, ug kinaiya sa klaro nga kinabuhi nga nagahawid sa tanan nga mga grotesque, ug nagpahulam sa gothic art sa iyang malungtarong kalagsik, kini nga arte, usa ka tinguha, ilabi na ang arte sa mga tawo nga ang mga hunahuna nasamok sa balatian sa balud. Anam-anam nga puti nga mga tudlo mokamang pinaagi sa mga kurtina, ug kini daw nangurog. Sa itom nga hinanduraw nga mga porma, ang mga landong nga amang mokamang ngadto sa

mga eskina sa lawak ug moyukbo didto. Sa gawas, anaa
ang pagpagutok sa mga langgam taliwala sa mga dahon, o
ang tingog sa mga tawo nga moadto sa ilang trabaho, o ang
panghupaw ug paghilak sa hangin gikan sa mga bungtod ug
naglibutlibot sa hilom nga balay, ingon og nahadlok nga
pukawon ang ang mga natulog apan kinahanglan gayud nga
mangayo og tulog gikan sa iyang lungib nga purpura. Ang
tabil human sa pagtabon sa nipis nga giwang nga gaus nga
gibayaw, ug ang mga porma ug mga kolor sa mga butang
gipahiuli ngadto kanila, ug nakita namo ang kaadlawon nga
nagbag-o sa kalibutan sa iyang antik nga sumbanan. Ang
wan mirrors makaangkon sa ilang mimic life. Ang mga
flameless taper nagbarug diin kami mibiya kanila, ug sa
tupad kanila nagbutang sa tunga-tunga nga basahon nga
among gitun-an, o ang gisul-ob nga bulak nga among gisul-
ob sa bola, o ang sulat nga nahadlok kami nga mabasa, o
kanunay kaming nagbasa. Wala nay lain nga nausab. Gikan
sa dili tinuod nga mga landong sa kagabhion mibalik ang
tinuod nga kinabuhi nga among nailhan. Kinahanglan nga
ipadayon nato kini kung diin kita mibiya, ug didto gisakitan
kita sa usa ka makalilisang nga pagsabut sa panginahanglan
alang sa pagpadayon sa enerhiya sa sama nga makapaluya
nga hugna sa mga naandan na nga mga batasan, o usa ka
ligaw nga pangandoy, tingali, aron ang atong mga tabon sa
mata maabli pipila ka buntag sa usa ka kalibutan nga
gipulihan pag-usab sa kangitngit alang sa atong kalipayan,
usa ka kalibutan diin ang mga butang adunay mga bag-ong
porma ug mga kolor, ug mausab, o adunay lain nga mga
sekreto, usa ka kalibutan diin ang kaniadto adunay gamay o
walay dapit , o mabuhi, sa bisan unsa nga paagi, sa walay
mahunahunaon nga porma sa obligasyon o pagbasol, ang
paghinumdom bisan sa kalipay nga may kapaitan ug mga
handumanan sa kalipay sa ilang kasakit.

Kini mao ang paglalang sa ingon nga mga kalibutan sama
sa kini nga daw dorian nga abohon nahimong tinuod nga

butang, o taliwala sa tinuod nga mga butang, sa kinabuhi; ug sa iyang pagpangita sa mga sensasyon nga mahimong bag-o ug talagsaon, ug makabaton nianang elemento sa pagkatalaw nga hinungdanon kaayo sa romansa, kanunay niyang gisagop ang pipila ka mga panghunahuna nga nahibal-an siya nga tinuod nga lumad sa iyang kinaiya, mibiya sa iyang kaugalingon sa ang ilang maliputon nga mga impluwensya, ug dayon, ingon nga kini, nakakuha sa ilang kolor ug nakatagbaw sa iyang pagkamaukiton sa kinaadman, biyai sila uban nianang talagsaon nga pagkawalay pagtagad nga dili sukwahi sa tinuod nga kainit sa kinaiya, ug kana, sa pagkatinuod, sumala sa pila ka mga modernong psychologist, sa kasagaran usa ka kahimtang niini.

Gisultian siya sa makausa nga hapit na siya moapil sa roman katoliko nga panag-uban, ug sa pagkatinuod ang roman ritwal kanunay nga usa ka dako nga atraksyon alang kaniya. Ang adlaw-adlaw nga pagsakripisyo, labaw pang makalilisang gayud kay sa tanan nga mga sakripisyo sa antik nga kalibutan, nagpukaw kaniya pinaagi sa hilabihan nga pagsalikway sa ebidensya sa mga igbalati sama sa karaan nga kasayon sa mga elemento niini ug sa walay katapusan nga mga kalaglagan sa trahedya sa tawo nga kini nagtinguha nga nagsimbolo. Ganahan siya nga moluhod diha sa bugnaw nga dalan sa marmol ug motan-aw sa pari, sa iyang matig-a nga bulak nga dalmatic, hinay-hinay ug uban ang puti nga mga kamot nga nagalayo sa tabil sa tabernakulo, o nagpataas sa ibabaw sa limpyo, pormag-hugis nga monstrance uban nianang puthaw nga tinapay nga manipis nga sa mga panahon, usa ka tawo ang maghunahuna, sa pagkatinuod mao ang " panis caelestis ," ang tinapay sa mga anghel, o, gisul-ob sa mga sapot sa gugma ni kristo, gibali ang panon ngadto sa kopa ug gihampak ang iyang dughan tungod sa iyang mga sala. Ang mga makuyaw nga insensaryo nga ang lubnganan nga mga batang lalaki, sa ilang mga panapton ug sanag nga pula, nga gitugbong sa hangin sama sa mga bulak nga gintong-pula nga mga bulak ang ilang maliputon nga kahibulong alang kaniya. Samtang siya migawas, siya kaniadto nagtan-aw uban ang kahibulong sa mga itom nga pagkompromiso ug dugay nga maglingkod sa madulom nga landong sa usa kanila ug maminaw sa mga lalaki ug mga babaye nga naghunghong sa gisul-uban nga gisudlan sa tinuod nga istorya sa ilang mga kinabuhi.

Apan wala siya nahulog sa kasaypanan sa pag-aresto sa iyang intelektwal nga pag-uswag pinaagi sa bisan unsa nga pormal nga pagdawat sa kredo o sistema, o sa sayup, alang sa usa ka balay nga kapuy-an, usa ka balay nga puluy-anan nga angay alang sa pagpuyo sa usa ka gabii, o alang sa pipila mga oras sa usa ka gabii diin wala'y mga bitoon ug ang bulan nagsakit. Ang mistisismo, uban sa kahibulongang gahum sa paghimo sa kasagaran nga mga butang nga katingalahan alang kanato, ug ang maliputon nga antinomianismo nga kanunay nga nag-uban niini, nagpalihok kaniya sulod sa usa ka panahon; ug sa usa ka panahon siya nahilig sa materyalistiko nga mga doktrina sa kalihokan sa darwinismus sa germany, ug nakakaplag usa ka katingalahan nga kalipay sa pagsubay sa mga hunahuna ug mga pagbati sa mga tawo ngadto sa pearly cell sa utok, o ang uban nga puti nga nerbiyos sa lawas, nalipay sa pagpanamkon sa hingpit nga pagsalig sa espiritu sa pipila ka mga kahimtang sa lawas, dili maayo o himsog, normal o masakiton. Apan, ingon sa nasulti na kaniya kaniadto, walay teoriya sa kinabuhi nga ingon kaniya nga adunay bisan unsang kahinungdanon kon itandi sa kinabuhi mismo. Mibati siya nga nahibal-an pag-ayo kon unsa ang wala maangkon ang tanan nga mga intelektwal nga pangagpas nga sa dihang gibulag gikan sa aksyon ug eksperimento. Nahibal-an niya nga ang mga igbalati, dili momenos sa kalag, adunay mga espirituhanong mga misteryo nga gipadayag.

Ug mao nga siya karon magtuon sa mga pahumot ug mga sekreto sa ilang paghimo, pagpahid sa mga mahumot nga lana ug pagsunog sa mga mahumot nga mga giladmon gikan sa silangan. Iyang nakita nga walay buot sa hunahuna nga wala kini katugbang sa salawayon nga kinabuhi, ug gipakita ang iyang kaugalingon sa pagdiskubre sa ilang matuod nga mga relasyon, naghunahuna kung unsa ang adunay kamang sa usa nga misteryoso, ug sa ambergris nga nagpukaw sa mga kahinam, ug sa mga bayolente nga nakapukaw sa panumduman sa patay nga mga romansa, ug sa musk nga nakahasol sa utok, ug sa champak nga namansahan ang imahinasyon; ug pagpangita kanunay aron sa paghatag og detalye sa usa ka tinuod nga sikolohiya sa mga pahumot, ug sa pag-estimate sa daghang mga impluwensya sa humot nga mga gamot ug mga pahumot, mga bulak nga puno sa polen; sa humot nga mga balms ug sa mangitngit ug mahumot nga kakahoyan; sa spikenard, nga mga sakit; sa hovenia, nga nakapahimo sa mga tawo nga buang; ug sa mga aloe, nga giingon nga makapahawa sa kasubo gikan sa kalag.

Sa laing higayon, iyang gigugol ang iyang kaugalingon sa musika, ug sa usa ka taas nga latticed room, nga adunay kisame ug bulawan nga mga kisame ug mga bungbong sa olive-green nga lacquer, siya kaniadto naghatag og katingad-an nga mga konsyerto diin gibiyaan sa mga gipsy ang ihalas nga musika gikan sa gagmay nga mga zithers, o lubnganan, dalag nga mga tunisian nga gipangputol sa mga kulang nga mga kuldas sa mga lute, samtang ang nagkurog nga mga negosyante bug-os nga nabunalan diha sa tambol nga tumbaga ug, nga nagsul-ob sa sanag nga pula nga mga banig, ang mga slim turbaned nga mga indiyan mihuyop pinaagi sa taas nga mga tubo nga tangbo o tumbaga ug nahilambog-o nagpakaaron- dagko nga mga bitin nga gipangitngit ug makalilisang nga mga tambal nga tambal. Ang malisud nga mga lat-ang ug mga panagbingkil sa mga linuog nga musika nakapukaw kaniya sa mga panahon nga ang grasya sa schubert, ug ang matahum nga kasub-anan sa chopin, ug ang mga kusog nga kaharmonya sa beethoven sa iyang kaugalingon, nahulog nga wala matandog sa iyang dalunggan. Siya nagkatapok gikan sa tanang bahin sa kalibutan sa labing katingalahan nga mga instrumento nga makita, sa mga lubnganan sa mga patay nga mga nasud o sa pipila ka mga luya nga mga tribo nga nakalahutay sa pagkontak sa kasadpan nga sibilisasyon, ug nahigugma sa paghikap ug pagsulay kanila. Siya adunay misteryosong magtatambag sa mga indio sa rio negro, nga ang mga babaye dili tugotan sa pagtan-aw ug nga bisan ang mga batan-on dili makakita hangtud nga sila gipailalom sa pagpuasa ug paglapdos, ug ang mga tadyaw sa mga peruvian nga adunay hilabihang paghilak sa mga langgam , ug mga plawta sa mga bukog sa tawo sama sa alfonso de ovalle nga nadungog sa chile, ug ang mga sonorous green jaspers nga nakaplagan duol sa cuzco ug naghatag sa usa ka nota sa singular nga katam-is. Iyang gipintalan ang mga sagbot nga puno sa gagmay nga mga bato nga nagkurog sa dihang kini nangauyog; ang taas nga clarin sa mga mexicans, diin ang tigpasundayag dili mohuyop, apan pinaagi niini iyang gipahid ang hangin; ang mapintas nga ture sa mga tribo sa amazon, nga gipalanog sa mga nagbantay nga naglingkod sa tibuok adlaw sa taas nga mga kahoy, ug madungog, kini giingon, sa gilay-on nga tulo ka mga liga; ang teponaztli , nga may duha ka dila nga dila sa kahoy ug gibunalan sa mga sanga nga gipahid sa usa ka pagkamaunat-unat nga ilong nga makuha gikan sa milky juice sa mga tanum; ang mga kahoyng sikomoro nga ginama sa mga parras ginabaligya sa mga dulon; ug usa ka dako nga cylindrical drum, gitabonan sa mga panit sa mga dagko nga mga bitin, sama sa usa nga naglarawan sa diaz nakita sa diha nga siya miadto uban sa mga cortes ngadto sa templo sa mexican, ug kang kinsang maliputon nga tingog nga iyang gibilin kanato sa ingon ka klaro nga paghulagway. Ang talagsaon nga kinaiya niini nga mga instrumento nahingawa kaniya, ug iyang gibati ang usa ka talagsaon nga kalipay sa hunahuna nga ang arte, sama sa kinaiya, adunay iyang mga mananap, mga butang sa bestial nga porma ug uban sa makahahadlok nga mga tingog. Apan, paglabay sa pipila ka panahon, siya gikapoy, ug milingkod sa iyang kahon sa opera, nag-inusara man o uban sa ginoong henry, naminaw sa kalipay sa "tannhauser" ug nakita sa pasiuna sa dakong buhat sa arte nga presentasyon sa arte ang trahedya sa iyang kaugalingon nga kalag.

Sa usa ka okasyon iyang gikuha ang pagtuon sa mga alahas, ug nagpakita sa usa ka costume nga bola sama sa anne de joyeuse, admiral sa france, sa usa ka sinina nga gitabunan og lima ka gatus ug kan-uman ka perlas. Kini nga lami nakadani kaniya sulod sa mga katuigan, ug, sa tinuud, mahimong ikaingon nga dili na siya mobiya. Kanunay siyang mogugol sa usa ka tibuok adlaw nga pagpuyo ug pagpahiluna sa ilang mga kahimtang sa lainlaing mga bato nga iyang nakolekta, sama sa olive-green nga chrysoberyl nga nahimong pula sa lamplight, ang cymophane nga may yagpis nga linya nga pilak, ang pistachio-colored nga peridot, rosas ug ang mga dahon sa purongpurong, ug ang mga panapton sa maanindot nga dagway nga mapula, ug ang mga ugbokanan, ug ang mga haligi, ug ang mga sangga sa kadagatan, ug ang mga tarogo, ug ang mga panit sa mga mananap sa dagat, ug kahoy nga acacia. Gihigugma niya ang pula nga bulawan sa pananglitan sa bato, ug ang lapis nga kaputi sa bulan sa bato, ug ang nabuak nga balangaw sa milky opal. Siya nakakuha gikan sa amsterdam tulo ka mga esmeralda nga talagsaon ang gidak-on ug ang kolor sa kolor, ug adunay turquoise de la vieille roche nga mao ang kasina sa tanan nga mga connoisseurs.

Iyang nadiskobrehan ang maanindot nga mga sugilanon, usab, mahitungod sa mga alahas. Sa alphonso's clericalis disciplina usa ka bitin ang gihisgutan nga adunay mga mata sa tinuod nga jacinto, ug sa romantikong kasaysayan sa alexander, ang mananakop sa emathia giingon nga nakaplagan sa walog sa jordan nga mga bitin "nga may mga higot sa tinuod nga mga hubag sa mga buko-buko." adunay usa ka gem sa utok sa dragon, gisulti kami sa philostratus, ug "pinaagi sa pagpakita sa bulawanong mga sulat ug usa ka taas nga kupo" ang mangtas mahimong ihulog sa usa ka mahika nga pagkatulog ug patyon. Sumala sa dakung alchemist, pierre de boniface, ang diamante naghubad sa usa ka tawo nga dili makita, ug ang agata sa india naghimo kaniya nga madanihon. Ang cornelian napakanindot sa kasuko, ug ang agila mihagok sa katulog, ug ang amatista mibugaw sa mga aso sa bino. Ang garnet naghingilin sa mga demonyo, ug ang hydropicus naghikaw sa bulan sa iyang kolor. Ang selenite mi-anam ug nawala sa bulan, ug ang meloceus, nga nakakaplag sa mga kawatan, mahimong maapektuhan lamang pinaagi sa dugo sa mga bata. Ang leonardus camillus nakakita og usa ka puti nga bato nga gikuha gikan sa utok sa usa ka bag-ong gipamatay nga baki, kana usa ka tambal batok sa hilo. Ang bezoar, nga nakit-an sa kasingkasing sa usa ka usa ka usa ka arabyan, usa ka kaanyag nga makaayo sa maong sakit. Diha sa mga salag sa mga langgam sa arabia mao ang aspilates, nga, sumala sa democritus, nagbantay sa nagsulud gikan sa bisan unsang kapeligrohan pinaagi sa kalayo.

Ang hari sa ceilan nagsakay sa iyang siyudad nga may usa ka dako nga ruby sa iyang kamot, ingon sa seremonya sa iyang koronasyon. Ang mga ganghaan sa palasyo ni john nga saserdote "hinimo gikan sa sardio, nga ang sungay sa bitin nga sungay gihimo, aron walay tawo nga makadala sa hilo sa sulod." sa ibabaw sa gable mao ang "duha ka bulawan nga mansanas, diin adunay duha ka carbuncles," aron ang bulawan mosidlak sa maadlaw ug sa mga carbuncles sa gabii. Diha sa katingad-an nga romantikong pag-asoy sa usa ka 'margarite of america', giingon nga diha sa lawak sa rayna makita "ang tanang putli nga mga babaye sa kalibutan, inabtan sa pilak, nagtan-aw sa matahum nga mga mirrours nga chrysolites, carbuncles, safes, ug greene emeraults. " nakita sa marco polo ang mga lumulupyo sa zipangu nga lugar nga rosas nga perlas sa mga baba sa patay. Ang usa ka mangtas nga dagat nahaylo sa perlas nga gidala sa mananalom ngadto sa hari, ug gipatay ang kawatan, ug nagbangotan sulod sa pito ka bulan tungod sa pagkawala niini. Sa diha nga ang mga hunug nga nakuha sa hari ngadto sa dakong gahong, iyang gilabay kini-ang procopius nagsaysay sa istorya-ni kini nakaplagan pag-usab, bisan ang emperador anastasius naghalad og lima ka gatus nga gibug-aton nga bulawan alang niini. Ang hari sa malabar nagpakita ngadto sa usa ka venenhon usa ka rosary sa tulo ka gatus ug upat ka mga perlas, usa alang sa matag dios nga iyang gisimba.

Sa diha nga ang duke de valentinois, anak nga lalaki ni alexander vi, mibisita sa louis xii sa france, ang iyang kabayo puno sa bulawan nga mga dahon, sumala sa brantome, ug ang iyang panaptap adunay duha ka laray sa mga rubi nga naghulog sa dakong kahayag. Ang charles sa england nagsakay sa mga stirrups nga gibitay sa upat ka gatus ug baynte-usa ka diamante. May gihatagan siya ug usa ka sapot, nga may kantidad nga katloan ka libo ka mga marka, nga gitabonan sa mga rubi sa balas. Hall nga gihulagway henry viii, sa iyang pagpaingon ngadto sa tore sa wala pa ang iyang coronation, ingon nga nagsul-ob sa "usa ka dyaket nga gipataas nga bulawan, ang gibutangang sulab nga binordahan og mga diamante ug uban pang mga dagko nga mga bato, ug usa ka dako nga balak sama sa iyang liog sa mga dagko nga balasses." ang mga paborito ni james nga akong gisul-ob sa mga kuptanan sa mga esmeralda nga gibutang sa bulawan nga filigrane. Edward ii naghatag sa mga piers gaveston usa ka sulud sa pula nga bulawan nga hinagiban nga gisul-uban sa mga jacinto, usa ka kulyar nga mga rosas nga bulawan nga adunay mga turquoise-nga mga bato, ug usa ka kalabera nga parseme nga adunay mga perlas. Ang henry ii nagsulud sa mga gwantis nga gwantis nga nakaabot sa siko, ug adunay usa ka hawk-glove nga gitahi nga may napulo'g duha ka rubi ug kalim-an ug duha ka dagkong mga agianan. Ang ducal hat sa charles sa rash, ang katapusan nga duke sa burgundy sa iyang lumba, gibitay sa pear-shaped nga perlas ug gitagbo uban sa mga sapiro.

Pagkaanindot sa kinabuhi kaniadto! Pagkaanindot sa iyang garbo ug dekorasyon! Bisan sa pagbasa sa kaluho sa mga patay maanindot kaayo.

Unya iyang giliso ang iyang pagtagad sa mga suldado ug sa mga tapal nga naghimo sa buhatan sa mga dibuho sa mga chill room sa amihanang mga nasud sa europa. Samtang siya nagsusi sa hilisgutan-ug siya kanunay adunay usa ka talagsaon nga katakus nga hingpit nga masuhop alang sa higayon sa bisan unsa nga iyang gikuha-siya nahasol pag-ayo sa pagsumbalik sa pagkagun-ob nga panahon nga nagdala sa matahum ug kahibulongan nga mga butang. Siya, sa bisan unsa nga paagi, nakagawas na niana. Ang ting-init misunod sa ting-init, ug ang mga dalag nga mga jonquil namulak ug namatay sa daghang mga higayon, ug ang mga kagabhion sa kalisang mibalik sa istorya sa ilang kaulaw, apan wala mausab. Wala nay tingtugnaw ang iyang nawong o namansahan ang iyang flowerlike bloom. Pagkalahi sa materyal nga mga butang! Diin sila gipasa? Diin ang taas nga kupo nga kolor sa crocus, diin ang mga dios nakig-away batok sa mga higante, nga gihimo sa mga brown nga mga babaye alang sa kalipayan sa athena? Diin ang dako nga velum nga gibalibag ni nero sa kolosseum sa rome, nga ang titan naglayag sa purpura nga gihulagway ang bituon nga kalangitan, ug ang apollo nagmaneho sa usa ka karo nga gikuha sa puti, gilt-reined nga mga kabayo? Siya nangandoy sa pagtan-aw sa katingalahan nga lamesa nga naporma sa mga panit nga gihimo alang sa pari sa adlaw, diin gipakita ang tanan nga mga lamiang pagkaon ug mga lana nga mahimo alang sa usa ka kombira; ang sinina sa hapin sa hapin sa hari, uban sa tulo ka gatus nga bulawan nga mga putyokan; ang nindot nga mga sinina nga nakapaukyab sa kasuko sa obispo sa pontus ug gihulagway nga "mga liyon, pantyro, oso, mga iro, mga kalasangan, mga bato, mga mangangayam-ang tanan, sa pagkatinuod, nga ang usa ka pintor mahimong makopya gikan sa kinaiyahan"; ug ang sinina nga nagsul-ob sa mga orleans kaniadto nagsul-ob, nga ang mga sinina nga gibordahan ang mga bersikulo sa usa ka awit nga nagsugod "ang ginang, ang suis tout joyeux ," ang musika nga duyog sa mga pulong nga ginahimo sa hilo nga bulawan, ug ang matag nota, sa kwadrado porma niadtong mga adlawa, giumol nga adunay upat ka mga perlas. Gibasa niya ang kwarto nga giandam sa palasyo sa mga rheims alang sa paggamit sa reina nga joan sa burgundy ug giadornohan sa "usa ka gatos ug kaluhaan ug usa ka parrots, nga hinimo sa broidery, ug gibutangan sa mga bukton sa hari, ug lima ka gatus ug kan-uman -sa usa ka alibangbang, kansang mga pako susama nga gidayandayanan sa mga bukton sa reyna, ang tanan nagtrabaho sa bulawan. " ang catherine de medicis adunay usa ka pagbangotan nga katre nga gihimo alang kaniya sa itom nga balhiboon nga may pulbos nga mga crescent ug mga adlaw. Ang mga kurtina niini mga panapton, nga adunay mga dayandayan nga mga purongpurong ug mga girnalda, nga gilarawan diha sa usa ka bulawan ug pilak nga yuta, ug nagbabag sa mga kilid nga may mga broidery sa mga perlas, ug kini nagbarug sa usa ka lawak nga gibitay sa mga laray sa mga himan sa rayna nga giputol ang itom nga balhibo sa panapton pilak. Ang louis xiv adunay bulawan nga binordahan nga caryatide nga napulog lima ka mga pye ang gitas-on sa iyang apartment. Ang estado nga higdaanan nga sobieski, hari sa poland, hinimo sa smirna gold brocade nga binordahan sa mga turquoise nga adunay mga bersikulo gikan sa newspaper. Ang mga kuyog niini mga pilak nga pilak, maayo nga gigukod, ug gipangayo pag-ayo uban ang mga sinina ug mga medalya nga gama sa metal. Kini gikuha gikan sa turkish nga kampo sa atubangan sa vienna, ug ang sumbanan sa mohammed nakatindog sa ilalum sa grabe nga gibug-aton sa iyang canopy.

Ug sulod sa usa ka tuig, nagtinguha siya sa pagtigum sa labing nindot nga mga panit nga siya makakaplag sa tela ug binordahan nga buhat, pagkuha sa lamiang delhi muslin, maayong pagkabuhat uban sa mga palad nga bulawan ug gisul-uban sa mga pako sa mga iretiko nga mga beetle; ang dacca gauzes, nga gikan sa ilang transparency nahibal-an sa silangan ingon nga "hinabol nga hangin," ug "nagaagay nga tubig," ug "tun-og sa kagabhion"; hinanduraw nga mga panapton gikan sa java; madanihon nga dilaw nga chinese nga mga kumbira; mga libro nga gigapos sa tawny nga satin o maanyag nga asul nga mga silks ug gihimo sa mga fleurs-de-lis , mga langgam ug mga larawan; ang mga belo sa lacis nagtrabaho sa punto sa hunger; sicilian brocades ug tusok nga spanish velvets; ang trabaho sa georgia , uban ang mga pilak, ug ang foalousas sa pinulongan , uban ang ilang mga bulawang lunhaw nga bulawan ug ang ilang mga nindot nga mga langgam.

Siya adunay usa ka espesyal nga gugma, usab, alang sa eklesyastikal nga mga sapot, ingon nga siya adunay alang sa tanang butang nga may kalabutan sa pag-alagad sa simbahan. Sa taas nga cedro nga nagbarog sa galeriya sa kasadpan nga balay sa iyang balay, iyang gitipigan ang daghang talagsaon ug matahum nga mga panapton kung unsa gayud ang saput sa pangasaw-onon ni cristo, kinsa kinahanglan nga magsul-ob sa purpura ug mga alahas ug pino nga lino aron iyang tagoan ang luyahon masakit nga lawas nga gisul-ob sa pag-antus nga iyang gipangita ug gisamaran sa kasakit nga gipahamtang sa kaugalingon. Siya adunay maanindot nga pagsagubang sa pula nga seda ug panit sa panit sa bulawan, nga gihulagway sa usa ka balik-balik nga sulud sa bulawan nga mga granada nga nahimutang sa unom ka pino nga pormal nga mga bulak, nga sa bisan diin nga bahin ang pine-apple device nga gihimo sa mga perlas sa binhi. Ang mga orphreys gibahin ngadto sa mga sanga nga nagrepresentar sa mga talan-awon gikan sa kinabuhi sa birhen, ug ang koronasyon sa birhen gihulagway nga may kolor nga mga silks on the hood. Kini mao ang italyanong buhat sa ika-15 nga siglo. Ang laing pagsagubang mao ang berde nga balhiboon, nga gibordahan sa pormag-kasingkasing nga mga pundok sa mga dahon sa acanthus, nga gikan niini nagkatag ang puti nga mga puti nga bulak, nga ang mga detalye niini napilian nga may pilak nga hilo ug may kolor nga mga kristal. Ang morse nanganak sa usa ka ulo sa seraph sa bulawang bulawang gibayaw nga trabaho. Ang mga orphreys gihulma sa usa ka lampin sa pula ug bulawan nga seda, ug gipanghinganlan og mga medalyon sa daghang mga santos ug mga martir, lakip kanila ang st. Sebastian. Siya adunay mga chasubles, usab, nga adunay kolor nga amber, asul nga seda ug bulawan nga brocka, ug yellow nga panapton nga panapton ug panapton nga bulawan, gihulagway uban sa mga simbolo sa gugma ug paglansang sa krus, ug nagborda sa mga leon ug mga peacock ug uban pang mga emblema; dalmatics nga puti nga satin ug pink nga silk damask, nga giadornohan og tulips ug dolphins ug fleurs-de-lis ; mga haligi sa altar nga pula nga balhibo ug asul nga lino; ug daghan nga mga korporasyon, mga ugat, ug sudaria. Sa mga misteryoso nga mga buhatan diin ang mga butang gibutang, adunay usa ka butang nga nakapabuhi sa iyang imahinasyon.

Kay kini nga mga bahandi, ug ang tanan nga iyang nakolekta sa iyang matahum nga balay, maoy alang kaniya sa pamaagi sa pagkalimot, mga paagi nga siya makalingkawas, sulod sa usa ka panahon, gikan sa kahadlok nga daw sa iyang panahon nga hapit gipanganak. Diha sa mga bong-bong sa mingaw nga kwarto nga gigamit diin siya migahin sa daghan kaayo sa iyang pagkabatan-on, gibitay niya ang iyang mga kamot sa makalilisang nga hulagway kansang nag-usab nga mga hulagway nagpakita kaniya sa tinuod nga pagkaubus sa iyang kinabuhi, ug sa atubangan niini gibitbit ang purpura- ug-bulawan nga palad ingon sa usa ka kurtina. Sulod sa mga semana dili siya moadto didto, makalimot sa makalilisang nga gipintal nga butang, ug ibalik ang iyang kahayag nga kasingkasing, ang iyang kahibulongang kalipay, ang iyang madasigon nga pagsuyop sa kinabuhi lamang. Unya, sa kalit, sa usa ka gabii siya migula sa balay, milugsong sa makalilisang nga mga dapit duol sa asul nga mga ganghaan sa ganghaan, ug nagpabilin didto, matag adlaw, hangtud nga siya gipapahawa. Sa iyang pagbalik siya molingkod sa atubangan sa hulagway, usahay gikasilagan kini ug ang iyang kaugalingon, apan puno, sa uban nga mga panahon, uban sa garbo sa indibidwalismo nga katunga sa kaikag sa sala, ug nagpahiyom uban sa sekreto nga kalipay sa dili makadaot nga landong nga kinahanglan magdala sa palas-anon nga iya unta nga iya.

Human sa pipila ka mga tuig siya dili makalahutay nga dugay na sa england, ug gibiyaan ang villa nga iyang gipakigbahin sa trouville sa lord henry, ingon man ang gamay nga puti nga pinutos nga balay sa mga algiers diin sila adunay labaw pa kay sa makausa migahin sa tingtugnaw. Iyang gidumtan nga mahimulag gikan sa hulagway nga ingon sa usa ka bahin sa iyang kinabuhi, ug nahadlok usab nga sa panahon sa iyang pagkawala adunay usa nga mahimong makaangkon sa pag-abut sa kwarto, bisan pa sa dagkong mga bara nga iyang gipahamtang sa pultahan .

Nahibal-an niya nga dili kini mosulti kanila. Kini tinuod nga ang hulagway sa gihapon gipreserbar, ubos sa tanan nga pagkadaut ug pagkalalaki sa nawong, ang iyang gipakita nga panagway sa iyang kaugalingon; apan unsay ilang makat-unan gikan niana? Siya mokatawa sa bisan kinsa nga misulay sa pagtamay kaniya. Wala niya kini gipintalan. Unsa man kini alang kaniya kung unsa ka mangil-ad ug puno sa kaulaw kini tan-awon? Bisan pa kon siya nagsulti kanila, motuo ba sila niini?

Apan siya nahadlok. Usahay sa diha nga siya nahulog sa iyang dakong balay sa nottinghamshire, nga nakalingaw sa mga us aka batan-ong mga lalaki sa iyang kaugalingon nga ranggo kinsa iyang mga kaubang mga kauban, ug nakapahingangha sa lalawigan tungod sa walay kalooy ug maanindot nga kahalangdon sa iyang paagi sa kinabuhi, sa kalit siya mobiya sa iyang mga bisita ug nagdali pagbalik sa lungsod aron makita nga ang pultahan wala madaot ug nga ang hulagway anaa pa gihapon. Unsa kaha kon kini gikawat? Ang bugtong nga hunahuna naghimo kaniya nga bugnaw uban sa kalisang. Sigurado nga ang kalibotan makahibalo sa iyang sekreto kaniadto. Tingali ang kalibutan nagduda na niini.

Kay, samtang siya nakalingaw sa daghan, wala'y pipila nga wala mosalig kaniya. Hapit na siya nga mag- blackball sa usa ka west end club diin ang iyang pagkahimugso ug sosyal nga katungdanan hingpit nga gihatagan siya nga usa ka miyembro, ug giingon nga sa usa ka higayon, sa dihang gidala siya sa usa ka higala ngadto sa lawak sa panigarilyo sa churchill, ang duke sa berwick ug usa ka maayo nga tawo nga mitindog sa usa ka gimarkahan nga paagi ug milakaw. Ang mga katingad-an nga mga sugilanon nahimong kasamtangang bahin kaniya human siya nakapasar sa iyang ika-25 nga tuig. Gipahibulong nga siya nakit-an nga nakigduyog sa mga langyaw nga mga marinero sa usa ka ubos nga lungag diha sa layo nga bahin sa whitechapel, ug nga siya mikuyog sa mga kawatan ug mga coiners ug nasayud sa mga misteryo sa ilang negosyo. Ang iyang talagsaon nga mga pagpahawa nahimo nga bantugan, ug, sa diha nga siya gigamit pag-usab pag-usab sa katilingban, ang mga tawo naghunghong sa usag usa diha sa mga eskina, o gipailalom siya sa pagyubit, o nagtan-aw kaniya uban ang bugnaw nga pagpangitag mga mata, ingon nga sila determinado sa pagdiskubre sa iyang sekreto.

Sa ingon nga mga insolence ug pagsulay seryoso nga siya, siyempre, wala mamatikdi, ug sa opinyon sa kadaghanan sa mga tawo nga ang iyang prangkang debonair nga paagi, ang iyang maanindot nga batan-ong pahiyom, ug ang walay kinutuban nga grasya nianang talagsaon nga kabatan-on nga daw dili gayud mobiya kaniya, usa ka igo nga tubag sa mga salawayon, kay mao nga gitawag nila sila, nga gipakaylap mahitungod kaniya. Apan, nahibal-an nga pipila sa mga labing suod nga uban kaniya mipakita, human sa usa ka panahon, sa paglikay kaniya. Mga kababayen-an nga gipasidunggan kaniya, ug tungod sa iyang pag-ayo sa tanan nga sosyal nga pagsaway ug pagtakda sa kombensyon sa pagsukol, nakita nga nagkagrabe sa kaulaw o kahadlok kon ang dorian nga abuhon misulod sa lawak.

Apan kini nga mga hagawhaw nga mga iskandalo nakadugang lamang sa mga mata sa daghan sa iyang

katingad-an ug peligroso nga kaanyag. Ang iyang dakong
bahandi usa ka elemento sa seguridad. Ang sosyedad-
sibilisado nga katilingban, labing menos-dili gayud andam
sa pagtoo sa bisan unsang butang nga makadaot sa mga
dato ug makalingaw. Kini gibati nga kinaiya nga ang
pamatasan mas importante kay sa moralidad, ug, sa iyang
opinyon, ang labing taas nga respeto mao ang mas ubos nga
bili kay sa pagpanag-iya sa usa ka maayo nga chef . Ug, sa
pagkatinuod, kini usa ka kabus kaayo nga kahupayan nga
gisultihan nga ang tawo nga naghatag sa usa ka dili maayo
nga panihapon, o dili maayo nga bino, dili mabadlong sa
iyang pribadong kinabuhi. Bisan ang mga kinaugalingon
nga mga hiyas dili makaula alang sa tunga sa katugnaw nga
mga kan-onon , sumala sa giingon ni ginoo henry kausa, sa
usa ka paghisgot sa hilisgutan, ug adunay posible nga
maayo nga isulti alang sa iyang panglantaw. Kay ang mga
canon sa maayong katilingban mao, o kinahanglan nga,
sama sa mga canons of art. Ang porma hingpit nga
gikinahanglan niini. Kini kinahanglan nga adunay dignidad
sa usa ka seremonyas, ingon man usab ang dili tinuod, ug
kinahanglan maghiusa sa dili matinud-anon nga kinaiya sa
usa ka romantikong pagdula uban sa kahayag ug katahum
nga naghimo sa ingon nga mga pasundayag nga makalipay
kanato. Ang pagkadili matinud-anon usa ka makalilisang
nga butang? Dili ko maghunahuna. Kini usa lamang ka
pamaagi diin mahimo natong mapadaghan ang atong mga
personalidad.

Ingon, sa bisan unsa nga rate, mao ang dorian gray nga
opinyon. Siya nakapangutana sa mabaw nga sikolohiya sa
mga tawo nga naghunahuna sa ego sa tawo isip usa ka
yano, permanente, kasaligan, ug usa ka butang. Kaniya, ang
usa ka tawo uban sa daghan nga mga kinabuhi ug daghang
mga sensasyon, usa ka komplikado nga nagkalainlain nga
linalang nga naghatag sa iyang kaugalingon sa mga
katingad-ang kabilin sa hunahuna ug pagbati, ug kansang

unod mismo nahugaw sa mga daotan nga mga balatian sa mga patay. Ganahan siya nga maglakaw-lakaw sa bugnaw nga hulagway-gallery sa iyang nasud nga balay ug tan-awon ang nagkalainlaing mga hulagway sa mga kansang dugo nagdagayday sa iyang kaugatan. Dinhi ang philip herbert, gihulagway ni francis osborne, diha sa iyang mga memoires sa paghari sa reyna elizabeth ug king james, ingon nga usa ka tawo nga "caressed sa korte alang sa iyang gwapo nawong, nga naghimo kaniya nga dili dugay nga kompanya." kini ba nga kinabuhi sa mga batan-ong herbert nga usahay gipangulohan niya? May pipila ka lahi nga makahilo nga kagaw nga mikamang gikan sa lawas ngadto sa lawas hangtud nga kini miabut sa iyang kaugalingon? Mao ba kadto ang usa ka dili husto nga pagbati sa nadaut nga grasya nga naghimo kaniya nga sa kalit lang, ug hapit walay hinungdan, nagpahayag, diha sa basil sa studio, sa buang nga pag-ampo nga nakapausab sa iyang kinabuhi? Dinhi, sa bulawan nga binordahan nga pula nga doublet, dalag nga dalag, ug gisi nga mga ruff ug wristbands, nagbarug si sir anthony sherard, uban ang iyang pilak-ug-itom nga armadura nga nagtapok sa iyang tiil. Unsa man ang kabilin sa maong tawo? Ang nahigugma ba sa giovanna sa mga naples nagpapuyo kaniya sa usa ka panulondon sa sala ug kaulaw? Ang iyang kaugalingon nga mga binuhatan lamang ang mga damgo nga ang patay nga tawo wala mangahas nga makaamgo? Dinhi, gikan sa nagkalayo nga canvas, mipahiyom nga babaye nga elizabeth devereux, sa iyang gauze hood, pearl stomacher, ug pink nga gipanglimpyo nga mga manggas. Usa ka bulak sa iyang tuo nga kamot, ug ang iyang wala gibutang nga usa ka enamelled nga kwelyo sa puti ug damask rosas. Sa usa ka lamesa sa iyang kilid nagbutang sa usa ka mandolin ug usa ka mansanas. Adunay dagkong berde nga rosettes sa iyang gamay nga sapatos nga talinis. Nahibal-an niya ang iyang kinabuhi, ug ang mga katingad-an nga mga sugilanon nga gisulti mahitungod sa iyang mga hinigugma. Aduna bay usa ka butang sa iyang pagbati diha kaniya? Kini nga mga lingin nga mga mata nga daw luoy nga tan-awon morag mausabon nga tan-awon kaniya. Unsa sa george willoughby, uban sa iyang powdered buhok ug fantastic nga mga patches? Daw unsa ka dautan ang iyang nakita! Ang nawong maoy saturnine ug swarthy, ug ang mga mahilayon nga mga ngabil ingon nga gisalikway sa pagtamay. Ang pino nga mga ruffle nga gipatuyok nahulog sa mga panit nga dalag nga mga kamot nga hilabihan ka daghan sa mga singsing. Siya usa ka macaroni sa ikanapulo ug walo nga siglo, ug ang higala, sa iyang kabatan-onan, sa ginoo nga mga ferrara. Unsa kaha ang ikaduhang agalon nga si beckenham, ang kauban sa prinsipe sa prinsipe sa iyang kinatibuk-an nga mga adlaw, ug usa sa mga saksi sa sekreto nga kaminyoon uban sa mrs. Gikuha unsa siya ka garboso ug gwapo, uban ang iyang kastanyas nga kulot ug walay puangod! Unsa nga mga pagbati nga iyang gipakatawo? Ang kalibutan nagtan-aw kaniya nga dulumtanan. Gipangulohan niya ang mga organo sa carlton house. Ang bitoon sa garter milanog sa iyang dughan. Gawas sa iyang gibitay ang hulagway sa iyang asawa, usa ka luyahon, nipis nga babaye nga itom. Ang iyang dugo, usab, nagpukaw sa sulod niya. Daw unsa ka talagsaon kining tanan! Ug ang iyang inahan uban sa iyang hamilton nga babaye nga nawong ug ang iyang basa, mga dunot nga mga ngabil-nahibal-an niya ang iyang naangkon gikan kaniya. Gikan kaniya ang iyang katahum, ug ang iyang gugma sa kaanindot sa uban. Gikataw-an niya siya sa iyang loose dress sa bacchante. Dihay mga dahon sa ubas sa iyang buhok. Ang purpura nga nahulog gikan sa tasa nga iyang gihuptan. Ang mga carnation sa painting nga nalaya, apan ang mga mata nindot gihapon sa ilang giladmon ug kahayag sa kolor. Sila daw nagsunod kaniya bisan asa siya moadto.

Apan ang usa adunay mga katigulangan sa literatura ingon man usab sa kaugalingon nga kaliwat, nga mas duol tingali sa matang ug pamatasan, kadaghanan kanila, ug sa tinuud uban sa usa ka impluwensya diin ang usa mas labaw ka mahunahunaon. Adunay mga panahon nga kini nagpakita sa dorian gray nga ang tibuok kasaysayan usa lamang ka rekord sa iyang kaugalingong kinabuhi, dili ingon nga siya nagpuyo niini sa buhat ug kahimtang, apan ingon sa iyang imahinasyon nga naglalang niini alang kaniya, ingon nga kini diha sa iyang utok ug sa iyang mga pagbati. Iyang gibati nga siya nakaila kanang tanan, ang mga katingad-an nga makalilisang nga mga hulagway nga milabay sa entablado sa kalibutan ug naghimo sa sala nga kahibulongan ug dautan nga puno sa pagkadautan. Kini daw kaniya nga sa usa ka misteryoso nga paagi sa ilang mga kinabuhi nga iya.

Ang bayani sa maanindot nga nobela nga nakaimpluwensya sa iyang kinabuhi nakaila sa iyang katingad-an nga kadasig. Sa ikapitong kapitulo nagsulti siya kon giunsa, gipurongpurongan sa laurel aron dili siya mahulog sa kilat, siya milingkod, ingon nga tiberius, sa usa ka hardin sa capri, nagbasa sa makauulaw nga mga basahon sa elepante, samtang ang mga dwarf ug mga peacock naghulma kaniya ug sa plawta nagbugalbugal sa swinger sa insensaryo; ug, sama sa caligula, nag-alima sa berdeng mga berdeng t-shirt sa ilang mga kabalyeriya ug nagsulud sa usa ka pasungan sa garing nga adunay usa ka kabayo nga nagbitay sa mutya; ug, ingon nga domitian, nahisalaag sa usa ka koridor nga gilibutan sa marmol nga mga salamin, nga naglantaw sa haggard nga mga mata alang sa pagpamalandong sa panit nga sa pagtapos sa iyang mga adlaw, ug nasakit uban sa maong kasinatian, kanang makalilisang nga kasing-kasing , nga moabut sa mga ang kinabuhi wala naglimud; ug milantaw sa usa ka tin-aw nga esmeralda sa pula nga mga alibangbang sa sirkus ug unya, sa usa ka sampinit nga perlas ug purpura nga gikuha sa pilak nga mga mula, gidala sa dalan sa mga granada ngadto sa usa ka balay nga bulawan ug nakadungog sa mga tawo nga naghilak sa nero caesar samtang siya miagi; ug, sama sa elagabalus, gipintalan ang iyang nawong sa mga kolor, ug gihulma ang babaye taliwala sa mga babaye, ug gidala ang bulan gikan sa carthage ug gihatag kaniya sa misteryosong kaminyoon sa adlaw.

Balik-balik nga dorian nga gigamit sa pagbasa niining hinanduraw nga kapitulo, ug ang duha ka mga kapitulo diha-diha dayon nagsunod, diin, sama sa sa usa ka talagsaon nga mga tapestriya o matinguhaon nga mga enamel, gihulagway ang makalilisang ug maanindot nga mga porma sa mga bisyo ug dugo ug kakapoy o buangbuang: filippo, duke sa milan, nga mipatay sa iyang asawa ug gipintalan ang iyang mga ngabil sa usa ka hilo nga mapula nga ang iyang hinigugma mosuyop sa kamatayon gikan sa patay nga butang nga iyang gihagkan; si pietro barbi, ang venetian, nailhan nga si paul ang ikaduha, kinsa nangita sa iyang kakawangan sa pag-angkon sa titulo sa formosus, ug kansang tiara, gipabilhan sa duha ka gatus ka libo nga mga bulak, gipalit sa bili sa usa ka makalilisang nga sala; gian maria visconti, kinsa migamit og mga hunog sa paggukod sa buhi nga mga tawo ug kansang patay nga lawas gitabunan sa mga rosas sa usa ka bigaon nga nahigugma kaniya; ang borgia sa iyang puti nga kabayo, uban sa fratricide nga nagsakay sa tupad kaniya ug ang iyang kupo nga namansahan sa dugo sa perotto; pietro riario, batan-ong kardinal nga arsobispo sa florence, bata ug minion sa sixtus iv, kansang katahum natupngan lamang sa iyang pagpatuyang, ug nakadawat sa leonora sa aragon sa usa ka pavilion nga puti ug maputi nga seda, nga puno sa mga nymphs ug mga centaurs, ug gilded a bata nga siya mahimong magsilbi sa pista sama sa ganymede o hylas; ezzelin, kansang kasubo mahimong mamaayo lamang pinaagi sa talan-awon sa kamatayon, ug kinsa adunay ganahan nga pula nga dugo, sama sa uban nga mga tawo nga adunay pula nga bino-ang anak nga lalaki sa daotan, sumala sa gitaho, ug usa nga naglaraw sa iyang amahan sa dice sa diha nga ang pagsugal uban kaniya alang sa iyang kaugalingon nga kalag; giambattista cibo, nga sa pagbugal-bugal nagdala sa ngalan nga inosente ug sa kang kansang torpid nga mga ugat sa dugo sa tulo ka mga bata nga gipadapat sa usa ka jewish nga doktor; sigismondo malatesta, ang mahigugmaon sa isotta ug ang ginoo sa rimini, kansang effigy gisunog sa rome ingon nga kaaway sa dios ug tawo, nga naghigot sa polyssena sa usa ka panyo, ug naghatag hilo sa ginevra d'este sa usa ka kopa sa esmeralda, ug sa ang dungog sa usa ka makauulaw nga gugma naghimo sa usa ka pagano nga simbahan alang sa pagsimba sa kristohanon; charles vi, kinsa sa hilabihan gayud misimba sa asawa sa iyang igsoon nga ang usa ka sanlahon nagpasidaan kaniya sa pagkabuang nga moabut kaniya, ug kinsa, sa diha nga ang iyang utok nasakit ug mitubo nga katingad-an, nahupay lamang sa mga kard sa saracen nga gipintalan sa mga larawan sa gugma ug kamatayon ug kabuang; ug, sa iyang nahimutangan nga jerkin ug adunay bukog nga asul ug acanthuslike curls, grifonetto baglioni, nga mipatay sa asterre sa iyang pangasaw-onon, ug simonetto uban sa iyang panid, ug kansang katahum mao nga, samtang siya naghigda sa yellow piazza of perugia, kadtong adunay nasilag kaniya dili makapili apan naghilak, ug ang atalanta, nga nagtunglo kaniya, nagpanalangin kaniya.

Dihay usa ka makalilisang nga kahibulong diha nila tanan. Siya nakakita kanila sa gabii, ug ilang gisamok ang iyang hunahuna sa adlaw. Ang pagkapukaw sa kahibalo nahibal-an sa katingad-ang pamatasan sa pagkahilo sa pagkahilo pinaagi sa usa ka helmet ug usa ka sulo nga gidagkutan, pinaagi sa usa ka binordahan nga gwantis ug usa ka pinatong nga pabrika, pinaagi sa usa ka gilded nga pomander ug usa ka kadena sa amber. Ang gray nga dorian gihiloan sa usa ka libro. Adunay mga higayon nga siya nagtan-aw sa dautan ingon nga usa ka pamaagi diin siya makaamgo sa iyang pagsabut sa matahum.

Kapitulo 12
Kini sa ikasiyam nga nobyembre, ang bisperas sa iyang kaugalingon nga traynta y otso nga adlawng natawhan, ingon sa kanunay niyang nahinumduman human niana.

Naglakaw siya sa balay nga mga alas onse sa hapon gikan sa lord henry's, diin siya kan-anan, ug giputos sa mabug-at nga balahibo, sama sa bugnaw ug gabok nga gabii. Sa eskina sa grosvenor square ug sa habagatan nga audley street, usa ka tawo ang milabay kaniya sa gabon, nga naglakaw nga kusog kaayo ug ang kwelyo sa iyang abohon nga abaga nahulog. Siya adunay usa ka bag sa iyang kamot. Giila siya sa dorian. Kini basil nga hawanan. Usa ka kahibulong nga pagbati sa kahadlok, nga dili niya masaysay, miabot kaniya. Wala siya mohimo'g timaan sa pag-ila ug dali nga miadto sa direksyon sa iyang kaugalingong balay.

Apan ang hawanan nakakita kaniya. Dorian nakadungog kaniya nga una nga mihunong sa salog ug dayon nagdali sa pagsunod kaniya. Sa pipila ka mga gutlo, ang iyang kamot anaa sa iyang bukton.

"dorian! Unsa ang usa ka talagsaon nga piraso sa luck! Ako naghulat alang kanimo sa imong librarya sukad pa sa alas nuybe, sa katapusan ako naluoy sa imong gikapoy nga sulugoon ug misulti kaniya nga matulog, ingon nga siya nagpagawas kanako. Gipangutana ko nimo nga ikaw, o ang imong balhibo nga balhibo, sa imong pag-agi nako, apan wala ako masayud. ? "

"sa kini nga gabon, ang akong minahal nga basil? Ngano man, wala gani ko makaila sa grosvenor square.ako nagtuo nga ang akong balay naa sa usa ka dapit dinhi, apan wala ko gibati nga sigurado mahitungod niini. Wala ako makakita kanimo sa mga katuigan, apan sa akong hunahuna ikaw mahibalik sa dili madugay? "

"no: ako na gikan sa england sulod sa unom ka bulan.ako nagplano nga mag-studio sa paris ug sirado ang akong kaugalingon hangtud nga ako nakahuman og usa ka nindot nga hulagway nga naa sa akong ulo apan dili kini ang akong gusto sa pag-istorya, ania kami sa imong pultahan. Pasudla ako sa makadiyot. Aduna akoy isulti kanimo. "

"mahimo akong madani, apan dili ka makasala sa imong tren?" miingon ang dorian nga nawad-an sa kasubo samtang siya milabay sa mga lakang ug gibuksan ang pultahan sa iyang latch-key.

Ang suga sa lampara milahutay sa gabon, ug ang hawanan nagtan-aw sa iyang relo. "nagdugay ko sa panahon," siya mitubag. "ang tren dili moabot hangtud sa napulog duha-lima, ug kini usa na lang sa onse, sa pagkatinuod, ako nagpaingon sa club aron sa pagpangita kanimo, sa diha nga ako nakaila kanimo. Bahin sa mga bagahe, ingon nga gipadala nako ang akong bug-at nga mga butang. Ang tanan nga naa nako naa niining bag, ug dali ra kong makaabot sa kadaugan sulod sa baynte minutos. "

Dorian mitan-aw kaniya ug mipahiyom. "usa ka paagi alang sa us aka modernong pintor nga maglakaw! Usa ka gladstone bag ug usa ka ulster! Pagsulod, o ang gabon mosulod sa balay, ug hunahuna dili ka maghisgot mahitungod sa bisan unsa nga seryoso, wala'y seryoso karon. Mahimo. "

Nag-uyog ang iyang ulo, samtang misulod siya, ug misunod sa dorian ngadto sa librarya. Dihay usa ka hayag nga kahoy nga nagdilaab diha sa dako nga abohan nga abli. Ang mga lampara nadan-ag, ug ang usa ka bukas nga dutch silver nga kaso sa papel mitindog, nga adunay pipila ka mga siphon sa soda nga tubig ug mga dagkong mga tumbler nga botelya, sa usa ka gamay nga lamesa sa marqueterie.

"tan-awa ang imong alagad nagbuhat kanako na sa balay, dorian. Gihatagan niya ako sa tanang butang nga ako gusto, lakip na ang sa imong labing maayo nga bulawan-tumoy sigarilyo. Siya mao ang usa ka labing maabiabihon nga binuhat. Ganahan ko kaniya mas maayo pa kay sa pranses nga gigamit mo sa. Unsa may nahimo ba nga tigpasiugda, sa dili pa? "

Ang dorian nagbag-o sa iyang mga abaga. "nagtuo ko nga nakigminyo siya sa dalaga nga babaye ni radley, ug gipahimutang siya sa paris ingon nga usa ka taga-inglatera nga tiggamit. Anglomania usa ka us aka moderno sa karon, nadungog ko, daw dili kini sa french, dili ba? Ang usa ka tawo nga nag-ingon nga ang usa ka tawo nga nag-ingon nga ang usa ka tawo nga nag-ingon nga ang usa ka tawo sa usa ka tawo -ug-soda? O gusto nimo ang hock-and-seltzer? Kanunay kong magdala og hock-and-seltzer sa akong kaugalingon.

"salamat, wala na koy dugang," miingon ang pintor, gikuha ang iyang kalo ug sinina ug gibutang kini sa bag nga iyang gibutang sa kanto. "ug karon, akong minahal nga kaubanan, gusto ko nga makigsulti kanimo seryoso.

"unsa man kining tanan?" misinggit ang dorian sa iyang paagi sa pagpasulabi, nga nagpalayo sa sofa. "naglaum ko nga dili kini sa akong kaugalingon, gikapoy ko sa akong kaugalingon karong gabhiona. Gusto ko nga mahimong laing tawo."

"kini mahitungod sa imong kaugalingon," mitubag ang hugpong sa iyang lawom nga tingog, "ug ako kinahanglan nga mosulti niini kanimo. Ako magpabilin lamang kanimo sa tunga sa oras."

Ang dorian nanghupaw ug gidagkutan ang usa ka sigarilyo. "tunga sa oras!" siya nagbagulbol.

"dili daghan ang mangutana kanimo, dorian, ug kini alang lamang sa imong kaugalingon nga ako nagsulti.ako naghunahuna nga husto nga ikaw kinahanglan mahibalo nga ang labing makalilisang nga mga butang gisulti batok kanimo sa london."

"dili ko gusto nga mahibal-an ang bisan unsa bahin sa mga butang nga gusto ko nga mga eskandalo bahin sa ubang mga tawo, apan ang mga eskandalo bahin sa akong kaugalingon wala'y interesado kanako.

"kinahanglan gyud ka nga interes nimo, dorian, ang matag maayo nga lalaki interesado sa iyang maayong ngalan, dili nimo gusto nga ang mga tawo mag-istorya kanimo ingon nga usa ka butang nga mangil-ad ug mahugaw. Apan ang posisyon ug bahandi dili tanan nga butang, hunahuna, dili ko motuo niini nga mga hulungihong bisan sa labing

diyutay, dili ako makatuo kanila kung ako makakita nimo ..
Ang sala usa ka butang nga nagsulat sa iyang kaugalingon
sa nawong sa tawo. Ang usa ka tawo nga adunay usa ka
bisyo, kini nagpakita sa iyang kaugalingon sa mga linya sa
iyang baba, ang droop sa iyang mga tabon sa mata, ang
paghulma sa iyang mga kamot bisan usa ka tawo- dili ko
hisgutan ang iyang ngalan, apan nakaila ka niya-miabot
kanako sa miaging tuig aron mapahigayon ang iyang
hulagway. Wala pa ako makakita kaniya kaniadto, ug wala
gayud ako makadungog bisan unsa mahitungod kaniya sa
panahon, bisan pa nakadungog ako og maayo sukad gikuha
niya ang usa ka mahal nga bili, wala nako siya gibalibaran,
adunay usa ka butang sa porma sa iyang mga tudlo nga
akong gidumtan. Husto gayud sa unsay akong gipangandoy
bahin kaniya. Ang iyang kinabuhi makalilisang. Apan
ikaw, dorian, uban sa imong putli, hayag, inosente nga
nawong, ug sa imong kahibulong nga kabuang nga
kabatan-on-dili ako makatuo bisan unsa batok kanimo. Ug
bisan pa nga nakita ko ikaw nga talagsa ra, ug wala ka na
moadto sa studio karon, ug sa diha nga ako layo gikan
kanimo, ug nakadungog ako sa tanan niining mga
kahibulongan nga mga butang nga gihunghong sa mga
tawo mahitungod kanimo, wala ako masayud unsay isulti.
Nganong kini, dorian, nga ang usa ka tawo nga sama sa
duke sa berwick mogawas sa lawak sa usa ka bunal kon
ikaw mosulod niini? Ngano nga daghan kaayo nga mga
ginoo sa london dili moadto sa imong balay o magdapit
kanimo sa ila? Ikaw kaniadto usa ka higala sa ginoo.
Nahimamat nako siya sa panihapon sa miaging semana.
Ang imong ngalan nahitabo sa panag-istoryahanay, may
kalabotan sa mga mini nga imong gipahulam sa eksibisyon
sa dudley. Ug ang usa ka lalaki nga wala'y putli nga
hunahuna nga babaye nga gitugotan nga mahibal-an, ug
kinsa walay putli nga babaye ang magalingkod sa sama nga
lawak uban sa. Gipahinumduman nako siya nga ako usa ka
higala nimo, ug nangutana kaniya unsay iyang gipasabut.

Siya miingon kanako. Gisulti niya ako atubangan sa tanan. Kadto makalilisang! Nganong ang imong pakighigala makamatay sa mga batan-ong lalaki? Adunay usa ka alaot nga batang lalaki sa mga gwardya nga naghikog. Ikaw ang iyang higala. Dihay henry ashton, kinsa kinahanglang mobiya sa england uban ang usa ka tarnished nga ngalan. Ikaw ug siya dili mabulag. Unsa ang mahitungod sa adrian singleton ug sa iyang makalilisang nga katapusan? Unsa ang mahitungod sa bugtong anak nga lalaki ni kentent ug sa iyang karera? Nahimamat nako ang iyang amahan kagahapon sa st. James's street. Siya ingon og nabuak sa kaulaw ug kagul-anan. Unsa ang mahitungod sa mga batan-on nga duke sa perth? Unsa nga matang sa kinabuhi ang iyang nakuha karon? Unsa nga lalaki ang makig-uban kaniya? "

"hunong, basil, naghisgot ka bahin sa mga butang nga wala ka'y nahibal-an," miingon ang dorian nga abuhon, gigisi ang iyang ngabil, ug ang usa ka mubo nga sulat nga walay katapusan nga pagtamay sa iyang tingog. "ikaw nangutana kanako kung nganong ang berwick mogawas sa usa ka lawak sa diha nga ako mosulod niini tungod kay ako nasayud sa tanan mahitungod sa iyang kinabuhi, dili tungod kay siya adunay nahibaloan sa bisan unsa bahin sa ako. Pangutan-a ako mahitungod sa henry ashton ug sa mga batan-on nga perth.ako nagtudlo sa usa sa iyang mga bisyo, ug ang uban nga iyang mga pagpatuyang sa kasing-kasing? , ako ang iyang magbalantay, nahibal-an ko kung giunsa sa mga tawo nga nagsultianay sa england, ang mga hut-ong nga mga klase naghatag sa ilang moral nga mga pagpihig sa ilang gross dinner tables, ug naghunghong bahin sa gitawag nila nga profligacies sa ilang mga betters aron sa pagsulay ug pagpakaaron-ingnon nga sila sa katilingban ug sa suod nga mga termino uban sa mga tawo nga ilang gibutangbutang.kini nga nasud, igo na alang sa usa ka tawo nga adunay kalainan ug utok sa matag komon nga pinulongan nga mag-awayan batok kaniya.ug unsa nga matang sa mga kinabuhi kining mga tawhana, kinsa nagpasiugda nga moral, giyahan ang ilang kaugalingon? Mahal kong kapikas, nalimot ka nga kami anaa sa lumad nga yuta sa tigpakaaron-ingnon. "

"dorian," misinggit sa hagdanan, "dili kana ang pangutana.ang england mao ang dili maayo nga akong nahibal-an, ug ang english society ang tanan sayop mao kana ang rason nganong gusto ko nga maayo ka nga wala kay maayo. Aron sa paghukom sa usa ka tawo pinaagi sa paglapas nga iyang gihimo sa ibabaw sa iyang mga higala: ngani ang imong kinabuhi pagapuyanon sa imong panaw, ug ang imong mga dughan mahugaw, ug ang imong mga pagkalalis mabuka. Gipangulohan ko sila didto, apan makapahiyom ka, ingon nga ikaw nagpahiyum karon ug adunay mas grabe nga luyo.nahibal-an ko ikaw ug si harry dili mabulag. Ang ngalan sa iyang igsoong babaye usa ka pulong. "

"pag-amping, basil ka kaayo."

"ako kinahanglan nga mamulong, ug kinahanglan ikaw maminaw, ikaw makadungog, sa dihang imong nahimamat ang babaye nga gwendolen, walay usa ka gininhawa nga iskandalo nga nakatandog kaniya.aduna bay usa ka desente nga babaye sa london karon nga mopaduol uban kaniya sa parke? Bisan pa ang iyang mga anak dili tugutan sa pagpuyo uban kaniya, unya adunay uban nga mga istorya-mga istorya nga nakita nimo nga nagakamang sa kaadlawon gikan sa mga makalilisang nga mga balay ug naglikos sa pagtakob ngadto sa mga foulest nga lungag sa london. Sa una nakong nadunggan sila, mikatawa ako nakadungog sa kanila karon, ug nakapahadlok kanako kung unsa ang mahitungod sa imong balay sa balay ug ang kinabuhi nga gidala didto? Dorian, wala ka mahibal-an kung unsa ang gisulti bahin kanimo, gipahibalo ko kanimo nga dili ko gusto nga mosangyaw kanimo .. Akong nahinumduman si harry nga nagsulti sa makausa nga ang matag tawo nga naghimo sa kaugalingon nga usa ka amateur nga koordinasyon sa panahon nga kanunay magsugod pinaagi sa pagsulti niana, ug dayon gibungkag ang iyang pulong. Gipangayo ko kanimo nga ikaw ang manguna sa ingon nga kinabuhi nga maghimo sa kalibutan nga motahud kanimo. Gusto ko nga ikaw adunay usa ka limpyo nga ngalan nd usa ka patas nga rekord. Gusto ko nga imo tangtangon ang makalilisang nga mga tawo nga imong gikauban. Ayaw ibutang ang imong mga abaga nga sama niana. Ayaw pagduhaduha. Ikaw adunay usa ka talagsaon nga impluwensya. Himoa kini alang sa kaayohan, dili alang sa dautan. Sila nag-ingon nga ikaw nagdaot sa matag usa nga imong gikahimut-an, ug nga kini igo alang kanimo sa pagsulod sa usa ka balay alang sa kaulaw sa usa ka matang nga pagasundan. Wala ko masayud kung kini ba o dili. Unsaon ko mahibal-an? Apan giingon kini kanimo. Gisultian ko ang mga butang nga daw imposible nga magduhaduha. Ang ginoong gloucester usa sa akong labing higala sa oxford. Iyang gipakita kanako ang usa ka sulat nga gisulat sa iyang asawa kaniya sa dihang siya nag-inusara nga nag-inusara sa iyang villa sa mentone. Ang imong ngalan nalambigit sa labing makalilisang nga pagsugid nga akong gibasa. Gisultihan ko siya nga dili kini katuohan-nga nahibal-an ko ikaw pag-ayo ug nga wala ka'y mahimo sa bisan unsang butang. Nahibal-an ka? Nahibulong ko nga nakaila ko nimo? Sa wala pa ako makatubag niana, kinahanglan kong makakita sa imong kalag. "

"sa pagtan-aw sa akong kalag!" nagbagulbol nga dorian nga abuhon, nagsugod gikan sa sofa ug nagpabiling hapit sa puti gikan sa kahadlok.

"oo," matubag ang hilabihang kasubo, ug uban sa tumang kaguol sa iyang tingog, "aron makita ang imong kalag, apan ang dios lamang ang makahimo niana."

Usa ka mapait nga pagkakatawa sa pagyagayaga naputol gikan sa mga ngabil sa batan-ong lalaki. "makita nimo kini, karong gabhiona!" siya misinggit, nag-ilog sa lampara gikan sa lamesa. "moanhi: kini ang imong kaugalingon nga binuhat, nganong dili nimo kini tan-awon? Pwede mong isulti sa kalibutan ang tanan bahin niini pagkahuman, kung imong pilion, walay bisan kinsa nga motuo kanimo. Kay nahibal-an ko ang edad nga mas maayo pa kay kanimo, bisan pa nga kini imong gipangita pag-ayo niini.

Didto ang kabuang sa garbo sa matag pulong nga iyang gipamulong. Iyang giyatak ang iyang tiil sa yuta sa iyang binuang nga binuang nga binata. Nakabatyag siya og usa ka makalilisang nga kalipay sa hunahuna nga ang usa nga lain ang magpaambit sa iyang sekreto, ug nga ang tawo nga nagpintal sa hulagway nga naggikan sa tanan niyang kaulaw ang nabug-atan sa nahibilin sa iyang kinabuhi uban ang makalilisang nga handumanan sa unsa ang iyang nabuhat.

"oo," siya nagpadayon, nga nagpaduol kaniya ug nagtan-aw nga matinud-anon sa iyang kusog nga mga mata, "ipakita ko kanimo ang akong kalag, imong makita ang butang nga imong gipangandoy nga makita lamang sa dios."

Nagsugod sa likod. "kini usa ka pagpasipala, dorian!" ni hilak siya. "dili ka magsulti sa ingon nga mga butang nga ingon niana, sila mga makalilisang, ug wala kini'y kahulogan bisan unsa."

"naghunahuna ka ba?" siya mikatawa pag-usab.

Gitug-an ko na ang imong mga pangandoy nga makig-istorya sa imong mga higala.

"ayaw paghikap kanako, tapus sa unsay imong isulti."

Usa ka hubag sa sakit nga gipusil sa nawong sa pintor. Mihunong siya sa makadiyot, ug usa ka maluya nga pagbati sa kaluoy miabut kaniya. Human sa tanan, unsa nga katungod ang iyang giwalihan sa kinabuhi sa gray nga dorian? Kon nakahimo siya og ikapulo sa unsay gihisgutan mahitungod kaniya, unsa ka dako ang iyang giantus! Unya siya mitunol sa iyang kaugalingon, ug milakaw ngadto sa dapit sa kalayo, ug nagtindog didto, nga nagtan-aw sa nagdilaab nga mga troso uban sa ilang yelo nga mga abo ug sa ilang mga tunok nga mga tunokon nga siga.

"naghulat ako, basil," miingon ang batan-ong lalaki sa usa ka hagaw nga tin-aw nga tingog.

Siya miliso. "unsay akong isulti mao kini," siya mihilak. "ikaw kinahanglan mohatag kanako og pipila ka tubag sa mga makalilisang nga mga sumbong nga nahimo batok kanimo.kon sultihan mo ako nga sila hingpit nga dili tinuod gikan sa sinugdan hangtud sa katapusan, ako magatoo kanimo .dili sila, dorian, ilimod sila! Akong pag-agian? Dios ko! Ayaw pagsulti kanako nga ikaw daotan, ug dunot, ug makauulaw. "

Ang dorian nga ubanon mipahiyom. Adunay usa ka curl sa pagtamay sa iyang mga ngabil. "umari ka, basil," hilom siyang miingon. "gihimo nako ang usa ka talaadlawan sa akong kinabuhi sa adlaw-adlaw, ug dili kini mobiya sa lawak diin gisulat kini. Ipakita ko kini kanimo kon mouban ka nako."

"ako mouban nimo, dorian, kon gusto nimo kini, makita nako nga wala ako'y tren nga wala'y bisan unsa nga butang, mahimo kong adtoon ugma, apan ayaw ako hangyoa nga basahon ko bisan unsa nga gabii. Usa ka yano nga tubag sa akong pangutana. "

"kana igahatag kanimo sa itaas, dili ko kini ihatag dinhi, dili ka kinahanglan nga magbasa og dugay."

Kapitulo 13

Siya migawas gikan sa lawak ug nagsugod sa pagtungas, basil pasulud nga nagsunod sa likod. Sila naglakaw nga hinay, ingon nga ang mga tawo sa kinaiyanhon nga paagi sa gabii. Ang lampara naghatag sa hinay nga mga landong sa bungbong ug hagdanan. Ang usa ka nagsubang nga hangin naghimo sa pipila ka mga bintana nga nagkurog.

Pag-abot nila sa taas nga landing, gibutang sa dorian ang lampara sa salog, ug gikuha ang yawi, gibutang kini sa kandado. "nagpugos ka sa pagkahibalo, basil?" siya nangutana sa hinay nga tingog.

"oo."

"nalipay ko," mitubag siya, nga nagpahiyum. Dayon siya midugang, ingon nga masakiton, "ikaw ang usa ka tawo sa kalibutan nga adunay katungod nga makahibalo sa tanan bahin kanako, mas daghan ang imong buhaton sa akong kinabuhi kay sa imong hunahuna"; ug, gikuha ang lampara, giablihan niya ang pultahan ug misulod. Usa ka bugnaw nga sulog sa hangin ang milabay kanila, ug ang kahayag gipangita sa makadiyut sa usa ka siga sa murky orange. Siya nangurog. "sirhan ang pultahan sa imong luyo," siya mihunghong, samtang gibutang niya ang lamparahan diha sa lamesa.

Nagtuyok-tuyok siya nga naglibut kaniya nga may katingala nga pamulong. Ang kwarto ingon og wala kini gipuy-an sulod sa mga katuigan. Usa ka kudlit nga flemish tapestry, usa ka kurtina nga hulagway, usa ka karaan nga cassone nga italyas , ug usa ka hapit walay sulod nga libro-nga mao ra kadto ang naglangkob, gawas sa usa ka lingkuranan ug usa ka lamesa. Samtang ang gray nga dorian nagdagkot sa usa ka kandila sa tunga nga nasunog nga nagbarug sa mantelshelf, iyang nakita nga ang tibuok nga dapit natabunan sa abug ug ang karpet anaa sa mga lungag. Usa ka mouse nga nagpangidlap sa likod sa wainscoting. Adunay usa ka humot nga baho sa agup-op.

"busa sa imong hunahuna nga ang dios lamang ang nakakita sa kalag, basil? Drowinga ang kurtina, ug ikaw makakita kanako."

Ang tingog nga nagsulti bugnaw ug mapintas. "ikaw buang, dorian, o usa ka bahin," nanghupaw nga hubo, naluya.

"dili ka ba? Nan kinahanglan kong buhaton kini sa akong kaugalingon," miingon ang batan-ong lalaki, ug iyang gigisi ang kurtina sa iyang sungkod ug gilabay kini sa yuta.

Usa ka singgit sa kalisang nga nabuak gikan sa mga ngabil sa pintor samtang iyang nakita sa malumo nga kahayag ang mangilngig nga nawong sa hulagway nga nagkurog sa kaniya. Adunay usa ka butang sa iyang pamulong nga nagpuno kaniya sa kasuko ug pagkasilag. Maayong mga langit! Kini ang nawong sa nawong ni doris nga iyang gitan-aw! Ang kalisang, bisan unsa kini, wala pa hingpit nga nadaut nga kahibulongan nga katahum. Adunay usa pa ka bulawan sa pagputol sa buhok ug sa usa ka eskarlata sa sensual nga baba. Ang mga mata nga nagtan-aw nagbantay sa usa ka butang sa kahinam sa ilang asul, ang mga halangdon nga mga kurbong wala pa sa hingpit nga namatay gikan sa sinapsap nga ilong ug gikan sa plastik nga tutunlan. Oo, kadto maoy dorian mismo. Apan kinsa ang nagbuhat niini? Daw siya nakaila sa iyang kaugalingong brushwork, ug ang frame mao ang iyang kaugalingon nga desinyo. Ang ideya hilabihan, apan nahadlok siya. Iyang gisakmit ang gidagkutan nga kandila, ug gihuptan kini sa hulagway. Sa wala nga bahin mao ang iyang kaugalingong ngalan, gisubay sa tag-as nga mga letra sa hayag nga kolor.

Kini usa ka foul parody, ang pipila ka mga dungog nga ignoble satire. Wala pa siya makahimo niana. Sa gihapon, kini ang iyang kaugalingon nga hulagway. Nahibal-an niya kini, ug iyang gibati nga daw ang iyang dugo nausab sa usa ka gutlo gikan sa kalayo ngadto sa hinay nga yelo. Iyang kaugalingong hulagway! Unsay gipasabut niini? Nganong nausab kini? Siya milingi ug mitan-aw sa dorian nga ubanon sa mga mata sa masakiton nga tawo. Ang iyang baba mikusokuso, ug ang iyang sinultihan nga dila ingon og dili mahibal-an. Iyang gipasa ang iyang kamot sa iyang agtang. Kini nga dank uban sa clammy nga singot.

Ang batan-ong lalaki nagsandig sa mantelhelf, nga nagtan-aw kaniya uban sa katingad-an nga pamulong nga makita sa usa sa mga nawong sa mga tawo nga nalinga sa usa ka dula sa dihang ang usa ka bantugan nga artista naglihok. Walay tinuod nga kagul-anan diha niini ni tinuod nga kalipay. Adunay yano nga pagbati sa tigtan-aw, nga tingali usa ka paglinit sa kadaugan sa iyang mga mata. Iyang gikuha ang bulak gikan sa iyang kupo, ug nagsimhot niini, o nagpakaaron-ingnon nga nagbuhat sa ingon.

"unsay buot ipasabut niini?" sa kataposan, mitiyabaw ka. Ang iyang kaugalingon nga tingog madungog ug talagsaon sa iyang mga dalunggan.

"mga tuig na ang milabay, sa dihang bata pa ko," miingon ang gray nga dorian, nga nagdugmok sa bulak sa iyang kamot, "nahimamat mo ako, gibugalbugalan ako, ug gitudloan ako nga kawang sa akong maayo nga panagway. Imong gipadayag kanako ang kahibulongan sa pagkabatan-on, ug nahuman nimo ang usa ka hulagway kanako nga nagpadayag kanako sa katingalahan sa katahum. Sa usa ka buang nga higayon nga, bisan karon, wala ako masayud kung ako nagmahay o wala nangandoy, tingali tawgon mo kini nga usa ka pag-ampo .... "

"ako nahinumdum niini! Oh, unsa pa kaha ang akong nahinumdum niini! Dili ang imposible nga butang, ang lawak damp, ang agup-upan naa sa canvas, ang mga pintura nga akong gigamit adunay pila ka hilo nga hilo sa mineral. Imposible. "

"ah, unsa man ang imposible?" nagbagulbol ang batan-ong lalaki, miadto sa bintana ug nagsandig sa iyang agtang batok sa mabugnaw, amihanan nga bildo.

"gisultihan mo ako nga imong gilaglag kini."

"ako nasayop, kini naglaglag kanako."

"dili ko motuo nga kini ang akong hulagway."

"dili nimo makita ang imong sulud niini?" miingon ang dorian nga mapait.

"ang akong sumbanan, samtang imong gitawag kini ..."

"ingon sa imong pagtawag niini."

"wala'y bisan unsa nga dautan diha niini, walay bisan unsa nga makauulaw. Ikaw alang kanako ingon nga sulundon nga dili ako magkita pag-usab, kini ang nawong sa usa ka satyr."

"kini ang nawong sa akong kalag."

"cristo! Usa ka butang nga kinahanglan nga akong gisimba! Kini adunay mga mata sa usa ka yawa."

"ang matag usa kanato adunay langit ug impyerno nga anaa kaniya, basil," misinggit ang dorian sa usa ka ihalas nga lihok sa pagkawalay paglaum.

Paingon sa hulagway ngadto sa hulagway ug gitan-aw kini. "dios ko, kung tinuod kini," siya mipatugbaw, "ug mao kini ang imong nahimo sa imong kinabuhi, nganong, labi ka nga mas grabe pa kay niadtong nagsulti batok kanimo nga gusto ka!" iyang gibutang pag-usab ang suga ngadto sa canvas ug gisusi kini. Ang nawong ingon og dili na matandog ug ingon nga iyang gibiyaan kini. Kini gikan sa sulod, dayag, nga ang pagkadaut ug kalisang miabot na. Pinaagi sa usa ka katingalahang pagpadali sa kinasulud-an nga kinabuhi ang mga sanla sa sala hinay-hinay nga nangaon sa butang. Ang pagkaguba sa usa ka patay nga lawas sa usa ka tubigon nga lubnganan dili kaayo mahadlok.

Ang iyang kamot nauyog, ug ang kandila nahulog gikan sa salog niini sa salog ug mihigda didto. Iyang gibutang ang tiil niini ug gibutang kini. Dayon iyang gilabay ang nagun-ob nga lingkuranan nga nagbarog sa lamesa ug gilubong ang iyang nawong sa iyang mga kamot.

"maayong dios, dorian, usa ka pagtulon-an! Unsa ka makalilisang nga leksyon!" walay tubag, apan nakadungog siya sa batan-ong lalaki nga nagbakho sa bintana. "ampo, dorian, pag-ampo," siya nagbagulbol. "unsa man ang gitudlo sa usa ka tawo sa pag-ingon sa pagkabatan-on?" 'ayaw kami itulod sa panulay, pasayloa kami sa among mga sala, hugasi ang among mga kasal-anan.' ang pag-ampo sa imong garbo gitubag, ang pag-ampo sa imong paghinulsol matubag usab, gisimba ko ikaw pag- ayo, gisilotan ako tungod niini.

Dorian nga gray nga hinay hinay-hinay nga naglibot ug mitan-aw kaniya uban sa mga luha nga luha. "ulahi na, basil," siya nabalaka.

"dili pa ulahi, dorian, mangluhod ta ug sulayan kung dili nato mahinumduman ang usa ka pag-ampo, wala bay bersikulo bisan diin, 'bisan pa ang inyong mga sala sama sa sanag-pula, apan mahimo ko kini nga maputi sama sa niyebe"?

"kining mga pulonga wala'y gipasabut kanako karon."

"dili ka magsulti niana, nakabuhat ka ug kadautan sa imong kinabuhi, ang akong dios: wala ba ikaw makakita nga ang tinunglo nga butang nagaalinggat kanamo?"

Ang dorian nga abuhon mitan-aw sa hulagway, ug sa kalit usa ka dili mapugngan nga pagbati sa pagdumot sa basil nga hawanan miabut kaniya, ingon nga gisugyot kini kaniya pinaagi sa hulagway sa hulagway, mihunghong sa iyang dalunggan sa mga nagngisi nga ngabil. Ang mad passion sa usa ka gipangayam nga hayop nga gipukaw sa sulod niya, ug iyang gikasilagan ang tawo nga naglingkod sa lamesa, labi pa sa iyang tibuok nga kinabuhi nga iyang gikasilagan bisan unsa. Siya mitan-aw sa kahiladman sa palibot. Usa ka butang nga glimmered sa ibabaw sa gipintalan nga dughan nga nag-atubang kaniya. Ang iyang mata nahulog niini. Nahibal-an niya kung unsa kadto. Kini usa ka kutsilyo nga iyang gipadako, pipila ka mga adlaw kaniadto, sa pagputol sa usa ka piraso sa pisi, ug nakalimot nga kuhaon uban kaniya. Hinay nga mibalhin siya padulong niini, nga nag-agi sa hawanan sama sa iyang gibuhat. Pag-abot niya didto, gidakop niya kini ug miliso. Hawanan nga gipukaw sa iyang lingkuranan ingon nga siya mobangon. Siya nagdali kaniya ug nagkalot sa kutsilyo ngadto sa dako nga ugat nga anaa sa likod sa dalunggan, nagdugmok sa ulo sa tawo sa ibabaw sa lamesa ug nagduslak-balik.

Dihay nag-agulo nga pag-agulo ug ang makalilisang nga tingog sa uban nga natuk-an sa dugo. Tulo ka beses nga ang mga bukton nga gipatuy-od kusog nga mikusokuso, nagwarawara sa grabe, matig-a nga mga kamot sa hangin. Siya giduslak pa og doble pa, apan ang tawo wala molihok. Usa ka butang ang nagsugod sa pag-agas sa salog. Siya naghulat sa makadiyot, nga nagpadayon sa pagpaubos sa ulo. Dayon iyang gilabay ang kutsilyo sa lamesa, ug naminaw.

Wala siya makadungog sa bisan unsa, apan ang pagtulo, nga nagtulo sa hapin nga karpet. Giablihan niya ang pultahan ug migawas sa landing. Ang balay hingpit nga hilom. Walay bisan kinsa nga anaa. Sulod sa pipila ka mga segundo siya nagbarug sa ibabaw sa balumbada ug nag-alir sa itom nga daw maayo nga kangitngit. Dayon iyang gikuha ang yawi ug mibalik sa kwarto, nga nagkandado sa iyang kaugalingon ingon sa iyang gihimo.

Ang butang nga naglingkod gihapon sa lingkuranan, nga nag-atang sa ibabaw sa lamesa uban ang napun-an nga ulo, ug ang humped balik, ug taas nga mga hinagiban nga mga bukton. Kon dili pa tungod sa luha nga gigisi nga pula diha sa liog ug sa nipis nga itom nga linaw nga hinay-hinay nga nagkalapad sa lamesa, usa ka tawo ang miingon nga ang tawo natulog lang.

Unsa kadali kini nahuman! Gibati niya ang katingalahang kalma, ug naglakaw sa bintana, nagbukas niini ug migawas sa balkonahe. Ang hangin mihuyop sa gabon, ug ang kalangitan sama sa usa ka tumoy sa ikog sa unggoy, nga gipakita sa daghang mga bulawan nga mga mata. Mitan-aw siya ug nakita ang pulis nga naglibot-libot ug gipangidlap ang taas nga lampara sa iyang parol sa mga pultahan sa mga balay nga hilom. Ang limpyong luna sa usa ka hansom nga hansom gleamed sa kanto ug unya nahanaw. Usa ka babaye nga nagsul-ob sa nagkalainlaing panyolon ang hinayhinay nga nagakamang sa mga pasilyo, nga nakapahingangha samtang siya miadto. Karon ug unya siya mihunong ug milantaw balik. Sa makausa, nagsugod siya sa pagkanta sa usa ka tingog nga nagkubkob. Ang pulis naglatagaw ug nagsulti sa usa ka butang ngadto kaniya. Siya napandol, nagkatawa. Usa ka pait nga paghasmag milapaw sa kwadrado. Ang mga lampara sa gas nagsiyagit ug nahimong asul, ug ang mga kahoy nga walay mga dahon miuyog sa ilang itom nga mga sanga nga puthaw. Siya nagkurog ug mibalik, gitapos ang bintana sa luyo niya.

Pag-abot sa pultahan, iyang gipakli ang yawi ug gibuksan kini. Wala gani siya makakita sa gipatay nga tawo. Iyang gibati nga ang sekreto sa tibuok nga butang wala makahibalo sa sitwasyon. Ang higala nga nagpintal sa makamatay nga hulagway nga diin ang tanan niyang pag-antos nahimo na nga wala na sa iyang kinabuhi. Igo na kana.

Unya iyang nahinumduman ang lampara. Kini usa ka talagsaon nga usa ka makitid nga pagkagama sa trabaho, nga hinimo sa duldos nga pilak nga gihal-opan sa mga arabesque nga gisunog nga puthaw, ug giputos sa mga bulag nga mga turquoise. Tingali kini mahimo nga wala'y mahimo sa iyang sulugoon, ug ang mga pangutana ipangutana. Siya nagduha-duha sa makadiyot, unya mibalik siya ug gikuha kini gikan sa lamesa. Dili siya makatabang nga makita ang patay nga butang. Unsa pa kadto! Daw unsa ka ngil-ad ang pagkakita sa taas nga mga kamot! Kini sama sa usa ka makalilisang nga talo nga larawan.

Nga gitrangkahan ang pultahan sa luyo niya, siya milakaw nga hilom sa silong. Ang mga kahoy nagkakusog ug daw naghilak nga ingon sa kasakit. Siya mihunong sa makadaghan ug naghulat. Dili: ang tanan nahuman. Kini mao lamang ang tingog sa iyang mga tunob.

Pag-abot niya sa librarya, nakita niya ang bag ug sinina sa kanto. Sila kinahanglan nga itago sa usa ka dapit. Gibuksan niya ang usa ka sekretong prensa nga anaa sa wainscoting, usa ka pug-anan diin iyang gihuptan ang iyang kaugalingong kuryuso nga mga pagtakuban, ug gibutang kini sa sulod niini. Dali ra niya kini masunog. Dayon iyang gibitad ang iyang relo. Kadto kaluhaan ka minuto ngadto sa duha.

Siya milingkod ug nagsugod sa paghunahuna. Matag tuig-matag bulan, hapit ang mga lalaki gituok sa england tungod sa iyang nahimo. Dihay usa ka kabuang sa pagpatay sa hangin. Ang pipila ka pula nga bituon duol kaayo sa yuta .... Apan, unsang ebidensya ang anaa batok kaniya? Basil nga hawanan mibiya sa balay sa onse. Walay usa nga nakakita kaniya nga mibalik pag-usab. Kadaghanan sa mga sulugoon naa sa selby nga harianon. Ang iyang balsa natulog na .... Paris! Oo. Kini sa paris nga ang basil nahanaw, ug sa tungang gabii nga tren, sumala sa iyang gusto. Uban sa iyang katingad-an nga mga batasan sa paglihok, kini mahimong mga bulan sa dili pa mouswag ang mga pagduda. Mga bulan! Ang tanan mahimong malaglag dugay na kaniadto.

Usa ka kalit nga panghunahuna ang miigo kaniya. Gisul-ob niya ang iyang fur coat ug kalo ug miadto sa hawanan. Didto siya mihunong, nga nakadungog sa hinay nga bug-at nga agianan sa pulis sa salog sa gawas ug nakita ang usa ka kilat sa mata sa mata nga gibutang sa bintana. Siya naghulat ug nagpugong sa iyang gininhawa.

Human sa pipila ka mga gutlo iyang gibalik ang latch ug migawas, gisira pag-ayo ang pultahan sa luyo niya. Dayon siya nagsugod sa pag-ring sa kampanilya. Sa mga lima ka minutos ang iyang valet nagpakita, nga nagsul-ob og sinina ug nagtan-aw nga duka kaayo.

"pasayloa ko nga kinahanglan ka nga pukawon ka, francis," siya miingon, milakaw; "apan nakalimot ko sa akong latch-key. Unsa man ang panahon?"

"mga napulo ka minuto sa milabay nga duha, sir," mitubag ang tawo, nga nagtan-aw sa orasan ug nagdali.

"sa napulo ka mga minuto sa milabay nga duha? Pagkalalip-ot na kaayo! Kinahanglan mong pukawon ako sa alas siyam sa buntag.

"sige, sir."

"aduna bay usa nga gitawag niining gabhiona?"

"mr. Hallward, sir, nagpabilin siya dinhi hangtod sa onse, ug dayon miadto siya aron makasakay sa tren."

"oh, pasayloa ko wala ko siya makita, gibiyaan ba niya ang bisan unsa nga mensahe?"

"dili, sir, gawas nga siya mosulat kanimo gikan sa paris, kon wala ka niya makita sa club."

"kana ang buhaton, francis, ayaw kalimot sa pagtawag kanako sa alas siyam sa buntag."

"dili, sir."

Gipangulohan sa tawo ang agianan sa iyang tsinelas.

Ang dorian nga abu nga nagbutang sa iyang kalo ug sinina sa lamesa ug gipasa ngadto sa librarya. Sulod sa baynte porsyento sa usa ka oras siya milakaw paubos sa lawak, nga gigisi ang iyang ngabil ug naghunahuna. Dayon iyang gikuha ang asul nga basahon gikan sa usa sa mga istante ug misugod sa pagtalikod sa mga dahon. "alan campbell, 152, hertford street, mayfair." oo; nga mao ang tawo nga iyang gusto.

Kapitulo 14

Sa alas siyam sa sunod nga buntag ang iyang sulugoon miabut uban sa usa ka tasa nga chocolate sa usa ka bandehado ug giablihan ang mga shutters. Ang dorian natulog nga malinawon, nga naghigda sa iyang tuo nga kilid, nga usa ka kamot sa ilalum sa iyang aping. Daw siya usa ka batang lalaki nga gikapoy tungod sa pagdula, o pagtuon.

Kinahanglan nga hikapon siya sa lalaki sa makaduha sa abaga sa wala pa siya nahigmata, ug samtang iyang giablihan ang iyang mga mata usa ka gamay nga pahiyom nga mitabok sa iyang mga ngabil, ingon nga siya nawala sa usa ka makalipay nga damgo. Apan wala pa siya makapangandoy. Ang iyang kagabhion wala mabalaka sa bisan unsa nga mga larawan sa kalipay o kasakit. Apan ang mga batan-on mipahiyom nga walay bisan unsang rason. Kini usa sa labing pinakahalanginan niini.

Siya miliso, ug nagsandig sa iyang siko, nagsugod sa pagtipig sa iyang tsokolate. Ang mellow november nga adlaw nag-agas sa kwarto. Ang kalangitan hayag, ug adunay maayo nga kainit sa kahanginan. Kini hapit na sa usa ka buntag sa mayo.

Hinay-hinay nga ang mga panghitabo sa miaging gabii mikamang uban ang hilum, mga tina sa dugo nga mga tiil sa iyang utok ug gitukod pag-usab didto uban sa makalilisang nga pagkalahi. Iyang gipalanog ang panumduman sa tanan nga iyang giantos, ug sa makadiyut ang susama nga kahibulong nga pagbati sa pagkasilag alang sa basil nga hawanan nga naghimo kaniya sa pagpatay kaniya samtang siya milingkod sa lingkuranan mibalik ngadto kaniya, ug siya natugnaw sa kahinam. Ang patay nga tawo naglingkod gihapon didto, usab, ug sa kahayag sa adlaw karon. Unsa ka makalilisang kana! Ang ingon ka makalilisang nga mga butang alang sa kangitngit, dili alang sa adlaw.

Gibati niya nga kon siya mag-agi sa unsay iyang nasinati siya masakit o mabalisa. Adunay mga sala kansang kalingawan labaw pa sa panumduman kay sa paghimo kanila, mga katingalahan nga kadaugan nga nakatagbaw sa garbo labaw pa kay sa mga pagbati, ug naghatag sa kaalam nga usa ka buhi nga pagbati sa hingpit nga kalipay, mas labaw pa kay sa kalipay nga ilang gidala, o makadala , sa mga igbalati. Apan kini dili usa kanila. Kini usa ka butang nga pagaabogon gikan sa hunahuna, nga dad-on sa droga uban sa mga poppy, nga mahigmata aron dili kini makagisi.

Sa dihang ang tunga sa oras nga pag-igo, iyang gipasa ang iyang kamot sa iyang agtang, ug dayon midali sa pagdali ug nagsul-ob sa iyang kaugalingon nga labaw pa sa iyang naandan nga pag-atiman, naghatag sa usa ka maayo nga pagtagad sa pagpili sa iyang korbata ug scarf-pin ug pag-usab sa iyang singsing labaw pa kausa. Siya migugol usab og dugay nga panahon sa pamahaw, pagtilaw sa nagkalainlain nga mga pinggan, pagpakigsulti sa iyang balangay mahitungod sa pipila ka mga bag-ong mga atay nga siya naghunahuna sa paghimo alang sa mga sulugoon sa selby, ug sa pagsunud sa iyang mga sulat. Sa pipila sa mga sulat, mipahiyom siya. Ang tulo kanila nabalaka kaniya. Usa nga iyang gibasa sa makadaghan nga mga higayon ug dayon gigisi ang usa ka gamay nga panagway sa kasuko sa iyang nawong. "nga makalilisang nga butang, usa ka panumduman sa usa ka babaye!" ingon sa gisulti kaniadto sa lord henry.

Human siya nakainom sa iyang kopa nga itom nga kape, gipahiran niya ang iyang mga ngabil sa hinay nga paagi sa usa ka panyo, misinyas sa iyang sulugoon nga maghulat, ug miadto sa lamesa, milingkod ug misulat og duha ka mga sulat. Usa nga gibutang niya sa iyang bulsa, ang lain iyang gihatag sa valet.

"dad-a kini nga round ngadto sa 152, hertford street, francis, ug kung mr campbell wala sa lungsod, makuha ang iyang address."

Sa diha nga siya nag-inusara, siya midan-ag sa usa ka sigarilyo ug misugod sa paglaraw diha sa usa ka piraso nga papel, pagdrowing sa unang mga bulak ug mga tipik sa arkitektura, ug dayon sa mga nawong sa tawo. Sa kalit siya miingon nga ang matag nawong nga iyang gihunahuna daw adunay usa ka kahibudngan nga pagkasama sa basil sa hawanan. Siya nanghupaw, ug mibangon, miadto sa basahon nga kaso ug mikuha sa usa ka tomo sa peligro. Siya determinado nga dili siya maghunahuna mahitungod sa nahitabo hangtud nga gikinahanglan gayud nga buhaton niya kini.

Sa dihang iyang gituy-od ang iyang kaugalingon sa sopa, iyang gitan-aw ang titulo nga pahina sa libro. Mao kini ang gautier's emaux et camees, japanese nga papel nga charpentier, uban ang jacquemart etching. Ang gihigut sa halaran hinimo sa berilo, nga binuhat sa kahoyng hulmayon, ug binoldahan nga mga naparot nga granada. Kini gihatag kaniya sa adrian singleton. Samtang iyang gitunol ang mga panid, ang iyang mata nahulog sa balak mahitungod sa kamot sa lacenaire, ang bugnaw nga dalag nga kamot nga " du supplice encore mal lavee ," uban sa mga pula nga buhok niini ug ang " doigts de faune ." siya mitan-aw sa iyang kaugalingon nga puti nga tudlo nga mga tudlo, nagkurog nga gamay bisan pa sa iyang kaugalingon, ug gipasa, hangtud nga miabut siya sa mga matahum nga estansa sa venice:

Sur une gamme chromatique, le sein de peries ruisselant, la venus de l'adriatique sort de l'eau son corps rose et blanc.

Les domes, sur l'azur des ondes suivant la phrase au pur contour, s'enflent comme des gorges rondes que souleve un soupir d'amour.

L'esquif aborde et kanako pagpalagpot, jetant anak nga lalake amarre au pilier, devant une atubangan mitindog, sur le marbre d'un escalier.

Pagkaanindot nila! Sama sa pagbasa sa usa kanila, ang usa daw naglutaw sa berdeng tubig-mga dalan sa pink ug perlas nga siyudad, nga naglingkod sa usa ka itom nga gondola nga may pilak nga agianan ug may mga tabing. Ang mga linya nga gitan-aw kaniya sama sa tul-id nga mga linya sa asul nga turkesa nga nagsunod sa usa ingon sa usa nga nagduso ngadto sa lido. Ang kalit nga pagpislit sa kolor nagpahinumdum kaniya sa hulagway sa mga langgam nga opal-ug-iris-throated nga nagkaputol sa taas nga dugos nga campanile, o tangkay, uban sa ingon nga maanindot nga grasya, latas sa madunoton, nahimutang nga mga arko nga hinimo sa abug. Nga nagpauraray sa mga mata nga nagsirado, nagpadayon siya sa pagsulti sa iyang kaugalingon:

"ang usa ka tibuuk nga rosas, nga ang usa ka tawo adunay usa ka escalier."

Ang kinatibuk-an nga venise anaa sa duha ka linya. Iyang nahinumduman ang tingdagdag nga iyang naagian didto, ug usa ka maanindot nga gugma nga nagpukaw kaniya ngadto sa mga buang nga hilabihang kabuang. Adunay gugma sa matag dapit. Apan ang venice, sama sa oxford, nagpabilin sa background sa romansa, ug, sa tinuod nga romantiko, kaagi mao ang tanan, o halos tanan. Basil nga uban kaniya sa bahin sa panahon, ug na ihalas sa tintoret. Kabus nga basil! Unsa ka makalilisang nga paagi alang sa usa ka tawo nga mamatay!

Siya nanghupaw, ug gikuha pag-usab ang tingog, ug misulay sa pagkalimot. Gibasa niya ang mga swallows nga naglupad sa gawas sa gamay nga ka cafe sa smirna diin ang mga hadjis naglingkod nga nag-ihap sa ilang mga rosas nga amber ug ang mga turbaned nga mga negosyante nanabako sa ilang taas nga mga tubo nga hinay-hinay ug nagsultihanay sa usag usa; iyang gibasa ang obelisk sa dapit de la concorde nga naghilak sa mga luha sa granite sa iyang mingaw nga walay-adlaw nga pagkadestiyero ug nangandoy nga mobalik sa mainit, napuno sa lotus nga nile, diin adunay mga sphinxes, ug rosas-pula nga mga ibises, ug mga puti nga buwitre sa gilded claws, ug mga buaya nga may gagmay nga beryl nga mga mata nga nagakamang sa berdeng naglukot nga lapok; gisugdan niya ang paglabay sa mga bersikulo nga, nagdrowing og musika gikan sa halok nga marmol, nagsaysay nianang talagsaong estatwa nga mas gamay nga nagtandi sa usa ka tingog sa kontralto, ang " maanyag nga kaanyag " nga mga lingkoranan sa porphyry-lawak sa louvre. Apan human sa usa ka panahon ang basahon nahulog gikan sa iyang kamot. Gikulbaan siya, ug usa ka makalilisang nga kahadlok sa kalisang miabot kaniya. Unsa kaha kung ang alan campbell kinahanglan nga gikan sa england? Molabay ang mga adlaw sa dili pa siya makabalik. Tingali siya dili moduol. Unsa man ang iyang mahimo? Ang matag higayon mahinungdanon kaayo.

Sila mga higala kaniadto, lima ka tuig na ang milabay-hapit dili mabulag. Dayon ang kasuod miabot sa katapusan. Sa dihang nagkita sila sa katilingban karon, kadto lamang dorian nga ubanon nga mipahiyom: wala gayud gibuhat ni alan campbell.

Usa siya ka abtik nga batan-on nga lalaki, bisan tuod wala siyay tinuod nga pagtamod sa mga makita nga mga arte, ug bisan unsa ang wala niya masabti ang katahum sa balak nga iyang nabatonan nga iyang naangkon gikan sa dorian. Ang iyang dominant nga intelektwal nga tinguha alang sa siyensiya. Sa cambridge nga iyang gigugol ang iyang panahon sa pagtrabaho sa laboratoryo, ug nakuha ang usa ka maayo nga klase sa natural nga mga tripos sa siyensya sa iyang tuig. Sa pagkatinuod, siya nagpadayon gihapon sa pagtuon sa chemistry, ug adunay usa ka laboratoryo sa iyang kaugalingon nga iyang gigamit sa pagsira sa iyang kaugalingon sa tibuok nga adlaw, sa hilabihan sa kaulawan sa iyang inahan, nga naghatag sa iyang kasingkasing sa iyang barug alang sa parlamento ug adunay dili klaro nga ideya nga ang usa ka chemist usa ka tawo nga naghimo sa mga reseta. Maayo siya nga musikero, bisan pa niana, ug gipatugtog ang biolin ug ang piano nga mas maayo kaysa kadaghanan nga mga amateurs. Sa pagkatinuod, usa ka musika ang una nga nagdala kaniya ug dorian nga uban pa-ang musika ug ang dili matukib nga atraksyon nga daw gusto sa dorian nga ehersisyo sa bisan asa nga gusto niya-ug, sa pagkatinuod, kanunay nga gigamit nga dili mahunahuna niini. Sila nakahibalag sa lady berkshire sa gabii nga gipatokar ni rubinstein didto, ug human niana kanunay nga makita sa opera ug bisan asa nga maayo nga musika nagpadayon. Sulod sa 18 ka bulan ang ilang kasuod. Ang campbell kanunay anaa sa selby royal o sa grosvenor square. Kaniya, sama sa kadaghanan, ang gray nga dorian mao ang matang sa tanan nga kahibulongan ug makalingaw sa kinabuhi. Kon adunay usa ka away nga nahitabo tali kanila wala'y usa nga nakaila. Apan sa wala madugay ang mga tawo nag-ingon nga sila halos wala magsulti sa dihang nagkita sila ug nga ang campbell ingon og kanunay nga mobiya sayo gikan sa bisan unsang partido diin ang dorian gray anaa. Nausab usab siya-katingad-an nga kasubo sa mga panahon, daw halos dili gusto sa pagpaminaw sa musika, ug dili gayud makadula sa iyang kaugalingon, nga naghatag ingon nga iyang pasumangil, sa dihang gitawag siya, nga siya nasagop sa siyensya nga wala siyay panahon nga nahibilin sa nga pagabuhaton. Ug kini tinuod gayud. Matag adlaw daw mas interesado siya sa biology, ug ang iyang ngalan nagpakita kausa o kaduha diha sa pipila ka mga siyentipikong pagribyu may kalabutan sa mga katingad-an nga eksperimento.

Kini ang tawo nga gray nga naghulat. Matag segundo siya nagpadayon sa pagtan-aw sa oras. Samtang naglabay ang mga minuto siya nahadlok pag-ayo. Sa kataposan siya mibangon ug misugod sa paglakaw paingon sa itaas sa lawak, nga nagatan-aw sama sa usa ka maanyag nga butang nga gipangayam. Siya nagdala og dugay nga mga paningkamot. Ang iyang mga kamot katingad-an nga katugnaw.

Ang pagkabalaka nahimong dili maagwanta. Ang panahon daw siya nagakamang sa mga tiil sa tingga, samtang siya sa kusog nga mga hangin nga gibanlas ngadto sa gisi nga ngilit sa pipila ka itom nga bungbong sa pangpang. Nahibal-an niya ang nagahulat sa iya didto; nakita kini, sa pagkatinuod, ug, nagkurog, nahugno sa mga dalunggan nga mga kamot sa iyang mga panit nga daw sama sa iyang gitulis ang utok sa panan-aw ug gipapahawa ang mga eyeballs balik sa ilang langob. Kini walay kapuslanan. Ang utok adunay kaugalingon nga pagkaon nga gibugkos niini, ug ang imahinasyon, nahimo nga grabe sa kahadlok, gilubid ug gituis ingon nga usa ka buhing butang pinaagi sa kasakit, nagsayaw ingon sa usa ka maldito nga itoy sa usa ka baruganan ug naghilak pinaagi sa mga nagbalhin nga mga maskara. Unya, sa kalit, ang oras mihunong alang kaniya. Oo: ang buta, hinay nga pagginhawa nga butang wala na maglihok, ug ang makalilisang nga mga hunahuna, sa panahon nga patay na, nagdagan sa atubangan, ug nagguyod sa usa ka mangilngig nga kaugmaon gikan sa lubnganan, ug gipakita kini kaniya. Gitutokan niya kini. Ang kalisang kaayo nga gihimo niya nga bato.

Sa katapusan ang pultahan giablihan ug ang iyang sulugoon misulod. Gipunting niya ang iyang mga mata.

"mr campbell, sir," miingon ang lalaki.

Usa ka huyang nga kahupayan ang nabuak gikan sa iyang baga nga mga ngabil, ug ang kolor mibalik sa iyang mga aping.

"hangyoa siya nga mosulod dayon, francis." gibati niya nga siya mismo usab. Ang iyang pagbati sa pagkatalawan nawala.

Ang tawo miyukbo ug mipahulay. Sa pipila ka mga gutlo, si alan campbell milakaw, nga nag-ayo kaayo ug daw luspad, ang iyang dughan gipakusog sa iyang itom nga buhok ug ngitngit nga kilay.

"alan! Ganahan kaayo ka. Salamat sa pag-abot nimo."

"gituyo ko nga dili na gayud mosulod sa imong balay pag-usab, apan ikaw miingon nga kini usa ka butang sa kinabuhi ug kamatayon." ang iyang tingog lisud ug katugnaw. Siya nagsulti nga mahinay sa pag-usisa. Adunay usa ka pagtan-aw sa pagtamay sa padayon nga pagsud-ong nga iyang giatubang ang dorian. Gibutang niya ang iyang mga kamot diha sa mga bulsa sa iyang sapot nga astrakhan, ug ingon og dili nakamatikod sa lihok nga giabiabi kaniya.

"oo: kini usa ka butang sa kinabuhi ug kamatayon, alan, ug labaw sa usa ka tawo."

Ang campbell mikuha sa usa ka lingkuranan sa lamesa, ug ang dorian naglingkod sa atbang kaniya. Ang mga mata sa duha ka tawo nagkita. Sa dorian's walay katapusan nga kalooy. Nahibal-an niya nga ang iyang buhaton makalilisang.

Human sa malisud nga panahon sa kahilom, siya milukso ug miingon, hilom kaayo, apan nagtan-aw sa epekto sa matag pulong diha sa nawong niya nga iyang gipadala, "alan, sa usa ka gi-lock nga lawak sa ibabaw niini nga balay, usa ka lawak nga wala'y bisan kinsa gawas sa akong kaugalingon nga may access, ang usa ka patay nga tawo nga naglingkod sa usa ka lamesa siya nga patay nga napulo ka mga oras karon, dili pagpalihok, ug dili motan-aw kanako nga sama niana. Kinsa ang tawo, ngano nga siya namatay, sa unsa nga paagi siya namatay, mga butang nga wala'y labot kanimo. Kung unsa ang imong buhaton mao kini- "

"hunong, abohon, dili ko gusto nga mahibal-an ang bisan unsang butang, bisan kung unsay imong gisulti kanako tinuod o dili tinuod nga wala'y kalabutan sa ako, hingpit nga nag-us-us sa pagkasagol sa imong kinabuhi. Wala na sila'y interesado kanako. "

Gitaw-an ko ang akong mga pangutana sa akong kaugalingon, apan wala ko'y mahimo sa akong kaugalingon nga ako usa ka tawo nga makaluwas kanako. Aron sa pagdala kanimo ngadto sa butang nga wala ako'y kapilian, ikaw, siyentipiko, nahibal-an nimo ang mahitungod sa kemistriya ug mga butang nga ingon niana nga matang, ikaw nakahimo'g mga eksperimento kung unsa ang imong buhaton mao ang paglaglag sa butang nga anaa sa itaas nga dili kini usa ka sulud niini nga nahibilin.walay usa nga nakakita niini nga tawo nga mosulod sa balay.sa pagkatinuod, sa kasamtangan nga gutlo siya kinahanglan nga anaa sa paris, dili siya mapakyas sulod sa pipila ka bulan. Ayaw siya pagsubay sa bisan unsang butang nga iyang makita dinhi, ikaw, kinahanglan nga ikaw mag-usab kaniya, ug ang tanan nga iya, ngadto sa usa ka hakop nga mga abo nga akong patibulaagon sa hangin. "

"ikaw buang, dorian."

"ahhhhhhhhhhhhhhhhhhhhhhhhhhhhhhhhhhhhhhhhhhhhhhhh hhhhhhhhghhhhhhhhh

"ikaw buang, sultian ko ikaw-buang nga hunahuna nga ako mag-igo sa tudlo aron sa pagtabang kanimo, buang sa paghimo niining talagsaong pagkumpisal. Wala akoy labot niini nga butang, bisan unsa kini. Hikalimtan ang akong dungog alang kanimo? Unsa man kana alang kanako kung unsa ang buluhaton sa yawa kanimo? "

"kini ang paghikog, alan."

"nalipay ko niana, apan kinsa ang nagpugos kaniya?

Nagdumili pa ba kamo sa paghimo niini alang kanako?

"dili ko gusto nga maulawan ang tanan, dili ko gusto nga makita nimo ang kaulaw, sa kaulawan sa publiko. , sa tanang mga tawo sa kalibutan, sa pag-mix sa akong kaugalingon sa kalisang niini? Ko unta ikaw naghunahuna nga nahibalo dugang mahitungod sa mga tawo sa mga karakter. Ang imong higala ginoo henry wotton dili nagtudlo kaninyo bahin sa sikolohiya, bisan unsa pa siya nagtudlo kaninyo. Walay hagiton ko sa pagpalihok sa usa ka lakang aron sa pagtabang kanimo. Nakaduol ka sa sayup

nga tawo, adto sa imong mga higala, ayaw pagduol kanako.
"

"bisan pa, kini ang pagpatay, gipatay ko siya, wala ka mahibalo kung unsa ang iyang gipaantus kanako, bisan unsa pa ang akong kinabuhi, siya adunay labaw pa nga buhaton sa paghimo o sa pagdaut niini kay sa kabus nga harry. Nga gituyo kini, ang resulta mao ra gihapon. "

"pagpatay, maayong dios, dorian, nga kung unsa ang imong gipaabot, dili ko ipahibalo kanimo, dili kini akong negosyo, gawas nga wala ako'y pagdasig sa butang, ikaw siguradong madakpan. Nga walay pagbuhat sa butang nga hungog, apan wala ako'y mahimo niini. "

"ikaw kinahanglan adunay adunay kalabutan niini, paghulat, paghulat usa ka gutlo, pagpaminaw ka kanako, paminaw lang, alan, ang tanan nga akong gihangyo kanimo mao ang paghimo sa usa ka siyentipikong eksperimento nga eksperimento, ikaw moadto sa mga ospital ug sa mga patay nga balay, nga ang imong buhaton didto dili makaapekto kanimo.kung sa pipila ka mga kahibulongan nga pag-obserba-lawak o sa fetid laboratoryo imong nakit-an kining tawhana nga naghigda sa usa ka lamesang lamesa nga adunay pula nga mga gutter nga gikuha gikan niini aron ang dugo moagos agi, imo lang tan-awon siya ingon usa ka dalayegon nga hilisgutan nga dili nimo ibalik ang usa ka buhok, ikaw dili motuo nga ikaw adunay gibuhat nga sayup, hinoon, tingali imong gibati nga ikaw nakabenepisyo sa tawhanong rasa, o nagdugang sa kahibalo sa kalibutan, o kalipay ang usa ka butang nga gusto nimo nga buhaton mao lamang ang kanunay nimo nga nahimo kaniadto, sa pagkatinuod, aron sa paglaglag sa usa ka lawas kinahanglan nga dili kaayo makalilisang kay sa naanad nimo sa pagtrabaho. Ang bugtong piraso sa ebidensya batok kanako. Kung kini nadiskobrehan, ako nawala; d kini sigurado nga madiskobrehan gawas kung imo kong tabangan. "

"wala ko'y tinguha nga motabang kanimo, nalimtan nimo kini, wala ako'y labot sa tanan, wala kini'y labot nako."

"hinumdomi ang akong posisyon, sa wala pa ikaw moabut, hapit mahingangha sa kalisang, tingali nahibal-an mo ang kahadlok sa imong kaugalingon sa pipila ka adlaw. Gipangutana ko nimo kung ingon ana kini apan gipangayo ko kanimo nga buhaton kini.kami mga higala kaniadto, alan. "

"ayaw pagsulti nianang mga panahona, dorian-sila patay na."

"ang mga patay nagpabilin usahay, ang tawo sa itaas dili mobiya, nagalingkod siya sa lamesa nga may dyutay nga ulo ug tinuy-od nga mga bukton .. Alan! Alan! Kung dili ka motabang, ako nadaut. Ako, alan! Wala ka ba makasabut? Ilang gibitay ako tungod sa akong nahimo. "

"dili maayo ang pagpalugway niini nga talan-awon. Wala gyud ko'y bisan unsa nga buhaton sa butang. Nabuang ka sa pagpangutana kanako."

"nagdumili ka?"

"oo."

"ako nangaliyupo kanimo, alan."

"kini walay kapuslanan."

Ang samang dagway sa kaluoy miabut sa mga mata sa dorian gray. Unya iyang gituy-od ang iyang kamot, mikuha og usa ka piraso nga papel, ug gisulat kini. Gibasa niya kini sa makaduha, gibugkos kini pag-ayo, ug giduso kini sa lamesa. Gibuhat niya kini, mibangon siya ug miadto sa bintana.

Ang campbell mitan-aw kaniya sa katingala, ug dayon gikuha ang papel, ug giablihan kini. Samtang gibasa niya kini, ang iyang nawong nahimong luspad ug nahulog sa iyang lingkuranan. Usa ka makalilisang nga pagbati sa sakit miabut kaniya. Siya mibati nga ingon nga ang iyang kasingkasing nagpukpok sa iyang kaugalingon ngadto sa kamatayon sa pipila ka walay sulod nga lungag.

Human sa duha o tulo ka minutos sa makalilisang nga kahilom, ang dorian milingi ug miabut ug mibarug sa luyo niya, nga gibutang ang iyang kamot sa iyang abaga.

"gikasubo ko alang kanimo, alan," siya nagbagulbol, "apan wala ka nako gipili nga alternatibo.ako adunay usa ka sulat nga nahisulat na.ini ania kini.kakita nimo ang address.kon dili ka makatabang kanako, kinahanglan kong ipadala kon dili ka motabang kanako, ipadala ko kini, nahibal-an mo kung unsa ang resulta, pero makatabang ka nako, imposible alang kanimo nga mobalibad karon. Ang mga tawo nga gipangulohan sa usa ka tawo nga wala'y katungdanan sa pagtagad sa akong kaugalingon, wala'y bisan usa nga buhi nga tawo, bisan unsa pa man kini nga butang.

Ang campbell milubong sa iyang nawong sa iyang mga kamot, ug usa ka kakurat miagi kaniya.

"oo, ang akong turno sa pagdiktar sa mga termino, kung nahibal-an mo kung unsa kini, ang butang yano ra, pag-adto, ayaw pagtrabaho sa imong kaugalingon niini nga hilanat, ang butang kinahanglan nga buhaton, atubanga kini, ug buhata kini. "

Usa ka pag-agulo migawas gikan sa mga ngabil sa campbell ug siya nagkurog sa tanan. Ang pagsiksik sa orasan sa panapton nga panapton daw sa iyang pagbahin sa panahon ngadto sa managlahing mga atomo sa kasakit, ang matag usa niini hilabihan ka makalilisang nga pas-anon. Iyang gibati nga ingon og usa ka singsing nga puthaw hinay-hinay nga napig-ot sa iyang agtang, ingon nga ang kaulawan nga iyang gihulga nakaabot na kaniya. Ang kamot sa iyang abaga gibug-aton sama sa usa ka tingga. Dili kini katuohan. Kini ingon og nagdugmok kaniya.

"umari ka, kinahanglan nga magdesisyon ka dayon."

"dili ako makahimo niini," siya miingon, nga wala'y mahimo, nga daw ang mga pulong makausab sa mga butang.

"kinahanglan nimo, wala ka'y kapilian, ayaw paglangan."

Siya nagduha-duha sa usa ka gutlo. "aduna bay kalayo sa lawak sa taas?"

"oo, adunay gas-fire nga adunay mga asbestos."

"kinahanglan kong mopauli ug makakuha og mga butang gikan sa laboratoryo."

"dili, kinahanglan nga dili ka mobiya sa balay, isulat sa usa ka papel nga notebook ang imong gusto ug ang akong sulugoon magkuha og taksi ug dad-on ang mga butang balik kanimo."

Ang campbell nagsulat sa pipila ka mga linya, mipaulanan kanila, ug gihatagan og usa ka sobre sa iyang assistant. Dorian mikuha sa mubo nga sulat ug gibasa kini pag-ayo.

Dayon siya mibagting sa kampanilya ug gihatag kini sa iyang valet, nga nagmando nga mobalik sa labing dali nga panahon ug sa pagdala sa mga butang uban kaniya.

Samtang ang pultahan gitak-opan, ang campbell nagsugod nga gikulbaan, ug mibangon gikan sa lingkuranan, miadto sa tipiganan sa chimney. Siya nagkurog sa usa ka matang sa sakit. Hapit sa kaluhaan ka minutos, ni sa mga tawo nga nagsulti. Usa ka langaw ang naghilak nga naghilak mahitungod sa kwarto, ug ang pagsiksik sa orasan sama sa gibunalan sa martilyo.

Samtang ang chime milagro sa usa, ang campbell milingi, ug nagtan-aw sa gray nga doris, nakakita nga ang iyang mga mata napuno sa mga luha. Adunay usa ka butang sa kaputli ug paglunsay sa masulub-on nga nawong nga ingon og nakapasuko kaniya. "ikaw dul-anan, hingpit nga kasaypanan!" siya nagbagutbot.

"hush, alan, imong giluwas ang akong kinabuhi," miingon ang dorian.

"ang imong kinabuhi? Maayo nga kalangitan! Pagkaanindot nga kinabuhi! Ikaw nahimulag gikan sa pagkadunot ngadto sa pagkadunot, ug karon ikaw natapos na sa krimen, sa pagbuhat sa unsay akong buhaton-unsa ang imong gipugos kanako nga buhaton-kini dili sa imong kinabuhi nga gihunahuna ko. "

"ah, alan," murag dorian nga naghunghung, "hinaut nga ikaw adunay usa ka libo nga bahin sa kalooy alang kanako nga ako adunay alang kanimo." mipalayo siya samtang siya nagsulti ug nagtindog nga nagtan-aw sa tanaman. Ang campbell wala mitubag.

Human sa napulo ka mga minuto usa ka panuktok ang miabut sa pultahan, ug ang sulog misulod, nga nagdala sa usa ka dako nga mahogany nga dughan sa mga kemikal, nga adunay usa ka taas nga lubid nga puthaw ug platina nga kaw-it ug duha ka mas maayo nga pormag puthaw nga mga clamp.

"ihatag ko ba ang mga butang dinhi, sir?" nangutana siya sa campbell.

"oo," miingon ang dorian. "ug nahadlok ko, francis, nga ako adunay lain nga sugo alang kanimo. Unsa ang ngalan sa tawo sa richmond nga naghatag sa sely sa mga orchid?"

"patig-a, sir."

Kinahanglan nga magpadayon ka sa richmond sa usa ka higayon, tan-awa ang pagpagahi sa personal, ug sultihi siya nga ipadala ang dobleng daghang mga orchid ingon nga akong gisugo, ug nga adunay diyutay nga puti nga kutob kutob sa mahimo. Puti nga usa ka nindot nga adlaw, francis, ug richmond usa ka nindot kaayo nga lugar-kung dili ako dili makahasol kanimo. "

"wala nay kasamok, sir. Unsa man ang panahon nga akong balikon?"

Dorian mitan-aw sa campbell. "hangtud kanus-a ang imong eksperimento?" siya miingon sa usa ka kalma nga walay pagtagad nga tingog. Ang presensya sa usa ka ikatulo nga tawo diha sa lawak ingon og naghatag kaniya og talagsaon nga kaisug.

Gisumbag sa kampbell ug giputol ang iyang ngabil. "mokabat lima ka oras," siya mitubag.

"kini mahimong igo nga panahon, kung kini, kung ikaw balik sa tunga-tunga sa milabay nga pito, francis o magpabilin: ibilin lang ang akong mga butang alang sa pagsinina, mahimo nimo ang kagabhion sa imong kaugalingon. Dili gusto nimo. "

"salamat, sir," miingon ang lalaki, nga gibiyaan ang kwarto.

"karon, alan, wala'y usa ka gutlo nga nawala, kung unsa ka bug-at kini nga kaban! Dad-on ko kini alang kanimo. Siya paspas nga nagsulti ug sa usa ka paagi nga may awtoridad. Ang campbell mibati nga gimandoan niya. Sila mibiya sa lawak.

Pag-abot nila sa taas nga landing, gikuha sa dorian ang yawe ug gibutang kini sa lock. Dayon siya mihunong, ug usa ka gubot nga panagway ang miduol sa iyang mga mata. Siya nangurog. "wala ko maghunahuna nga ako makasulod, alan," siya nagbagulbol.

"kini wala'y labot kanako wala ako nagkinahanglan kanimo," matod pa sa campbell.

Ang dorian katunga mibukas sa pultahan. Samtang gibuhat niya kini, iyang nakita ang nawong sa iyang hulagway nga pagbugwak sa kahayag sa adlaw. Sa salog sa atubangan niini ang nahigot nga kortina nahimutang. Iyang nahinumduman nga sa gabii sa wala pa siya nakalimtan, sa unang higayon sa iyang kinabuhi, aron itago ang makamatay nga canvas, ug hapit na magdali, sa diha nga nahibalik siya uban sa usa ka kahadlok.

Unsa kanang makaluod nga pula nga yamog nga naggilak, basa ug naggilakgilak, sa usa sa mga kamot, ingon nga ang panapton nagpula sa dugo? Unsa ka makalilisang kini! - mas makalilisang, kini daw alang kaniya sa maong higayon, kay sa hilom nga butang nga nahibal-an niya nga gitunob sa lamesa, ang butang kansang grotesque nga makadaut sa makita nga karpet nagpakita kaniya nga wala kini gipukaw, apan didto gihapon, ingon nga iyang gibiyaan kini.

Siya naghuot sa halawom nga bahin, gibuksan ang pultahan sa usa ka gamay nga mas lapad, ug ang mga mata nga tunga sa panit ug gipalikay nga ulo, naglakaw sa madali, determinado nga dili siya makatan-aw bisan sa usa ka patay nga tawo. Dayon, miyuko ug gikuha ang bulawan-ug-purpura nga gibitay, gilabay niya kini mismo sa hulagway.

Didto siya mihunong, nahadlok nga mobalik, ug ang iyang mga mata nagpunting sa mga komplikado nga sumbanan sa iyang atubangan. Nakadungog siya sa campbell nga nagdala sa bug-at nga dughan, ug ang mga puthaw, ug ang ubang mga butang nga iyang gikinahanglan alang sa iyang makalilisang nga buhat. Siya nagsugod sa paghunahuna kung siya ug ang basil nga nahimutangan sukad masukad, ug, kung mao, unsa ang ilang gihunahuna sa usag usa.

"biyai ako karon," miingon ang usa ka mapintas nga tingog sa iyang luyo.

Siya milingi ug nagdali, nahibal-an nga ang patay nga tawo gibalik sa lingkuranan ug nga ang campbell nagtan-aw ngadto sa usa ka nagsidlak nga dalag nga nawong. Samtang siya paingon sa hagdanan, nadungog niya ang yawe nga gibutang sa kandado.

Kini dugay human sa pito sa diha nga ang kampbell mibalik ngadto sa librarya. Siya luspad, apan hingpit nga kalma. "gihimo nako ang unsay imong gihangyo kanako," miingon siya. "ug karon, panamilit na kami. Dili na kami magkita pag-usab."

"giluwas mo ako gikan sa kalaglagan, wala ako makalimot niana," miingon ang dorian.

Sa dihang mibiya na ang campbell, misaka siya sa itaas. Dihay usa ka makalilisang nga baho sa nitrik acid sa kwarto. Apan ang butang nga nanglingkod sa lamesa wala na.

Kapitulo 15
Nianang gabhiona, sa alas otso'y-katloan, nga sinul-oban sa sinina ug nagsul-ob sa usa ka dako nga lungag sa parma violets, ang abu nga dorian gidala ngadto sa lawak nga dulaanan sa lady narborough pinaagi sa mga tig-alagad sa pagyukbo. Ang iyang agtang nagduhaduha uban sa maddened nerves, ug siya mibati nga kalit lang nahingangha, apan ang iyang pamaagi samtang iyang gibayaw ang kamot sa iyang tig-abiabi ingon ka sayon ug madanihon sa kanunay. Tingali ang usa ka tawo dili gayud ingon sa usa ka kasayon sama sa diha nga ang usa kinahanglan nga magdula sa usa ka bahin. Tino nga walay usa nga nagtan-aw sa dorian nga abo nianang gabhiona nga nagtuo nga siya nakaagi sa usa ka trahedya nga ingon ka makalilisang sama sa bisan unsa nga trahedya sa atong panahon. Kadtong mga pino nga pino nga mga tudlo dili makalutaw sa usa ka kutsilyo alang sa sala, ni kadtong nagpahiyum nga mga ngabil nagsinggit sa dios ug pagkamaayo. Siya sa iyang kaugalingon dili makatabang nga nahibulong sa kalma sa iyang pamatasan, ug sa makadiyut gibati pag-ayo ang makalilisang nga kalipay sa dobleng kinabuhi.

Kini usa ka gamay nga partido, mitindog hinuon sa pagdali sa ginang nga narborough nga babaye, kinsa usa ka maalamon nga babaye nga gigamit sa gigamit nga gene nga gigamit sa gene sa paghulagway ingon nga mga patayng lawas sa talagsaon nga kalibog. Iyang napamatud-an nga usa ka labing maayo nga asawa sa usa sa atong labing mga bugkos nga mga embahador, ug sa paglubong sa iyang bana sa tukmang paagi sa usa ka marmol nga museyo, diin siya mismo ang nagdesinyo, ug nagminyo sa iyang mga anak nga babaye ngadto sa mga adunahan, apan mga tigulang nga mga lalaki, siya nagpahinungod sa iyang kaugalingon karon mga kalipayan sa fiction sa french, cooking sa french, ug french esprit sa dihang makuha niya kini.

Ang dorian usa sa iyang paborito nga mga paborito, ug kanunay siyang misulti kaniya nga nalipay kaayo siya nga wala siya makaila kaniya sa sayo nga kinabuhi. "nahibal-an ko, mahal ko, nahigugma ko nimo," dugay siyang miingon, "ug gibutang ko ang akong bonnet sa ibabaw sa mga galingan tungod sa imong kaayohan. Maayo kaayo nga wala ka gihunahuna sa panahon. Sa ingon, ang among mga bonnets wala'y labot, ug ang mga galingan gigamit pag-ayo sa pagsulay sa pagtaas sa hangin, nga wala gayud ako bisan usa ka paglibot sa bisan kinsa nga tawo, bisan pa, kini ang tanan nga sayop sa narborough. Dili malipay sa pagkuha sa usa ka bana kinsa dili gayud makakita sa bisan unsang butang. "

Ang iyang mga bisita niining gabhiona mas hago kaayo. Ang tinuod, ingon sa gipasabut niya sa dorian, sa likod sa usa ka dautang fan, ang usa sa iyang mga anak nga babaye nga minyo miabut sa hinanali aron sa pagpabilin uban kaniya, ug, aron makahimo og labi pang dautan, sa tinuod nagdala sa iyang bana uban kaniya. "nagtuo ko nga kini labing dili mabination kaniya, akong minahal," siya mihunghong. "siyempre ako moadto ug magpabilin uban kanila matag ting-init human ako gikan sa homburg, apan unya usa ka tigulang nga babaye nga sama kanako kinahanglan nga adunay lab-as nga hangin usahay, ug labut pa, gipukaw nako kini. Didto ang mga putli nga unadulterated nasud kinabuhi sila mobangon og sayo, tungod kay daghan kaayo ang ilang buhaton, ug matulog og sayo, tungod kay gamay ra ang ilang hunahunaon. Wala'y iskandalo sa kasilinganan sukad sa panahon sa rayna elizabeth, ug busa silang tanan nahikatulog human sa panihapon. Dili ka maglingkod sa sunod kanila. Magalingkod ka nako ug maglingaw nako. "

Ang dorian nagbagulbol sa usa ka nindot nga pagdayeg ug mitan-aw libut sa kwarto. Oo: kadto usa ka malampuson nga partido. Duha sa mga tawo nga wala pa niya makita kaniadto, ug ang uban naglakip sa pinakapaspas nga pagdugmok, usa sa mga hamtong nga mga ordinaryo nga kasagaran sa mga klab sa london nga walay mga kaaway, apan wala kaayo makagusto sa ilang mga higala; babaye nga ruxton, usa ka overdressed nga babaye nga kap-atan ug pito, nga adunay ilong nga ilong, kinsa kanunay nga naningkamot nga makompromiso ang iyang kaugalingon, apan talagsaon nga yano nga sa iyang dakung kasagmuyo walay usa nga makatuo bisan unsa batok kaniya; mrs. Erlynne, usa nga walay giduso, uban ang usa ka maanindot nga lisp ug pula nga buhok nga venetian; lady alice chapman, anak nga babaye sa hostess, usa ka dowdy dull girl, uban sa usa sa mga kinaiya nga british nga mga nawong nga, sa makausa nakita, dili gayud mahinumduman; ug ang iyang bana, usa ka pula nga panit, puti nga tinuy-od nga linalang kinsa, sama sa kadaghanan sa iyang klase, anaa ubos sa impresyon nga ang sobra nga kahinam makatabon sa tibuok nga kakulang sa mga ideya.

Siya masulub-on nga miabut siya, hangtud nga ang ginangalan nga narborough, nagtan-aw sa dako nga ormolu nga gasa nga orasan nga nahimutang sa mga lagsaw nga mga kurbus sa hut-it nga mga mantelshelf, mipatugbaw: "unsa ka makalilisang nga henry wotton nga ulahi na kaayo! Sayo sa buntag ug matinud-anon siyang misaad nga dili makapahigawad kanako. "

Kini mao ang pipila ka paghupay nga anaa didto, ug sa dihang ang pultahan giablihan ug iyang nadungog ang iyang hinay nga tingog sa musika nga nagpahulam sa pipila ka wala'y kinasingkasing nga pagpangayo og pasaylo, wala siya magisi.

Apan sa panihapon dili siya makakaon. Ang plaka human sa plato milakaw nga wala maunsa. Ang babaye nga narborough nagpadayon sa pagsaway kaniya tungod sa iyang gitawag nga "usa ka insulto sa kabus nga adolphe, nga nag-imbento sa menu ilabi na alang kanimo," ug karon ug dayon ang lord henry mitan-aw sa pagtan-aw kaniya, nahibulong sa iyang kahilom ug abstracted nga paagi. Matag karon ug unya ang butler mipuno sa iyang baso sa champagne. Siya miampo, ug ang iyang kauhaw daw misaka.

"dorian," matud pa sa henry nga ginoo, samtang ang chaud-froid gitunol nga round, "unsa may problema kanimo karon nga adlaw? Wala ka'y lain."

"nagtuo ko nga siya naa sa gugma," misinggit ang babaye nga narborough, "ug nahadlok siya sa pagsulti kanako tungod sa kahadlok nga kinahanglan kong masina.

"dear lady narborough," murag dorian, nga nagpahiyum, "wala ko mahigugma sulod sa usa ka semana-wala, tungod kay gibiyaan sa ginang de ferrol ang lungsod."

"unsaon nimo pagkahigugma sa babaye!" miingon ang tigulang nga babaye. "dili ko gayud kini masabtan."

"kini tungod kay siya nakahinumdom kanimo sa dihang ikaw usa ka batang babaye, babaye nga narborough," miingon ang lord henry. "siya ang usa ka sumpay tali kanamo ug sa imong mugbong mga frocks."

"siya wala mahinumdom sa akong mubo nga frocks sa tanan, ginoo henry. Apan ko mahinumdom sa iyang pag-ayo sa vienna katloan ka tuig na ang milabay, ug sa unsa nga paagi decolletee siya dayon."

"siya sa gihapon nag- abut ," mitubag siya, nagkuhag usa ka olibo sa iyang taas nga mga tudlo; "ug sa diha nga siya anaa sa usa ka labing smart nga gown siya makita nga usa ka edisyon de luxe sa usa ka dili maayo nga french nobela nga siya mao ang tinuod nga kahibulongan, ug puno sa mga surprises, ang iyang kapasidad alang sa pamilya pagbati mao ang talagsaon nga sa dihang ang iyang ikatulo nga bana namatay, ang iyang buhok bulawan gikan sa kasubo. "

"unsaon nimo, harry!" misinggit ang dorian.

"kini usa ka romantikong katin-awan," mikatawa ang hostess. "apan ang iyang ikatulo nga bana, ginoo nga henry! Wala nimo ipasabot nga ang ferrol ang ikaupat?"

"tinuod, babaye nga narborough."

"dili ko motuo sa usa ka pulong niini."

"maayo, pangutan-on si mr nga abu siya usa sa iyang labing suod nga mga higala."

"tinuod ba, mr gray?"

"gipasaligan ko niya, babaye nga narborough," miingon ang dorian. "gipangutana nako siya, sama sa marguerite de navarre, gi-embalsamar ug gibitay ang ilang mga kasingkasing sa iyang bakus. Giingnan ko niya nga wala siya, tungod kay walay usa kanila ang adunay bisan unsa nga kasingkasing."

"upat ka mga bana! Sa akong pulong nga trop de zele ."

" trop d'audace , ako nagasulti kaniya," miingon ang dorian.

"oh, aduna siya'y igong katakus sa bisan unsang butang, mahal ko, ug unsa ang sama nga ferrol? Wala ko kaila niya."

"ang mga bana sa maanyag nga mga babaye sakop sa mga kriminal nga mga klase," miingon ang lord henry, nga nagsabsab sa iyang bino.

Gibunalan siya sa lady lady sa iyang fan. "ginoo henry, wala ako nahibulong nga ang kalibutan nag-ingon nga ikaw hilabihan daotan."

"apan unsa man ang kalibutan nga nagsulti niana?" nangutana ang ginoong henry, nga gipataas ang iyang mga kilay. "kini mahimong sunod nga kalibutan. Kining kalibutan ug ako maayo kaayo nga mga termino."

"ang tanan nga akong nahibal-an miingon nga ikaw daotan kaayo," misinggit ang tigulang nga babaye, naglingolingo sa iyang ulo.

Ang ginoo nga henry mitan-aw nga seryoso sa pipila ka mga gutlo. "kini hingpit nga talagsaon," siya miingon, sa katapusan, "sa paagi nga ang mga tawo moadto sa mga kasamtangan nga nagsulti sa mga butang batok sa usa nga anaa sa luyo sa usa nga hingpit ug bug-os nga tinuod."

"dili ba siya dili makabalewala?" misinggit ang dorian, nagsandig sa iyang lingkuranan.

"manghinaut ako," miingon ang iyang hostess, nga nagkatawa. "apan tinuod gayud, kung kamong tanan magsimba sa ginang sa ingon niining kataw-anan nga paagi, kinahanglan kong magminyo pag-usab aron nga mag-uswag."

"dili ka magminyo pag-usab, babaye nga narborough," nabungkag sa lord henry. "malipayon ka kaayo sa dihang ang usa ka babaye magminyo pag-usab, tungod kay gikasilagan niya ang iyang unang bana, sa dihang ang usa ka lalaki magminyo pag-usab, kini tungod kay iyang gisimba ang iyang unang asawa.

"ang narborough dili hingpit," misinggit ang tigulang nga babaye.

"kung siya kaniadto, dili nimo higugmaon, akong minahal nga babaye," mao ang tubag. "ang mga babaye nahigugma kanamo tungod sa among mga depekto, kon kami adunay igo sa ila, mapasaylo kami sa tanan, bisan ang among mga kinaadman, dili ka gayud mangayo kanako sa panihapon pag-usab human sa pagsulti niini, nahadlok ko, babaye nga narborough, apan kini tinuod. "

"siyempre kini tinuod, lord henry.kon kami mga babaye wala mahigugma kanimo tungod sa imong mga depekto, asa man ka nga tanan? Walay usa kaninyo nga magminyo, kondili usa ka huyang nga bachelors. Nga mausab nimo ang daghan. Karon ang tanang minyo nga mga lalaki nagpuyo nga sama sa mga bachelor, ug ang tanang mga bachelor sama sa mga minyo. "

" fin de siecle ," nagbagulbol ang lord henry.

" fin du globe ," mitubag ang iyang hostess.

"gusto ko nga kini duol sa globo ," miingon ang dorian nga nanghupaw. "ang kinabuhi usa ka dakong kahigawad."

"ah, my dear," misinggit ang babaye nga narborough, nga nagsul-ob sa iyang mga guwantes, "ayaw ko sultihi nga naluya ka sa kinabuhi, kung ang usa ka tawo moingon nga ang usa nahibal-an nga gikapoy siya sa kinabuhi. Buot nga ako na; apan ikaw gihimo nga maayo-aw mo sa ingon nga maayo ako kinahanglan gayud nga makakaplag kamo usa ka nindot nga asawa ginoo.. Henry, dili sa imong hunahuna nga ang mr gray kinahanglan magminyo. "?

"kanunay kong nagsulti kaniya ingon, babaye nga narborough," miingon ang lord henry nga adunay pana.

"maayo, kinahanglan nga atong tan-awon ang usa ka angay nga dula alang kaniya. Ako maglakaw sa debrett pag-ayo sa kagabhion ug ibutang ang usa ka lista sa tanan nga takus nga batan-ong mga babaye."

"sa ilang mga edad, babaye nga narborough?" nangutana ang dorian.

"siyempre, uban sa ilang mga edad, gamay nga gi-edit, apan walay bisan unsa nga kinahanglan nga buhaton sa usa ka dali nga gusto ko nga kini nga sa buntag post gitawag sa usa ka angay nga alyansa, ug ako gusto nga kamo sa duha aron magmalipayon."

"unsa nga binuang nga mga tawo ang naghisgot mahitungod sa malipayon nga kaminyoon!" mipatugbaw ang lord henry. "ang usa ka lalaki mahimong malipayon sa bisan kinsa nga babaye, basta wala siya mahigugma kaniya."

"ah! Unsa ka seryoso ka!" misinggit ang tigulang nga babaye, gipadayon ang iyang lingkuranan ug nodding sa lady ruxton. "ikaw kinahanglan nga moanhi ug magkaon uban kanako sa dili madugay ikaw usa ka maayo nga tonic, mas maayo pa kay sa kung unsa ang gireseta sa ginoo alang kanako, kinahanglan mo nga sultian ako kung unsa ang gusto sa mga tawo nga imong mahimamat. . "

"ganahan ko sa mga tawo nga adunay umaabot ug mga babaye nga kaniadto," siya mitubag. "o sa imong hunahuna nga kini mahimo nga usa ka petticoat party?"

"nahadlok ako," siya miingon, nagkatawa, samtang siya mitindog. "usa ka libo nga gipasaylo, akong mahal nga babaye nga ruxton," siya midugang, "wala ako makakita nga wala ka pa mahuman ang imong sigarilyo."

"dili gyud ko kabalo, lady narborough, us aka daghan kaayong aso.

"ayaw pag-ampo, lady ruxton," miingon ang lord henry. "ang pagkamakasarangan usa ka makamatay nga butang nga igo nga ingon ka dili maayo ingon sa pagkaon.

Ang babaye nga ruxton mitan-aw kaniya nga mausisaon. "kinahanglan nga ikaw moadto ug ipasabut kana kanako sa pipila ka hapon, lord henry, usa kini ka makalingaw nga teorya," siya nagbagulbol, samtang siya migawas gikan sa kwarto.

"karon, hunahunaa nga dili ka magdugay sa imong politika ug eskandalo," misinggit ang babaye nga narborough sa pultahan. "kung buhaton nimo, sigurado kami nga magkahiusa sa taas."

Ang mga lalaki nangatawa, ug mr. Ang chapman mibangon gikan sa tiilan sa lamesa ug miabut sa ibabaw. Ang dorian gray nagbag-o sa iyang lingkuranan ug miadto ug milingkod sa lord henry. Mr. Ang chapman misugod sa pagsulti sa kusog nga tingog mahitungod sa sitwasyon sa balay sa mga commons. Siya nakigsulti sa iyang mga kaaway. Ang pulong doctrinaire- pulong nga puno sa kahadlok ngadto sa british mind-gipakita matag karon ug unya tali sa iyang mga pagbuto. Ang prefix nga preiterative nagsilbing usa ka dekorasyon sa oratory. Iyang gipatindog ang unyon nga jack sa mga tumoy sa hunahuna. Ang napanunod nga kabuang sa lumba-sa tingog sa lenggwahe sa lingwahe nga ginganlan niya nga ginoo-gipakita nga ang tukma nga bulwarka alang sa katilingban.

Usa ka pahiyom nga nagkurba sa ginoo nga henry sa mga ngabil, ug milingi siya ug mitan-aw sa dorian.

"mas maayo ka ba, mahal nga tawo?" siya nangutana. "daw dili ka na maayo sa panihapon."

"maayo kaayo ko, harry, gikapoy ko."

"ikaw maanyag sa kagabhion, ang dyutay nga duchess gimahal kanimo, giingnan ko niya nga moadto siya sa selby."

"siya nagsaad nga moabut sa ikakaluhaan."

"mao ba ang monmouth didto, usab?"

"oh, huo, harry."

"gikulbaan siya nako, halos sama sa iyang pagbugal niya, maalamon kaayo siya, maalamon kaayo alang sa usa ka babaye, wala siyay dili mahimo nga kaluyahon, ang mga tiil nga yutang kulonon nga naghimo sa bulawan sa hulagway nga bililhon. Maayo kaayo, apan dili kini mga tiil nga yutang kulonon, puti nga porselana nga mga tiil, kung gusto nimo, kini naagi sa kalayo, ug unsa nga kalayo ang wala magun-ob, kini nagpatig-a.

"unsa kadugay nga siya naminyo?" nangutana ang dorian.

"usa ka kahangturan, siya nagsulti kanako. Nagtuo ako, sumala sa katilingban, kini napulo ka tuig, apan ang napulo ka mga tuig uban sa monmouth kinahanglan nga ingon sa kahangturan, uban sa panahon nga gilabay. Kinsa pa ang moanhi?"

"oh, ang willoughbys, lord rugby ug iyang asawa, among hostess, geoffrey clouston, ang naandan nga set. Ako nangutana sa lord grotrian."

"ganahan ko niya," miingon ang lord henry. "daghang mga tawo ang wala, apan nakit-an ko siya nga maanindot, siya nagtan-aw tungod kay usahay ingon nga gimatuto sa kanunay nga sobra ka edukado, moderno kaayo siya."

"wala ko kahibalo kung makahimo siya sa pag-adto, harry, kinahanglan nga moadto siya sa monte carlo uban sa iyang amahan."

"ah, unsa man ang problema sa mga tawo! Sulayi ug paanhia siya sa dalan, dorian, sayo ka pa sa kagabhion, ikaw na ang nag-una sa alas onse, unsay imong gibuhat pagkahuman?

Dorian mitan-aw kaniya nga nagdali ug nagkumod.

"dili, harry," siya miingon sa katapusan, "wala ko mopauli hangtod sa hapit tulo."

"miadto ka ba sa club?"

"oo," mitubag siya. Dayon iyang giputol ang iyang ngabil. "dili, wala ako'y buot ipasabot nga wala ako moadto sa club, naglibut ako, nakalimtan ko kung unsa ang akong gibuhat .... Unsa ka kamao nimo, harry! Gusto nimo kanunay nga mahibal-an kung unsay gibuhat sa usa ka tawo. Gusto ko nga malimtan kung unsa ang akong nahimo.ako miabot sa duha ka tunga sa nangagi, kung gusto nimo mahibal-an ang eksaktong oras. Gibiyaan nako ang latch-key sa balay, ug ang akong sulugoon kinahanglan nga pasud-an ako. Gusto nga adunay bisan unsang ebidensya nga ebidensya sa maong hilisgutan, mahimo ka mangutana kaniya. "

Ginoo henry ang iyang mga abaga. "ang akong minahal nga kapareha, maingon sa akong pag-atiman! Moadto kita sa lawak nga dunay dapita, walay sherry, salamat, mr chapman, adunay butang nga nahitabo kanimo, dorian, sultihi ako kung unsa kini. Gabii. "

"ayaw ko'g huna-huna, harry, ma-irritable, ug dili maagwanta, ako magalibut ug makakita kanimo ug ugma, o sa sunod adlaw. Kinahanglan ko nga mopauli. "

"sige, dorian, manghinaot ko nga makita ko ikaw ugma sa oras sa tsa. Ang duchess moabot."

"mangita ko didto, harry," miingon siya, nga gibiyaan ang kwarto. Samtang nagpauli siya balik sa iyang kaugalingong balay, nasayod siya nga ang kahadlok sa kalisang nga iyang gihunahuna nga siya naluok mibalik kaniya. Ang kaswal nga pangutana ni lord henry nakapahimo kaniya nga mawad-an sa iyang ugat alang sa higayon, ug gusto niya ang iyang ugat sa gihapon. Ang mga butang nga delikado kinahanglan pagalaglagon. Siya naghilak. Gidumtan niya ang ideya sa paghikap pa kanila.

Apan kinahanglan nga buhaton kini. Iyang naamgohan nga, ug sa dihang iyang gitrangkahan ang pultahan sa iyang librarya, giablihan niya ang sekretong pahibalo diin iyang gisulud ang sinina ug bag sa basil. Usa ka dakong kalayo ang nagdilaab. Iyang gipahimutang ang laing troso niini. Ang kahumot sa mga sinina nga nagsul-ob ug panit nga panit ang makalilisang. Kini mikuha kaniya og tulo ka bahin sa usa ka oras sa pag-ut-ot sa tanan. Sa kataposan siya mibati og kaluya ug masakiton, ug sa paghayag sa pipila ka mga pastilles sa algeria sa usa ka gipanglimpyo nga tumbaga nga tumbaga, iyang gihugasan ang iyang mga kamot ug agtang uban sa usa ka mabugnaw nga suka nga puno sa muskulo.

Sa kalit lang nagsugod siya. Ang iyang mga mata mitubo sa katingalahan nga kahayag, ug siya mikulaw nga gikulbaan sa iyang pag-ulan. Sa taliwala sa duha ka mga bintana nagbarug ang usa ka dako nga florentine cabinet, nga hinimo gikan sa ebony ug gihal-opan sa ivory ug blue lapis. Gitan-aw niya kini ingon nga kini usa ka butang nga makalingaw ug mahadlok, ingon nga kini adunay usa ka butang nga iyang gipangandoy ug gani hikalimtan. Ang iyang gininhawa napadali. Usa ka buang nga pangandoy miabot kaniya. Siya midan-ag sa usa ka sigarilyo ug unya gilabay kini. Ang iyang mga tabontabon miduko hangtud nga ang taas nga hubag nga hapin hapit mihikap sa iyang aping. Apan siya nagbantay gihapon sa kabinet. Sa katapusan siya mitindog gikan sa sofa diin siya naghigda, miadto sa kini, ug gibuksan kini, mihikap sa pipila ka tinago nga tuburan. Usa ka triangular drawer hinay nga milabay. Ang iyang mga tudlo mibalhin ngadto sa kinatibuk-an niini, gituslob, ug gisirhan ang usa ka butang. Kini usa ka gamay'ng kahon sa kahon sa itom ug bulawan-abug nga gibug-aton, maayong pagkabuhat, ang mga kilid nga gisul-ob sa mga curved wave, ug ang mga lubid nga pisi gibitay sa mga lingin nga kristal ug gibutang sa plaited metal thread. Gibuksan niya kini. Ang sulod sa usa ka green nga paste, waxy sa luster, ang kahumot kusog kaayo ug makanunayon.

Siya nagduha-duha sa pipila ka mga gutlo, uban ang usa ka katingad-an nga walay pahiyum nga pahiyom sa iyang nawong. Unya nagkurog, bisan ang atmospera sa lawak kusog kaayo, mihulbot siya sa iyang kaugalingon ug mitan-aw sa oras. Kini kawhaan ka minuto ngadto sa dose. Gibutang niya pagbalik ang kahon, gisirhan ang mga pultahan sa gabinete samtang gibuhat niya kini, ug miadto sa iyang kwarto.

Samtang ang tungang gabii naghapak sa bronse nga pagbunal sa dusky nga hangin, ang dorian nga abuhon, nga nagsul-ob sa kasagaran, ug uban ang usa ka muffler nga giputos sa iyang tutunlan, hilom nga migawas sa iyang balay. Sa dalan nga iyang nakita nga usa ka hansom nga adunay usa ka maayong kabayo. Gidayeg niya kini ug sa hinay nga tingog naghatag sa drayber og usa ka address.

Ang lalaki milamano. "halayo ra kaayo alang nako," siya miingon.

"ania ang usa ka hari alang kanimo," miingon ang dorian. "magbaton ka lain kon magpadayon ka nga magdrayb."

"sige, sir," mitubag ang tawo, "moabut ka didto sa usa ka oras," ug human sa iyang pamasahe iyang gibalik ang iyang kabayo ug kusog paingon sa suba.

Kapitulo 16

Ang usa ka bugnaw nga ulan nagsugod sa pagkapukan, ug ang hanap nga mga lampara sa kadalanan mitan-aw sa makusog nga gabon. Ang mga pangpubliko nga mga balay bag-o pa lang natapos, ug ang mga lalaki ug mga babaye nga nagkunhod nagkapundok sa nagkatibulaag nga mga grupo sa ilang mga pultahan. Gikan sa pipila ka mga balabag miabut ang tingog sa makalilisang nga katawa. Diha sa uban, ang mga palahubog nagkubkob ug nagsinggit.

Nga naghigda sa hansom, nga ang iyang kalo gibitad sa iyang agtang, ang dorian nga abohon nga nagtan-aw uban ang walay pagtan-aw nga mga mata ang dulumtanan nga kaulaw sa bantugang syudad, ug karon ug unya gisubli niya ang mga pulong nga gisulti kaniya ni ginoo henry sa unang adlaw nga sila nagtagbo, "aron sa pag-ayo sa kalag pinaagi sa mga igbalati, ug ang mga igbalati pinaagi sa kalag." oo, kana ang sekreto. Kanunay niyang gisulayan kini, ug sulayan kini pag-usab karon. Adunay mga lungib sa opyo diin ang usa makapalit sa kalimutaw, mga lungib sa kahadlok diin ang paghinumdom sa daan nga mga sala mahimong malaglag pinaagi sa kabuang sa mga sala nga bag-o.

Ang bulan gibitay sa langit sama sa yellow nga kalabera. Sa matag karon ug unya usa ka dako nga sayup nga panganod mituyhad sa usa ka taas nga bukton ug gitago kini. Ang mga lampara sa gas nagkadiyutay, ug ang mga kadalanan mas hiktin ug masulub-on. Sa diha nga ang tawo nawala sa iyang dalan ug kinahanglan mobiyahe balik sa tunga sa usa ka milya. Usa ka alisngaw ang mibangon gikan sa kabayo samtang gisabwag ang mga puddles. Ang mga sidewindows sa hansom gisampongan sa usa ka abuhon nga abuhon.

"sa pag-ayo sa kalag pinaagi sa mga igbalati, ug ang mga igbalati pinaagi sa kalag!" ang mga pulong sa iyang mga dalunggan! Ang iyang kalag, sa pagkatinuod, nasakit sa kamatayon. Tinuod ba nga ang mga igbalati mahimong makaayo niini? Ang inosenteng dugo gipaagas. Unsa man ang mahimo nga pagbayad alang niana? Ah! Kay wala nay pag-ula; apan bisan pa ang pagpasaylo dili imposible, ang pagkalimot posible gihapon, ug siya determinado nga kalimtan, ang pagtangtang sa butang sa gawas, aron sa pagdugmok niini ingon sa usa nga magadugmok sa bitin nga gisagol sa usa. Sa pagkatinuod, unsa nga katungod nga adunay basil nga nakigsulti kaniya sama sa iyang nahimo? Kinsa naghimo kaniya nga maghuhukom ibabaw sa uban? Iyang gisulti ang mga butang nga makalilisang, makalilisang, nga dili pag antuson.

Ug nagpadayon sa pagpugong sa hansom, nga mas hinay, ingon og kaniya, sa matag lakang. Iyang gihulog ang lit-ag ug gitawag ang tawo nga magdali og dali. Ang makalilisang nga kagutom sa opium nagsugod sa pagkalibang kaniya. Ang iyang tutunlan nasunog ug ang iyang mga kamot nga nagkalainlain nagkahiusa. Iyang gibunalan ang kabayo nga madling sa iyang sungkod. Ang drayber gikataw-an ug gipuspusan. Gikataw-an siya sa tubag, ug ang tawo hilom.

Ang agianan morag dili mahimutang, ug ang mga kadalanan sama sa itom nga web sa pipila ka mga lawalawa. Ang monotony nahimong dili maagwanta, ug sa dihang ang gabon misanap, nahadlok siya.

Dayon sila ming-agi sa mingaw nga mga tibuuk nga tisa. Ang gabon mas gaan dinhi, ug iyang makita ang katingad-an, pormag-pormag-tubo nga mga tapahan nga may orange, samag-kadali nga dila nga kalayo. Usa ka iro nga gikusok samtang sila milabay, ug sa halayo diha sa kangitngit ang pipila ka nahisalaag nga sea-gull misinggit. Ang kabayo nga napandol sa usa ka rut, dayon mibalhin ug misulod sa usa ka pagsuroy.

Paglabay sa pipila ka panahon gibiyaan nila ang dalan nga kolonon ug gibalik-balik ang mga kadalanan. Ang kadaghanan sa mga bintana mga ngitngit, apan karon ug dayon ang mga anino nga mga anino gipakita sa pipila ka mga lamplit nga buta. Siya nagtan-aw kanila nga maukiton. Sila mibalhin sama sa dulaan nga mga marionette ug naghimo sa mga lihok nga sama sa mga buhi nga mga butang. Gidumtan niya sila. Usa ka dulom nga kapungot diha sa iyang kasingkasing. Samtang ilang gibali ang usa ka eskina, gisinggitan sa usa ka babaye ang usa ka butang gikan kanila gikan sa usa ka bukas nga pultahan, ug duha ka tawo ang midagan sunod sa hansom mga usa ka gatus ka yarda. Ang drayber mibunal kanila gamit ang iyang latigo.

Gikaingon nga ang gugma naghimo sa usa nga naghunahuna sa usa ka lingin. Sa tinuud uban ang makahahadlok nga pagtulon-an sa gipaak sa mga ngabil sa dorian nga ubanon ug giumol ang mga maliputon nga mga pulong nga naghisgot sa kalag ug pagbati, hangtud nga iyang nakaplagan diha kanila ang hingpit nga ekspresyon, ingon nga kini, sa iyang pagbati, ug gipakamatarung, pinaagi sa pag-uyon sa intelektwal, mga pagbati nga nga wala'y ingon nga katarungan sa gihapon nagdominar sa iyang kasuko. Gikan sa selula ngadto sa selula sa iyang utok nakuha ang usa ka hunahuna; ug ang ihalas nga tinguha nga mabuhi, labing makalilisang sa tanang gana sa tawo, nga gipakusgan sa matag usa nga nagkurog ang ugat ug lanot. Ang pagkagutom nga kaniadto nahimong madumtanon kaniya tungod kay kini naghimo sa mga butang nga tinuod, nahimo nga mahal kaniya karon tungod sa mao gayud nga hinungdan. Ang kaligdong mao ang usa ka kamatuoran. Ang dautang hugonhugon, ang makaluod nga lungib, ang mapintas nga kapintas sa wala'y kasinatian nga kinabuhi, ang pagkawalay bili sa kawatan ug sinalikway, mas klaro, sa ilang grabe nga impresyon, kay sa tanang grano nga mga porma sa art, ang mga damgo nga mga landong sa awit. Sila ang iyang gikinahanglan alang sa pagkalimot. Sa tulo ka adlaw siya gawasnon.

Sa kalit lang ang tawo nagkuha sa usa ka jerk sa tumoy sa ngitngit nga dalan. Tungod sa ubos nga mga atop ug nagbahihi nga mga panghaw sa mga balay sa mga balay nga mitindog ang itom nga mga palo sa mga barko. Ang mga wreaths sa puti nga gabon nga nahigmata sama sa ghostly layag sa mga yarda.

"usa ka dapit dinhi, sir, dili ba?" siya nangutana sa lit-ag sa lit-ag.

Nagsugod ang dorian ug milanit. "buhaton niya kini," mitubag siya, ug nakagawas dayon ug gihatag ang drayber sa dugang nga plete nga iyang gisaad kaniya, siya naglakaw dali sa direksyon sa pantalan. Dinhi ug didto ang usa ka lampara nga gleamed sa ulin sa usa ka dako nga negosyante. Ang kahayag nag-uyog ug nagkatibulaag sa mga puddles. Ang usa ka pula nga silak sa salamin gikan sa usa ka panggawas nga bapor nga nagbitay. Ang nipis nga lutsanan nga hitsura morag basa nga mackintosh.

Nagdali siya paingon sa wala, naglantaw balik karon ug dayon aron tan-awon kon gisunod ba siya. Sa mga pito o walo ka minutos nakaabot siya sa usa ka gamay nga balay nga luspad nga nahigmata sa taliwala sa duha ka mga pabrika sa tupong. Diha sa usa sa mga bintana sa itaas adunay usa ka lampara. Siya mihunong ug mihatag og usa ka talagsaong panuktok.

Human sa usa ka gamay nga panahon siya nakadungog sa mga lakang diha sa agianan ug ang kadena wala mahugawi. Ang pultahan giablihan sa hilom, ug siya misulod nga walay gisulti sa usa ka pulong ngadto sa usa ka squat misshapen nga numero nga midagayday sa iyang kaugalingon ngadto sa landong samtang siya miagi. Sa tumoy sa hawanan nagbitay ang gisi nga berde nga kurtina nga mikaylap ug miuyog sa kusog nga hangin nga misunod kaniya gikan sa dalan. Iyang giguyod kini ug misulod sa usa ka taas nga lawak nga ingon og kini kaniadto usa ka ikatulo nga rate nga pagsayaw-saloon. Ang nag-agas nga mga gas-jet, nahugno ug gituis sa mga salamin nga nag-atubang sa langaw nga nag-atubang niini, gilibutan sa mga bongbong. Ang nagbukal nga mga reflector sa luyong timpla gipaluyohan kini, nga naghimo sa mga nagkurog nga mga disk sa kahayag. Ang salog gitabunan og kolor nga kolor nga kahoy nga kolon, giyatakan dinhi ug didto sa lapok, ug namansahan sa itom nga mga singsing sa giasal nga bino. Ang pipila ka mga malay nga nanglingkod sa usa ka gamay nga uling nga uling, nagdula sa mga counter sa bukog ug nagpakita sa ilang puti nga mga ngipon samtang sila nakigsulti. Sa usa ka suok, uban ang iyang ulo nga gilubong sa iyang mga bukton, usa ka marinero nga nahulog sa ibabaw sa usa ka lamesa, ug ang tawdrily nga gipintal nga bar nga nagdagan sa usa ka kumpleto nga bahin nagbarug sa duha ka mga babaye nga nawad-an sa paglaum, nagbugal-bugal sa usa ka tigulang nga lalaki nga naghugas sa mga sinina sa iyang kupo sa usa ka pagpahayag sa kasuko. "siya naghunahuna nga siya adunay pula nga mga olmigas diha kaniya," mikatawa ang usa kanila, samtang ang dorian miagi. Ang tawo mitan-aw kaniya sa kalisang ug misugod sa paghaguros.

Sa katapusan sa kwarto adunay usa ka gamay nga hagdanan, paingon ngadto sa usa ka mangitngit nga lawak. Samtang ang dorian nagdali sa tulo ka mga nag-anam nga mga lakang, ang nahitabong baho sa opyo nahimamat kaniya. Iyang gituy-od ang usa ka lalom nga gininhawa, ug ang mga buho sa iyang mga ilong nagkurog sa kahimuot. Sa diha nga siya misulod, usa ka batan-ong lalaki nga may hamis nga dalag nga buhok, nga nagbitay sa usa ka lampara nga nagdagkot og usa ka taas nga manipis nga tubo, mitan-aw kaniya ug miyango sa usa ka pagduha-duha.

"ikaw dinhi, adrian?" nagbagulbol nga dorian.

"asa pa ako?" siya mitubag, walay hinungdan. "walay usa sa mga kaban nga makigsulti kanako karon."

"nagtuo ko nga mibiya ka sa inglatera."

"darlington dili magabuhat ug bisan unsa, ang akong igsoong lalaki mibayad sa bayranan sa katapusan. George dili makigsulti kanako bisan .... Wala ako'y kahangawa," siya midugang nga nanghupaw. "basta ang usa adunay ingon niini nga butang, ang usa ka tawo dili gusto sa mga higala.ako naghunahuna nga ako adunay daghan kaayo nga mga higala."

Ang dorian nagkagidlap ug nagtan-aw sa makalibog nga mga butang nga nahimutang diha sa ingon ka hinanduraw nga mga postura sa punoan nga mga kutson. Ang kinutkut nga mga tiil, ang mga nagnganga nga mga baba, ang nagtutok nga mga mata nga wala'y panulti, nakadayeg kaniya. Nahibal-an niya sa unsang katingad-an nga mga kalangitan nga ilang giantos, ug unsa nga mga kapakyasan ang nagtudlo kanila sa sekreto sa bag-ong kalipay. Mas maayo sila kay kaniya. Siya gipriso sa hunahuna. Ang panumduman, sama sa usa ka makalilisang nga sakit, nagkaon sa iyang kalag. Sa matag karon ug unya siya daw nakit-an ang mga mata sa basil nga nagtan-aw kaniya. Apan mibati siya nga dili siya makapabilin. Ang presensya sa adrian singleton nakahasol kaniya. Gusto niya nga diin walay usa nga makaila kung kinsa siya. Gusto niya nga makalingkawas gikan sa iyang kaugalingon.

"moadto ako sa laing dapit," miingon siya human sa usa ka pagduot.

"sa pantalan?"

"oo."

"nga ang mad-cat nga sigurado nga anaa didto. Dili sila makaani niining dapita karon."

Ang dorian nagbag-o sa iyang mga abaga. "ako nasakit sa mga babaye nga nahigugma sa usa, ang mga babaye nga nagdumot sa usa mas makalingaw, gawas pa, ang mga butang mas maayo."

"pareho ra."

"gusto ko nga mas maayo, adtoa ug dunay butang nga imnon, kinahanglan nga adunay usa ka butang."

"dili ko gusto ang bisan unsa," gibagulbol sa batan-ong lalaki.

"ayaw hunahunaa."

Si adrian singleton mibangon ug misunod sa dorian ngadto sa bar. Usa ka katunga nga caste, sa usa ka gisi nga turban ug usa ka gamay nga ulster, naghaguros sa usa ka makalilisang nga pagtimbaya samtang iyang gitunol ang usa ka botelya nga brandy ug duha ka tumbler sa atubangan nila. Ang mga babaye naglibut ug nagsugod sa pagsulti. Dorian mibalik sa iyang likod sa kanila ug miingon sa usa ka butang sa usa ka hinay nga tingog sa adrian singleton.

Usa ka baldado nga pahiyom, sama sa usa ka malay crease, misulat sa nawong sa usa sa mga babaye. "kami mapasigarbohon kaayo sa gabii," siya miyubit.

"alang sa dios dili ko makigsulti nimo," misinggit ang dorian, nga gipatuhop ang iyang tiil sa yuta. "unsa man ang imong gusto? Kwarta? Ania kini, dili na gyud ako makigsulti pag-usab."

Duha ka pula nga mga aligato ang mikatag sa makadiyot sa mga mata sa babaye, dayon mikisi-kisi ug gibiyaan kini nga maluspad. Gipabay-an niya ang iyang ulo ug gikuha ang mga sinsilyo sa counter uban sa mga hinay nga mga tudlo. Ang iyang kauban nagtan-aw kaniya nga masina.

"dili kini gamiton," nanghupaw ang adrian singleton. "dili ko gusto nga mobalik. Unsa man ang hinungdan? Nalipay kaayo ko dinhi."

"imo kong isulat kung gusto nimo, dili ba?" miingon ang dorian, pagkahuman sa hunong.

"tingali."

"maayong gabii, nan."

"maayong gabii," mitubag ang batan-ong lalaki, milabay sa mga lakang ug gipahiran ang iyang naughang baba sa panyo.

Dorian naglakaw sa pultahan uban ang usa ka hitsura sa kasakit sa iyang nawong. Samtang iyang gibitbit ang kurtina, usa ka tumangil nga katawa mibuak gikan sa gipintalan nga mga ngabil sa babaye nga mikuha sa iyang salapi. "didto ang kasabotan sa yawa!" siya nagsabwag, sa usa ka tingog nga nagkubkob.

"tungloha ikaw!" siya mitubag, "ayaw ko tawga kana."

Gikuha niya ang iyang mga tudlo. "ang prinsipe nga maanyag mao ang gusto nimo nga tawgon, dili ba?" siya misunod kaniya.

Ang nagduka nga mananagat milukso sa iyang mga tiil samtang nagsulti siya, ug mitan-aw nga hilabihan ka hanap. Ang tingog sa pagsira sa pultahan sa hawanan nahulog sa iyang dalunggan. Siya nagdali nga ingon nga sa paggukod.

Ang dorian gray nagdali sa daplin sa baybayon pinaagi sa pag-ulan. Ang iyang pagpakigkita sa adrian singleton talagsaon nga nagtukmod kaniya, ug nahibulong siya kung ang pagkaguba sa maong kabatan-onan kinahanglan nga ibutang sa iyang pultahan, ingon nga basil sa pagsulti kaniya nga adunay pag-insulto. Iyang giputol ang iyang ngabil, ug sulod sa pipila ka mga segundo ang iyang mga mata nagsubo. Apan, unsa man ang hinungdan niini alang kaniya? Ang mga adlaw sa usa ka mubo nga panahon sa pagkuha sa palas-anon sa mga sayup sa laing tawo sa mga abaga sa usa. Ang matag tawo nagpuyo sa iyang kaugalingong kinabuhi ug mibayad sa iyang kaugalingong bili alang sa pagpuyo niini. Ang bugtong kalooy mao ang usa nga kinahanglan nga mobayad kanunay sa usa ka sayup. Ang usa kinahanglan nga mobayad kanunay, sa pagkatinuod. Sa iyang pakigsandurot sa tawo, ang kapalaran dili gayud masirado ang iyang mga asoy.

Adunay mga panahon, ang mga psychologist nagsulti kanato, kung ang gugma alang sa sala, o kung unsa ang gitawag sa kalibutan nga sala, nagagahum sa usa ka kinaiya nga ang matag fiber sa lawas, sama sa matag selula sa utok, ingon nga kinaiya nga adunay kahadlok. Ang mga lalaki ug mga babaye sa ingon nga mga panahon mawad-an sa kagawasan sa ilang kabubut-on. Sila mobalhin sa ilang makalilisang nga katapusan samtang ang mga robot mobalhin. Ang pagpili gikuha gikan kanila, ug ang konsyensya gipatay, o, kon kini buhi pa, buhi apan naghatag sa pagrebelde sa iyang kaikag ug pagsupak sa kaanyag niini. Kay ang tanan nga mga sala, sama sa mga teologo nga gikapoy nga dili magpahinumdom kanato, mga sala sa pagkadili masulundon. Sa diha nga kanang habog nga espiritu, nianang buntag sa bituon sa dautan, nahulog gikan sa langit, kini usa ka rebelde nga nahulog siya.

Wala'y kaluoy nga hunahuna, ug kalag nga gigutom alang sa pagrebelde, dorian gray nga nagdalidali, nagpadali sa iyang lakang samtang siya miadto, apan samtang siya nagpalayo sa usa ka itum nga agianan, nga kanunay nga nag-alagad kaniya ingon nga usa ka mubo nga pagputol sa masakiton -ang nahimutangan nga dapit diin siya moadto, iyang gibati nga siya sa kalit nga nasakmit gikan sa luyo, ug sa wala pa siya adunay panahon sa pagpanalipod sa iyang kaugalingon, siya gisulong balik sa bong-bong, uban ang mabangis nga kamot nga naglibot sa iyang tutunlan.

Nakigbisog siya sa kinabuhi, ug tungod sa usa ka makalilisang nga paningkamot misangput ang pagkupot sa mga tudlo. Sa usa ka segundo nadungog niya ang pag-click sa usa ka rebolber, ug nakita ang kahilas sa usa ka pinasinaw nga tadyaw, nga gitudlo nga tul-id sa iyang ulo, ug ang dusky nga dagway sa usa ka mubo, baga nga tawo nga nag-atubang kaniya.

"unsay gusto nimo?" nasuko siya.

"paghilum," miingon ang lalaki. "kung imong pukawon, gipuspusan ka."

"nabuang ka, unsay akong nahimo nimo?"

"ikaw ang naguba sa kinabuhi sa siby," mao ang tubag, "ug ang sibyl vane mao ang akong igsoong babaye, gipatay niya ang iyang kaugalingon, nahibal-an ko kini, ang iyang kamatayon anaa sa imong pultahan. Gipangita ko ikaw, wala ko'y timailhan, wala'y pagsusi, ang duha ka tawo nga makahulagway nga ikaw patay na, wala ako'y nahibaloan kanimo apan ang ngalan sa iyang binansay nga tawag kanimo. Dios, alang sa kagabhion nga ikaw mamatay. "

Ang gray nga dorian nasakit tungod sa kahadlok. "wala gyud ko kaila niya," siya nabalaka. "wala ako makadungog bahin kaniya, nabuang ka."

"mas maayo nga imong isugid ang imong sala, kay siguro nga ako ang james vane, mamatay ka." adunay usa ka makalilisang nga higayon. Ang dorian wala mahibal-an unsay isulti o buhaton. "luhod!" nagtubo ang tawo. "ako naghatag kanimo og usa ka minuto aron makigdugtong sa imong kalinaw-dili na ako mosakay karong gabhiona alang sa india, ug kinahanglan una nakong buhaton ang akong trabaho, usa ka minuto."

Ang mga bukton sa dorian nahulog sa iyang kilid. Naparalisar sa kalisang, wala siya mahibalo unsay buhaton.

Sa kalit ang usa ka mabangis nga paglaum midagayday sa iyang utok. "hunong," siya mihilak. "dugay na kanang imong pagkamatay sukad namatay ang imong igsoong babaye? Sultihi ako!"

"walo ka tuig," miingon ang lalaki. "nganong gipangutana mo ako? Unsay hinungdan sa mga tuig?"

"napulog walo ka tuig," mikatawa ang dorian gray, uban ang usa ka paghikap sa kadaugan sa iyang tingog. "napulo'g walo ka tuig! Gipahimutang ako sa ilawom sa lampara ug tan-awon ang akong nawong!"

James vane nagduhaduha sa makadiyot, wala makasabut unsa ang gipasabut. Unya iyang gikuha ang dorian gray ug giagak siya gikan sa agianan.

Nga nagkalawos ug nagduhaduha sama sa hinay-hinay nga kahayag, apan kini nagpakita kaniya sa makalilisang nga kasaypanan, ingon sa daw, diin siya nahulog, tungod sa nawong sa tawo nga iyang gipangita nga patyon nga ang tanan nga pagpamuswak sa pagkabata, ang tanan ang unstained nga kaputli sa kabatan-onan. Siya ingon og gamay pa kay sa usa ka batan-ong lalaki nga kaluhaan ka mga ting-init, dili kaayo mas tigulang, kon mas magulang pa, kay sa iyang igsoong babaye sa diha nga nabahin na sila sa daghan nga mga tuig na ang milabay. Tataw nga kini dili ang tawo nga naglaglag sa iyang kinabuhi.

Iyang gibakwitan ang iyang pagkupot ug mibalik balik. "akong dios! Akong dios!" siya mihilak, "ug gipatay ko ikaw!"

Ang gray nga dorian naghulma og taas nga gininhawa. "ikaw anaa sa daplin sa paghimo og usa ka makalilisang nga krimen, ang akong tawo," miingon siya, mitan-aw kaniya nga hugot. "himoa kini nga usa ka pasidaan kanimo nga dili manimalos sa imong kaugalingon nga mga kamot."

"pasayloa ko, sir," nanghubag ang james vane. "nalingla ko. Usa ka higayon nga nakadungog ko sa sinalingkapaw nga den nga nagbutang kanako sa sayop nga dalan."

"mas maayo nga mopauli ka ug ibutang kana nga pistola, o mahimo ka nga maglisud," miingon ang dorian, milingi sa iyang tikod ug hinay-hinay nga milakaw sa dalan.

James vane nagbarog sa salog sa kahadlok. Siya mikurog gikan sa ulo ngadto sa tiil. Human sa usa ka gamay nga panahon, usa ka itom nga anino nga nagakamang sa daplin sa bungbong mibalhin ngadto sa kahayag ug miduol kaniya uban sa madanihon nga mga tunob. Gibati niya ang usa ka kamot nga gibutang sa iyang bukton ug nagtan-aw sa palibut sa usa ka pagsugod. Usa kini sa mga babaye nga nag-inom sa bar.

"nganong wala man nimo siya patya?" nasuko siya, nag-atubang siya nga nawad-an og duol sa iyang nawong. "nahibal-an ko nga nagsunod ka sa iya sang nagguwa ka gikan sa daly's, buang ka nga ginpatay mo sia, may madamo sia nga kwarta, kag malain sia pareho sa malain."

"dili siya ang tawo nga akong gipangita," mitubag siya, "ug gusto ko nga walay kwarta sa usa ka tawo, gusto nako ang kinabuhi sa usa ka tawo, ang tawo kansang kinabuhi akong gikinahanglan kinahanglan nga hapit na sa kap-atan karon. Salamat sa dios, wala nako makuha ang iyang dugo sa akong mga kamot. "

Ang babaye mihatag og mapait nga pagkatawa. "gamay pa kay sa usa ka lalaki!" siya nagbugalbugal. "nganong, tawo, hapit na sa napulog walo ka mga tuig sukad sa pagmahal sa prinsipe nga naghimo kanako unsa ako."

"namakak ka!" misinggit ang james vane.

Gibayaw niya ang iyang kamot ngadto sa langit. "sa atubangan sa dios nagsulti ako sa tinuod," siya mihilak.

"sa atubangan sa dios?"

"ayaw ko paghilak kon dili kini mao nga siya ang pinakagrabe nga moanhi dinhi, miingon sila nga gibaligya niya ang iyang kaugalingon ngadto sa yawa alang sa usa ka nindot nga nawong, kini haduol na sa napulog walo ka tuig sukad ako nakaila kaniya. Sukad niadto, aduna ko, "siya midugang, uban ang masakiton nga liog.

"nanumpa ka niini?"

"nanumpa ko niini," migawas nga daw yawyaw gikan sa iyang patag nga baba. "apan ayaw ko'g pasagdi," siya mipahiyom; "nahadlok ko niya, tuguti ko nga adunay kwarta alang sa akong gipuy-an sa gabii."

Iyang gipikaspikas gikan kaniya ang usa ka panumpa ug nagdali ngadto sa eskina sa dalan, apan ang dorian nga abuhon nawala. Sa dihang milingi siya, ang babaye nahanaw usab.

Kapitulo 17

Usa ka semana ang milabay dorian gray ang naglingkod sa conservatory sa selby royal, nakig-istorya sa maanyag nga duchess sa monmouth, nga uban sa iyang bana, usa ka lalaki nga may kalabutan nga kan-uman, usa sa iyang mga bisita. Panahon kadto sa tsa, ug ang mellow nga kahayag sa dako, lampara nga panaptong panapton nga nagbarug sa lamesa midan-ag sa delikado nga china ug sinalsal nga pilak sa pag-alagad nga gipangulohan sa duchess. Ang iyang mga puti nga mga kamot naglihok nga mapiho taliwala sa mga tasa, ug ang iyang bug-os nga pula nga mga ngabil nagpahiyom sa usa ka butang nga gihunghong sa dorian ngadto kaniya. Ang ginoo nga henry naghigda sa usa ka sutla nga gibutang sa sutla, nagtan-aw kanila. Sa usa ka peach-colored divan nga naglingkod nga babaye nga narborough, nagpakaaron-ingnon nga maminaw sa paghulagway sa duke sa katapusang brazilian beetle nga iyang gidugang sa iyang pagkolekta. Ang tulo ka batan-ong lalaki sa mga komplikado nga sigarilyo naghatag sa mga tsa-tsa ngadto sa pipila ka mga babaye. Ang balay-balay adunay napulo'g duha ka mga tawo, ug adunay daghan nga gilauman nga moabot sa sunod nga adlaw.

"unsa imong duha nga gihisgutan?" miingon ang lord henry, naglakaw ngadto sa lamesa ug gibutang ang iyang kopa. "naglaum ko nga ang dorian nagsulti kanimo mahitungod sa akong plano alang sa pag-recrrist sa tanan, gladys, kini usa ka maanindot nga ideya."

"apan dili ko gusto nga mahimong rechristened, harry," miuban pagbalik sa duchess, nagtan-aw kaniya uban sa iyang nindot nga mga mata. "ako natagbaw sa akong kaugalingon nga ngalan, ug sigurado ko nga ang uban nga abo kinahanglan nga matagbaw sa iyang."

"ang akong minahal nga si gladys, dili ko unta pag-usab sa bisan hain nga ngalan alang sa kalibutan. Sila duha hingpit.

Ko naghunahuna labi na sa mga bulak. Kagahapon ko giputol sa usa ka orchid, alang sa akong button-lungag. Kini mao ang usa ka kahibulongan nga kabang nga butang, ingon nga epektibo ingon nga ang mga pito ka makamatay nga mga sala sa usa ka wala'y hunahuna nga higayon nga gipangutana nako ang usa sa mga hardinero kung unsa kini gitawag, siya miingon kanako nga kini usa ka maayo nga espesimen sa robinsoniana , o usa ka makalilisang nga matang sa ingon nga kini usa ka masulub-on nga kamatuoran, sa paghatag sa matahum nga mga ngalan ngadto sa mga butang.ang tanan nga mga ngalan mao ang tanan.ako dili gayud mag-away sa mga aksyon.ang akong usa nga away mao ang mga pulong.kini ang rason nga akong nagadumot sa bulgar nga realismo sa literatura.ang tawo nga makatawag sa usa ka spade usa ka spade kinahanglan mapugos sa paggamit sa usa. Kini ang bugtong butang nga angay kaniya. "

"nan unsa man ang among tawag nimo, harry?" nangutana siya.

"ang iyang ngalan maoy paradox sa prinsipe," miingon ang dorian.

"akong giila siya sa usa ka flash," miingon ang duchess.

"dili ko makadungog niini," mikatawa ang lord henry, nahulog sa usa ka lingkuranan. "gikan sa usa ka label wala'y makagawas! Ako nagdumili sa titulo."

"ang mga royalty dili ma-abdicate," nahulog ingon nga pasidaan gikan sa matahum nga mga ngabil.

"hinaut unta nga akong panalipdan ang akong trono, nan?"

"oo."

"ihatag ko ang mga kamatuoran sa ugma."

"gipalabi nako ang mga kasaypanan karon," mitubag siya.

"ikaw disarm nako, gladys," misinggit siya, nga nakuha ang kahasol sa iyang buot.

"sa imong taming, harry, dili sa imong bangkaw."

"wala gyud ko mag-inom batok sa katahum," siya miingon, uban sa usa ka balud sa iyang kamot.

"kana ang imong sayop, harry, to believe me.

"unsaon nimo pagsulti niana? Akong giangkon nga sa akong hunahuna nga mas maayo nga mahimong matahum kay sa maayo apan sa laing bahin, walay usa nga mas andam kay kanako sa pag-ila nga mas maayo nga mahimong maayo kay sa mangil-ad. "

"ang pagkalagot mao ang usa sa pito ka makamatay nga sala, nan?" misinggit ang duchess. "unsa man ang mahimong imong simile mahitungod sa orchid?"

"ang pagkalagot mao ang usa sa pito ka makamatay nga hiyas, gladys, ikaw, ingon nga usa ka maayong torya, kinahanglan nga dili ubos kanila. Ang beer, ang biblia, ug ang pito ka mga hiyas nga makamatay naghimo sa among england kung unsa siya."

"dili ka ganahan sa imong nasud, unya?" nangutana siya.

"ako nagpuyo niini."

"aron mahimo nimo kining masabtan."

"gusto ba nimo nako nga hukman ang europe?" nangutana siya.

"unsa may ilang gisulti bahin kanato?"

"nga ang tartuffe milalin sa england ug giablihan ang usa ka tindahan."

"imo ba kana, harry?"

"gihatag ko kini kanimo."

"dili ko magamit kini. Tinuod ra kini."

"dili ka angay mahadlok. Ang atong mga tagilungsod wala makaila sa usa ka paghulagway."

"kini praktikal."

"labi sila nga maliputon kay sa praktikal, sa diha nga sila ang naghimo sa ilang mga libro, gibalanse ang kabuang sa bahandi, ug bisyo sa pagpakaaron-ingnon."

"bisan pa niana, nakahimo kami mga dagkong butang."

"ang dagkong mga butang gipunting kanamo, gladys."

"kami nagdala sa ilang palas-anon."

"lamang hangtud sa stock exchange."

Siya milamano sa iyang ulo. "nagtuo ako sa lumba," siya mihilak.

"kini nagrepresentar sa kaluwasan sa pagduso."

"kini adunay kalamboan."

"ang pagkadunot mas nakapaikag kanako."

"unsa sa arte?" nangutana siya.

"usa kini ka balatian."

"gugma?"

"usa ka ilusyon."

"relihiyon?"

"ang uso nga kapuli sa pagtuo."

"ikaw usa ka maduhaduhaon."

"dili ang pagduha-duha mao ang sinugdanan sa pagtoo."

"unsa ka?"

"ang pagpatin-aw mao ang limit."

"hatagi ako og usa ka timailhan."

"ang mga hugpong sa mga bugkos. Mawala nimo ang imong dalan sa labirint."

"nahibulong ka nako, us aka laing gihisgutan."

"ang atong tagbalay usa ka nindot nga hilisgutan. Mga tuig na ang milabay gibunyagan siya nga prinsipe nga maanindot."

"ah! Ayaw ko pahinumdumi kana," misinggit ang dorian gray.

"ang among tig-abi-abihon hinoon niining gabhiona," mitubag ang duchess, kolor. "nagtuo ko nga siya naghunahuna nga ang monmouth nakigminyo nako sa mga siyentipiko nga mga prinsipyo isip labing maayo nga espesimen nga iyang makita sa modernong butterfly."

"maayo, nanghinaut ko nga dili siya magpabilin sa mga pin, kana nga dukesa," mikatawa ang dorian.

"oh! Ang akong sulugoon nga nahimo na, mr gray, sa diha nga siya nasuko kanako."

"ug unsa ang iyang nasuko kanimo mahitungod sa, duchess?"

"para sa mga butang nga wala'y pulos, mr gray, nagpasalig ako kanimo kasagaran tungod kay moabut ako sa napulo ka mga minuto ngadto sa siyam ug sultihan siya nga kinahanglan ko nga magsul-ob og tunga sa nangaging walo."

"unsa ka dili makatarunganon kaniya! Kinahanglan nimo siyang hatagan og pasidaan."

"ako wala, wala'y abo, nganong, nag-imbento siya og mga kalo para nako, nakahinumdom ka sa usa nga akong gisul-ob sa lady garden nga party sa hilstone? Wala ka, apan maayo ka nga magpakaaron-ingnon nga imong gibuhat. Gihimo niya kini gikan sa wala. Ang tanan nga maayo nga kalo nga gihimo gikan sa wala. "

"sama sa tanan nga maayong reputasyon, gladys," gibalda ang lord henry. "ang matag epekto nga gipatungha sa usa nga naghatag sa usa ka kaaway. Nga mahimong popular ang usa kinahanglan nga usa ka pagkalain-lain."

"dili sa mga babaye," miingon ang duchess, naglingolingo sa iyang ulo; "ug ang mga babaye nagmando sa kalibutan, ug ako nagpasalig kaninyo nga dili kita makaagwanta sa mga kaminyoon. Kami mga babaye, sama sa giingon sa usa ka tawo, nahigugma sa among mga dalunggan, ingon nga ikaw nahigugma sa imong mga mata, kung nahigugma ka sa tanan."

"para nako dili na kami magbuhat sa bisan unsang butang," nagbagulbol ang dorian.

"ah, wala ka gayod nahigugma, mr grey," mitubag ang duchess uban ang pagbugalbugal.

"dear kuya!" misinggit ang ginoong henry. "unsaon nimo pagsulti niana? Ang gugma sa gugma mag-usab pinaagi sa pagbalik-balik, ug ang pagsubli makahimo sa usa ka kahinam ngadto sa usa ka arte gawas pa, matag higayon nga ang usa nahigugma mao ang bugtong panahon nga gimahal sa usa ka tawo. Kini makabaton sa kinabuhi apan usa ka dakung kasinatian sa labing maayo, ug ang sekreto sa kinabuhi mao ang paghimo niini nga kasinatian kutob sa mahimo. "

"bisan sa usa nga nasamdan niini, harry?" nangutana sa duchess human sa hunong.

"ilabi na kung ang usa nga nasamdan niini," mitubag ang lord henry.

Ang duchess mibalik ug mitan-aw sa dorian uban sa gray nga usa ka talagsaon nga ekspresyon sa iyang mga mata. "unsay imong gisulti niana, mr grey?" nangutana siya.

Ang dorian nagduhaduha sa makadiyot. Unya iyang gipalikay ang iyang ulo ug gikataw-an. "ako kanunay nga nagkauyon sa harry, duchess."

"bisan kon siya sayup?"

"ang harry dili gyud sayup, ang dukesa."

"ug ang iyang pilosopiya nakapalipay kanimo?"

"wala gyud ko mangita og kalipay.

"ug nakakaplag niini, mr grey?"

"kanunay nga kanunay."

Ang duchess nanghupaw. "nangita ko og kalinaw," siya miingon, "ug kon dili ako moadto ug magsinina, wala na ako niining gabhiona."

"hatagan ko ikaw og mga orchid, duchess," misinggit dorian, nagsugod sa iyang mga tiil ug naglakaw sa conservatory.

"ikaw nakighilawas nga dili makauulaw kaniya," miingon ang lord henry sa iyang ig-agaw. "maayo ka nga mag-amping, siya makalingaw kaayo."

"kung dili, wala'y gubat."

"unya, ang greek nagkatagbo sa griyego?"

"ako anaa sa kiliran sa mga tropa, sila nakig-away alang sa usa ka babaye."

"napildi sila."

"adunay mas grabe nga mga butang kay sa pagdakop," mitubag siya.

"ikaw mag-gallop uban sa luag nga pagpugong."

Ang "lakang naghatag kinabuhi," mao ang naghinayhinay .

"isulat ko kini sa akong talaad karon nga gabii."

"unsa?"

"nga ang nasunog nga bata nahigugma sa kalayo."

"wala ko gani gipakanaog, ang akong mga pako wala matandog."

"gigamit mo kini sa tanan, gawas sa paglupad."

"ang kaisog milabay gikan sa mga lalaki ngadto sa mga babaye, kini usa ka bag-ong kasinatian alang kanato."

"ikaw adunay kaatbang."

"kinsa?"

Nikatawa siya. "babaye nga narborough," siya mihunghong. "siya hingpit nga nagdayeg kaniya."

"napuno ka sa akong kabalaka. Ang apelasyon sa antiquity makamatay alang namo nga mga romantiko."

"romantiko nga mga tawo! Naa nimo ang tanang pamaagi sa siyensya."

"gitudloan kami sa mga tawo."

"apan wala nimo ipasabut."

"naghulagway kanato nga usa ka sekso," mao ang iyang hagit.

"sphinxes nga walay mga sekreto."

Siya mitan-aw kaniya, nga nagpahiyom. "unsa ka dugay ang mr gray!" siya miingon. "mangadto kita ug tabangi siya. Wala pa nako gisultihan ang kolor sa akong panapton."

"ah! Kinahanglan mo nga ilisan ang imong panapton sa iyang mga bulak, gladys."

"kana nga usa ka sayo nga pagsurender."

"ang romantikong arte nagsugod sa kinatumyan niini."

"kinahanglan kong maghupot og oportunidad sa pag-atras."

"sa parthian nga paagi?"

"nahibal-an nila ang kaluwasan sa disyerto, dili nako mahimo kana."

"ang mga kababayen-an dili kanunay nga gitugotan sa usa ka pagpili," mitubag siya, apan halos dili niya mahuman ang hukom sa wala pa gikan sa halayo nga bahin sa konserbatoryo miabut ang usa ka pag-agulo, nga gisundan sa makaluluoy nga tingog sa usa ka bug-at nga pagkapukan. Ang tanan nagsugod. Ang duchess mibarug nga walay paglihok sa kalisang. Ug uban sa kahadlok sa iyang mga mata, ginoong henry nagdali sa paglupad nga mga palma aron sa pagpangita sa dorian gray nga nahimutang nga nawong paubos sa ibabaw sa tiled floor sa usa ka daw kamatayon nga pag-ulan.

Siya gidala dayon ngadto sa asul nga dulaanan ug gibutang sa usa sa mga sofa. Human sa usa ka mubo nga panahon, siya miadto sa iyang kaugalingon ug mitan-aw sa palibut sa usa ka madungog nga pagpahayag.

"unsay nahitabo?" siya nangutana. "oh, nahinumdom ko, naa koy luwas dinhi, harry?" siya nagsugod sa pagpangurog.

"ang akong minahal nga dorian," mitubag ang henry henry, "ikaw lang ang nakuyapan, nga mao ra gyud ang tanan.

"dili, ako manaog," miingon siya, naglisud sa iyang mga tiil. "gusto kong moadto, dili ako mag-inusara."

Siya miadto sa iyang kwarto ug nagsinina. Adunay usa ka ihalas nga kahigwaos sa pagkalipay diha sa iyang paagi samtang siya naglingkod sa lamesa, apan karon ug unya usa ka kahinam sa kahadlok midagan pinaagi kaniya sa diha nga nahinumduman niya kana, gipugos sa bintana sa conservatory, sama sa puti nga panyo, nakita niya ang nawong ni james vane nga nagtan-aw kaniya.

Kapitulo 18
Pagkasunod adlaw wala siya mobiya sa balay, ug, sa pagkatinuod, naggugol sa kadaghanan sa panahon sa iyang kaugalingong lawak, nagmasakiton sa usa ka ihalas nga

kahadlok nga himalatyon, apan wala magpakabana sa kinabuhi mismo. Ang panimuot nga gipangita, nasakpan, gisubay, nagsugod sa pagdominar kaniya. Kung ang taping nga nahimo apan mikurog sa hangin, siya miuyog. Ang mga patay nga dahon nga gipadpad batok sa mga panudlay nga daw iyang nahisama sa iyang kaugalingon nga mga nasunog nga mga resolusyon ug mga pagbasol sa kahiladman. Sa dihang iyang gipiyong ang iyang mga mata, iyang nakita pag-usab ang nawong sa usa ka marinero nga nagsud-ong sa usa ka bildo nga gibu-og sa gabon, ug ang kalisang ingon og sa makausa pa aron ibutang ang iyang kamot sa iyang kasingkasing.

Apan tingali kini lamang ang iyang kaanyag nga nagtawag sa panimalos gikan sa gabii ug nagbutang sa makalilisang nga mga porma sa silot sa atubangan niya. Ang tinuod nga kinabuhi mao ang kagubot, apan adunay usa ka butang nga makatarunganon kaayo sa imahinasyon. Kini ang imahinasyon nga nagbutang sa paghinulsol nga iro ang mga tiil sa sala. Kini ang imahinasyon nga naghimo sa matag krimen nga nagdala sa nahisalaag nga piso. Sa kasagaran nga kalibutan sa kamatuoran ang mga dautan wala silotan, ni ang maayo nga ganti. Ang kalampusan gihatag ngadto sa lig-on, kapakyasan sa pagsumpo sa mga maluya. Kanang tanan. Dugang pa, ang bisan kinsa nga estranyo nga nagpalibot sa balay, gipakita unta siya sa mga sulugoon o mga magbalantay. Adunay bisan unsang mga foot-mark nga nakaplagan diha sa mga higdaanan nga bulak, ang mga hardinero nga nagtaho niini. Oo, kadto lamang kadasig. Ang igsoong lalaki ni sibyl nga papa wala mobalik aron pagpatay kaniya. Siya milawig sa iyang barko paingon sa founder sa usa ka dagat sa tingtugnaw. Gikan kaniya, sa bisan unsang paagi, siya luwas. Ngano, ang tawo wala makaila kung kinsa siya, dili makahibalo kinsa siya. Ang maskara sa pagkabatan-on nakaluwas kaniya.

Ug bisan kung kini usa lamang ka ilusyon, unsa ka makalilisang ang paghunahuna nga ang tanlag makahimo sa pagpataas sa ingon nga mga kahadlok nga mga kahibulong, ug paghatag kanila sa makita nga porma, ug palihokon sila sa atubangan sa usa! Unsa nga matang sa kinabuhi kon siya, adlaw ug gabii, ang mga landong sa iyang krimen nga pag-abut kaniya gikan sa hilum nga mga kanto, sa pagbiay-biay kaniya gikan sa tinago nga mga dapit, paghunghong sa iyang dalunggan samtang siya naglingkod sa kapistahan, aron makamata siya uban sa icy mga tudlo samtang siya natulog! Samtang ang panghunahuna mikaylap pinaagi sa iyang utok, napulpog siya sa kalisang, ug ang hangin nga daw sa iyang kalit nahimong mas bugnaw. Oh! Sa unsa ang usa ka ihalas nga takna sa pagkabuang nga iyang gipatay ang iyang higala! Unsa ka makaluluoy ang yanong panumduman sa talan-awon! Nakita niya kini pag-usab. Ang matag kahibulongan nga detalye mibalik kaniya uban ang dugang nga kalisang. Gikan sa itom nga langub sa panahon, makalilisang ug nagkuha sa sanag-pula, mitindog ang larawan sa iyang sala. Sa dihang miabut ang ginoo nga henry sa alas singko, nakita niya nga naghilak siya nga usa kansang kasingkasing maguba.

Kini wala pa hangtud sa ikatulong adlaw nga siya nangahas sa paggawas. Adunay usa ka butang diha sa tin-aw, pinahumot nga hangin nianang buntag sa tingtugnaw nga ingon og nakapabalik kaniya sa iyang kalipay ug sa iyang kainit alang sa kinabuhi. Apan kini dili lamang ang pisikal nga kondisyon sa palibot nga maoy hinungdan sa kausaban. Ang iyang kaugalingon nga kinaiya mialsa batok sa sobra nga kagul-anan nga nagtinguha sa pagdaot ug pagbungkag sa pagkahingpit sa kalinaw niini. Uban sa maliputon ug sa maayong pagkabuhat nga mga temperaments mao kini kanunay. Ang ilang kusgan nga mga kahinam kinahanglan nga magsamad o maglihok. Patyon nila ang tawo, o mamatay sila. Mabaw nga kasubu ug mabaw nga gihigugma buhi. Ang mga hinigugma ug mga kasub-anan nga mga dagko gilaglag pinaagi sa ilang kaugalingong kabantog. Gawas pa, nakombinsir niya ang iyang kaugalingon nga siya biktima sa usa ka nahadlok nga huna-huna, ug mitan-aw balik sa iyang kahadlok sa usa ka butang nga kaluoy ug dili usa ka gamay nga pagtamay.

Human sa pamahaw, naglakaw siya uban sa duchess sulod sa usa ka oras sa tanaman ug dayon nag-agi tabok sa parke aron moapil sa pagpamusil. Ang kagumkom nga katugnaw nahimutang sama sa asin diha sa sagbot. Ang langit usa ka inverted nga kopa sa asul nga metal. Usa ka nipis nga yelo sa yelo nga nag-utlanan sa patag nga, linaw nga linaw.

Diha sa eskina sa punoan sa kahoy nga iyang nakit-an nga si sir geoffrey clouston, ang igsoong babaye sa duchess, nga nagbitad sa duha nga gigahin nga mga cartridge gikan sa iyang pusil. Siya milukso gikan sa karomata, ug gisultian ang pamanhunon aron dad-on ang kabayo sa balay, mipadulong sa iyang bisita agi sa nalaya nga bungbong ug baga nga agianan.

"maayo ba ang imong sport, geoffrey?" siya nangutana.

"dili kaayo maayo, dorian.nagtuo ko nga kadaghanan sa mga langgam naadto na sa bukas. Nag-ingon ko nga kini mas maayo nga human sa paniudto, sa diha nga kita moabut sa bag-o nga yuta."

Ang dorian nagsunod sa iyang kilid. Ang mahait nga kahanginan, ang kapula nga pula ug pula nga mga suga nga glimmered sa kahoy, ang mga singgit sa singgit sa mga tigpatingog sa matag higayon, ug ang mahait nga mga hapak sa mga pusil nga misunod, nakadani kaniya ug nakapuno kaniya sa usa ka makalipay nga kagawasan . Siya gimandoan sa kawalay pagtagad sa kalipay, tungod sa taas nga pagkawalay pagtagad sa kalipay.

Hinay gikan sa usa ka lumpy tussock sa daan nga balili nga mga kawhaan ka yarda sa atubangan kanila, nga may itom nga tipak nga mga dalunggan ug dugay nga makababag sa mga bukton nga naglabay niini sa unahan, nagsugod sa usa ka liebre. Kini naglutaw sa usa ka baga nga alders. Si sir geoffrey mibutang sa iyang pusil sa iyang abaga, apan adunay usa ka butang sa grasya sa paglihok sa hayop nga talagsaon nga nahulma sa dorian nga ubanon, ug siya misinggit dayon, "ayaw pagpana, geoffrey, buhia kini."

"unsa ang dili maayo, dorian!" gikataw-an ang iyang kauban, ug samtang ang liebre nga gibutang sa kalibonan, siya nagpabuto. Adunay duha ka pagtuaw nga nadungog, ang singgit sa liebre sa kasakit, nga makalilisang, ang singgit sa usa ka tawo nga nag-antus, nga mas grabe pa.

"maayo nga mga langit! Naigo ko ang usa ka beater!" mipatugbaw si sir geoffrey. "kung unsa ang usa ka asno nga ang lalaki mag-atubang sa mga pusil! Hunong sa pagpusil didto!" misinggit siya sa tumoy sa iyang tingog. "usa ka tawo nasakitan."

Ang magbalantay miabut nga nagdalag usa ka sungkod sa iyang kamot.

"asa, sir? Hain man siya?" siya misinggit. Sa samang higayon, ang pagpabuto nahunong sa linya.

"dinhi," mitubag ang sir geoffrey nga masuk-anon, nagdali paingon sa kalibonan. "nganong wala man nimo ibalik sa imong mga tawo ang imong kinabuhi?

Ang dorian nagtan-aw kanila samtang sila nag-itsa ngadto sa alder-clump, nga nagsal-ot sa litig nga mga sanga sa gawas. Sa pipila ka mga gutlo sila mitumaw, nga nagguyod sa usa ka lawas sunod kanila ngadto sa kahayag sa adlaw. Siya mitalikod sa kalisang. Kini ingon kaniya nga ang katalagman misunod bisan diin siya miadto. Nakadungog siya nga si sir geoffrey nangutana kung ang tawo patay gyud, ug ang positibo nga tubag sa magbalantay. Ang kahoy daw kaniya nga kalit nga buhi uban sa mga nawong. Didto ang pagyatak sa daghang mga tiil ug ang ubos nga tingog sa mga tingog. Ang usa ka dako nga payag nga payag nga pheasant miabut pinaagi sa mga sanga sa ibabaw.

Human sa pipila ka mga gutlo-nga alang kaniya, sa iyang nagkagubot nga kahimtang, sama sa walay katapusan nga mga oras sa kasakit-iyang gibati ang usa ka kamot nga gibutang sa iyang abaga. Siya misugod ug mitan-aw sa tibuuk.

"dorian," miingon ang lord henry, "mas maayo akong sultihan sila nga ang pagpamusil gipahunong alang sa adlaw karon dili maayo nga magpadayon."

"nanghinaut ko nga kini hunongon sa walay katapusan, harry," mitubag siya sa kapait. "ang bug-at nga butang mao ang kasilag ug mapintas. Mao ang lalaki ...?"

Dili niya mahuman ang hukom.

"nahadlok ko sa ingon," miuyon na usab ang lord henry. "gikuha niya ang bug-os nga katungdanan nga gipusil sa iyang dughan, kinahanglan nga namatay siya sa hinanali dayon.

Sila naglakaw nga kiliran sa direksyon sa agianan sa hapit kalim-an ka yarda nga walay pagsulti. Unya ang dorian mitan-aw sa lord henry ug miingon, uban sa usa ka mabug-at nga pagpanghupaw, "kini usa ka dili maayo nga panglantaw, harry, usa ka dili maayo nga pangayo."

"unsa ang?" nangutana sa ginoo henry. "oh, kini nga aksidente, sa akong hunahuna, ang akong minahal nga kapareho, dili kini matabangan, usa kini ka sayup sa tawo kung nganong siya nag-atubang sa mga pusil, gawas nga wala kini kanato. Gawas pa, ang geoffrey dili gyud maayo, apan wala'y gamit ang pagsulti bahin sa maong butang. "

Ang dorian naglingolingo. "kini usa ka dili maayo nga panglantaw, harry.ako mobati ingon nga adunay usa ka butang nga makalilisang nga mahitabo sa uban kanamo, sa akong kaugalingon, tingali," dugang pa niya, nga gipasa ang iyang kamot sa iyang mga mata, uban ang usa ka lihok sa kasakit.

Ang tigulang nga lalaki nangatawa. "ang bugtong makalilisang nga butang sa kalibutan mao ang ennui , dorian. Nga mao ang usa ka sala nga walay kapasayloan. Apan dili kita lagmit sa pag-antus gikan niini gawas kon kini nga mga kauban sa pagbantay sa nagayawit bahin niining butanga sa panihapon. Ko kinahanglan mosulti kanila nga ang usa ka hilisgutan kinahanglan nga ibutang sa usa'g usa, sama sa mga tilimad-on, wala'y usa ka butang nga sama sa usa ka panglantaw, ang kapalaran wala magpadala kanato sa mga pahibalo, siya maalamon kaayo o hilabihan ka mapintas alang niana gawas pa, unsa man ang mahitabo sa kalibutan, dorian? Adunay tanan nga butang sa kalibutan nga gusto sa usa ka tawo. Walay usa nga dili malipay sa pag-usab sa mga dapit uban kanimo. "

"walay usa nga dili nako mausab ang mga lugar, harry.di dili kataw-anan nga ingon niana.ako nagsulti kanimo sa kamatuoran.a ang masulub-on nga mag-uuma kinsa bag-o pa namatay mas maayo pa kay kanako. Kini nga pag-abut sa kamatayon nga nakapahadlok kanako. Ang daku nga mga pako niini daw ligid sa hangin sa akong palibot, maayong kalangitan! Wala ka ba makakita sa usa ka tawo nga naglihok sa luyo sa mga kahoy didto, nagbantay kanako, naghulat kanako? "

Ang ginoo nga henry mitan-aw sa direksyon nga diin ang nagkurog nga glove nga kamot nagatudlo. "oo," siya miingon, nga nagpahiyom, "nakita nako ang hardinero nga naghulat alang kanimo ... Tingali gusto niya nga pangutan-on nimo kung unsa ang mga bulak nga imong gusto nga makaon sa lamesa karon nga gabii. Adto ug tan-awa ang akong doktor, kon kami mobalik sa lungsod. "

Ang dorian nagpahupay sa kahupayan samtang iyang nakita ang hardinero nga nagsingabot. Ang tawo nga mihikap sa iyang kalo, mitan-aw sa usa ka gutlo sa lord henry sa usa ka pagduha-duha nga paagi, ug unya og usa ka sulat, nga iyang gihatag sa iyang agalon. "ang iyang grasya misulti kanako sa paghulat sa usa ka tubag," siya nagbagulbol.

Gibutang sa dorian ang sulat sa iyang bulsa. "sultihi siya sa grasya nga ako makasulod," siya miingon, sa dili madugay. Ang tawo milingi ug milakaw padulong sa direksyon sa balay.

"unsa ka malipayon ang mga babaye nga naghimo sa makuyaw nga mga butang!" gikatawa ang lord henry. "kini ang usa sa mga hiyas nga gusto nakong gidayeg, ang usa ka babaye makiglantogi sa bisan kinsa sa kalibutan samtang ang uban nagtan-aw."

"unsa ka kaanyag sa pagsulti sa makuyaw nga mga butang, harry! Sa kasamtangan nga higayon, ikaw nahisalaag kaayo. Ganahan kaayo ko sa duchess, apan wala ko nahigugma kaniya."

"ug ang duchess nahigugma kanimo pag-ayo, apan gusto ka niya nga dili kaayo, mao nga maayo ka nga gipares."

"nag-istorya ka nga eskandalo, harry, ug wala'y basehan nga iskandalo."

"ang sukaranan sa matag iskandalo usa ka imoral nga kasigurohan," miingon ang lord henry, nagdagkot og sigarilyo.

"imong isakripisyo ang usa, harry, alang sa usa ka epigram."

"ang kalibutan moadto sa altar nga iya mismo," mao ang tubag.

"gusto ko nga mahigugma ko," misinggit ang dorian gray uban sa usa ka lawom nga nota sa mga kalisud sa iyang tingog. "apan ako daw nawad-an sa gugma ug nahikalimot sa tinguha.ako kaayo nga gitagad sa akong kaugalingon.ang akong kaugalingon nga personalidad nahimong usa ka palas-anon alang kanako.ako gusto nga maka-eskapo, sa pagpalayo, sa pagkalimot. Gipangutana ko nga magpadala ko og wire aron makit-an aron maandam ang yate sa usa ka yate nga luwas. "

"luwas gikan sa unsa, dorian? Naa ka sa pipila ka kasamok, nganong dili nimo isulti kanako unsa kini? Nahibal-an ko nga ako motabang kanimo."

"dili ako makasulti nimo, harry," siya mitubag nga masulob-on. "ug ako mangahas nga ingon nga kini usa ka nindot nga hulagway sa ako kining aksidente nga aksidente nga nakapasuko kanako. Ako adunay usa ka makalilisang nga presentasyon nga adunay usa ka butang nga mahitabo kanako."

"unsa nga binuang!"

"naglaum ko, apan dili ko makatabang nga mabati kini, ah! Ania ang duchess, nga sama sa artemis sa usa ka pinasahi nga gown, nakita nimo nga kami mibalik, duchess."

"nadungog nako ang tanan, mr gray," mitubag siya. "ang kabus nga geoffrey hilabihan kalagot, ug daw wala ka niya gipangayo nga dili pagpana ang liebre.

"dili ko kahibal-an kung unsa ang nakapahimo nako sa pagsulti sa usa ka butang nga akong gihunahuna nga makita ang pinakamahigugmaon sa mga buhi nga mga butang, apan pasayloa ko nga gisulti nila ang mahitungod sa tawo. . "

"kini usa ka makalagot nga hilisgutan," nabali sa lord henry. "kini wala'y sikolohikal nga bili bisan karon kung nahimo na ni geoffrey ang butang sa katuyoan, unsa siya ka makalingaw! Gusto ko nga makaila sa usa nga nakabuhat ug usa ka tinuod nga pagpatay."

"unsa ka kahadlok kanimo, harry!" misinggit ang duchess. "dili ba, mr grey? Harry, mr grey masakiton pag-usab, siya mahuyang."

Ang dorian mihimo sa iyang paningkamot ug mipahiyom. "kini walay bisan unsang butang, duchess," siya nagbagulbol; "ang akong mga nerves mao ang hilabihan gikan sa kahusay. Nga mao ang tanan. Ko ako nahadlok ko naglakaw layo kaayo sa buntag. Wala ko wala makadungog unsa ang gisulti gihasol. Kini dautan gayud? Kamo kinahanglan gayud nga mosulti kanako uban sa uban nga panahon. I hunahuna ko kinahanglan nga moadto ug mohigda ka, pasayloon mo ako, dili ba? "

Nakaabot sila sa dako nga paglupad sa mga lakang nga naggikan sa conservatory ngadto sa terrace. Samtang ang salamin nga pultahan gisirhan sa likod sa dorian, ang lord henry milingi ug mitan-aw sa duchess uban sa iyang mga mata nga natulog. "nahigugma ka ba kaniya?" siya nangutana.

Wala siya mitubag sulod sa pipila ka panahon, apan mibarug sa pagtan-aw sa talan-awon. "gusto ko mahibal-an," miingon siya sa katapusan.

Siya milamano sa iyang ulo. "ang kahibalo mahimong makamatay, kini ang kawalay kasigurohan nga usa ka anting-anting. Ang usa ka gabon naghimo sa mga butang nga kahibulongan."

"ang usa mahimong mawad-an sa dalan."

"ang tanan nga mga paagi matapos sa samang punto, akong mahal nga gladys."

"unsa na?"

"disillusion."

"kini ang akong debut sa kinabuhi," siya nanghupaw.

"kini miabut kanimo nga gikoronahan."

"gikapoy ko sa dahon sa strawberry."

"nahimo ka nila."

"lamang sa publiko."

"dili nimo sila masabtan," miingon ang lord henry.

"dili ako magbulag sa usa ka petal."

"monmouth adunay mga dunggan."

"ang pagkatigulang dili makadungog."

"wala pa ba siya nasina?"

"gusto ko unta siya."

Siya mitan-aw sa ingon nga sa pagpangita sa usa ka butang. "unsay imong gipangita?" nangutana siya.

"ang buton gikan sa imong foil," mitubag siya. "nahulog ka na."

Siya mikatawa. "naa pa koy maskara."

"kini makapahimo sa imong mga mata nga mahigugmaon," mao ang iyang tubag.

Siya mikatawa pag-usab. Ang iyang mga ngipon gipakita sama sa puti nga binhi sa usa ka pula nga prutas.

Sa ibabaw nga bahin, sa iyang kaugalingong kwarto, dorian gray nga naghigda sa usa ka sofa, uban ang kalisang sa matag kagat sa iyang lawas. Ang kinabuhi sa kalit nahimong sobrang kahadlok sa usa ka palas-anon nga iyang gidala. Ang makalilisang nga kamatayon sa walay kapuslanan nga beater, gipusil sa kalibonan sama sa usa ka ihalas nga mananap, ingon og siya naghunahuna nga mamatay alang sa iyang kaugalingon. Hapit siya maluya sa gisulti sa ginoong henry sa usa ka higayon nga pagbati sa mapintas nga pagsugal.

Sa alas singko, iyang gibagting ang iyang kampanilya alang sa iyang sulugoon ug gihatagan siya og mga mando nga ibutang ang iyang mga butang alang sa kagabhion-ipahayag sa lungsod, ug ipaagi ang brougham sa pultahan sa alas otso-trayenta. Siya determinado nga dili matulog usa ka gabii sa selby royal. Kini usa ka dili maayo nga dapit. Ang kamatayon naglakaw didto sa adlaw. Ang balili sa lasang nakita sa dugo.

Dayon siya misulat sa usa ka sulat ngadto sa lord henry, nga nagsulti kaniya nga siya moadto sa lungsod aron mokonsulta sa iyang doktor ug mohangyo kaniya sa paglingaw sa iyang mga bisita sa iyang pagkawala. Samtang iyang gibutang kini sa sobre, usa ka panuktok miabut sa pultahan, ug ang iyang valet nagpahibalo kaniya nga ang tigbantay sa ulo nangandoy nga makakita kaniya. Siya nanghupaw ug giputol ang iyang ngabil. "ipadala siya," siya miingon, human sa pipila ka mga pagduhaduha.

Dihang misulod ang tawo, gibira sa dorian ang iyang checkbook gikan sa usa ka drower ug gibutang kini sa iyang atubangan.

"nagtuo ko nga miabut ka sa alaot nga aksidente niining buntag, thornton?" siya miingon, nga nagkuha og pen.

"oo, sir," mitubag ang tig-atiman.

"ang imol ba nga minyo? Aduna bay bisan kinsa nga tawo nga nagsalig kaniya?" gipangutana ang dorian, nga nagtan-aw. "kung mao, dili ko gusto nga sila magpabilin nga kulang, ug ipadala sila sa bisan unsang kantidad sa salapi nga mahimo nimo nga gihunahuna nga gikinahanglan."

"wala kami makaila kung kinsa siya, sir, mao kana ang akong gipagawas kanimo."

"wala koy nahibal-an kinsa siya?" miingon ang dorian, walay hinungdan. "unsay buot mong ipasabut? Dili ba usa siya sa imong mga tawo?"

"dili, sir, wala gayud siya makakita kaniya kaniadto, daw usa ka marinero, sir."

Ang pen sa nahulog gikan sa dorian gray nga kamot nga kamot, ug iyang gibati nga ingon nga ang iyang kasingkasing sa kalit mihunong sa pagbunal. "usa ka marinero?" siya misinggit. "ikaw ba nagsulti nga usa ka marinero?"

"oo, ginoo, iyang nakita nga daw usa ka matang sa marinero; tattoo sa duha ka mga bukton, ug kana nga matang sa butang."

"aduna ba'y bisan unsang butang nga makita diha kaniya?" miingon ang dorian, nagsandig sa unahan ug nagtan-aw sa tawo nga nakulbaan. "bisan unsang butang nga mosulti sa iyang ngalan?"

"usa ka salapi, sir-dili daghan, ug usa ka unom ka shooter, wala'y ngalan nga bisan unsang matang, usa ka maayo nga tawo, ginoo, apan usa nga sama sa usa ka matang sa usa ka matang sa marinero nga atong gihunahuna."

Ang dorian nagsugod sa iyang mga tiil. Usa ka makalilisang nga paglaum nga milabay kaniya. Gitapok niya kini nga hilabihan. "asa ang lawas?" siya mipatugbaw. "dali! Kinahanglan ko nga makita kini sa makausa."

"kini anaa sa usa ka bakante nga balay sa balay, sir, ang mga tawo dili gusto nga adunay ingon niana nga butang diha sa ilang mga balay. Sila nag-ingon nga ang usa ka patay nga lawas nagdala og dili maayo nga kapalaran."

"ang umahan sa balay! Moadto dayon ka ug sugataa ako, sultihi ang usa sa mga lalaking lalaki sa pagdala sa akong kabayo nga dili na ko huna-hunaon.

Sa wala pay alas kwatro sa usa ka oras, ang gray nga dorian nag-galloping sa taas nga agianan sama sa iyang mahimo. Ang mga kahoy daw milapos sa iyang pag-apil sa prosesyon, ug ang ihalas nga mga landong nga naglupad sa iyang dalan. Sa higayon nga ang kabayo mipadulong sa usa ka puti nga ganghaan-ganghaan ug halos milabay kaniya. Gitambog niya ang liog sa iyang tanum. Gipahigda niya ang dusky nga hangin sama sa udyong. Ang mga bato nangalagiw gikan sa iyang mga kuko.

Sa katapusan nakaabot siya sa umahan sa balay. Duha ka lalaki ang naglihok sa nataran. Siya milukso gikan sa saddle ug gilabay ang mga renda ngadto sa usa kanila. Diha sa kinalayoan nga kwadra ang usa ka kahayag nga nagkalayo. Usa ka butang nga daw nagsulti kaniya nga ang lawas didto, ug siya nagdali sa pultahan ug gibutang ang iyang kamot diha sa piyakpiyak.

Didto siya mihunong sa makadiyot, mibati nga siya anaa sa daplin sa usa ka diskobre nga makahimo o makalibog sa iyang kinabuhi. Dayon iyang giablihan ang pultahan ug misulod.

Sa usa ka pundok sa pagsabwag sa halayo nga eskina nga naghigda sa patay nga lawas sa usa ka tawo nga nagsul-ob sa usa ka baga nga kamiseta ug usa ka parisan sa asul nga pantalon. Usa ka bulok nga panyo ang gibutang ibabaw sa nawong. Usa ka baga nga kandila, nga giugbok sa usa ka botelya, gilabay sa kilid niini.

Dorian gray nga nahadlok. Gibati niya nga dili siya mahimong kamot aron kuhaon ang panyo, ug gitawag ang usa sa mga mag-uuma nga moduol kaniya.

"kuhaa kana nga butang sa nawong, buot ko nga makita kini," siya miingon, nga nagkupot sa pultahan alang sa suporta.

Sa dihang gibuhat na kini sa farm-farm, miuna siya. Usa ka singgit sa kalipay nga naputol gikan sa iyang mga ngabil. Ang tawo nga gipusil sa kalibonan mao ang james vane.

Nagtindog siya didto sa pipila ka mga minuto nga nagtan-aw sa patay nga lawas. Samtang siya nagsakay sa balay, ang iyang mga mata puno sa mga luha, tungod kay nasayud siya nga luwas siya.

Kapitulo 19
"wala'y gamit ang imong pagsulti kanako nga ikaw mahimong maayo," misinggit ang ginoong henry, nga naghumol sa iyang puti nga mga tudlo nga usa ka pula nga panaksan nga tumbaga nga puno sa rosas nga tubig. "ikaw hingpit gayud. Mag-ampo, ayaw usba."

Ang dorian nga abo milingo sa iyang ulo. "wala, harry, nakahimo ko og daghang mga makalilisang nga mga butang sa akong kinabuhi, dili ko na buhaton.

"diin ka kagahapon?"

"sa nasud, harry. Ako nagpuyo sa usa ka gamay nga inusara nga ako ra."

"akong minahal nga batang lalaki," miingon ang lord henry, nga nagpahiyom, "bisan kinsa nga maayo diha sa nasud wala'y mga pagtintal didto mao kana ang hinungdan nga ang mga tawo nga nagpuyo sa gawas sa lungsod hingpit nga dili sibilisado. Dunay duha ka mga pamaagi diin ang tawo makahimo pagkab-ot niini. Ang usa pinaagi sa pag-kultura, ang lain pinaagi sa pagkadautan.

"kultura ug korupsyon," gipalanog ang dorian. "nahibal-an ko ang usa ka butang sa duha, kini daw makalilisang para nako karon nga sila magkapundok, kay ako adunay usa ka bag-o nga sumbanan, harry.

"wala ka pa gisulti kanako kung unsa ang imong maayo nga aksyon, o miingon ka ba nga nakahimo ka labaw sa usa?" gipangutana ang iyang kauban samtang siya mibubo sa iyang plato og gamay nga piramide sa binhi nga mga strawberry ug, pinaagi sa usa ka buho, hulmahan nga hulmahan nga kutsara, gisagba nga puti nga asukar diha kanila.

Gipangutana nako ang usa ka tawo nga wala'y usa ka butang nga akong mahibal-an ngadto sa bisan kinsa nga tawo nga wala'y usa ka tawo. Nga ang una nakaganyat nako kaniya, nahinumduman nimo ang sibyl, dili ba kung unsa ka dugay na ang nangagi! Maayo, dili siya usa sa atong kaugalingong klase, siyempre siya usa lamang ka babaye sa usa ka balangay. Gipangita ko siya sa usa ka gamay nga prutas, ang mga bulak sa mansanas. Nga nagpadayon sa paglumpag sa iyang buhok, ug siya nagkatawa, kinahanglan nga mag-uban na kita karon sa buntag sa kaadlawon.

"kinahanglan kong hunahunaon nga ang bag-o nga emosyon sa emosyon nakahatag kanimo sa kahinam sa tinuod nga kalipay, dorian," giputol ang lord henry. "apan ako makahuman sa imong idyll alang kanimo, imo siyang gihatagan og maayo nga tambag ug gibugto ang iyang kasingkasing, kana ang sinugdanan sa imong pag-usab."

"harry, ikaw ang makalilisang! Dili nimo kinahanglan nga isulti kining mga makalilisang nga mga butang." ang kasingkasing dili masulub-on, siyempre, siya mihilak ug ang tanan niana apan walay kaulawan diha kaniya, siya mabuhi, sama sa perdita, sa iyang tanaman sa mint ug marigold. "

"ug paghilak sa usa ka walay pagtuo nga kahayag," miingon ang lord henry, nagkatawa, samtang siya nagsandig balik sa iyang lingkuranan. "ang akong minahal nga dorian, ikaw ang labing nindot nga kabaud nga pamatyagan. Sa imong hunahuna nga kini nga babaye makatagbaw gayud karon sa bisan kinsa sa iyang kaugalingon nga ranggo? Sa akong pagtoo nga siya magminyo sa usa ka adlaw ngadto sa usa ka bagis nga karter o usa ka nagsigot nga magdaro. , ang kamatuoran nga nakigkita kanimo, ug nahigugma kanimo, magatudlo kaniya sa pagbiay-biay sa iyang bana, ug siya mahugaw gikan sa usa ka moral nga panglantaw, dili ako makaingon nga ako naghunahuna sa imong dakong pagsalikway sama sa sinugdanan, kini mao ang mga kabus. Gawas pa, sa unsa nga paagi nga kamo nasayud nga hetty dili naglutaw sa karon nga panahon sa pipila starlit galingan-pond, uban sa matahum nga tubig-lirio nga nagalibut kaniya, sama sa ophelia? "

"dili ko makaagwanta niini, harry! Ikaw mobiay-biay sa tanan, ug unya gisugyot ang labing seryoso nga mga trahedya, pasayloa ko nga gisultihan ka na karon, wala ko'y pagtagad sa imong gisulti kanako. Sa akong pag-agi sa uma sa buntag, nakita nako ang iyang puti nga nawong sa bintana, sama sa usa ka spray sa jasmine. Ayaw na namo hisgoti kini, ug ayaw pagsulay kanako nga ang unang maayong buhat nga akong nahimo sulod sa mga katuigan, ang unang gamay nga pagsakripisyo sa kaugalingon nga akong nahibal-an, usa gayud ka matang sa sala. Nagpadayon sa lungsod? Wala ako sa club sulod sa daghang mga adlaw. "

"ang mga tawo naghisgot gihapon sa pagkahanaw sa mga kabus nga basil."

"kinahanglan nakahunahuna ko nga gikapoy na sila nianang panahona," miingon ang dorian, nga nagbubo sa iyang kaugalingon sa usa ka bino ug nahulip nga gamay.

"akong minahal nga batang lalaki, nagsulti lang sila mahitungod niini sulod sa unom ka semana, ug ang british nga publiko dili katupong sa mental strain nga adunay labaw pa sa usa ka hilisgutan matag tulo ka bulan. Ang akong kaugalingon nga diborsyo ug ang paghikog ni alan campbell karon nga sila adunay misteryosong pagkawagtang sa usa ka artist. Ang scotland nga bakwet sa gihapon nag-insister nga ang tawo diha sa gray ulster nga mibiya sa paris sa tungang gabii nga tren sa ikasiyam nga november mao ang dili maayo nga basil, gipahibalo sa french police nga ang basil dili gayud moabot sa paris.ako nagtuo nga sa usa ka matag duha ka semana kita igasulti nga siya nakita sa san francisco, kini usa ka katingad-an nga butang, apan ang matag usa nga nawala giingon nga nakita sa san francisco. Kinahanglan gayud kini nga usa ka maanindot nga siyudad, ug magbaton sa tanang mga atraksyon sa sunod nga kalibutan. "

"unsa sa imong hunahuna ang nahitabo sa basil?" nangutana ang dorian, nga nagpugong sa iyang burgundy batok sa kahayag ug nahibulong kon giunsa nga siya makahisgot sa butang nga malinawon.

"wala ko'y bisan gamay nga ideya kon ang basil mipili sa pagtago sa iyang kaugalingon, dili kini akong negosyo kung siya patay, dili ko gusto nga maghunahuna bahin kaniya, ang kamatayon mao lamang ang butang nga nakapahadlok kanako. . "

"ngano?" miingon ang batan-ong lalaki nga magul-anon.

"tungod kay," miingon ang lord henry, nga nagpasa sa ilong sa iyang ilong ang gilt trellis sa usa ka bukas nga kahon sa vinaigrette, "ang usa makalahutay sa tanang butang karong mga panahona gawas niana. Ang kamatayon ug pagkabastos mao lamang ang duha ka mga kamatuoran sa ikanapulo ug siyam nga siglo nga ang usa dili makapatin-aw. Ang mga tawo nga nag-agi sa akong asawa naglakaw nga dunay putik nga maanyag nga maanyag nga victoria! , ang kinabuhi sa kaminyoon usa lamang ka kinaiya, usa ka dili maayo nga kinaiya, apan unya usa nga magbasol sa pagkawala bisan sa pinakagrabe nga kinaiya sa usa ka tawo.

Ang dorian walay gisulti, apan mibangon gikan sa lamesa, ug milabay ngadto sa sunod nga lawak, milingkod sa piano ug gipalinya ang iyang mga tudlo tabok sa puti ug itom nga garing sa mga yawe. Human nga gidala ang kape, siya mihunong, ug nagtan-aw sa ginoo nga henry, miingon, "harry, wala ba kini mahitabo kanimo nga ang basil gipatay?"

Ginoo henry yawned. "basil kaayo nga popular, ug kanunay nga nagsud-ong sa watch waterbury, nganong siya gipatay man siya, dili siya hanas nga makabaton og mga kaaway, siyempre, siya adunay usa ka talagsaon nga katalagsaon sa pagdibuho, apan ang usa ka tawo mahimo nga nagpintal sama sa velasquez ang usa ka tawo nga nag-ingon nga ako usa ka tuig nga milabay, nga siya adunay usa ka ihalas nga pagsimba alang kanimo ug nga ikaw ang nag-una nga motibo sa iyang arte.

"ganahan kaayo ko sa basil," miingon ang dorian nga may kasubo sa iyang tingog. "apan wala ba moingon ang mga tawo nga siya gipatay?"

"oh, ang pipila sa mga papel nga gihimo, daw dili kini ang akong posibilidad, nahibal-an ko nga adunay mga makalilisang nga dapit sa paris, apan ang basil dili ang matang sa tawo nga miadto kanila. Mao ang iyang pangunang depekto. "

"unsa ang imong isulti, harry, kung giingnan ko ikaw nga gipatay ko ang basil?" miingon ang batan-ong lalaki. Siya nagtan-aw kaniya sa hugot nga paagi human siya makasulti.

"ako moingon, akong minahal nga isigkaingon, nga ikaw nagpakita sa usa ka kinaiya nga dili nahiangay kanimo, ang tanan nga krimen bulgar, ingon nga ang tanan nga kabastusan mao ang krimen, wala diha kanimo, dorian, sa pagpatay. Gipanghimakak nako ang mga butang nga akong nahibal-an, apan gipasalig nako nga kini tinuod, ang krimen iya lamang sa ubos nga mga mando, dili nako mabasol sa kinagamyan nga degree. , usa lamang ka pamaagi sa pagkuha sa talagsaon nga mga pagbati. "

"usa ka pamaagi sa pagkuha sa mga sensation? Nan, sa imong hunahuna, nga ang usa ka tawo nga nakahimo na sa usa ka pagbuno posible nga makahimo sa sama nga krimen pag-usab?

"oh! Bisan unsa nga butang mahimong usa ka kalipay kon ang usa nga sa pagbuhat niini sa kanunay," misinggit nga lord henry, pagkatawa. "usa kini sa labing importante nga mga sekreto sa kinabuhi, apan kinahanglan nga usa ka butang nga angayan nga ang pagpatay usa ka sayup nga usa ka butang nga dili kinahanglan nga buhaton ang bisan unsa nga dili mahisgutan sa usa ka tawo human sa panihapon. Nagtuo nga siya miabot sa usa ka tinuod nga romantiko nga tumoy ingon sa imong gisugyot, apan dili ako makapangutana nga siya nahulog sa seine gikan sa usa ka omnibus ug nga ang konduktor mihunong sa iskandalo. Nakita ko siya nga naghigda sa iyang likod sa ilawom sa mga duldol nga lunhaw nga katubigan, nga ang mga bug-at nga mga kasko nga naglutaw sa ibabaw niya ug ang mga sagbut nga mga sagbot nga nakuha diha sa iyang buhok. Nahibal-an mo, wala ko maghunahuna nga siya makahimo ug mas maayo nga buhat. Sa katapusang napulo ka tuig ang iyang painting nagpalabay kaayo. "

Ang dorian nagpangita, ug ang henry nga ginoo naglakaw-lakaw latas sa kwarto ug nagsugod sa pag-stroke sa ulo sa usa ka talagsaong java parrot, usa ka dako, balhibo nga balhibo nga langgam nga may rosas nga tumoy ug ikog, nga nagbalanse sa usa ka kawayan. Samtang ang iyang gitudlo nga mga tudlo mihikap niini, kini mihulog sa puti nga scurf sa mga crinkled lids ibabaw sa itom, samag-kristal nga mga mata ug nagsugod sa paglihok paatras ug sa unahan.

"oo," nagpadayon siya, milingi ug gikuha ang iyang panyo gikan sa iyang bulsa; "ang iyang pagpintal nahimo na nga ingon sa usa ka butang nga nawala sa usa ka butang, kini nawala ang usa ka sulundon.ang ikaw ug siya nahunong nga mahimong mga higala, siya mihunong nga mahimong usa ka bantugan nga artist. Gipakulbaan ka kung kung mao, wala gayud siya gipasaylo kanimo, kini usa ka kinaiya nga mga pagbati nga anaa sa dalan, unsa ang nahimo nianang kahibulongan nga hulagway nga iyang nahimo kanimo? Wala ako maghunahuna nga ako nakakita niini sukad siya nakahuman niini. Nahinumdom ko sa imong pagsulti kanako sa mga katuigan na ang milabay nga imong gipadala kini ngadto sa selby, ug nga kini nahisalaag o gikawat diha sa agianan, wala nimo kini gibalik pag-usab, unsa ang kaluoy! Kini usa ka obra maestra. Gipangayo ko kini karon nga kini nahisakop sa labing maayo nga panahon sa basil sukad niadto, ang iyang trabaho mao ang talagsaon nga pagsagol sa dili maayo nga painting ug maayo nga mga intensiyon nga kanunay naghatag sa usa ka tawo nga tawgon nga representante british artist. Kinahanglan. "

"nalimtan nako," miingon ang dorian. Gipangutana nako ang usa ka tawo nga nag-ingon, "ngano man?" -nga sa akong hunahuna-unsaon nila pagdagan? -

"sama sa pagpintal sa usa ka kasubo,
Usa ka nawong nga walay kasingkasing."

Oo: mao kana ang nahitabo. "

Ginoong henry mikatawa. "kung ang usa ka tawo motan-aw sa kinabuhi sa artikulong, ang iyang utok mao ang iyang kasingkasing," mitubag siya, nga nahulog sa usa ka armchair.

Ang dorian nga abo milingo sa iyang ulo ug gibunalan ang pipila ka humok nga mga chords sa piano. "'sama sa pagpintal sa usa ka kasubo,'" iyang gisubli, "'usa ka nawong nga walay kasingkasing.'"

Ang tigulang nga lalaki mipauli ug mitan-aw kaniya nga may mga mata nga tunga. "sa dalan, dorian," siya miingon human sa paghunong, "'unsa man ang makuha sa usa ka tawo kon maangkon niya ang tibuok kalibutan ug mawad-an-unsaon ang pagtag-an? -sa iya kalag'?"

Ang musika nagkagubot, ug ang dorian gray nagsugod ug mitutok sa iyang higala. "nganong gipangutana ko nimo, harry?"

"ang akong minahal nga kauban," miingon ang lord henry, gibayaw ang iyang mga kilay sa kalit nga, "ako nangutana kanimo tungod kay nagtuo ko nga mahimo nimo akong mahatagan og tubag. Ang marmol nga arko didto nagbarug ang usa ka gamay nga panon sa mga luyahon nga mga tawo nga nagapaminaw sa usa ka bulgar nga magwawali sa dalan samtang ako milabay, nadungog ko ang tawo nga misinggit sa maong pangutana ngadto sa iyang mga mamiminaw. Usa ka basa nga dominggo, usa ka dili tinuod nga kristiano sa usa ka mackintosh, usa ka singsing nga masulub-on nga puti nga mga nawong ubos sa nabuak nga atop sa nagatulo nga mga payong, ug usa ka maanindot nga hugpong sa pulong nga gilabay ngadto sa hangin pinaagi sa mahait nga mga ngabil sa isulti-kini maayo kaayo sa iyang pamaagi, usa ka sugyot.ako naghunahuna sa pagsulti sa propeta nga adunay usa ka kalag, apan ang tawo wala, apan ako nahadlok, bisan pa niana, dili siya makasabut kanako. "

"ayaw, harry, ang kalag mao ang usa ka makalilisang nga kamatuoran, kini mahimo nga mapalit, ug ibaligya, ug ibaligya, kini mahimong poisoned, o nahimo nga hingpit, adunay usa ka kalag sa matag usa kanato.

"gibati ba nimo nga sigurado kana, dorian?"

"sigurado."

"ah! Unya kini usa ka ilusyon, ang mga butang nga gibati sa hingpit nga tino nga dili matuod, nga mao ang pagkamatay sa pagtoo, ug ang pagtulon-an sa panaghigalaay kung unsa ka grabe ang imong kahimtang! Gihimo nako ang mga patuo-tuo sa among edad? Wala: gibiyaan namo ang among pagtuo sa kalag. Gitagoan mo ang imong kabatan-onan, kinahanglan nga ikaw adunay sekreto, napulo ka tuig ang akong pangidaron kay sa imo, ug ako nagkulang, ug nagsul-ob, ug dalag, ikaw talagsaon kaayo, dorian. Gipahinumduman ko nimo sa adlaw nga nakita ko ikaw una, ikaw masulob-on, maulawon kaayo, ug talagsaon nga talagsaon. Ako adunay buhaton sa bisan unsa nga kalibutan, gawas sa pag-ehersisyo, pagbangon og sayo, o pagatahuron.ang kabatan-onan! Wala'y sama niini. Uth. Ang mga tawo lamang nga ang mga opinyon nga akong paminaw karon sa bisan unsa nga pagtahod mao ang mga tawo nga mas bata pa kay sa akong kaugalingon. Kini daw sa akong atubangan. Ang kinabuhi nagpadayag ngadto kanila sa iyang pinaka-ulahing katingala. Sama sa mga tigulang, kanunay kong gisupak ang mga tigulang. Ginabuhat ko kini sa prinsipyo. Kon pangutan-on nimo ang ilang opinyon bahin sa usa ka butang nga nahitabo kagahapon, sila lig-on nga naghatag kanimo sa mga opinyon nga kasamtangan sa 1820, sa dihang ang mga tawo nagsul-ob og taas nga mga stock, nagtuo sa tanan, ug walay hingpit nga nahibalo. Daw ano ka matahum nga butang nga ginahampang mo! Naghunahuna ako, nagsulat ba kini sa mayorca, uban ang dagat nga naghilak libot sa villa ug ang spray sa asin nga midasmag sa mga pane? Kini kahibulongan nga romantiko. Pagkadakong panalangin nga adunay usa ka art nga nahibilin kanato nga dili imitative! Ayaw paghunong. Gusto ko ang musika sa gabii. Alang kanako nga ikaw ang batan-ong apollo ug ako marsyas nga naminaw kanimo. Ako adunay kagul-anan, dorian, sa akong kaugalingon, nga bisan ikaw walay nahibaloan. Ang trahedya sa katigulangon dili mao nga ang usa tigulang na, apan ang usa bata pa. Nahibulong ko usahay sa akong pagkasinsero. Ah, dorian, daw unsa ka malipayon ikaw! Pagkaanindot sa imong kinabuhi! Kamo nakainom pag-ayo sa tanan nga mga butang. Gidugmok mo ang mga ubas sa imong alingagngag. Walay bisan unsa nga natago gikan kanimo. Ug kini wala nay lain kondili ang tingog sa musika. Kini wala makadaut kanimo. Pareho ka gihapon. "

"dili ako parehas, harry."

Gipangutana ko nimo kung unsa ang imong gusto nga buhaton sa usa ka tawo. Dili ang pag-uyog sa imong ulo: nahibal-an ka nga gawas kanimo, dorian, ayaw palimbong ang imong kaugalingon, ang kinabuhi dili giyahan sa kabubut-on o katuyoan. Ang kinabuhi usa ka pangutana sa mga nerbiyos, ug mga lanot, ug hinay-hinay nga gitukod nga mga selda ug ang gugma adunay mga damgo.kita mahimo nga magmalipayon sa imong kaugalingon ug maghunahuna nga lig-on ang imong kaugalingon apan usa ka higayon nga tono nga kolor sa usa ka lawak o kalangitan sa buntag, usa ka pahamot nga imong gihigugma kaniadto ug nagdala sa mga mahinumduman nga mga handumanan niini, usa ka linya gikan sa usa ka hikalimtan nga balak nga imong nakit-an pag-usab, usa ka iring gikan sa usa ka piraso sa musika nga imong gihunong sa pagdula-akong gisulti kanimo, dorian, nga kini sa mga butang nga sama niini nga ang atong mga kinabuhi nagsalig. Ang mga pagbati nga mahanduraw nila alang kanato. Adunay mga higayon nga ang baho sa lilas blanc moagi sa kalit os kanako, ug kinahanglan kong magpuyo pag-usab sa labing katingalahang bulan sa akong kinabuhi. Gusto ko nga mausab ang mga dapit uban nimo, dorian. Ang kalibutan nagsinggit batok sa aton pareho sini, apang sa gihapon ini nagasimba sa imo. Kini kanunay magsimba kanimo. Ikaw ang tipo sa unsay gipangita sa pangidaron, ug unsa ang nahadlok nga nakaplagan niini. Nalipay kaayo ko nga wala kay nahimo nga bisan unsang butang, wala gayud pagkulit sa estatuwa, o pagpintal sa usa ka hulagway, o pagpatungha bisan unsa gawas sa imong kaugalingon! Ang kinabuhi nahimong imong arte. Gipahimutang mo ang imong kaugalingon sa musika. Ang imong mga adlaw mao ang imong mga anak nga lalake. "

Ang dorian mibarug gikan sa piano ug gipasa ang iyang kamot sa iyang buhok. "oo, ang kinabuhi nahimong talagsaon," siya nagbagulbol, "apan dili ako magbaton sa samang kinabuhi, tigmama, ug dili nimo kini isulti nga mga butang nga mahal kaayo kanako wala nimo masayod ang tanan bahin kanako. Gihimo mo, bisan ikaw mobiya gikan kanako, mikatawa ka, ayawg kataw-i. "

"nganong mihunong ka sa pagdula, dorian? Balik ug ihatag kanako ang nocturne pag-usab, tan-awa ang nindot, madanihon nga bulan nga bulan nga nagbitay sa dusky nga hangin. Dali ra ka nga makigkita sa yuta, dili na kita moadto sa club, unya, kini usa ka maanindot nga gabii, ug kinahanglan natong tapuson kini nga maanindot. Adunay usa nga adunay puti nga gusto kaayo nga makaila kanimo- batan-ong ginoo nga poole , ang kamagulangang anak nga lalake sa bournemouth, gikopya na nimo ang imong mga korbata, ug gihangyo ko sa pagpaila kaniya kanimo. Siya maanyag kaayo ug nagpahinumdom kanako kanimo. "

"dili ko manghinaut," miingon ang dorian nga may masulub-on nga pagtan-aw sa iyang mga mata. "apan gikapoy ako sa kagabhion, harry, dili ko moadto sa club, hapit na ang onse, ug gusto ko nga matulog sayo."

"dili ka pa gyud maayo kay sa ka-gabii, adunay usa ka butang sa imong paghikap nga talagsaon.

"tungod kay ako mahimong maayo," siya mitubag, nga nagpahiyom. "ako usa ka gamay nga nausab na."

"dili ka mausab nako, dorian," miingon ang lord henry. "ikaw ug ako kanunay nga managhigala."

"bisan pa niana, ikaw naghilo kanako sa usa ka basahon sa makausa, dili ako magpasaylo kana, harry, mosaad kanako nga dili ka magpahulam sa basahon ngadto sa bisan kinsa.

"akong minahal nga batang lalaki, nagsugod gyud ka nga morag moralize, sa dili madugay moadto ka sama sa nakabig, ug ang rebaybalay, pasidaan ang mga tawo batok sa tanan nga mga sala nga imong gikapoy pag-ayo, labina, kini dili usa ka gamiton, ikaw ug ako mao kung unsa kita, ug mamahimo kung unsa ang atong mamahimo, ingon nga tungod sa pagkahilo sa usa ka basahon, wala'y ingon nga butang nga ingon niana. Nga ang mga libro nga gitawag sa kalibutan nga imoral mao ang mga libro nga nagpakita sa kalibutan sa iyang kaugalingon nga kaulaw.ang tanan, apan dili kita maghisgot sa mga literatura. Tingali magkahiusa, ug dad-on ko kamo sa paniudto pagkahuman uban sa lady branksome, usa ka babaye nga maanyag, ug gusto nga mokonsulta kanimo mahitungod sa pipila ka mga tapal nga iyang gihunahuna sa pagpalit. Nag-ingon siya nga wala siya makakita nimo karon tingali gikapoy ka sa gladys? N sa usa ka nerves. Maayo, sa bisan unsa nga kahimtang, dinhi sa alas onse. "

"kinahanglan ba gayud ako moadto, harry?"

"tinuod, ang parke maanyag kaayo karon. Wala ko maghunahuna nga adunay ingon nga mga lilacs sukad sa tuig nga akong nahimamat nimo."

"maayo ra ko dinhi sa alas onse," miingon ang dorian. "maayong gabii, harry." sa pag-abut niya sa pultahan, nagduha-duha siya sa makadiyot, ingon nga aduna pa siyay laing ikasulti. Unya siya nanghupaw ug migawas.

Kapitulo 20

Kini usa ka matahum nga gabii, mainit kaayo nga iyang gisul-ob ang iyang kupo sa iyang bukton ug wala gani gibutang ang iyang hapin sa bandana sa iyang tutunlan. Samtang naglakaw-lakaw siya sa balay, nanigarilyo, duha ka batan-ong lalaki nga nagsul-ob og sinina sa gabii miagi kaniya. Iyang nadunggan ang usa kanila nga gihunghong ngadto sa lain, "kini mao ang grey dorian." nahinumdom siya kung unsa ang iyang kalipay kaniadto sa dihang siya gipunting, o mitutok, o nagsulti. Gikapoy siya sa pagkadungog sa iyang kaugalingong ngalan karon. Katunga sa kaanyag sa gamay nga balangay diin siya kanunay nga bag-o pa lang nga wala'y nakaila kung kinsa siya. Kanunay niyang giingnan ang babaye nga iyang gihigugma nga higugmaon siya nga siya kabus, ug siya mituo kaniya. Gisultihan siya sa makausa nga siya dautan, ug siya mikatawa kaniya ug mitubag nga ang mga dautan kanunay nga tigulang ug grabe kaayo. Daw ano nga pagkadlaw niya! - kaangay sang pagkanta sang thrush. Ug pagkaanyag kaayo sa iyang sinina sa gapas ug sa iyang dagkong mga kalo! Wala siyay nahibal-an, apan iyang naangkon ang tanan nga nawala kaniya.

Pag-abot niya sa balay, nakita niya ang iyang sulugoon nga naghulat alang kaniya. Gipalingkod siya sa higdaanan, ug milingkod sa sofa sa librarya, ug nagsugod sa paghunahuna sa pipila sa mga butang nga gisulti sa agalon nga henry kaniya.

Tinuod ba nga dili gyud mausab ang usa? Iyang gibati ang usa ka ihalas nga pangandoy alang sa wala'y hugaw nga kaputli sa iyang pagkabatan-on-ang iyang rosas nga pagkabata, sumala sa pagtawag niini sa ginoong henry. Nahibal-an niya nga iyang gihulga ang iyang kaugalingon, gipuno ang iyang hunahuna sa pagkadunot ug gihatagan og kahadlok sa iyang kaanyag; nga siya usa ka dautang impluwensya sa uban, ug nakasinati og usa ka makalilisang nga kalipay sa ingon; ug sa kinabuhi nga mitabok sa iyang kaugalingon, kini ang pinakamaayo ug labing puno sa saad nga iyang gipakaulawan. Apan kini ba ang tanan nga dili masulbad? Wala bay paglaum alang kaniya?

Ah! Diha sa unsa ka makalilisang nga gutlo sa garbo ug gugma nga iyang giampo nga ang hulagway magpas-an sa palas-anon sa iyang mga adlaw, ug iyang gitipigan ang walay hunong nga kahalangdon sa walay katapusang pagkabatan-on! Ang tanan niyang kapakyasan tungod niana. Mas maayo alang kaniya nga ang matag sala sa iyang kinabuhi nagdala sa sigurado nga silot uban niini. Dihay pagpanglimpyo sa silot. Dili "pasayloa kami sa among mga sala" apan "hampakon kami tungod sa among mga kasal-anan" mao ang pag-ampo sa tawo ngadto sa labing makiangayon nga dios.

Ang nindot nga gikulit nga salamin nga gihatag sa ginoo nga henry kaniya, daghang katuigan na ang milabay karon, nagbarug sa lamesa, ug ang mga tigdibuho nga puti nga gikataw sama niini kaniadto. Iyang gikuha kini, ingon sa iyang nahimo nianang gabhiona sa kahadlok sa diha nga iyang namatikdan ang kausaban sa makamatay nga hulagway, ug ang mga mata nga lagsaw ug luha ang mitan-aw ngadto sa pinasinaw nga taming. Sa usa ka higayon, ang usa ka tawo nga nahigugma pag-ayo kaniya misulat kaniya sa usa ka buang nga sulat, nga nagtapos sa mga idolatrous nga mga pulong: "ang kalibutan nausab tungod kay ikaw hinimo sa garing ug bulawan, ang mga kurbada sa imong mga ngabas sa pagsulat pag-usab sa kasaysayan." ang mga hugpong sa mga pulong nahibalik sa iyang panumduman, ug gisubli niya kini balik sa iyang kaugalingon. Unya iyang gikasilagan ang iyang kaanyag, ug gilabog ang salamin sa salog, gibunalan kini sa pilak nga mga labok sa ilalum sa iyang tikod. Ang iyang katahum nga nakaguba kaniya, sa iyang katahum ug sa kabatan-onan nga iyang giampoan. Apan alang niadtong duha ka mga butang, ang iyang kinabuhi mahimong gawasnon gikan sa mansa. Ang iyang katahum maoy alang kaniya apan usa ka maskara, ang iyang pagkabatan-on apan usa ka pagyagayaga. Unsa ang kinamaayohan sa mga batan-on? Usa ka lunhaw, dili hamis nga panahon, usa ka panahon sa mabaw nga mga pagbati, ug masakiton nga mga hunahuna. Nganong gisul-ob man niya ang iyang atay? Gubaon siya sa mga batan-on.

Mas maayo nga dili hunahunaon ang nangagi. Walay makausab niana. Kini sa iyang kaugalingon, ug sa iyang kaugmaon, nga kinahanglan niyang hunahunaon. Ang james vane gitagoan sa usa ka wala'y ngalan nga lubnganan sa selby nga patigayon. Si alan campbell nagpusil sa iyang kaugalingon usa ka gabii sa iyang laboratoryo, apan wala niya ibutyag ang sekreto nga napugos siya nga masayran. Ang kahinam, sama sa nahitabo, sa paglabay sa basil sa hapit nawala. Nahutdan na kini. Siya hingpit nga luwas didto. Ni, sa pagkatinuod, kini mao ang kamatayon sa basil

nga hawanan nga labing bug-at sa iyang hunahuna. Kini
mao ang buhi nga kamatayon sa iyang kaugalingon nga
kalag nga nakahasol kaniya. Basil nagpintal sa hulagway
nga nakadaut sa iyang kinabuhi. Siya dili makapasaylo
kaniya niana. Kini ang hulagway nga nakabuhat sa tanan.
Basil nga nagsulti sa mga butang ngadto kaniya nga dili
maagwanta, ug nga siya gipanganak nga mapailubon. Ang
pagbuno mao lamang ang kabuang sa usa ka higayon. Sama
sa al camp campbell, ang iyang paghikog mao ang iyang
kaugalingong buhat. Gipili niya kini. Kini wala'y labot
kaniya.

Usa ka bag-ong kinabuhi! Kana mao ang iyang gusto. Kana
mao ang iyang gihulat. Sigurado nga nagsugod na siya
niini. Iyang giluwas ang usa ka inosente nga butang, sa
bisan unsang paagi. Dili na siya motental pag-usab. Maayo
siya.

Sama sa iyang paghunahuna sa kaigmat, siya nagsugod sa
paghunahuna kon ang hulagway sa naka-lock nga lawak
nausab. Sigurado nga dili pa ingon ka makalilisang ang
ingon niini? Tingali kon ang iyang kinabuhi nahimong
putli, mahimo niyang palayason ang matag ilhanan sa
dautan nga gugma gikan sa nawong. Tingali ang mga
timailhan sa dautan nahanaw na. Siya moadto ug motan-
aw.

Iyang gikuha ang lampara gikan sa lamesa ug milingkod sa
ibabaw. Samtang iyang gibuksan ang pultahan, usa ka
pahiyom sa hingpit nga kalipay ang mitabok sa iyang
katingad-an nga nawong nga batan-on ug nagpabilin sa
makadiyut sa iyang mga ngabil. Oo, maayo siya, ug ang
makahahadlok nga butang nga iyang gitago dili na
mahimong kahadlok kaniya. Gibati niya nga daw ang
gibug-aton na gikan kaniya.

Siya miadto nga hilom, giyawihan ang pultahan sa luyo
niya, ingon sa iyang nabatasan, ug nagguyod sa purpura
nga gibitay gikan sa hulagway. Usa ka singgit sa kasakit ug
kasuko naputol gikan kaniya. Wala siya makakita og
kausaban, gawas nga diha sa mga mata adunay usa ka
hitsura sa lansis ug sa baba ang nagkurba nga kulubot sa
tigpakaaron-ingnon. Ang maong butang makaluod pa-mas
makaluod, kon posible, kay kaniadto-ug ang pula nga tun-
og nga nakit-an sa kamot daw mahayag, ug sama sa dugo
nga bag-ong giula. Unya mikurog siya. Kon kini ba
kakawangan lamang nga nakapahimo kaniya sa iyang usa
ka maayong buhat? O ang tinguha alang sa usa ka bag-ong
pagbati, sumala sa gihisgutan sa ginoong henry, uban sa
iyang pagbiay-biay? O kana nga gugma sa pagbuhat sa usa
ka bahin nga usahay naghimo kanato nga mga butang mas
maayo kay sa atong kaugalingon? O, tingali, kining tanan?
Ug ngano nga ang pula nga mansa mas dako pa kay sa
kaniadto? Kini daw nag-ingon sama sa usa ka makalilisang
nga sakit sa mga kulubot nga mga tudlo. Dihay dugo sa
mga gipintal nga mga tiil, nga daw ang butang nga gitulo-
ang dugo bisan diha sa kamot nga wala maggunit sa
kutsilyo. Pagkumpisal? Nagpasabot ba kini nga siya
mokumpisal? Aron sa pagtugyan sa iyang kaugalingon ug
pagapatyon? Nikatawa siya. Iyang gibati nga ang ideya usa
ka makalilisang. Gawas pa, bisan kon siya mokumpisal,
kinsa ang motuo kaniya? Wala'y pagsubay sa gipatay nga
tawo bisan asa. Ang tanan nga butang nga iya gipanglaglag.
Siya mismo nagsunog sa ubos nga hagdanan. Ang
kalibutan moingon lang nga siya nabuang. Sila mosira
kaniya kon siya nagpadayon sa iyang istorya .... Apan kini
iyang katungdanan sa pagsugid, sa pag-antus sa publiko
nga kaulaw, ug sa paghimo sa publiko nga pagtabon sa
sala. Adunay usa ka dios nga mitawag sa mga tawo aron sa
pagsulti sa ilang mga sala sa yuta ingon man sa langit.
Walay bisan unsa nga iyang mahimo nga maghinlo kaniya
hangtud nga siya misulti sa iyang kaugalingon nga sala.

Ang iyang sala? Iyang gibiyaan ang iyang mga abaga. Ang pagkamatay sa basil sa sulod daw dili kaayo gamay alang kaniya. Naghunahuna siya sa hetty merton. Kay kini usa ka dili makatarunganon nga salamin, kini nga salamin sa iyang kalag nga iyang gitan-aw. Kakawangan? Pagkamausisaon? Pagpakaaron-ingnon? Wala na ba sa iyang pagtalikod kay sa niana? Adunay usa pa ka butang. Labing menos naghunahuna siya. Apan kinsa ang makasulti? ... Dili. Wala nay lain pa. Pinaagi sa kakawangan iyang giluwas siya. Sa pagpakaaron-ingnon nga iyang gisul-ob ang maskara sa pagkamaayo. Tungod sa pagkamausisaon nga iyang gisulayan ang pagdumili sa kaugalingon. Iyang naila nga karon.

Apan kini nga pagbuno-mao ba kini ang pagpakaulaw kaniya sa tibuok niyang kinabuhi? Kanunay ba siya nga nabug-atan sa iyang kagahapon? Siya ba ang mokumpisal? Dili gayud. Adunay usa lamang ka gamay nga ebidensya nga nahabilin batok kaniya. Ang hulagway mismo-nga mao ang ebidensya. Laglagon niya kini. Nganong gitago man niya kini dugay? Sa higayon nga kini nakahatag kaniya og kalipay sa pagtan-aw niini nga nagkausab ug nagtubo nga tigulang. Sa kaulahian wala siya mobati nga ingon niana nga kalipay. Kini nakapugong kaniya sa gabii. Sa diha nga siya nahilayo na, siya napuno sa kahadlok nga tingali ang uban nga mga mata motan-aw niini. Kini nagdala sa kaluya latas sa iyang mga pagbati. Ang panumduman lamang ang nakadaot sa daghang mga higayon sa kalipay. Kini sama sa tanlag ngadto kaniya. Oo, kini mao ang konsyensya. Laglagon niya kini.

Siya mitan-aw sa libut ug nakita ang kutsilyo nga nagdunggab sa basil sa hawanan. Iyang gilimpyohan kini sa makadaghang higayon, hangtod nga wala nay nabilin nga lama. Kini hayag, ug nagdagkot. Ingon nga kini nagpatay sa pintor, busa kini mopatay sa buhat sa pintor, ug ang tanan nga gipasabut niana. Kini mopatay sa nangagi, ug sa diha nga kana nga patay, siya gawasnon. Kini mopatay niining makalilisang nga kalag-kinabuhi, ug walay mga makalilisang nga pasidaan, siya magmalinawon. Iyang gikuha ang butang, ug gidunggab ang hulagway niini.

Adunay usa ka singgit nga nadungog, ug usa ka pagkahagsa. Ang paghilak hilabihan ka makalilisang sa iyang kasakit nga ang mga nahadlok nga mga alagad nahigmata ug mikawas gikan sa ilang mga lawak. Duha ka mga lalaki, nga nanglabay sa kwadro sa ubos, mihunong ug mihangad sa dakong balay. Sila naglakaw hangtud nakahibalag sila sa usa ka pulis ug nagdala kaniya balik. Ang tawo mibagting sa kampana sa makadaghang higayon, apan wala'y tubag. Gawas sa usa ka kahayag sa usa sa mga bintana sa ibabaw, ang balay ngitngit. Human sa usa ka panahon, mibiya siya ug mibarug sa usa ka kasikbit nga pantalan ug nagtan-aw.

"kinsang balay ba kana, kapulisan?" nangutana ang elder sa duha ka mga ginoo.

"si mr gray dorian, sir," mitubag ang pulis.

Sila mitan-aw sa usag usa, samtang sila milakaw, ug gibiaybiay. Usa kanila mao ang uyoan ni henry ashton ni.

Sa sulod, diha sa bahin sa balay sa mga sulugoon, ang mga sulud nga nagsulud nga mga sulud nagsultianay sa ubos nga mga paghunghong sa usag usa. Daan nga mrs. Ang dahon naghilak ug nagkupot sa iyang mga kamot. Ang francis sama sa luspad sa kamatayon.

Human sa mga alas-dulo sa usa ka takna, nakuha niya ang kutsero ug usa sa mga naglakaw ug milingkod sa ibabaw. Sila nanuktok, apan walay tubag. Sila nanawag. Ang tanan nahuman. Sa katapusan, human sa walay kapuslanan nga pagpugos sa pultahan, misaka sila sa atop ug mihulog sa balkonahe. Ang mga bintana dali ra kaayong mitubo-ang ilang mga bolsa tigulang na.

Sa diha nga sila misulod, ilang nakita nga nagbitay sa kuta ang usa ka nindot nga hulagway sa ilang agalon ingon sa ilang nakita sa katapusan, sa tanan nga kahibulongan sa iyang maanindot nga pagkabatan-on ug katahum. Nga naghigda sa salog usa ka patay nga tawo, sa sinina sa gabii, nga may kutsilyo sa iyang kasingkasing. Siya nalaya, nagkunot, ug makaluod nga panagway. Kini dili hangtud nga ilang gisusi ang mga singsing nga ilang nahibal-an kon kinsa kini.

CPSIA information can be obtained
at www.ICGtesting.com
Printed in the USA
BVHW081226050819
555098BV00026B/2050/P